武乡红色文化文丛

主　　编　陈建祖

执行主编　梁爱如

在太行山上

白　豆·编著

中国文史出版社

图书在版编目（CIP）数据

在太行山上 / 白豆编著. -- 北京：中国文史出版社，2024.6
（武乡红色文化文丛）
ISBN 978-7-5205-4700-0

Ⅰ.①在…　Ⅱ.①白…　Ⅲ.①故事—作品集—中国—当代　Ⅳ.① I247.81

中国国家版本馆 CIP 数据核字（2024）第 102737 号

出 品 人：彭远国
责任编辑：秦千里

出版发行：中国文史出版社
社　　址：北京市海淀区西八里庄路 69 号院　邮编：100142
电　　话：010-81136606　81136602　81136603（发行部）
传　　真：010-81136655
印　　装：山西人民印刷有限责任公司
经　　销：全国新华书店
开　　本：16 开
印　　张：9.75
字　　数：140 千字
版　　次：2024 年 7 月北京第 1 版
印　　次：2024 年 7 月第 1 次印刷
定　　价：298.00 元（全套）

目　录

第一篇

巍巍太行

武乡历史多底蕴

武乡县隶属于山西省长治市，位于山西省东南部，长治市最北端。东与黎城、左权相邻，西与祁县、平遥交界，北接壤榆社县，南毗邻沁县、襄垣县。县境内总面积1610平方公里，辖6乡6镇，269个行政村。武乡的特点是横长竖短（东西长150公里，南北最窄处只有10公里），东西高，中间低。无论从地理单元看，还是从历史沿革看，都很明显地分为两块，俗称东乡和西乡。特有的地域环境和历史环境，演绎出特有的地域文化与民俗事象，形成了独具特色的武乡历史文化。

第1章 武乡的自然环境

自然环境是指人类生存和发展所依赖的各种自然条件的总和。它包括地形、气候、土壤、山林、河湖、矿藏资源、动植物等。武乡县地处北纬37度生物生长黄金线，四季分明，光照充足，雨热同期，属黄土高原地带，暖温带大陆性季风气候。独特的地理气候和生态环境，为农作物生长提供了优越的自然条件。

地势地貌

武乡县地处太行山西麓，位于太行、太岳两大山脉之间。境内地形多样，东西山大沟深，中部地势平缓，南北部地势较高，大部分山岭的海拔位于1000—1300米，呈西北至东南走向的长带形。

◎ 巍巍太行山区远景照片

东部地区的海拔大部分高于1400米，最高峰花儿垴甚至达到了2008米。西部地区平均海拔在1300米左右，最高峰紫金山海拔高达1809米。中间地势比较平缓，监漳滩至西川一带是地势最低处，海拔仅800米。

山西地处黄土高原，故武乡全县在地貌上多属于黄土丘陵地带，分为黄土丘陵区、石质山区和平川区三种类型，其中平川区类型仅为全县面积的 13%。

气候水文

武乡县属暖温带大陆性季风气候，其气候类型决定了武乡一年四季分明的特点。春季干燥多风，夏季炎热多雨，秋季温和凉爽，冬季寒冷少雪。年均气温在 3℃到 10℃；全县降水量年际变化比较大，年降水量为 550 毫米，旱年不足 300 毫米，雨量不均。年度平均无霜期在 150—170 天，春秋两季常有霜冻。由于气候类型影响，武乡境内的雨水多出现在七月和八月，次者就是六月和九月。因为武乡县地势陡峭，土层和植被都较差，洪峰多呈现单峰形状。

武乡境内主要的河流按照流域归属的分类，主要分为海河和黄河两大流域，归汾河和南运河两大水系。主要河流有浊漳北源干流、涅河、蟠洪河、昌源河、马牧河、云簇河。其中属于黄河流域的昌源河流域面积为 85 平方千米，占全县总面积的 5.3%。武乡县内的其余河流均属于海河流域，占全县总面积的 94.7%，流域面积 1525 平方千米。由此可见，武乡县内的水资源相对丰富。

土壤植被

武乡县的土壤类型大概分为白土、红土、黄土、砂土、壤土（二合土）、黑土、黑炉土、碱土八类土壤。其中白土占耕地面积的 45.1%，这种土壤适宜种植小麦、谷子和黍子等。红土面积占耕地总面积的 30.8%，适宜种植小麦、豆类、谷类等。砂土占耕地总面积的 12.6%，该土壤分为山地砂石土与河石土两种，山地砂石土适合发展种植业，河石土可种植薯类、花生、蔬菜等作物。多样的土壤类型，决定了武乡是一个传统的杂粮产区。

武乡县地处暖温带落叶阔叶林植被区。由于气候和地形等环境因素的影响，武乡境内植被种类丰富。马牧河和浊漳河的沿岸分布着成片树林。海拔1000米以下的温和中部地区分布着杨、柳、槐、桑等阔叶林。东部和西部地势较高及气候寒冷的地区主要分布油松、侧柏等针叶林。除此之外，东部和西部地带的山区面积较大，主要分布一些灌木，以胡枝子、山桃、沙棘和荆条等。

相关 链接

武乡小米

"小米加步枪、好米在武乡"，武乡小米色泽金黄，气味馥香，观之如珠，摩之润爽，含有丰富的糖类，B族维生素，维生素E，钙、铁、磷、钾等元素。武乡人民用这色泽金黄，口感醇厚的小米，养育了抗日战争时期的八路军将士，2018年"武乡小米"获得国家农产品地理标志认证。

◎ 武乡小米   ◎ 小米焖饭

第2章 悠久璀璨的历史

武乡历史悠久、人杰地灵、山奇水秀，人文景观、历史文物及革命遗址十分丰富。自然景观引人入胜，有著名的明清武乡"八景"；历史文物五彩斑斓，境内存有元代的监漳会仙观、清代的千佛塔等古建艺术珍品。还有后赵从奴隶当上皇帝的石勒、在玄奘之前去西天取经的高僧法显、佛图澄等一大批有影响的历史名人遗迹。武乡是一座没有围墙的历史博物馆。

建置沿革

武乡县名来历有二：一曰因境内有武山、乡水而得名；一曰因境内民风尚武，以尚武之乡而得名。据《水经注》载，武乡县以城濒武乡水得名。武乡水这条河流，即今山西东南部之浊漳河，为漳河北源之一。源出山西和顺县西八赋岭，向南流经榆社县西，又入武乡县。《水经注·浊漳水》曰："涅水又东南，武乡水会焉。水源出武山，西南径武乡县故城西。"

武乡拥有悠久璀璨的历史，根据1972年武乡县石门牛鼻湾出土的石磨盘、石磨棒考证，武乡在7800多年前就有人类居住。西周时期，由于今天的南关镇和故城镇先后为皋狼城邑遗址，故武乡地区被称为皋狼之地。春秋时期，隶属晋国。战国时期，称为涅，先属韩国，

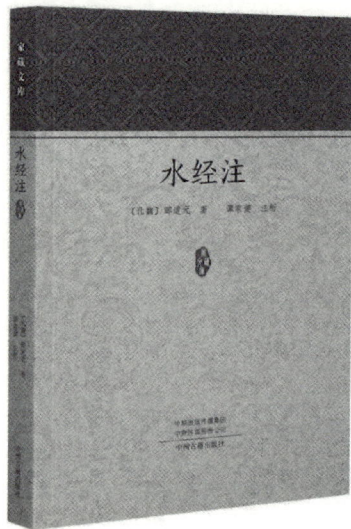

◎〔北魏〕郦道元《水经注》

后属赵国。秦代，隶属上党郡。西汉时期，置涅县，隶属并州上党郡，县城在今天的故城镇。东汉，沿称涅县。西晋武帝泰始年间，涅县被分成三个县区，即武乡县、辕（读 liáo，同镣）阳县和涅县，武乡县之名自此始。

十六国时期，后赵的建立者石勒是上党武乡人。武乡县先隶属于前赵，石勒建立后赵后，遂置武乡郡。后赵政权覆灭以后，武乡县先后隶属前燕、前秦和后燕。五代十国时期，武乡县先后属后唐、后晋、后汉政权。元代，武乡县属中书省晋宁路沁州。明代，武乡县属山西布政司冀南道沁州。清代，隶属山西省冀宁道沁州。

民国十六年（1927），武乡直属于山西省政府。1937 年 9 月，山西省被划分为七个行政区，武乡县隶属于第三行政区。1939 年 7 月，日军侵占白晋路后，晋东南抗日根据地被分为太行区和太岳区两大区域，武乡县隶属于太行三专区。1940 年 7 月，日军侵占段村，武乡县被分为武乡（东）县和武西县，两县均隶属于晋冀鲁豫边区。到 1945 年 8 月，段村解放，两县进行合并，恢复武乡县建制。

解放战争期间，成立太行行署，武乡县恢复建制以后隶属晋冀鲁豫边区太行行署第二专区。至 1948 年，武乡县隶属于华北行政区太行行署第二专区，专署驻左权县。中华人民共和国成立以后，武乡县隶属山西省长治行政专员公署管辖。1958 年，将榆社县和武乡县二县合并，称武乡县。1959 年榆武再次分治，榆社仍属晋中专区。1985 年，撤销晋东南地区，分设长治市和晋中市，武乡县属长治市管辖至今。

历史人物

武乡历代英才辈出，名流荟萃。有中国历史上唯一从奴隶成为皇帝的石勒，有胸有奇策、能文能武的兵部右侍郎魏云中，有明太祖亲赐"帷清"二字的著名廉臣庞清，有被誉为明"天下廉吏第一"的程启南，有刚正不阿、政绩卓著的宣大总督魏光绪，有被誉为"清初四大家"之一的文学家程康庄。

中国共产党诞生后，有把革命火种带回故土武乡的李逸三；有中央政治局委员、国务院副总理纪登奎，山西省委书记武光汤，民政部副部长史怀璧等杰出人物。

石勒

石勒（274—333），字世龙，羯族，上党武乡人，十六国时期后赵建立者，史称后赵明帝，也是中国历史上唯一的奴隶出身的皇帝。西晋太安年间（302—303），石勒被抓卖到山东为奴隶，后追随牧帅（牧帅，官名，西晋置。国家牧场中的低级官吏，亦称牧率，掌管苑马的牧养）汲桑起义投靠当时一个将军公师藩。后又投靠汉赵刘渊。石勒在汉人张宾辅助之下以襄国为根据地，先后灭了王浚、邵续与段匹碑等西晋在北方的势力，又吞并曹嶷。前赵平阳政变后正式与刘曜决裂。319年称赵王，都襄国（今河北邢台）。329年吞并关中取上邽灭前赵。北征代国，后赵成为当时北方最强大的国家。

石勒是一位充满传奇色彩的人物，他大胆改革创新，完成了统一北方的大业。石勒崇尚儒家文化，减租缓刑，开办学校，核定户籍，重新制定度量衡，促进北方文化和经济发展。建平四年（333）七月戊辰日逝世，享年六十岁，谥号明皇帝，庙号高祖，葬于高平陵。

程康庄

程康庄（1616—1679），字坦如，别号昆仑。清武乡县信义村人，工部尚书程启南嫡孙。明崇祯六年（1633）正榜拔贡，清顺治十七年（1660）任江苏镇江府通判，康熙六年（1667）迁安庆府同知，康熙十年（1671）奉诏还京，调任陕西耀州知州。

程康庄出生于世代官宦之家，自幼接受了良好的教育。天资聪颖，才气横溢，文名震动朝野。他中年入仕，为官清正，办事干练，颇有建树。然而，官声却远不及文名。他以诗文著称于世，是著名的诗人、文学家，著有《日课堂集》，被誉为"清初四大家"之一。他的诗文深受清初文学名家钱谦益、王士禄、陈维崧等推崇，赞其文为"才气横溢，词源倒流，如喷泉之涌

◎ 石勒雕塑

相关 链接

《晋书》中关于石勒的记载

《晋书》载："石勒出自羌渠，见奇丑类。闻鞞上党，季子鉴其非凡；倚啸洛城，夷甫（指王衍）识其为乱。及惠皇失统，宇内崩离，遂乃招聚蚁徒，乘间煽祸，虔刘我都邑，翦害我黎元。朝市沦胥，若沈航于鲸浪；王公颠仆，譬游魂于龙漠。岂天厌晋德而假兹妖孽者欤！观其对敌临危，运筹贾勇，奇谋间发，猛气横飞。远嗤魏武，则风情慷慨；近答刘琨，则音词偶傥。焚元超（指司马越）于苦县，陈其乱政之愆；戮彭祖（指王浚）于襄国，数以无君之罪。于是跨蹑燕、赵，并吞韩、魏，杖奇材而窃徽号，拥旧都而抗王室，褫毯裘，袭冠带，释介胄，开庠序，邻敌惧威而献款，绝域承风而纳贡，则古之为国，曷以加诸！虽曰凶残，亦一时杰也。而托授非所，贻厥无谋，身陨嗣灭，业归携养，斯乃知人之暗焉。"

出，如龙气之直上""或以八大家变太史公法；或以太史公变八大家法；或以太史公八大家法变己法；或以己法变太史公八大家法，而自成一家之言"。陈维崧批阅明代及清初诗词古文不下数千卷，古文仅得四家，诗词得十家，而程康庄诗、文两得其选。陈维崧作《四大家文选序》，序中感慨地写道："甚矣，作者之难也！盖百余年，能文章者不下数百家，而可传者独数人。武乡程昆仑古文，则以险绝胜得之。"

纪登奎

纪登奎（1923—1988），武乡松庄村人。1937年，15岁的纪登奎加入山西牺牲救国同盟会，参加革命工作。1938年加入中国共产党。抗日战争时期历任晋东青年救国总会委员兼和顺县青年救国会主席，鲁西区青年救国总会组织部部长，冀鲁豫第二地委抗联组织部部长、副主任，中共冀鲁豫区党委第一地委民运部部长。参与动员组织青年参加抗日武装和支前工作，参加敌后抗日游击战争。此后，他长期在华北地区工作，参与领导当地土地改革和

◎ 纪登奎

剿匪反霸斗争。新中国成立后，历任中共许昌地委副书记兼宣传部部长，中共许昌地委书记，中共河南省委常委、书记处候补书记兼秘书长，后任国务院副总理，中央政法小组组长，中央军委领导成员等职，是中共第九届中央政治局候补委员，第十届、十一届中央政治局委员。1983年，出任国务院农村发展研究中心研究员。1988年7月13日因病在北京逝世。

名胜古迹

武乡县历史悠久，文化底蕴丰厚。明清时期的武乡八景不仅"山川融

结，神灵孕秀"，绚丽多姿，而且具有深厚的文化底蕴，是自然与文化的宝贵遗产。此外，境内庵、观、寺、庙、亭、台、楼、阁以及雕塑、壁画等名胜古迹星罗棋布。

武乡八景

武乡八景为万历年间由县令张五美选定的，原八景为：鞞（pí）山耸翠（鞞山位于武乡原县城，今故县村）、漳水回澜、南亭烟雨、东沼风荷、南山锦浪、龙洞灵湫、崇城岩险、故城都会。后又由同榜进士程启南、魏光绪，贡生魏鳌等人续补北漳夜月、皋狼牧雨二景，成为康熙版《县志》上的武乡十景。

相关链接

"八景"文化

"八景"是汉文化与传统自然审美相融合的表现形式之一，通过遍察地域环境、辨识山水特质、巧施风景营造、熔铸人文意涵，彰显一方人居之美。各历史时期的文士以"八景"为中心，在文学、绘画、美学及思想等方面创造了较高的文化成就，形成了内容丰富的"八景"文化，亦有"十景""十二景""十八景"等，其义相通。

"八景"文化发源于先秦，萌芽于魏晋，成熟于两宋，繁荣于明清。一般认为，"八景"之名肇始于北宋，以"潇湘八景图"为滥觞。在取名上，"八景"皆以四字名题，每一景统一为四字格，以主谓词组为主，展现风物之美与人文之韵。

从历史实践来看，"八景"作为一种城乡人居风景营造的本土模式，重在于宏阔环境中萃取精华、巧抓关键、整合提升，将人工建设景观与区域山川形胜有机组合，将人文意涵与物质空间虚实关联，并融合晨昏雨雾、四时之景，建构地方标志性风景体系。

相关 链接

漳水回澜

漳水回澜，位于原武乡县城之东南三里许的漳河湾，与南神山百丈之距。

清人程步堂有词曰："出郭叹汪洋，云是清漳，波澜壮涌乱流狂。顿使涟漪成激湍，一片寒光。望处总苍茫，浩浩荡荡，如斯逝者为谁忙。惹得渔人夸自在，曲奏沧浪。"

——摘编于郝雪廷《武乡古景》

◎ 乾隆版《武乡县志》武乡古十二景

乾隆五十五年（1790）修编《县志》时变成武乡十二景，新增的三景为：羊径樵云、南关锁钥、麻池古迹。由于皋狼牧雨因景色萧条被删除，武乡十二景又成为：鼙山耸翠、漳水回澜、南亭烟雨、东沼风荷、南山锦浪、龙洞灵湫、崇城岩险、故城都会、北漳夜月、羊径樵云、南关锁钥、麻池古迹。

石勒城、石勒寨

故县旧城在段村东的一块高地上，前为"石勒城"，后为"石勒寨"。此城此寨，北依北原山，前临南亭川，浊漳河绕行其西南两侧，确为形胜地。

◎ 石勒寨遗址

石勒城和常见的城不同，不是用城墙围起的平地，而是用石块垒砌的高台。抗日战争时期此城被日寇焚毁。县衙旧址，现为故县中学。故县东墙，墙很高，墙角下有"石（勒城）东城旧基"碑（"勒城"二字已残）。东墙东面是东河沟，远处可见一土圪垯，是传说的"石勒出生地"。

普济寺

"石勒城"的西墙，西面有个西沟垴。所谓"垴"是用石块护崖的高圪垯。垴上是普济寺（因在县西，也叫"西寺"）旧址，立有"丈八佛"，据说是北魏遗物。石像头饰精美，可惜面部已风化，地面高度约4米，看不到脚，最宽处94厘米。后来村民将石像拉倒，重新立起，误将方向弄反，本来应该脸朝南，现在脸朝北。像的右手有个杆子，上面系两个喇叭，前边置石盆，当香炉用。

大云寺

大云寺，位于故城镇，过去曾被用作粮库，2002年被列为国家重点文

◎ 大云寺北宋石刻

◎ 大云寺正殿（局部）

物保护单位。武乡名贤清代程林宗《新修大云寺记》记载：

　　武乡故城镇，本汉涅氏县，自迁县于南亭川镇（案：今故县），遂以故城名。大云寺者，镇之佛寺也，相传为旧县治所，代远年湮，无从征信，惟残碣有"大唐河清四年"[①]等字，余则漫漶矣。寺旧名严（岩）净，易今名者，宋治平元年时也。

　　大云寺的正殿三佛殿，为宋构金修，是寺中最早的建筑。寺庙坐北朝南，有南殿（观音菩萨殿）五间、正殿（三佛殿）五间、东殿（十八罗汉殿）五间、西殿（阎罗毁）五间，正殿后面还有一排房子。正殿是宋构，南

---

① 据李零在其《梁侯寺考——兼说涅河两岸的石窟和寺庙》一文中考证，程林宗所说"残碣"即北齐造像碑，并非残碣；"大唐河清四年"也是"大齐河清四年"之误（唐代无"河清"年号）。寺名"严（岩）净"易名"大云"，是据宋治平元年刻石。

墙西面嵌有北宋石刻，殿内四壁图绘，当中有个莲花座。东西配殿是明代的建筑，每根石柱都有施主姓名和年号。武乡文管所藏的三尊佛头和北齐造像碑就是从南殿的东墙根下发现的。

第3章 丰富多彩的传统文化

　　历史的积淀造就了武乡丰富多彩的传统文化，集中表现为形式多样的民俗文化和极具特色的饮食文化。如独特的地方文艺形式，戏曲有上党梆子、上党落子、中路梆子、武乡秧歌；曲艺有武乡三弦书、武乡鼓书、武乡琴书；民歌有开花、招歌、抗战民歌；舞蹈有小花戏、走乱团、顶灯舞、八音会、霸王鞭、竹马、抬贡、扛桩等。这些文化装点着人们的生活，陶冶着人们的情操。特色饮食则主要有武乡枣糕、擦面、和子饭、炒指、小米焖饭、干面饼则等。

◎ 上党梆子《三关排宴》剧照

民俗文化

唐朝时期武乡出现庙堂音乐和民间小曲。宋金时期有鼓词和唱本代表。明末清初时期，戏剧开始出现，文风逐渐鼎盛。晚清民国时期，受五四新文化运动的影响，一些进步青年学生先后从事文化创作，一度掀起了新诗的热潮。抗日战争时期，各种文艺剧团先后在武乡县进行演出。在剧团的影响下，武乡县抗日政府于1938年创立儿童剧团和各种演艺宣传队，先后创作了大量优秀的抗日文艺作品。

武乡秧歌

武乡秧歌是武乡县劳动人民智慧的结晶。武乡秧歌自问世以来，发展十分迅速，到1930年，武乡县共有六家具有代表性的大戏班，包括鸣凤、庆荣、三元、元落义、鸣胜、永乐意。经过近百年的锤炼，武乡秧歌

◎ 武乡县大众剧团演出剧照

剧种逐渐完善。抗战前夕，基本板式包括二性板、慢板、紧板、哭板、散板等。在行当上，旦角细化分为小旦、正旦、老旦、彩旦、花旦等。生角分为小生、大生、老生三种。丑角分为小丑和老丑两种。知名者有枣岭的"羊户旦"，陌峪的韩三保、韩三孩、韩黑痣，龙湍的"白牡丹"，上合的韩忠元等。

三弦书

武乡县的三弦书属于唐宋变文的后代。相传，这一曲种由道歌道事演变而成。为盲人串户说唱，借以乞食。当时伴奏乐器只有木胡。从明代末年开始出现六七人一组坐场说唱，唱腔只有流水一种板式。抗日战争时期，艺人们对唱腔进行改革，新增了四句提纲、起腔、散板等。

新中国成立后，武乡三弦书吸取老州调、武乡秧歌、上党梆子等曲艺、戏曲音乐，新创了截板、垛板、抢板等板式，始称三弦书。后来，又相继吸收了中路梆子和当地民歌的音乐，唱腔与伴奏都有了较大的发展。民间艺人在继承传统的基础上，大量吸收本地的民间小调，戏曲曲艺融会，将过去的瞽调发展成今日的三弦书。武乡三弦书现存传统书目有《大八义》《还魂带》《抢铜钱》《打马牧》《捉汉奸》等。

武乡鼓书

武乡鼓书起源于武乡农村，由于历史原因和各流派的演唱风格不同，又可分为武乡琴书、武乡大鼓、武乡快板书等三个小曲种。它流行于武乡、襄垣、榆社、左权、太谷、榆次等县，是山西省的主要曲种之一。"鼓书"的前身是"瞽儿腔","瞽儿腔"是由"骨板书"演变而成的,是宋鼓子词的后裔。在历史不同时期的叫法有:骨板书、干板书、快板书、瞽儿腔、八角鼓书、鼓儿书、武乡大板书、武乡琴书和武乡鼓书等。骨板书的形成至今已有七百多年历史。演变成瞽儿腔的演唱形式有四百多年历史,1805年形成八角鼓书的演唱形式至今也有二百多年的历史。

　　武乡鼓书是当地百姓喜闻乐见的一种民间说唱艺术,艺人们演唱时用的是武乡方言,富有乡土特色。演唱方式可以单人演唱,也可集体坐唱、伴唱、合唱。唱腔风趣幽默,粗犷流利,属于板腔体结构。板式主要以"柳调"为主,另有垛板、哭板、散板、簧板等,可以穿插使用。其中以起板(又名哼腔)最有特色,最能表现乡土气息。传统书目有《五女兴唐传》《呼家将》《包公案》等。

◎ 文化园鼓书表演

武乡顶灯

武乡顶灯始于西晋，时经南北朝、隋唐、五代、宋、元、明、清，一直延续至今，用于敬神活动和自娱自乐。"武乡顶灯"只出现在武乡县境内。武乡顶灯是一种原始古朴的"歌伴舞"，形式典雅稀奇，表演洒脱粗犷，有着浓郁的乡土气息和历史遗风，是省级非物质文化遗产。

顶灯是在普通饭碗（木碗、瓷碗、塑料碗均可）的碗边转圈糊上各色纸，里边放上旧式灯盏或蜡烛，点燃后即为灯，顶在头上进行表演。顶灯人数不限，少至六七人，多至上百人。表演服饰没有统一规定，有的队统一穿一种服装，有的队因取材于一定的故事情节，与角色配套穿衣。顶灯队伍行进时随着锣鼓点有节奏的扭动、变换，其走法有"卷帘洞""蛇蜕皮""九连环""大穿堂"等。晚上演出时，可谓灯火辉煌，又似"银河落九天"。

◎ 武乡顶灯表演

武乡顶灯在古时只是一种民间歌舞形式。抗日战争时期，武乡顶灯与秧歌相结合，通过即兴编词的方式，颂扬共产党、八路军，抗击日伪反动势力，才有了文字内容。保留的传统作品主要有《请神到位》《祈雨》等，抗日战争时期的作品有《粉碎九路围攻》《八路军进了村》《保护抗属三不难》《抗战胜利有保证》等。

饮食文化

中国民俗学认为，社会经济的发达程度决定着人们的生活水准，并影响着人们的生活习俗。而人们的衣食住行则是形成地域生产习惯和性格特征的重要因素，是民俗在生活方式上的主要表现。在很长历史时期中，山西人保持着节俭、朴素的习惯。这种俭朴的生活习惯源于山西历史上"十年九旱"的农业状况，使得山西人形成了俭朴的民风和食用杂粮的饮食习惯，武乡地区也不例外。

武乡枣糕

武乡枣糕已有300多年的历史，是武乡的一种民间小吃。枣糕主要用料是黄米（黍米，也叫软米）和大红枣制成的，"味甘、性微寒"，有"治筋骨挛急，杀疮解毒热"的功能。大红枣"味甘、平，无毒"，有"润心肺、止咳、解五脏、治虚损、除肠胃癖气"的作用。是民间婚丧嫁娶、生日、满月、暖房、祝寿等活动的主食，也多见于集市、饭摊。

相关 链接

武乡琴书《吃枣糕》唱词

辗了五升软米面，买了三斤太谷枣。太谷枣，是好枣，皮皮厚来，核儿小，一层层面一层层枣……

◎ 枣糕

制作武乡枣糕要将软米面用温水搅拌成碎粒状，将大红枣用清水冲洗干净，用温水泡软，再将蒸锅置于旺火上，水沸后套上专用蒸米的瓦甑铺纱布。取软米面粒撒入甑内一层大约 6 厘米厚，待冒出蒸气后，再撒一层软米面粒，大约 18 厘米厚时，排放一层红枣。反复数次，直至甑满为止。蒸熟后，倒在案板上，用湿布盖住，双手蘸冷水，拍压成面馍形状，吃时用刀切成薄片即可。2013 年，武乡枣糕被列为市级非遗项目。

擦面

也叫擦圪蚪，是武乡民间一种日常饭食。制作简单，操作方便，适合集体大灶人多食用。做擦面：1. 需备有"擦床"灶具，擦床架呈长方形，大的三尺左右，小的也有一尺半，中间床架上多用硬铁皮做擦孔，扁圆形向上隆起，孔如月牙，多似鱼鳞，排列有序。2. 面和好后不需要揉搓和用力揣压，质地软绵为好，也称活面，可直接擦入开水锅内。3. 原料常见有三种：一是纯白面粉，二是白面中掺入玉米面或高粱面，三是白面、豆面、高粱面和在一起称"杂面"。

◎ 擦圪蚪

和子饭

"和子饭"也叫"和则饭"，是武乡民间晚餐常见的一种饭食。主料有小米或少量的玉米面。配料按季节选用豆类（大白豆、大绿豆、黄豆），蔬菜类（红薯、土豆、南瓜、北瓜、鲜豆角、红萝卜、白萝卜、芹菜、甜菜、干豆角、南瓜条）、野菜类（苦菜、玉

◎ 和子饭

谷菜）。品种可多可少，数量根据喜好，各取所需，适量为宜。调料多用葱花、蒜片、精盐、食油、醋烹入锅。

武乡炒指

"炒指"，是一种面食制品，因其外形像手指而得名。炒指是长治地区的特产，襄垣、平顺都有，最著名的要数武乡。一般以白面为主，讲究的加入小米面、黄米面、鸡蛋、糖，和好面后擀成厚饼，用刀切成细长条，再改刀成短条，入铁锅炒熟。

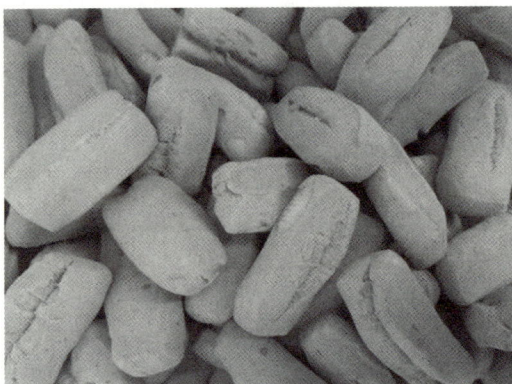
◎ 武乡炒指

小米焖饭

武乡盛产小米。制作小米焖饭，首先将小米拣净杂物，用清水淘洗干净。倒入开水锅内，水淹小米二指，用铁匙搅一次，以免粘锅，然后，掌握火候，先急火煮，后用文火焖至小米开花即成。也有做小米焖饭时，少加点碱面儿，使焖成的米饭有筋，更加爽口，软绵。食时，舀上一碗"小米焖饭"，放上一些红、白萝卜丝更佳。

干面饼则

干面饼则是武乡人最普通的食品，清代顺治年间就闻名遐迩。这种食品，既携带方便，又易放置，无论城里、乡下的饭店，每每常见。把和好的面团，切成面剂压扁，包入准备好的调味馅，擀制成圆饼形状并烙成两面淡黄花纹后，放入铛内烤熟取出，即成色泽鲜亮、外脆里香的武乡干面饼则。

优秀传统文化的继承和创新，是实现中华民族伟大复兴过程中的一个重要议题。习近平总书记指出："要坚持古为今用、以古鉴今，坚持有鉴别的对待、有扬弃的继承，而不能搞厚古薄今、以古非今，努力实现传统文化的创造性转化、创新性发展，使之与现实文化相融相通，共同服务于以文化人的时代任务。"

◎ 干面饼则

研究与 拓展

耳闻之，不如目见之；目见之，不如足践之。

——〔西汉〕刘向《说苑·政理》

以展示家乡人文、环境之美为主题开展社会实践，通过实地拍摄记录的方式，广泛收集具有家乡特色、地域风情的传统习俗、文化产品及民俗活动、人文景观、特色美食等，将声音、视频、图片、文字资料进行汇编，并选取其中一个方面进行展示，做好家乡代言人。

第二篇

红星闪耀

抗日战争建功地

早在 1933 年，武乡就建立了中共地下组织，领导全县人民开展了多种形式的革命活动。抗日战争时期，八路军总司令部和中共中央北方局等机关长期在这里驻扎，武乡成为华北抗日根据地的指挥中枢。在中国共产党的领导下，武乡建立了抗日民族统一战线、人民抗日武装和抗日民主政权，为中华民族的解放事业作出了巨大的牺牲和贡献。

第1章　坚定信仰的"追光者"

武乡地方党组织成立后，立刻开展了大量的工作，主要包括研究和宣传马克思主义，成立社会主义青年团组织，以及在工农中进行广泛宣传和组织工作等，从而为党培养了充足的后备力量，也为创建武乡抗日根据地奠定了坚实的组织基础。

马克思列宁主义在武乡的传播

武乡党组织建立前，武乡已有一批在外地和本县上学的革命青年接受了马克思列宁主义。早期马克思主义在武乡的传播离不开高君宇的功劳。早期革命家高君宇在太原创立了社会主义青年团，参加过声援北京学生罢课运动的武乡籍爱国青年武灵初和高成哲等积极响应，成为山西省第一批青年团员。1921年，武灵初等青年学生接受马列主义后回到家乡武乡，在学校进行积极宣传，提倡科学与民主，带领学生开展学潮运动进行反帝爱国主义斗争，唤起了民众的觉醒。同时在武乡县积

◎ 武灵初

极传播马克思主义进步书籍，如《苏俄的真相》《新青年》杂志等，促进革命势力的发展。

太原社会主义青年团

1920 年 11 月，在李大钊的领导下，高君宇、邓中夏等人在北大成立了北京社会主义青年团，高君宇当选为北京社会主义青年团第一任书记。1921 年 4 月底，高君宇受托返回山西，筹建社会主义青年团。1921 年 5 月，太原社会主义青年团成立，太原也因而成为继上海、北京之后中国较早建立社会主义青年团的城市。《平民》周刊为该团的刊物，该团的主要宗旨是："唤醒劳工，改造社会"，反对帝国主义，反对北洋军阀政府，提倡民主与科学。

——参考《中国社会主义青年团创建问题论文集》，共青团中央青运史研究室 1984 年编印

李逸三（1906—2003），原名李楷，武乡县故城镇北良村人，在抗日战争时期，历任连政治指导员，营教导员，团政治部副主任、代主任，太岳军区总教员，太岳军区政治部宣传部副部长、代部长等职。

除此之外，还有武乡籍进步知识青年代表高沐鸿，组织创建"共进学社"，创办刊物，积极传播新思想。1927 年秋，武乡县的进步知识分子高沐鸿、李逸三、武灵初等，在太原组织"星光社"，出版《星光月刊》，传播民主和科学思想，提倡新文化运动。刊物发行于武乡县等地。

武乡籍的其他进步青年，如王玉堂、段若宗、段宏绪、武华、李廷枢等，先后在太原、北平等地加入了共产党或党的外围组织（如社会科学家联盟、反帝大同盟等）。他们经常用邮寄革命书报等方法，给本县进步力量宣

相关 链接

高沐鸿

　　高沐鸿（1900—1980），山西武乡故县村人，早期革命活动家和著名作家。1917年就读于省立第一师范学校。在五四运动的影响下，他与几位同学组成共进学社，创办《共鸣》刊物，宣传新思想、新文化，抨击专制政权。后又与武乡留并学生组织星光社，出版《星光月刊》，揭露山西当局暴政和武乡县县长吕绍岩贪污劣迹。1928年，他离开太原，去上海参与创办《狂飙》，倡导反帝、反封建、反对旧礼教。1933年，回到武乡与早期共产党员李逸三、进步青年武光汤、史怀璧等创办《武乡周报》，自任社长。鼓动民众抗租抗债，同封建势力展开斗争。1935年，高沐鸿在北平参加左翼文艺活动，并在这一年正式加入了中国共产党。抗日战争爆发后，1937年受中共山西省委的派遣，他回到武乡，任中共武乡县临时工委宣传委员。1939年，山西牺盟会长治中心区创办《黄河日报》，高沐鸿任总编辑。此后创办《文化消息》《文化动员》《华北文化》等刊物，在工作之余，他创作了长篇小说《遗毒记》《美满家庭》，短篇小说《东山五》《土地吵架》等作品。1944年高沐鸿任太行文联主任，解放战争初期创办了《文艺杂志》，亲任主编。新中国成立后，他被推选为山西省文联主任。历任山西省监察委员会主任、山西省委宣传部副部长、山西省图书馆副馆长等职。在繁忙的公务之余，仍勤于创作，发表了《太行吟》《黄河一澄清》等长诗。

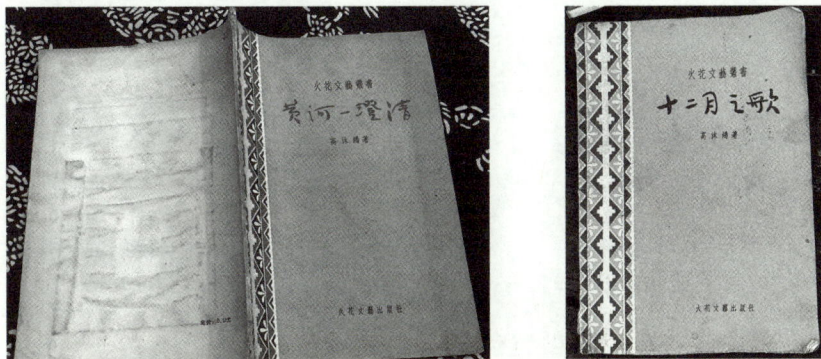

◎ 高沐鸿代表作品《黄河一澄清》与《十二月之歌》

传革命思想。返乡期间，则在学生、知识分子中积极宣传共产主义。1931年，武华、段宏绪在段村镇组建了反帝大同盟支部，并油印革命传单在县城散发、张贴。后因二人相继离开武乡，反帝大同盟活动遂终止。

相关 > 链接

王玉堂

王玉堂（1907—1998），笔名冈夫、宇堂，山西武乡故城村人。1919年考入公费的山西外国文言学校，学习期间深受"五四"、西欧和苏联文学影响，于1925年前后开始练习写诗。1932年在北平参加了"左翼作家联盟"，同年冬被国民党逮捕，入北平草岚子监狱。1933年在狱中加入中国共产党。1936年经党组织营救出狱，回太原参加抗日救亡活动并在高沐鸿主编的《开展》上发表新诗作。1937年11月太原失守后，赴晋东南地区参加抗战动员和文化工作，历任中共武乡县临时工委书记、山西第三专区民革中学政治主任、晋东南文教界抗日救国总会理事、中华全国文艺界抗敌协会晋东南分会理事、《抗战生活》编委、前方《鲁艺校刊》编委主任、太行区文联副主任等职。新中国成立后，先后担任过山西省文协主任，华北文联筹委，中国文联联络部部长、学习部部长等职。

◎ 王玉堂作品《战斗与歌唱》

◎ 王玉堂

早期武乡党组织的成立

武乡党组织始建于 1933 年，是由北良村的李逸三同志发起和组建的。1932 年，李逸三从武汉出狱后返回武乡，在武乡秘密传播马克思主义并积极准备筹建武乡的党组织。

1933 年 3 月，高沐鸿、武光汤等人在武乡县创办了《武乡周报》，名誉社长为高沐鸿、社长为武光汤，编辑为李逸三。《武乡周报》主要宣传反帝、反封建和反官僚，传播革命思想，为建立武乡党组织开展大量的准备工作。

同年夏天，李逸三在太原与山西特委取得联系，中共山西特委书记维公（高洪涛）指示尽快建立武乡党组织，并在全县开展"抗租、抗债"斗争。回到武乡后，李逸三设法培养先进分子，先后吸收了武三友、史怀璧、赵瑞璧、高沐鸿和王玉堂等人加入党组织。他们在后来的武乡革命中均担当了非常重要的角色。

1933 年 8 月，中共武乡县委在县城（今故县）高沐鸿家正式成立。李逸三任书记，赵瑞璧分管组织，史怀璧分管宣传。会议决定：（1）积极发展党的组织，主要从"抗债团"的积极分子中选拔；（2）编印党内刊物《上党红花》，以教育党员；（3）加强对"抗债团"的领导，推动开展群众性抗债、抗租、抗粮、抗税、抗丁的"五抗"运动；（4）全县分东区、中区、西区三个党的活动地区。县委分工，李逸三和李尚文负责西区，史怀璧、武三友负责中区，赵瑞璧、程登瀛负责东区。后来东区以窑头、中区以段村、

史怀璧（1913—2001），武乡中共党组织创始人之一，民政部原副部长。

33

相关 链接

《上党红花》名称由来

为了配合当时的政治斗争，我们编辑出版了《上党红花》等秘密书刊。为什么叫《上党红花》？因为武乡地形是个黄瓜形，东西长，南北窄，党组织一发展，就波及到沁县、襄垣、榆社等邻县，故取名"红花"，又加上上党二字。

——选自李逸三《地下党组织创建经过》

西区以北良侯这3个村为中心，成立了3个党支部。从此，武乡的党组织就在农村中扎下了根。

与此同时，建立了最早的革命图书馆，即"武乡流通图书馆"，此馆的建设由李逸三发起，之后进步知识分子高沐鸿、武光汤和县长吕日新积极筹款，购买进步书籍，逐渐在武乡建立起流通图书馆，利用公开形式宣传革命思想，传播马列主义。该图书馆对武乡县的进步人士影响很大。

1933年10月，又发行了党内刊物《上党红花》，由李逸三任主编，高沐鸿、史怀璧任编辑和缮印。主要内容是传授党的基本知识，宣传马列主义和党的路线方针，提倡民主，传播自由和爱国思想，也介绍南方苏区农民协会活动和红军反"围剿"胜利消息等。每月一期，每期印刷500份，发至东、中、西3个支部的党员和进步知识分子。

在此期间，根据中共山西特委指示，武乡农民抗债团在县城"流通图书馆"秘密成立，并印发了《晋东南抗债团宣言》。中共武乡县委下设的东、中、西3个中心支部，都加强了对各个乡村抗债团的领导，组织发动了农民"五抗"运动。运动迅速发展，抗债团立即建立了分支机构，遍及全县48个编村，抗债团员很快发展到二百多人。在这个过程中，共产党也在这些编村建立了20个支部。

抗债团是党领导下的外围组织，为了便于活动，采取了"桃园结义""拳房学武""姐妹会""钱子会"等旧名义进行公开活动，主要的斗争手段是张贴标语制造舆论。抗债团的主要宣传标语有："年成坏、不还债、没衣穿、没饭吃，哪有钱还债！""地主要钱如要命，农民卖儿卖女还不清，穷人哭得泪淋淋。""穷人们站起来，打死恶霸地主不顶命。""穷人联合起来，不给地主还债！""共产党来了、地主寿命不长了！"

在县东部，70%的农民被动员起来，他们抗交大约27万斤粮。抗债团的活动，沉重地打击了地主阶级，大大鼓舞了人民群众的斗争意志，有力地推动了附近各县农民运动的开展，为后来开创抗日根据地实行减租减息以至土地改革奠定了基础。

1936年，武乡县共产党组织一次次处于危险中。随着"五抗"斗争如火如荼，中国共产党领导的红军东征部队进入山西，阎锡山开始大肆镇压全省所有的共产主义活动。武乡被山西反动当局认定为共产党活动的"四大赤县"之一，是出乱子的潜在源泉，武乡县党的组织再次遭到破坏。

党组织虽经挫折磨难，但点燃了革命烈焰，播下革命种子，使得革命力量不断积淀，并随着抗日战争的开始日渐坚韧。她留下来的不仅是一个个有丰富革命斗争经验的地方干部，而且还是一个能够发挥政治动员作用的农村网络，这个网络对恢复武乡地区党组织的重建至关重要。

中共党组织的发展扩大

1937年9月，由徐子荣、高沐鸿和王玉堂组成的共产党小组受省委的指示，从太原回到武乡开展党的工作，主要是恢复中共武乡县委；建立新生的农民协会；帮助牺盟会的发展；壮大党的组织和力量。

1938—1945年武乡共产党组织的发展

年份	武乡支部（个）	共产党员（个）	武乡西部（个）	共产党员（个）
1938	57	2999		
1939	271	5708		
1940	118	3784	37	1370
1941	105	2629	40	635
1942	147	3170	81	1093

续表

年份	武乡支部（个）	共产党员（个）	武乡西部（个）	共产党员（个）
1943		3166		756
1944	144	2765	71	1060
1945	186	3925	77	1251

1937 年后半年至 1938 年，中共在武乡成功地吸收了大量农村领域中的高低两个阶层。大批富农抓住机遇成为长期的村干部，甚至分区干部。与此相近，同样也吸收了大量农业工人、无地佃农以及贫农。据当时被招募的人后来评论，他们可能"没有文化，但政治上可靠"，而且与太行区其他地方经历不同的是，他们中的大部分留在了党内。

1938—1944 年武乡党员社会构成（%）

年份	社会构成							知识分子	商人	其他
	工人				农民					
	共计	工业工人	手工业工人	无地劳工	贫农	中农	富农			
武乡										
1938	27.6	2.3	5.9	19.4	50.0	10.0	6.5	5.9		
1939	20.7	1.7	7.0	12.0	53.8	8.6	9.1	7.7		
1941	15.2	2.8	3.2	9.2	42.9	35.8		3.7		2.4
1943	12.9	1.6	3.1	8.2	46.7	32.9	4.0	2.6		1.0
1944	9.5	2.1	1.6	5.8	38.9	46.5	3.0	1.9	0.1	0.1
武乡西										
1941	12.9	1.4	4.3	7.2	42.5	31.8	3.2	7.6		2.0
1943	22.0	0.6	6.0	15.3	37.3	30.0	4.5	1.2		5.0
1944	4.3		2.8	1.4	49.5	40.0	5.0	1.0		

上表提供了抗战时期武乡的中共党员社会构成情况。整个太行根据地党员中，各类工人（包括农村工人、佃农、手工业工人及工业工人）占比不到10%，在武乡则占到20%。

第2章　创建敌后根据地

党领导的敌后抗日根据地，既是抗日战争的重要阵地，也是党的重大战略理论的承载地和实施地。敌后战场的开辟，不仅直接给日本侵略者以有力打击，分散和削弱了侵华日军的力量，减轻了正面战场的压力，同时为维护团结抗战、持久抗战发挥了主战场作用，对最后夺取抗日战争的胜利起到了决定性作用。

晋东南抗日根据地的创建

首先，太行山山高沟深，是天然的屏障。山岭重叠，交通极为不便，但却是进行游击战最理想的地带。其次，太行山地区经济条件也很优越，矿产资源丰富，可以维持经济生活自给自足的局面。最后，控制武乡对于日军进出晋东南长治周围地区有着重要意义，而且对保持太行山其他地区的占领也有重要意义。对于共产党领导的抗战来说，武乡不仅是一个保护其余东部区县抗战活动的缓冲地带，也是连接太行和太岳根据地的关键所在。

1937年11月8日，太原失陷。毛泽东在《上海、太原失陷以后抗日战争的形势和任务》中指出："在华北，以国民党为主体的正规战争已经结束，以共产党为主体的游击战争进入主要地位。"共产党、八路军实行"分散以发动群众，集中以消灭敌人"的方针，依托山西的太行山、五台山、管涔山、吕梁山，开始创建敌后抗日根据地。

太行根据地的建立，主要依托八路军一二九师及薄一波、戎子和领导的牺盟会。

相关 > 链接

山西抗日根据地

按照毛泽东关于在山西应划分为晋东北、晋西北、晋东南、晋西南四个区和八路军由此实行分散配置的战略部署，八路军迅速完成了在山西的第一次战略展开，即，第一一五师一分为二，聂荣臻率一部，留五台山地区，创建以晋东北为中心的晋察冀抗日根据地；林彪率直属队南移，驰援娘子关；第一二〇师以晋西北为中心，向晋绥边界发展；第一二九师在正太路以南、同蒲路以东的晋东南地区展开；邓小平率八路军政治部和随营学校一部，深入晋西南"作适当之部署"。

1937年11月13日，八路军第一二九师在山西和顺县石拐镇召开干部会议，着重研究太原失陷后的本师战略部署问题。师长刘伯承传达了毛泽东关于一二九师创建以太行山为依托的根据地，开展敌后游击战争的指示。"石拐会议"后，一二九师、中共冀豫晋省委根据中央军委的指示和"石拐会议"的精神，先后派遣师政治部副主任宋任穷、组织部部长王新亭、宣传部部长刘志坚等，率领工作团和步兵分队，分别到晋东南地区的沁县、长治、陵川、晋城、武乡、襄垣、平顺、沁源、安泽等县开展工作。八路军总部根据中共中央、中央军委和毛泽东主席的指示，命令一二九师深入太行区，开辟以太行山为依托的晋冀豫根据地。

刘伯承（1892—1986），四川省开县人。中国共产党的优秀党员，中华人民共和国元帅，中国人民解放军缔造者之一，伟大的无产阶级革命家、军事家、马克思主义军事理论家，军事教育家。

相关 链接

晋冀鲁豫根据地

晋冀鲁豫边区于 1941 年 7 月成立，1948 年 8 月撤销，是抗战时期中共在华北创建的一块最大的根据地。晋冀鲁豫边区下辖太行、太岳、冀南、冀鲁豫 4 个行政区，22 个专区，193 个县，总面积最大时达 23 万平方公里。它北起正太、石德铁路，与晋察冀边区接壤；南过黄河并陇海铁路，与苏北、鄂豫皖根据地呼应；东抵津浦铁路，连接山东解放区，直出渤海、黄海；西讫汾河及同蒲铁路，策应陕甘宁边区。抗日战争时期，晋冀鲁豫根据地是中共中央北方局和八路军前方总部的驻地，是华北敌后抗战的腹心。

——参考齐武《一个革命根据地的成长——抗日战争和
解放战争期间的晋冀鲁豫边区概况》，1957 年出版

驻扎武乡一带的主要机构

八路军总部从 1939 年 7 月到达晋东南后至 1940 年 11 月转移到辽县（今左权县）期间，就驻扎在武乡，一开始在砖壁村，后来转移到王家峪村。1940 年百团大战的部署和指挥，大多是在这里进行的。由于此处比较安全，太行根据地、边区政府和一二九师、八路军总部大部分时间驻在辽县、武乡、黎城的山区。

八路军总部

1937 年 8 月 25 日，在"洛川会议"上，中央军委正式命令：依据与国民党谈判协定，宣布红军改名为国民革命军第八路军；红军前敌总指挥部改名为八路军总指挥部，以朱德、彭德怀为正、副总指挥（后为正、副总司令），叶剑英、左权为正、副参谋长，任弼时、邓小平为政治部正、副主任。八路军下辖第一一五师，以林彪、聂荣臻为正、副师长；第一二〇师，以贺

龙、萧克为正、副师长；第一二九师，以刘伯承、徐向前为正、副师长。八路军指挥机关下设司令部、政治部、组织部、敌工部、保卫部、地方工作部、供给部、兵种部、卫生部。

知识 链接

洛川会议

1937年8月22日至25日，中共中央在陕北洛川县冯家村召开政治局扩大会议，即"洛川会议"。这是抗战爆发后中共中央召开的一次具有重大战略意义的会议。会议通过了《关于目前形势与党的任务的决定》及《抗日救国十大纲领》，讨论确定了红军在抗日战争中的基本任务和战略方针。根据敌强我弱的情势，"洛川会议"提出了坚持持久抗战的总战略，并决定红军主力开赴晋绥前线，和国民党军共同进行华北抗战。

◎ 朱德、彭德怀在山西省武乡县八路军总部合影八路军总部于 1938 年 4 月至 5 月在武乡地区驻扎，1939 年 7 月转移至黎城。1939 年 7 月至 1940 年 10 月中旬先后在武乡县砖壁村和王家峪村驻扎。1940 年 11 月至 1945 年 8 月驻扎在辽县的武军寺村和麻田，其间有 20 多天返回至砖壁村。武乡地区成为八路军进驻次数最多、驻扎村庄最多、驻扎时间最长的地方。不到五年时间里，八路军先后进驻 5 次，驻扎时间长达 500 多天。

总部驻扎期间，不仅积极与敌作战，与此同时还指挥一二九师、一二〇师、一一五师等建立了晋察冀、晋冀鲁豫、晋绥等抗日根据地，把广大的华北敌后变成了强大的抗日基地。

中共中央北方局

中共中央北方局（简称"北方局"）最早设立于 1924 年 12 月，原是中

◎ 八路军总部砖壁旧址

共中央派驻北平的一个常设性、享有全权的领导机构，负责领导京津冀晋鲁豫蒙等地下党的工作。1937年8月，中共中央北方局在太原组建新的领导机关，此后辗转吕梁、太行，长驻山西，具体领导党在华北的工作，山西成为实施发动全民抗战的策源地。

全民族抗日战争时期，中共中央还成立了北方分局、晋察冀分局、太行分局、冀鲁豫分局等。其中，北方局历任书记为李大钊、王荷波、蔡和森、贺昌、刘少奇、杨尚昆、彭德怀、邓小平。

第3章　革命领袖谋大业

　　抗战时期，八路军先后有 8 个旅、31 个团在武乡战斗与生活。在这片热土上，留下了一代开国元勋与将领的光辉足迹。开国将领中 5 位元帅、5 位大将、19 位上将、49 位中将、300 位少将都曾在这里战斗、工作和生活。

八路军的总司令

　　1937 年抗日战争爆发后，中国工农红军主力编为国民革命军第八路军。由朱德任八路军总指挥。1937 年，朱德总司令从延安出发，率领八路军来到武乡开辟了太行根据地。1940 年 4 月，他应中共中央召唤，从武乡出发回到延安。这是一次不同寻常的出行，他在途中写下《出太行》："群峰壁立太行头，天险黄河一望收。两岸烽烟红似火，此行当可慰同仇。"

　　1938 年朱德发表《论抗日游击战争》，同年 3 月兼任第二战区东路军总指挥，挫败了日军对晋东南抗日根据地发动的"九路围攻"和向晋西黄河河防的进攻。随后，按照中共中央关于开展平原游击战争的指示，组织八路军各部挺进冀南、冀中、豫北和山东，积极开展抗日游击战争，使晋察冀、晋绥、晋冀豫、冀鲁豫、山东各大抗日根据地成为支持长期抗战的重要战略基地，八路军成为华北抗战的主力军。

　　1940 年 3 月，朱德与彭德怀指挥八路军主力一部，在平汉铁路东西两侧先后进行了卫东战役和磁武涉林战役。1940 年 8 月起与彭德怀、左权共同部署八路军在华北铁路交通线开展破袭战，后发展为百团大战。同年冬首

◎ 朱德总司令亲手种植的红星杨

倡"南泥湾政策",指示部队在不妨碍作战和训练的条件下垦荒屯田,逐步做到生产自给,以打破敌人的经济封锁,减轻人民负担,改善部队生活。他还以身作则,亲自参加大生产运动。

1940 年,朱德总司令在王家峪亲手种植下一批杨树,其中就有后来闻名天下的"红星杨",树干中心有明显的红色"五角星"。

"横刀立马大将军"

1935年10月，彭德怀在吴起镇打了一场漂亮的战役。事后，毛泽东这样赞扬彭德怀："山高路远坑深，大军纵横驰奔。谁敢横刀立马？唯我彭大将军！"

抗日战争爆发后，彭德怀担任八路军副总司令、中共中央北方局代理书记，与朱德总司令指挥的八路军开赴华北前线。

1940年，在彭德怀领导下，八路军在华北发动了大规模的交通破袭战，史称百团大战。在百团大战的第三个阶段，由彭德怀亲自指挥进行了著名的关家垴战役，这次战斗的胜利，彻底粉碎了日本鬼子对根据地的疯狂"扫荡"，掩护了总部机关的战略转移，为百团大战的完全胜利作出了贡献。这次战役中，八路军以绝对劣势的装备对抗装备精良的日军，对敌激战两昼夜，不仅沉重地打击了日伪军，而且让全国军民受到鼓舞。1942年8月，彭德怀代理中共中央北方局书记，统一领导对敌斗争、整风学习、大生产和减租减息运动，实行精兵简政，领导华北军民渡过抗日战争最艰苦的阶段。

◎ 彭总榆

"神州泣血唤英雄"

抗日战争爆发后，左权任八路军副参谋长，辅佐朱德、彭德怀创建敌后抗日根据地，指挥华北敌后抗战。1938年4月，协助朱德制订第二战区东路军作战计划，粉碎日军的"九路围攻"，巩固了抗日根据地。1940年春，兼任第二纵队司令员，率部与一二九师协同作战，打退了顽军向太行区的进攻。同年8月，参与组织并指挥了百团大战的整个战役。同年10月30日，与彭德怀等直接组织了歼灭日军36师团冈崎

◎ 左权

相关 链接

左权家书

◎ 左权写给妻子刘志兰的一封家书

延安的天气，想来一定很冷了。记得太北小家伙似很怕冷的，在砖壁那几天下雨起风，天气较冷时，小家伙不就手也冰冷，鼻子不通、奶也不吃吗？现在怎样？半岁了，较前大了一些，总该好些吧！希当心些，不要冷着这个小宝贝，我俩的小宝贝。

——左权（1940年12月23日第二封）

大队的关家垴战斗。并随八路军总部进驻辽县麻田，除主持八路军前方总部司令部的工作外，还竭力帮地方开展建军、建政工作，开展拥军爱民活动。期间先后撰写《百团大战的伟大胜利》《埋伏战术》《袭击战术》等军事论文，并翻译了大量的军事著作，为军队建设作出了卓越的贡献。

1941年夏，八路军一二九师卫生部和前方医院驻扎在武乡左会村，为解决缺水问题，左权将军亲自带领总部特务团指战员，在黄岩山找水得泉，并且开山凿渠，架设木槽，修筑了一条五华里长的引水渠，供全村和医院用水，并用于灌溉田园。当地群众称左权将军为"左圣人"，称挖出的泉水为"圣人泉"。

1942年5月下旬，3万余日军包围八路军前方总部，左权自告奋勇承担指挥直属队突围的责任。25日上午，当直属队突围至辽县十字岭时，左权被敌一弹片击中头部牺牲。6月18日，麻田镇数千军民召开追悼会。6月24日，八路军政治部、中共中央北方局联合作出《关于追悼左权同志的决定》，朱德、周恩来、刘伯承及各根据地领导人相继发表悼念诗文。朱德总司令的悼词为"名将以身殉国家，愿拼热血卫吾华。太行浩气传千古，留得清漳吐血花"。同年9月18日，晋冀鲁豫边区政府根据辽县万余民众的请求，决定将辽县易名为左权县。

研究与 拓展

1939年4月16日，左权与刘志兰在八路军总部驻地潞城县北村结婚。第二年5月，生下了女儿左太北。随着战争形势愈发严峻，1940年8月30日，左权把妻子和女儿送往延安。得知妻子和女儿平安到达延安，左权于1940年11月12日给妻子写了第一封信，之后直到21个月后牺牲，他总共给妻子写了12封信，其中有一封遗失了，现保存下来11封。

革命家书寄托了先辈们对革命事业崇高的敬意、对人生目标的不懈追求以及他们对亲朋的牵挂之情。

请大家收集和整理一份革命战争年代的红色家书，并深入学习和朗诵。

第三篇

如火如荼

党政军建一体化

1940 年 4 月，中共中央北方局在黎城召开了高级干部会议，会议重点讨论了根据地建设与对敌斗争问题，提出了建党、建军和建政三大建设任务。中共晋豫冀区党委根据黎城会议精神，发出了《关于执行保障人权的紧急通知》和在全区进行一次普遍的整党的指示。武乡县根据中央指示精神又与当地实际情况结合，进行了抗日民主政权建设的具体实践，为中共在政治上赢得民心，在经济上培养民力，在军事上获得源源不断的战略资源提供了条件。从形式上和内容上都为其他根据地的民主政治建设提供了典型示范，并丰富了党的民主政治建设理论。

第1章 广泛民主的政权建设

太行根据地的政权建设可分为两个不同的时期：第一时期，从抗战爆发到1939年底，在每个县、乡建立当地政府。就整体而论，村级的稳定，主要依靠军事手段和政治工作，采取不同的形式和方式，建立共产党根据地。第二时期，从1940年3月至抗战胜利。随着边区政权与机构的建设，形成统一的太行根据地。武乡作为根据地的腹心，是根据地实行社会改革的核心。1937年11月，在根据地党的代表大会上，李雪峰提议将武乡作为一个在太行区进行典型试验和实践的"实验县"。1940年，武乡实验县的共产党委员会正式建立。

◎ 李雪峰

党的建设

1940年1月，地委派宣传部部长温建平兼任武乡县书记，李友久任副书记，陈舜英任组织部部长，王宗琪任宣传部部长。同时，还创建实验县的支部，转变党的作风，清理不合格党员，提高党的战斗力。县委着手建立实验支部，重新确立13个基点：一区墨镫、洪水，二区石门，三区东堡，四

相关 链接

《党的生活》

1939 年 11 月 15 日，《党的生活》杂志在王家峪村创刊，发刊词指出："第一，它将努力阐明马克思列宁主义的原则，批评一切资产阶级、小资产阶级的错误理论，使自己成为在思想上、政治上巩固布尔什维克党的武器；第二，它将努力解释马克思列宁主义政党的布尔什维克组织原则，使自己成为在组织上巩固党的队伍的武器；第三，它将努力使自己成为华北各地工作经验交换的园地，帮助各地同志解决工作困难，成为对各种工作实际指导的刊物。"

《党的生活》每期刊发文件和文章 5 篇至 8 篇。毛泽东、张闻天、刘少奇、刘伯承、彭德怀、邓小平、杨尚昆、陈云、傅钟等领导同志为杂志的"重点作者"。核心文章包括"巩固党"的文献，政治形势与党的任务，群众工作，政治工作，党风、党纪、党性原则，根据地建设，对敌斗争，锄奸工作，宣传工作，统战工作，党校工作等。

区大有、蟠龙，五区东沟、树辛，六区贾豁、峪口，七区监漳，八区上司、南亭，分别将县干部配备成 13 个工作组。

武乡地区十分重视整党建设，从 1940 年 4 月中旬开始，中共武乡县委遵照区党委《整党与建党是目前的严重任务》的指示，着手开展党组织的整顿工作。从农村各个支部开始，进行整党摸底的工作。在整顿过程中，武乡地区注意对支部工作进行逐步改造和整顿。对于阶级异己分子把持的支部，县委和分委深入到党员和群众中进行深入的考察，以便掌握真实的情况，进行严肃的处理与整顿，根据是否情节严重从三个方面进行处理：一是教育，二是劝其退党，三是开除党籍。在整顿党组织的同时，县委又注重在党组织力量薄弱地区加强领导，发展党的组织，进行阶级调查，选择培养对象。经过几个月的整顿，到 1940 年 8 月，有 554 名不合格的党员被清除出党。

同时，党建设过程中，批判了以往一度对党内外知识分子出身的干部不重视和不信任的错误倾向，纠正了在各级政权机构中，由于片面强调成分，不安排或很少安排知识分子出身的干部的错误做法，将县区两级的行政干部重新做了规划和调整，增调了一部分知识分子出身的党员、干部去担任区长、助理员和县政府的科级人员，使工农出身的干部和知识分子出身的干部在一起工作，从而进一步增强了团结，提高了工作效率。

民主选举

乡村政权是乡村民主政治建设的核心。武乡村政权的改造是从 1938 年春开始的。武乡全县当时有 5 个行政区和 48 个大编村的区长和编村村长，因系阎锡山政府派任，对抗日救国态度不一。1939 年底，全县开始村选试点。1941 年至 1945 年，是武乡县抗日民主政权的建设阶段，即在各级政权建立过程中，进一步贯彻"三三制"的组织原则，凡年龄在 18 岁以上的村民，不分性别、信仰、财产、教育，只要抗日，赞成民主，就有选举权和被选举权。

1940 年 12 月，冀太联办召开第一次专员、县长会议，专门讨论政权建设中存在的问题，确定了 1941 年上半年在根据地开展以民选村政权为主要内容的村选运动。并为此制定了《晋冀豫边区区村政权组织暂行条例》《晋冀豫边区村民代表会选举暂行条例》等，规定了村政权为村政委员会，由村民代表会选举产生。

根据上述文件精神，武乡县在根据地村庄普遍开展了村代表会的选举活动，选举方式多样，但各村

相关 链接

三三制

1940 年 3 月 6 日，中国共产党发出毛泽东起草的关于《抗日根据地的政权问题》的党内指示：在政权工作人员中，共产党员、非党的左派进步分子和中间派应各占三分之一，实行"三三制"。目的是实行更广泛的民主政治，建立一个更广泛的民主政权，以适应抗日民族统一战线的需要。

村政委员会

村政委员会由正、副主席（村长、副村长）及民教、财粮、生产、抗勤、公安、武装等委员会组成，其中，公安、武装委员会主任不由代表会选举，为当然委员。村选运动大体经过宣传教育、调查户口、公民登记、划分选民小组、选举代表、召开村民代表会选举、建立村政委员会的程序。

多采取"滴豆子"的形式，即在候选人面前或背后放置一碗，选民以滴豆代替选票进行选举，新选出的村长基本上都是在抗日斗争和生产运动中被村民公认的领袖，如树辛村的李马保、韩璧村的王海成等，都成为日后闻名于太行山的模范和英雄。人民群众中曾广泛流传一首歌谣："共产党好，国民党跑，牺盟会好，旧村长跑，抗日战争好，国民党军队跑，八路军、决死队打击日本鬼子，保卫祖国，保护人民真正好。"

◎ 李树基油画《大地的主人·豆选》

此外，三三制的选举原则，也使村政权的组成更加具有代表性，得到了各阶层的拥护和支持，建立了更广泛的抗日民主统一战线。如东沟村，经过这次村选，村民代表会共有代表 27 人，其中，9 名共产党员、2 名中坚力量，其余为进步群众。选举后的村长是党员，副村长为进步群众，民事委员是进步群众，财政委员为中坚力量，生产和教育委员为党员，改变了以前党员包办村政权的局面。

在村选基础上，根据地实现自下而上的民主方式，普遍进行了县选举和边区参议员选举。1941 年，按照"三三制"原则，武乡县级政权吸引了一批积极参加抗日活动的民族资产阶级和开明士绅参加。如在边区参议院的选举中，参加竞选的就有高沐鸿、魏文兰、姜树桢、李步云、陈舜英等，既包含了共产党员，也有开明士绅。经过持续的根据地政权建设，武乡基层民主政治建设取得了较大的成就。

1941 年武乡地区县、区、村政权"三三制"选举情况统计表

（单位：人）

	武东			武西		
	村级 （1941.12）	区级 （1941.8）	县级 （1941.8）	村级 （1941.12）	区级 （1941.8）	县级 （1941.8）
党员	43	24	14	69	9	7
进步	48	11	9	50	3	5
中间	31	14	7	49	5	5
共计	122	49	30	168	17	17

群团组织

毛泽东指出，群团组织（工人、农民、青年、妇女及抗日团体）是"民主的人民政权之最重要的支持与依靠"，是党"与工人群众及一切劳苦大众的联络桥梁，是党的政治影响的传达者，是人民政权的轮带"。太行山抗日根据地初创时期，群众基础薄弱。1937 年 11 月，中共中央北方局发布了《关于目前形势与华北党的任务的决定》，决定要求地方党动员群众为改善生活而斗争，并建立工、农、青、妇救会等各群团组织，通过组织起来充分发挥人民群众的力量。同一时期，中共中央北方局在《关于独立自主地领导华北抗日游击战争》的决定中指出："必须建立工会、农会、民族解放先锋队及妇女抗日救国会等整个系统的组织，使之成为群众运动的直接领导机关。"太行抗日根据地群团组织主要建立了以工救会、农救会、妇救会、青救会为主的四大组织。

太行山抗日根据地中共领导的群团组织统计表

名称	晋东南工救会	晋东南农救会	晋东南青救会	晋东南妇救会
成立时间	1939.2	1939.3	1939.3	1938.3
领导人	杨钰	池必卿	石民	刘亚雄
执委人数	27人	27人	29人	31人
会员人数	47万人	320万人	100万人	20万人
人员构成	产业工人、手工业者	农民	青年、儿童	妇女

◎ 牺盟会入会誓言（山西国民师范旧址革命活动纪念馆院内标语）

　　上述各组织主要负责执行救国总会布置的任务，并围绕党的中心工作及根据地实际情况，制定不同时期救国会的工作任务。刘少奇指出："工会、农会及一切群众团体的中心任务，是在广泛发动群众为改善生活待遇斗争的基础上，引导广大的群众去参加抗日政府与抗日武装部队的建设，派遣自己最好的干部到政府与军队中去负责工作，动员群众去加入抗日军队和游击队，发动群众去参加抗日战争中各方面的工作。"

相关 链接

牺盟会

　　1936年初，阎锡山决定采取联共抗日的策略，成立了统一战线性质的牺牲救国同盟会，简称牺盟会。1936年9月初，牺盟会在太原成立，阎锡山任会长，梁化之任总干事，在全省各县设有分会。10月，薄一波应阎锡山的邀请到山西领导救亡运动，任牺盟会秘书，成为牺盟会的实际负责人。

　　牺盟会在动员山西民众进行抗日救亡运动的过程中扮演着重要的角色，1939年，各牺盟中心区在各县村进行了大规模的民众动员工作，会员人数相较以往的60万人，增加到近90万人。

　　牺盟会通过组织上戴阎锡山的"帽子"，实质上贯彻中国共产党的路线和方针的路径，逐步壮大了中共领导的抗战力量，这无形中对阎锡山地方政府形成了威胁，再加上牺盟会本身所固有的一些缺点，使得牺盟会成为山西旧政权的"忧患"。"十二月事变"发生后，阎锡山下令解散牺盟会，因此牺盟会于1940年后逐步撤销。

第2章　军民一体的经济建设

　　根据地的经济建设是中国共产党军民长期独立坚持敌后抗战的重要一环。中共在极端艰苦和险恶的环境中，实施了卓有成效的经济政策，主要采取了两项措施，即减租减息和大生产运动。这为巩固根据地、坚持抗战提供了坚实的物质基础，并且产生了深远的历史影响。

　　根据党中央指示，根据地还根据战时的需要大力发展军工企业，有效地保障了军事的需要。

减租减息运动

　　早在根据地初创时期，为保证军需民用，减轻农民沉重的财政负担，武乡农村地区普遍实行的是"有钱出钱、有粮出粮、有力出力"的合理负担政策。从 1940 年春耕开始，根据地的生产问题受到重视。这一年，武乡各地将村庄中的公庙土地分配给没有土地的贫苦农民耕种，发放粮食救济春荒，并贷给农民生产工具。12 月，冀太联办① 颁布了《减租减息暂行条例》。到 1941 年秋冬开始，武乡县部分农村开始进行减租减息的试点。由农救会把贫苦农民组织起来，开展减租清债斗争，迫使地主清退非法剥削，依法重订租息契约，废除旧的借据，抽回农民抵押的土地、房屋或其他物品；经过减租清债运动，调整农村政权组成人员。

　　1942 年 1 月，中共中央公布了《关于抗日根据地土地政策的决定》，明

---

① 冀南、太行、太岳行政联合办事处，简称"冀太联办"，是晋冀鲁豫边区政府前身。

确规定：减租减息政策的目的是扶助农民，减轻封建剥削，改善农民生活，提高农民抗日和生产的积极性；实行减租减息后，须实行交租交息，保障地主的地权、财权和人权，以联合地主阶级一致抗日；对于富农则削弱其封建部分，鼓励其资本主义部分的发展。据此，1942年武乡县根据地开展了以减租、保佃、清债、退租为中心的声势浩大的农民斗争。经过一年多的群众运动，县里有75%的村庄实行了减租退租。如尚元村1940年交租35石租粮，到1942年减租减息后，只交25石租粮；监漳镇在抗战前有10户地主、富农，占有土地1200亩，减租减息后，共卖出土地700亩。据当时全县的统计，地主占有土地被削弱了35.1%。

◎ 晋冀鲁豫边区政府关于减租减息的布告

经过减租减息运动，削弱了封建剥削和地主的政治经济力量，地主占有土地减少，农民占有土地增加，增强了农民在政治、经济上的优势。减租减息在1944年又一次深入复查和开展后，佃农收入增加，生产积极性大大提高，为根据地农业生产的进一步发展扫清了障碍。

1935 年、1945 年武乡县各阶层土地所有情况表（%）

年份	阶级成分占比	人口占比	土地占比
1935	地主、富农	4.9	54
	中农	19.1	16.5
	贫农	76	29.5
1945	地主、富农	2.3	1.6
	中农	57.4	52.5
	贫农	40.3	45.9

敌后生产运动

在工业生产方面，根据地整顿并建立了一部分公营企业，同时提倡群众生产，鼓励成立生产合作社、纺织小组和小手工业。

1939 年，武乡在洪水成立群众供销合作社，1940 年创办贾豁光华合作社和石壁合作社。

1942 年底至 1943 年，太行抗日根据地面临的经济形势很严峻，既要承担局部反攻作战的后勤保障任务，为前方作战的军队提供经济支持，还要应对执行烧光、杀光、抢光"三光政策"的日军的频繁侵袭，更遭受了 1942 年以来百年不遇的严重自然灾害，旱灾、涝灾、虫灾接连不断。

1942 年，彭德怀先后两次致电延安反映太行抗日根据地面临的严峻处境。7 月 8 日，他在电报中陈述根据地的现状："太行山、太岳、冀南均大旱，至今未下雨。不仅秋苗未种，且许多地方饮水亦甚缺乏，人心惶惶，粮价大涨，前途不堪……" 11 月 29 日，再次致电："华北相当普遍的旱灾，冀鲁豫、冀南均很严重，秋收不及平常的四分之一。太行山五、六两分区武安、邢台、磁县地区尤为严重，有 30 万人无法维持。""武乡、襄垣、黎城及太岳较好，秋收有六七成，但敌却在该地区反复'扫荡'与抢掠。"

1943 年，根据地广泛开展了生产度荒运动。

1943年8月11日，武乡（东）县委、县抗日政府组织大批干部下乡发动大生产运动，开展农业劳动互助，使全县以大生产运动为中心的生产自救工作迅速展开。8月11日，《新华日报》以《武东干部全体下乡，组织群众克服灾荒》为题作了报道，并为此而发表了《一致起来克服严重灾荒》的社论。9月18日，太行三分区在砖壁村召开武装会议提出"劳武结合、围困蟠龙"的号召，推动了劳武结合互助组的发展。当年全县互助组发展到1716个，参加户数8807户，占全县总农户的25%。

除了完全从事农业生产的互助组外，还有扎工队、包工队、互助社等组织，由贫农和失业雇工组织起来，专门开荒或者出卖劳动力；另外一种组织是农业生产与其他生产结合的组织，如武乡半坡李清河互助组，都是半农半商，组织起来后，分工卖砂锅、种地，各司其业。下广志村3个木匠实行互助，分工种地或木工，节省了人工，提高了劳动效率。

在互助合作大生产运动中，

相关 链接

八路军卫生材料厂

1939年3月，八路军总部在潞城建立了前卫制药厂，一二九师卫生部在黎城西井背坡村建立了制药厂。1940年12月，两厂合并为八路军卫生材料厂，在武乡立总厂，并设有制药厂、玻璃厂、绷带材料厂、酒精厂等分厂，具备了较完备的生产能力，可以生成丸、散、膏、片、酊剂和纱布、脱脂棉、急救包等急需的医药制品。

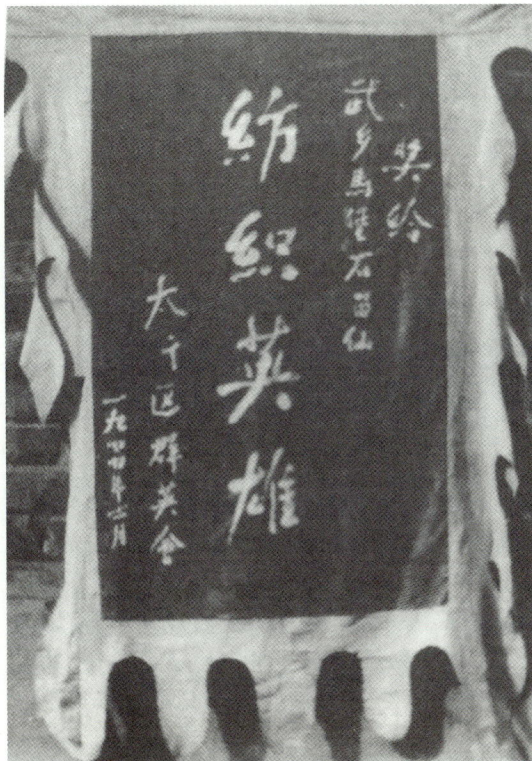

◎ 纺织英雄石榴仙锦旗

《滕杨方案》

　　1944年4月，八路军前方总部参谋长滕代远与副参谋长兼后勤部部长、政委杨立三主持制定并颁布了《滕参谋长杨副参谋长手订总部伙食单位生产节约方案》，史称《滕杨方案》。其在总结敌后生产运动经验的基础上，主张"生产有分工，劳动有报酬，公私两利"，根据"按劳分配，公私兼顾"的原则正确处理了生产与分配、集体与个人、消费与积累的关系，推动了根据地军民轰轰烈烈的大生产运动，被誉为"大生产运动的新方向"。

　　《滕杨方案》的颁布和实施对太行抗日根据地产生了深远影响。第一，推动了根据地人民的生产救灾工作，帮助太行抗日根据地渡过了自然灾害的难关。第二，改善了部队的生活，提高了部队的战斗力。第三，减轻了人民负担，密切了军民关系，提高了根据地人民参军、支前的积极性。以太行区为例，1944年就减轻当地人民2000万斤公粮的负担。

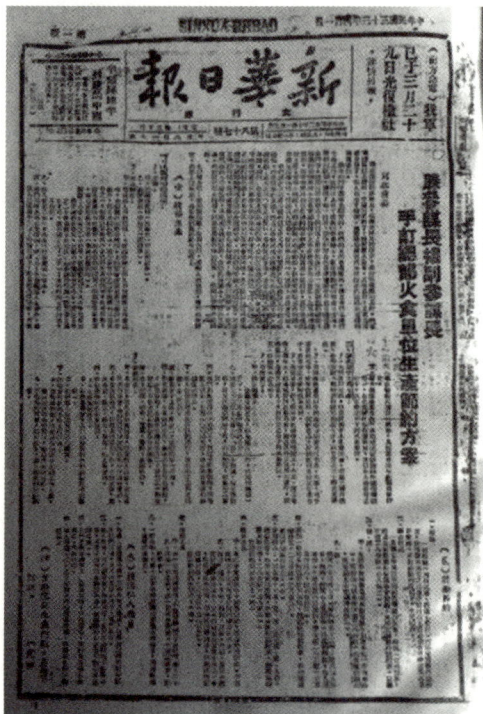

◎《新华日报》上刊登的《滕参谋长杨副参谋长手订总部伙食单位生产节约方案》

涌现出一批劳动模范，其中李马保、王海成、石榴仙、史成富4人为武乡最有名的劳模。1943年春耕总结时，李马保被树立为全县的劳动英雄，武乡县委在其所在的树辛村召开了劳动英雄会，提出"组织起来，是由穷变富必由之路""不是一般的组织工作，而是几千年来生产方式的大变革"，号召大家向李马保学习，"劳动英雄是新社会的状元，革命的功臣"。

军事工业的建设

1938 年 10 月，毛泽东在党的六届六中全会所作的报告《论新阶段》中指出："每个游击根据地，都必须尽量设法建设小的兵工厂，办到自制弹药、步枪、手榴弹的程度，使游击战争无军火缺乏之虞。"全会强调要"把提高军事技术，建立必要的军火工厂"作为"当前紧急任务"。

1939 年 6 月，为加强军工生产，八路军总部成立了军工部，刘鹏任部长。1939 年 6 月至 1941 年 11 月，八路军军工部在太行山地区逐步发展整合为 10 个生产单位，职工总数达到 3300 多人。其中，武乡县的柳沟铁厂主要生产手榴弹、地雷、炮弹毛胚、雷管等。

◎ 柳沟兵工厂旧址

八路军总部军工部首任部长——刘鹏

刘鹏，1926年参加国民革命军，亲历北伐战争。1930年9月参加红军，同年10月加入中国共产党。曾任排长、营长、团长等职。1939年3月，担任八路军总部第六科（军工科）科长。1939年4月1日，负责接管鞏山工厂，改名为柳沟铁厂。1939年6月，六科改建为军工部，刘鹏为军工部首任部长；1940年5月改任副部长，是抗战时期军工部任职最长的领导人，为八路军军工事业的发展，做了大量开创性的工作，功勋卓著。

◎ 兵工厂生产军火

相关 链接

"兵工泰斗"——刘鼎

刘鼎，1902年1月出生，18岁考入浙江省立高等工业学校学习机电，21岁加入中国社会主义青年团。1924年，刘鼎赴德勤工俭学，先后在哥廷根和柏林大学学习机电课程。经孙炳文和朱德介绍，22岁的刘鼎由青年团转入中国共产党，并任旅德支部青年团书记。1926年，刘鼎受组织委派转赴苏联深造，先后在莫斯科东方大学和列宁格勒空军机械学校学习和工作，掌握了大量兵器、通信、航空、军事等领域的知识，成为中国共产党早期为数不多的技术专家之一。

1939年，刘鼎从延安到达晋冀鲁豫根据地；1940年5月，经朱德、彭德怀提议，他被任命为八路军总部军工部部长。他在担任军工部长的近四年时间里，狠抓步枪生产的制式化，大批量生产八一式马步枪；研制成功迫击炮和弹药，使八路军有了与日军相抗衡的火力；从"缸室法"试制出硫酸，到烈性炸药的研制成功，使八路军拥有威力更为强大的弹药；组织开展群众性的爆破运动，家家造雷，户户埋雷，炸得日军晕头转向，惶惶不可终日。由此创造出抗日战争太行军工发展的鼎盛时期。刘鼎被习仲勋誉为"兵工泰斗"，聂荣臻赞誉他"鞠躬尽瘁，奉献毕生"。

第3章　繁荣兴盛的文化建设

1938年10月，毛泽东指出："在一切为着战争的原则下，一切文化教育事业均应使之适应战争的需要……广泛发展民众教育，组织各种补习学校、识字运动、戏剧运动……创办敌后各种地方通俗报纸，提高人民的民族文化与民族觉悟。"抗日根据地文化教育事业的发展繁荣，使一些世代不识字的农民开始学习文化知识，关心国家大事，在政治上、文化思想上得到启蒙和提高，增强了干部群众的抗日意识，提高了他们的抗日积极性，为夺取抗战胜利提供了思想动力。

学校教育

在学校教育方面，武东、武西兴办的抗日高级小学有7座。《抗日救国十大纲领》发布后，武乡县委和抗日县政府随即在县城成立武乡县抗日救国公学，校址设在故县三官庙内，校长由县长兼任。教学科目主要是动员全民抗战，统一战线，群众工作，游击战争等内容。该校是武乡第一所抗日救亡学校，还编印救国丛书《大众呼声集》。1938年秋改为武乡县民族革命两级学校，1939年春又兴办了两个分校，即，武乡县立民分校，校址在洪水；武乡县立民二分校，校址在故城。

武乡还在县城创办抗日救国小学，学生除识字、训练和接受时事教育以外，还参加课外的各种抗日活动。儿童也充当"小先生"。最典型的有王家峪的"朱德儿童团"和白家庄儿童团等。

在社会教育方面，1941年，太行、太岳区成立冬学委员会和业余民众学校或冬学、夜校、识字班、读报组等，利用冬闲季节扫盲。武乡广大群众在党和政府的直接领导下，创办了民族革命救亡室，主要任务是组织和教育农民群众。民革室成了农民识字、学文化、生产议事、时事教育的主要阵地。

在干部教育方面，当时除华北军政干部训练所、晋南干校、抗大一分校外，各地区和县，都办了干部训练班和小学教师训练班。1940年1月，中共中央北方局妇委在武乡县王家峪驻地附近的石圪垤村举办了第一期妇女干部训练班，简称"妇训班"，历时3个月，于4月底

相关 链接

抗日军政大学

1938年12月上旬，八路军在屯留东古村建立抗大第一分校，共开办两期，毕业4300多学员。1940年2月，罗瑞卿率抗大总校到达太行山的武乡蟠龙，4月开学，有学生4900余人，第二期又培训学员2500余人。1943年1月，总校离开太行山回到陕甘宁，留下了第六分校，1945年改为太行分校。抗大总校和五个分校先后在太行区7年，培训军政干部17000余人。

◎ 抗日军政大学蟠龙旧址

举行了隆重的毕业典礼。2月，中共中央北方局青委在武乡县石圪垤村举办了3期青年培训班，当时的青委副书记江民为青训班负责人，推动了太行根据地干部教育工作的发展。

相关 > 链接

晋东南鲁迅艺术学校

1939年2月，五专署在长治成立山西民族革命艺校，由李伯钊、杨献珍、王友唐等人负责。"十二月事变"后，五专署遭到严重破坏，北方局决定在民革艺校的基础上成立晋东南鲁迅艺术学校，由著名剧作家李伯钊任校长，校址设在武乡下北漳村，学校设戏剧、音乐、美术3个系和校刊委员会，先后办了4期，为根据地培养了上千名艺术人才。1942年，鲁迅艺术学校离开太行，回到延安。

◎ 下北漳鲁迅艺术学校旧址

新闻出版

抗日战争时期，随着革命根据地的开辟，武乡县的新闻事业开始蓬勃发展。1939年1月，武乡县牺盟会主办了《大众力量周报》，主编先后由赵竹儒和郭忠等人担任，内容主要是动员人民群众的抗日。该报刊在武乡全县发行，共办了一百多期，于1940年5月停办。

1939年12月，《新华日报》（华北版）由沁县迁来武乡。1940年6月，中共中央北方局妇委机关刊物《华北妇女》在武乡县墁里村创刊，该刊由北方局妇委常委浦安修分管负责。1941年初，武西县政府主办了《漳西战报》，

◎《新华日报》（华北版）创刊号

后改名为《武西周报》，稿件源自武乡县的小学教师和干部。同年冬，武乡县政府又创办了《生产小报》《民兵战报》。这一时期，武乡县创办的报纸的特点主要是快和新，又由于当时处于抗日战争时期，所以报纸内容大多宣传抗日战争中的相关事迹和英雄行为，对抗日战争起到了一定的推动作用。

文化宣传

抗战开始后，由于八路军、决死队和革命文艺工作者进入武乡县，革命文艺创作活动出现爆发式繁荣。延安鲁艺一大批美术工作者来到太行山抗日前线，创作了大量的版画、漫画、宣传画等，推动了根据地美术事业的发展，

◎ 鲁艺木刻工作团在武乡创作的版画作品《新门神》

相关 链接

《小二黑结婚》

1943 年，赵树理取材太行抗日根据地封建买办婚姻的事例创作出小说《小二黑结婚》。小说面世后，武乡县光明剧团编剧张万一将其改编成秧歌剧，由光明剧团率先演出，因故事生动和表演形象而轰动了太行。随后，各剧团相继上演。

并培养了大批专业人才。除了刻印大量的革命宣传画之外，还根据群众的欣赏习惯，吸收民间年画的形式和表现方式，刻印了新版年画。内容突出表现军民战斗和生产、群众支前和参军等现实生活，如《保卫家乡》《年年有鱼》等，在根据地产生较大影响。

同时，根据当地群众所熟悉的民歌、秧歌、地方戏曲等形式编演文艺节目，进行抗日的宣传和鼓动工作，比较著名的有《新婚姻法》《改变旧作风》《破除迷信》《粉碎九路围攻》《逃难歌》《军民是一家》《锄奸歌》《起来，穷人们》《两种作风》等。武乡民教馆的鼓书创作，兴极一时。影响较大的曲艺作品有《八一南昌起义》《减租减息》《井冈山聚会》

◎ **武乡秧歌《小二黑结婚》剧照**

《百团大战》《长征》等。

戏剧创作益发兴旺，以抗战为题材的戏剧作品接连问世。当时由城关剧团演出、赵浚川创作的独幕剧《错打算盘》，县光明剧团张万一等创作的《义务看护队》，在边区教育厅创办的第一次文教作品中获乙等奖。

研究与 拓展

在中国，民主共和国的具体建设道路，可能是由地方到中央到全国，可能要经过长期的奋斗过程。因此，在敌后建立的抗日民主政权，有着推动全国民主化的重大的模范作用，它实行的结果之好或坏，将给全国以好的或坏的影响。这种政权，今天虽还只在敌后一部分地区建立，但它有着全国的普遍意义。这是值得我们特别注意的。

——刘少奇（1940年）

武乡的抗日民主政权建设丰富和发展了中国共产党关于政权建设的理论。选取你感兴趣的一个方面进行深入发掘，并对其产生的历史成就予以具体呈现。

第四篇

可歌可泣

革命理想高于天

团结一致共赴国难

日军对太行山根据地实施"囚笼政策""蚕食政策""三光政策",先后进行"三路围攻""八路围攻""九路围攻",发动"百万大战""铁壁合围"等数以百次的"扫荡"或报复性进攻。面对日军疯狂进攻和残酷杀戮,"工农兵学商,一起来救亡",成千上万群众投身抗日队伍。其中,人口仅有14万的武乡县,当时就有1万多人参加了八路军,5000多人担任了抗日干部,8万人左右参加抗日团体,为抗战胜利作出了巨大贡献。

第1章 抗日烽火遍武乡

　　武乡县是太行根据地的腹心县份之一，是华北抗日的指挥中枢，也是华北军事、政治、经济、文化的指挥中心，自然成为日军打击的主要对象。从1938年的"九路围攻"到1943年夏占据蟠龙，敌人大规模的"扫荡"达16次，尤以1940年的3次"扫荡"和1942年春、夏两次"扫荡"最为残酷，人民群众遭受严重损失。1940年6月至1945年8月，武乡有2万多人被杀死，占到全县总人口的15%还多，8万多间房屋被毁，4万多头牲畜被抢走。

◎ 晋东南区反"九路围攻"作战要图

◎ 太行军区司令部手绘的太行军区敌情标图

九路围攻

一九三八年三月初，敌以一〇八师团为主，组织对晋东南我军"九路围攻"，辽县、武安、涉县、黎城、榆社、武乡、襄垣、潞城、屯留、沁县及临屯路全线，几均陷入敌手。我旅在师直接指挥下，配合其他八路军，开始反"九路围攻"战役，战斗数月，敌狼狈分途窜回正太、同蒲、平汉三主要干线。我收复广大失地。在整个战役中之有名战斗，带有决定性者，一为长生口战斗（平定至昔阳交通要点）……二为神头之役（黎城通长治公路间要点）……三为响堂铺战斗（黎城涉县公路上）……四月中旬，敌粘米第旅团，配合辽县之敌，由榆（社）武（乡）图窜襄垣，沿途烧杀甚惨。我取平行追击，截击其部于武乡东之长乐村附近，经半日战斗，将敌全部压迫于两山之隘路中。我集中全部火器，猛力冲杀，在长达五华里之地段中，敌之密集队伍几杀伤殆尽……此为粉碎"九路围攻"最后之一大战……

——《陈赓日记》

随着日军占领武乡县地势较低的洞谷地带，以及主要交通要道穿过县境南北，共产党于1940年6月至1945年8月，在山地周围依靠军队和地方自卫力量与日军进行了16次较大的战斗。其中比较著名的有长乐战役、关家垴战役、砖壁保卫战、蟠龙围困战等战役，取得了较明显的战绩，正如武乡一首民谣所传颂的"鬼子常常来'扫荡'，一次一次滚他娘"。

蟠龙围困战

在这些战斗中，时间最长的战役是围攻蟠龙，时间从1943年6月至1944年2月。1943年6月，日军600多人与日伪军3000人侵占了蟠龙镇，随即在周边筑碉堡、挖外壕、拉铁丝网、修防卫城，打通了上百个大小据点，并在蟠武公路沿线设立哨棚。

八路军部队立刻对日军进入蟠龙做出反应，将蟠龙镇附近30多个村庄、7000余名群众迅速向东沟、贾豁、大有、洪水、土河等山沟转移。不仅人离开，临走还搬走粮食、带走工具、堵死水窖，采取"空室清野"的办法，给日军留下一座空城，将他们包围在这个镇长达八个半月。

在长达八个半个月的围困蟠龙的严酷斗争中，武乡军民先后和敌人进行了多次战斗。1944年2月27日拂晓，分区基干团由县区游击队、民兵配合对蟠龙发起攻击，激战到深夜。敌军待援无望，28日拂晓突击，沿途又遭八路军和民兵的追击、截击。经过艰苦的斗争，蟠龙及其周围地区全部收复。

◎ 武乡县指挥部编写的《八个半月围困蟠龙总结》

这场围困战，我们取得全面胜利，但也付出很大牺牲，今天还流行着这样一首逃难歌："日本鬼子占段村，蟠龙成了眼中钉，疯狂'扫荡'根据地，抢粮放火又抓丁，武东遍地狼烟升，处处血雨和腥风……"太行《新华日报》发表《向蟠武线军民致敬》的社论，表彰蟠武沿线坚持围困斗争的广大军民。1944年3月4日，太行三军分区在蟠龙召开庆功祝捷大会，七六九团六连被选为"围困蟠龙模范连"。

砖壁保卫战

关家垴歼灭战之后，日军在清漳、浊漳河两岸往返侵扰。襄垣之敌北犯西营、黎城，西井方面敌人分途西进。段村之敌也猛扑砖壁、东堡地区，图谋进攻八路军总部。在彭德怀的指挥下，总部特务团欧致富部和一二九师三八六旅陈赓部，在西营及蟠龙以东的大陌村南北一线阻击日军，以掩护总部机关转移。

1940年11月3日，敌占柳树垴、大陌村阵地。为阻止敌军会合，八路军在东堡村一带冒雨抗击，与敌展开数次激战。敌军几次向砖壁冲锋，均被三八六旅炮火压向西去，后又受到三八五旅的双面夹击，伤亡惨重。这次战

◎ 八路军总部砖壁旧址

斗，有力地保卫了总部驻地砖壁村。11月5日，日军向白晋线撤去，为总部机关转移至辽县提供了时机。

百团大战

　　1940年8月20日至1941年1月24日，八路军105个团约20万兵力在华北地区对日军进行了一次全面出击，此役即著名的百团大战。百团大战发生时，八路军总部驻扎在武乡县砖壁村。由此，在武乡地区指挥了百团大战。

　　百团大战由八路军前方指挥部总指挥朱德、副总指挥彭德怀、参谋长左权等长期在抗战前线战斗的将领指挥，以突袭日军在华北的交通线为主要战斗目标，旨在彻底破坏正太线若干要隘，消灭部分敌人，收复若干重要名胜关隘要点，较长期截断该线交通，乘胜扩大拔除该线南北地区若干据点，并打破日寇进犯西安的企图。该战经历了两个主动进攻阶段和一个反"扫荡"阶段。

◎ 百团大战要图

第一阶段从 1940 年 8 月 20 日至 9 月 10 日，为交通总破袭战，主要是破坏以正太铁路为重点的日军交通线。8 月 20 日夜，参战部队与游击队、民兵同时发起进攻，敌军猝不及防，损失惨重。晋察冀军区部队在司令员兼政治委员聂荣臻指挥下，向正太铁路东段日军展开攻击。师长刘伯承、政治委员邓小平领导的一二九师对正太铁路西段的日军展开攻击。师长贺龙、政治委员关向应指挥的一二〇师，对同蒲铁路北段和铁路以西的公路进行破击。正太、同蒲、平汉等铁路交通线均被击破，许多车站和据点都被八路军攻占。日军在华北重要的燃料基地井陉煤矿也被破坏。矿井内的 14 台机器、10 个锅炉、3 座风车、1 座火车站、1 所电机房、5 座铁桥及其他所有矿上的建筑全部被炸毁。

第二阶段是 1940 年 9 月 22 日至 10 月上旬，主要任务是攻坚作战，对日军盘踞的一些据点进行攻击。八路军继续袭击交通线两侧的敌人和深入根据地内的日军据点。并发动了涞灵、榆辽战役，在歼灭了大量日军、伪军的同时，截断了多处交通线。第二阶段作战，八路军攻克日伪军据点多处，平毁了部分封锁沟、墙，打击了伪政权组织，进一步扩大了抗日根据地。

第三阶段是 1940 年 10 月上旬至翌年 1 月 24 日，主要是反击日、伪军的报复"扫荡"。从 10 月初起，日军调集重兵实施"反击作战"，对华北各抗日根据地进行大规模残酷"扫荡"。将重点置于中共中央北方局、八路军总部等领导机关所在的太行抗日根据地。之后相继对太岳、平西、北岳、晋西北抗日根据地进行"扫荡"。10 月 19 日，八路军总部下达命令，华北军民随即进入反"扫荡"作战状态。第一二九师主力在山西新军的配合之下击退了在太行与太岳根据地"扫荡"的日军。第一二〇师则粉碎了两万余日军对晋西北的入侵。

百团大战是抗日战争中八路军在华北地区发动的一次规模最大、持续时间最长的带战略性的进攻战役。这场大战以事实驳斥了敌对势力对中共和八路军"游而不击"的污蔑，牵制了日军的南下，给日军的"囚笼政策"以沉重打击，对正面战场的作战提供了重要支持。曾在晋察冀工作过的英国人林迈可回忆道："中国共产党在极其困难的物质条件下打击日本侵略者，他们领导的军队连最基本的给养、武器都没有，而国民党中央政府和他们在山西的掌权者阎锡山却不予帮助。"

第2章　铁骨铮铮　热血抗日

武乡县先后成立了救国会、自卫队、游击队、民兵等组织，其中包括武乡游击队、牺盟游击队、武华游击队、名扬游击队等。此外，各区还有基干队等，也有的青年直接参加了八路军、决死队。通过宣传发动，许多青壮年参加了各个抗日武装。地方抗日武装力量日益增强，很好地配合了八路军，为抗日战争的胜利作出了卓越贡献。

抗日组织

1937年，为进一步扩大地方武装，武乡县委向全县人民发出了成立人民武装自卫队的号召。规定："所有18岁以上，59岁以下的健壮男女公民，都有参加自卫队的权利和义务，都是当然的自卫队员。要拿起各种各样的武器——镰刀、斧头、菜刀、剪子与石头，和敌人进行斗争，绝不让敌人随便捉住一个人，抢走一点东西，只有斗争才有出路。"

到1938年，全县48个大编村，村村建立了自卫队，出现了义门、寨上、王家峪等许多模范村自卫队和区自卫队。到1939年，全县自卫队发展到2万多人，并在县上成立了自卫队总队，主要担负为部队送军粮、抬担架等任务。

为便于统一指挥，县委从各村自卫队中抽调精干队员组成县武装自卫队，受县委直接领导，平时配合正规军作战。在武装自卫队成立的同时，各区在各村自卫队抽调骨干组成区基干队，人数在30—50人，属各级武委会领导。这为保卫抗日民主政权，壮大人民武装力量作出了一定贡献。

1940年，在原自卫队和青抗先队的基础上，全县建立了担负一定战斗任务的民兵组织。到1941年春，武乡（东）、武西两县出现了积极报名参加民兵组织的热潮。武乡窑上沟张德林和张寿海等人，组建起窑上沟民兵"张家班"。随后，分水岭民兵铁道游击队等民兵组织相继成立，18—25岁的青年绝大多数参加了民兵组织，民兵总数达到3.2万人。在长期的对敌作战中，民兵创造了各种巧妙的打法，如地雷战、麻雀战、窑洞战、破击战等。涌现出"太行地雷大王"王来法、神枪武状元关二如、窑上沟模范民兵班等杀敌英雄和模范集体。

1937年10月，魏名扬等11名革命青年在武乡成立名扬游击队，由魏名扬担任大队长，李旭任副大队长。到1937年底，经过宣传发动，游击队人数迅速发展到500多人，其间接受八路军的政治教育和军事训练。1938年1月，这支游击队按照党的指示，编入了决死队游击二团。

相关 链接

"菜刀英雄"李庆和

李庆和，1906年生，山西省武乡县下北漳村人。抗日战争时期，先后参加了武乡人民自卫队和民兵组织，并担任班长一职。战斗中，他英勇杀敌，屡建奇功，被下北漳民兵誉为"神枪手"。1943年秋，在一次反"扫荡"斗争中不幸被捕，一天夜里，他手执菜刀，杀死看守的日本哨兵机智脱险。1944年11月21日，太行军区第三分区特授予李庆和同志"菜刀英雄"的光荣称号。

1938年2月，为了更多地给八路军输送兵员，魏名扬在马村第二次发动成立武装游击队，以过去老国术团员为基础，组织青壮年参加，到反敌"九路围攻"前夕，已发展到300多人。6月，与武华游击队合并，先后编入八路军的正规部队。

1939年7月，魏名扬第三次在东沟村成立太行游击队，该游击队直接由八路军一二九师三八六旅领导，排以上干部由部队派任，魏名扬仍任游击大队长。主要活动在东沟、大有一带的山区，负责站岗、放哨、送情报，掩护群众转移，配合主力部

◎ 伴随魏名扬一生的军刀

队打游击等。到 1940 年，游击队发展到 600 多人。4 月中旬，在韩北联欢会上，朱德总司令表扬了太行游击队和魏名扬同志，并把这支游击队正式命名为"八路军太行游击大队"。1940 年 6 月，日军占领段村后，这支游击队就在太行山各地打游击。

后来，魏名扬又连续三次组建"名扬游击队"。最后一次是 1941 年，这一次他组建起一支 1400 多人的队伍，包括老队员 800 余人，新队员 600 余人，这支部队在 1945 年解放段村后，编入太行纵队。

名扬游击队成为八路军名副其实的"兵源库"，为人民军队的发展壮大输入了新鲜血液。

抗日英雄

在武乡人民的抗日战争中，青壮年英勇杀敌的事迹数不胜数，他们用实际行动展示出武乡男儿们的青年热血。1944 年 11 月 21 日至 12 月 7 日，在黎城县南委泉村，召开了太行区第一届杀敌英雄大会和太行区第一届劳动英雄大会，两次会议同时展开，习惯上被称为太行第一届群英会。李达司令员在杀敌英雄大会上的总结报告中提道："譬如正规部队中的李仕亮同志，打七里店时，他首先爬上碉堡；在梁峪、梁沟战斗中，也是身先士卒，起到了倡导的作用。王凤才同志，在围困蟠龙战斗中，成为发展群众性游击战争的核心，保护了群众的利益，没有他，就不能做到这一点。董富培同志参加的战斗很多，特别在功志，在危急情况下，历次坚决营救首长人员出险。胡胜才同志，在起灯山连打83发炮弹，弹弹命中，使战斗得到决定作用的胜利。赵亨德同志，对于多次的侦察、捕捉任务，都是单独完成的。范治平同志，打破了历来使用炮兵的规律，在几次战斗中，都是给步兵打开了胜利之门。刘凤祥同志，在玄坛庙战斗中，也是每弹命中，给予敌人大的杀伤，打下了解决战斗的基础。刘兰子同志，也是历次单独侦察，完成任务，特别是他能熟悉敌情。各游击部队中的暴文升、何绍堂、李得合、王志栋、胡彦铭、高宏诸同志；边地民兵中的宁文小、任毛小、王德荣、刘玉珍、李三奎、李旦海、宋二夫诸同志；腹地民兵中的徐顺孩、张小保、陈炳昌、关二如、刘二堂、王来发诸同志，都在一定条件、一定程度下，起着很大作用。没有他们，就不会有那样大的胜利成果，或者根本就不会有那些胜利。"

"特等杀敌英雄"

马应元是武乡著名的民兵杀敌英雄，1940年参加民兵，1942年加入中国共产党。在民兵自卫队中，他苦练杀敌本领，成为全县闻名的神枪手。1943年在反"扫荡"战斗中，他运用"地雷加冷枪"的游击战术，多次消灭敌人，一次布雷13处，炸死炸伤日军90多人。1944年，马应元出席了太行区召开的群英会，被誉为"杀敌英雄"，获得"日夜出击蟠武线，飞行爆炸显神威"的锦旗一面。1945年，马应元在一次突围中不幸落入敌人之手，面对敌人逼其母和妻子劝降，他凛然拒绝，壮烈牺牲，时年24岁。1946年，在长治召开的太行区第二届群英会上，马应元被大众公认为"到会英雄"，特设灵位，隆重公祭，沉痛悼念。

"游击队神枪手"

关二如是武乡关家垴村人，1942年参加民兵组织，在秋季反"扫荡"

◎ 展于武乡县八路军太行纪念馆的各种地雷

中胜利完成侦察任务。1943 年，日军侵占蟠龙后，他随民兵在关家垴村北、柳沟附近及尖山顶等地多次截击日军，截回大批耕畜羊群，并单独下蟠龙据点和河不凌、中村等地开展侦察和联络工作。1944 年，任本村武委会主任，指挥民兵掩护八路军侦察员突围、袭击关家垴日军哨棚，被誉为"武乡民兵杀敌英雄"。1944 年 7 月在襄（垣）武（乡）民兵检阅大会射击比赛中，3 枪打了 25 环，观众赞不绝口。同年 11 月，参加太行区首届群英

◎ 关二如

会打靶比赛，当众博得邓小平政委和李达司令员的称赞，荣获"小六五"步枪一支及"神枪武状元"锦旗一面，被评为"边区腹地一等民兵杀敌英雄"。

同年 6 月，加入中国共产党。抗日战争胜利后，他参加了人民解放军，1948年在淮海战役中光荣牺牲。

"太行地雷大王"

王来法是武乡李峪村人，著名抗日杀敌英雄。1938 年 4 月，日军侵略武乡，父亲被杀，王来法愤然参加抗日自卫队，同年 7 月加入中国共产党。八年全面抗战中，王来法先后任村自卫队队长、党支部书记、武委会主任等职。他带领民兵活跃于蟠武公路上，运用地雷阵，配合主力部队多次粉碎敌人"扫荡"，先后击毙敌人 123 名，俘虏 40 余名。1943 年，抗日县政府赠予他"杀敌功臣"金字大匾。1944 年，他出席太行首届群英会，被群众称为"太行地雷大王"，晋冀鲁豫边区政府奖给"抗战柱石，建国先锋"锦旗一面。由此，王来法声名大振，誉满太行。

第3章 巾帼英雄展风采

　　中央北方局妇委的浦安修、刘志兰、卓琳、王泓、马玉书、徐若冰等人，和"抗大"总校的郝治平、傅涯等人，以及我国现代革命斗争史上著名的妇女运动领导人康克清、李伯钊、刘亚雄等人，均在武乡长期生活、战斗，并领导和组织了当地妇女解放运动。她们以女性的坚韧与倔强，带领勤劳勇敢的太行妇女冲破封建牢笼，投入大生产运动，甚至走上抗日战场，为争取抗日战争的最后胜利贡献了卓越的力量，成为华北妇女抗日救国的运动中心，在根据地妇运史上写下光辉的一页。

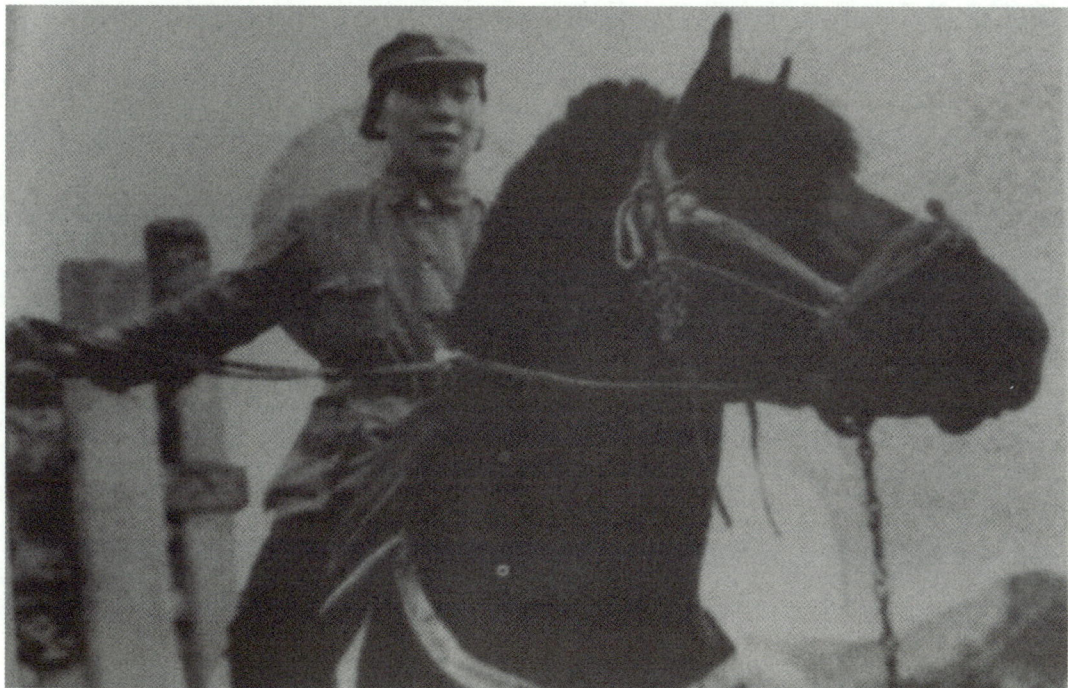

◎ 抗战时期的李伯钊

相关 > 链接

浦安修回忆北方局妇女工作

我们在残酷的环境下，组织妇女识字班，让广大妇女参加扫盲学习，提高文化。在武乡王家峪、砖壁和左权的麻田等地，我们北方局妇委的同志都亲自到村子里组织妇女识字班，给她们讲课，帮助她们识字，并给她们讲解妇女解放的道理。这样的识字班，不仅妇女参加，而且男人也参加。结合战争和生产，一般在冬闲进行。在识字班里，教青年妇女唱歌，鼓舞士气。当时，各抗日根据地，妇女歌声嘹亮，大家都会唱几首抗日救亡歌曲。每逢开大会，歌声不断，十分活跃。

——浦安修《回忆北方局妇女工作》

晋东南妇救总会

1939年3月8日，晋冀鲁豫根据地妇女在沁县开村召开晋东南妇女救国总会成立大会，八路军女代表康克清作了《晋东南妇女空前团结》的报告，浦安修代表中共北方局祝贺晋东南妇救会的成立。大会选举康克清为晋东南妇救总会的名誉主席，刘亚雄为主席，浦安修为常委。

会后，北方局进行了具体研究，决定设立妇女工作委员会（简称"妇委"），北方局书记杨尚昆同志兼任妇委书记，浦安修同志为专职委员，后为妇委副书记，卓琳同志和中央巡视团的刘志兰同志也陆续调至北方局妇委工作。

石圪垤妇训班

北方局妇委于1940年初举办了一期妇女训练班，参加这次训练的是晋东南各县的妇女干部，有五十多人。北方局那时驻在王家峪，妇训班就办在离王家峪三里地的石圪垤村。妇训班由刘志兰、卓琳同志负责，浦安修同志也经常去训练班。妇训班主要学习内容为党的抗日政策、马克思列宁主义基础知识，并且还邀请北方局宣传部的赵守攻等同志去妇训班讲课。总部和北方局的领导同志十分关心妇训班的学习，朱总、彭总和杨尚昆同志都在百忙中去训练班讲过话，勉励妇女们到各抗日根据地，为抗日救亡、妇女解放而努力工作。本期训练班共办了三个月，于4月底结束。之后，参加学习的学员回到太行各县，立即掀起了一个妇女参加抗日斗争的高潮。这对太行山的抗日斗争起到了极大的促进作用，同时也培养出一大批妇女运动的骨干分子。如北方局妇训班的王焰，当时任武乡县妇救会主席，后又到全国妇联任职。

巾帼英雄

武乡县的妇女在抗日战争中除了积极配合杀敌外，同时还在积极参与支前运动。抗战时期，根据地的家家户户都是军队的后勤供给加工厂，为根据地粉碎敌人的经济封锁立下了汗马功劳。据不完全统计，1937—1945年，武乡妇女共做军鞋256606双、军袜24340双。

在长期的抗日战争中，妇女界涌现了不少杀敌英雄和劳动模范。边区拥军模范胡春花、纺织英雄石榴仙、太行女射手冯凤英、县拥军模范暴莲子、母子杀敌英雄王桂女、宁死不屈的女英雄李馥兰等，都是名震太行的女英雄，在武乡县的妇女运动史上写下光辉的一页。

石榴仙是武乡下广志村人，当地有名的纺织英雄。她14岁嫁到马堡村一个贫苦农家，30多岁丈夫病逝，自己携儿带女，艰辛度日。1940年参加妇救会，成为拥军优属骨干。1942年，抗日根据地处在最困难的时期，石榴仙带动广大妇女开展纺织运动，用织出的土布换回棉花、小米，支援抗战军民，使该村成为支前抗战的模范村。1944年，石榴仙加入中国共产党，工作更加积极，以每日纺花十两、织布两丈的高超纺织技术和助人为乐精神受到群众赞

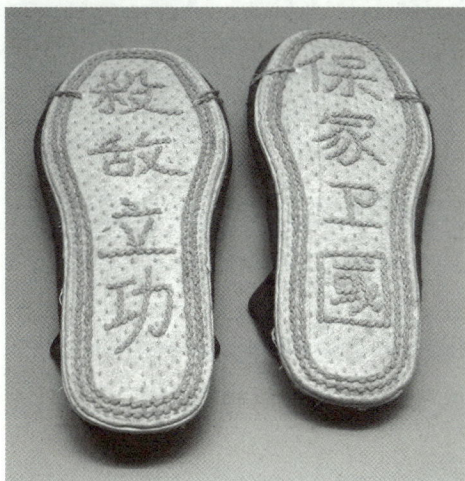

◎ 拥军鞋

扬。当时人们把她的事迹编进了歌曲："马堡村石榴仙四十六岁整，她是纺织女英雄，武乡头一名，越干越有劲，一天能纺花十两，织布两丈，咱们分区彭政委奖给她机一绽。"石榴仙出席了第一、二届太行群英会，邓小平亲自为她颁发了"纺织模范"锦旗，"男学李马保，女学石榴仙"成为当时太行山区广大群众的奋斗目标。

拥军模范胡春花是武乡洪水柳树垭村人。1939 年八路军进驻武乡后，她积极参加抗日工作，1940 年 3 月任窑湾编村妇救会秘书，组织广大妇女成立了部队接待站，给八路军烧水、做饭、腾暖房热窑洞。她的工作，得到了武乡县委的多次赞扬。同年 6 月，她光荣地加入了中国共产党。

1940 年 10 月，日军进犯八路军黄崖洞兵工厂，胡春花走出接待站，组织起担架队，负责运送伤员。1941 年 11 月，黄崖洞保卫战打响后，因附近的民兵被派往别处参战，战场上很多八路军伤员不能及时抬下火线。当时，胡春花 4 岁的小女儿正发高烧，可她得知战场情况后毅然放下孩子，马上组织起妇女担架队，冒着硝烟战火上了前线。胡春花和妇女们抬着伤员在崎岖不平的山路上艰难地走着，很多缠了足的妇女虽然脚上磨出了血泡，但她们仍然咬紧牙关坚持将伤员抬到了八路军太行三分区医院。后来，她到八路军三分区医院当了一名编外护士。1944 年 11 月，胡春花出席了太行第一届群英会。会上，一二九师政治委员邓小平亲自授予她"拥军模范"锦旗一面，表彰了她的模范事迹。次年，她又被选为晋冀鲁豫边区政府参议员，1946 年到邯郸出席了边区参议会。

◎ "拥军模范"胡春花锦旗

第4章　自古英雄出少年

　　武乡县儿童进行有组织的活动，始于抗日战争初期。随着抗日运动的兴起和各救亡团体的出现，抗日儿童团组织在全县各村镇小学建立。据1945年统计，全县有儿童团组织370多个。抗日战争时期，儿童团在站岗放哨、防特锄奸、学习文化、演唱宣传等方面贡献了自己的智慧和力量。王家峪、窑上沟等模范抗日儿童团，就是当时很有名的儿童组织。朱德同志为王家峪儿童团题词"斗争与学习缺一不可"。1940年"四四"儿童节时，王家峪儿童团被正式命名为"朱德儿童团"。

武乡儿童剧团

　　抗战爆发后，为加强抗日宣传，各地纷纷成立抗战剧团。1937年7月，武乡县青年救国公学率先成立儿童演出队，1938年，为了加强抗日文艺宣传，县委责成赵浚川和殷士肤，将各个游击队留下的儿童演出队改编为武乡第一个县立剧团——武乡县牺盟儿童话剧团，该团35人，以学演抗日题材的话剧、活报剧为主，并演出一些歌咏和舞蹈节目。1938年至1939年间，襄垣、黎城、潞城、武乡等县相继成立抗战剧团，活跃于太行山和太岳山的抗日前沿和后方，配合革命斗争出演各类剧目百余个，为抗战胜利作出突出贡献。

相关 链接

《青年与儿童》

《青年与儿童》创刊于1940年春，由中共北方局青年工作委员会主办，青年与儿童编辑委员会编辑，华北新华书店出版。它是以太行抗日根据地的广大青少年为读者对象的综合性刊物，其内容包括政治、军事、时事、自然、文艺、美术、游戏等方面。主要编辑为孟奕、郑笃、杨俊等。该刊物为32开本，铅印。最初由设在武乡县大坪村的华北新华日报社书刊印刷厂承印，后来因日寇"扫荡"又转移到左权县后庄一带。每期40页左右，印量从数百本到千余本不等。

少年英雄

李爱民是武乡县白家庄抗日儿童团长。在抗日战争中，他带领儿童站岗、放哨、查路条、送情报、捉汉奸、护伤员，机智勇敢，表现出色，获得"模范儿童团员"的称号。1943年10月，随民兵回村抢收秋禾，在探路任务中落入敌手，最后英勇不屈，壮烈牺牲，年仅13岁。晋冀鲁豫边区政府授予李爱民"太行山上的儿童英雄"称号，后又列为全国著名的八大少年英雄之一。

◎ 少年英雄李爱民

李克元是武乡县王家峪抗日儿童团长。1940年秋，日本鬼子摸进了王家峪村，儿童团小队长李克元为了掩护八路军和乡亲们不幸被捕了，但他宁死也不吐一字，气急败坏的鬼子夺去了李克元12岁的生命。

研究与 拓展

中国人民在抗日战争的壮阔进程中孕育出伟大抗战精神，向世界展示了天下兴亡、匹夫有责的爱国情怀，视死如归、宁死不屈的民族气节，不畏强暴、血战到底的英雄气概，百折不挠、坚忍不拔的必胜信念。伟大抗战精神，是中国人民弥足珍贵的精神财富，将永远激励中国人民克服一切艰难险阻、为实现中华民族伟大复兴而奋斗。

——习近平（2020 年 9 月）

上面的讲话是习近平总书记在纪念中国人民抗日战争暨世界反法西斯战争胜利 75 周年座谈会上的讲话摘要，深刻强调要弘扬伟大抗战精神，锲而不舍为实现中华民族伟大复兴而奋斗。选取一个你所在地的抗日英雄，进行实地调查和史料收集，学习和了解他的英雄事迹，并为他写一个人物传记。

第五篇

并肩作战

军民团结一家亲

抗战时期，武乡军民在党和政府的号召动员下，形成互助合作关系。军民共同进行生产建设，团结合作打击敌人，对根据地的生存和发展起到重要作用，也为抗战取得最终胜利作出重大贡献。抗日根据地的创建、巩固和发展，无论是政权建设和经济、教育、文化及各项社会事业的发展；还是武装斗争和参军入伍、支前参战以及一切战助服务，都离不开人民群众的积极参与。因而，在共产党的记忆中，武乡一直以来是"八路军的母亲"。

第 1 章　独特的游击战术

《黄河大合唱》中有"千山万壑，铜壁铁墙，抗日的烽火燃烧在太行山上"。山西的边界天造地设，完全是自然形成的。山西有很多山，山和黄河构成的地理板块就好像一个天然的堡垒，山就好像它的城墙，河就好像它的护城河，所以进可攻退可守。特殊的自然环境，造就了山西在抗日战争中以山地战为主的独特战术。

相关 ＞ 链接

太行八陉

太行八陉是太行山的八个山口，分为军都陉、飞狐陉、蒲阴陉、井陉、滏口陉、白陉、太行陉、轵关陉。井陉以上，军都、蒲阴、飞狐三陉，是北门锁钥、幽燕之吭，主要与北京、大同相通；以下，滏口、白、太行、轵关四陉，通冀南豫北，也是战略要冲。其中滏口陉是去临漳、安阳和邯郸的通道，白陉是去辉县、淇县的通道；太行陉、轵关陉，是去洛阳的通道。这四个出口，滏口陉和轵关陉最重要。

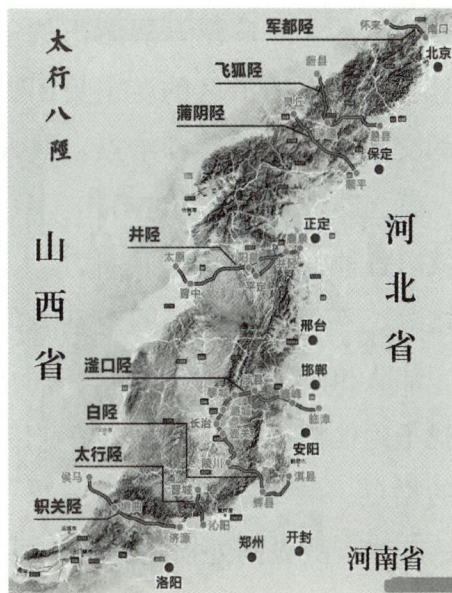

◎ 太行八陉图

在东渡黄河之前，毛泽东就八路军的"基本的是游击战，但不放松有利条件下的运动战"的战略方针问题，和彭德怀进行过个别交谈。彭德怀到达山西之初，毛泽东又于 9 月 12 日和 21 日两次单独致电彭德怀，反复强调了这一战略方针问题，指出在晋、在冀、在京和国民党谈判中，"均着重解释我军'独立自主的山地游击战争'这个基本原则，取得他们的彻底了解与同意"。"红军有发动群众创造根据地组织义勇军之自由"，要"坚持依傍山地与不打硬仗的原则"。又指出："今日红军……有一种自己的拿手好戏，在这种拿手戏中一定能起决定作用，这就是真正独立自主的山地游击战（不是运动战）。"而且称赞彭德怀说："我完全同意你十八日电中'使敌虽深入山西，还处在我们游击战争的四面包围中'这个观点。请你坚持这个观点，从远处大处着想。"

主要战术

刘伯承在《我们在太行山上》一文中围绕反"扫荡"作战这一对敌斗争的重心作了生动的描述："在反'扫荡'中，我们一部分地方武装和民兵坚持腹地斗争，广泛开展游击战争，打击敌人的'清剿'部队；主力则转至外线，配合边沿区的游击集团、敌占区的武工队、小部队，积极破坏敌人的交通线，捣毁其补给点。敌人的'扫荡'虽然来势汹汹，但进入根据地，就立即遭到了沉重的打击。敌人出发了，我们遍布各地的情报站、瞭望哨就以各种方法传递消息，使广大军民随时都知道敌人的动向。因而敌人所到之处，不仅遇到彻底的空室清野，并且到处触发地雷，遭受麻雀战的袭击。部队和民兵，时而分散，时而集合，用各种武器袭击敌人，而敌人又到处找不到他们。真是'四面楚歌传来，一拳打去是风'。敌人的交通线和后方的据点、碉堡，又不时这一处，那一处，为我转出外线的部队破坏、袭击、夺取。敌人到处损兵折将，顾了这里，顾不到那里，最后不得不狼狈退出我根据地。"

值得一提的是，太行民兵一面利用手中原始武器抵御来犯之敌，一面利

◎ 民兵埋设地雷

用当地地形地貌创造出诸如伏击战、围困战、窑洞战、麻雀战、地雷战等种种奇异战法，使日军屡屡受挫。

窑洞战

窑洞战是抗日战争时期，八路军和太行根据地人民在抗击日本侵略者的自卫战争中，创造出来的一种游击战术。太行山区多属黄土丘陵地貌，根据地军民将所居住的窑洞进行深挖，改造成彼此相通、能藏能打、相互依托的隐蔽作战网。在武乡县开展游击战争最广泛的形式就是窑洞战。"武乡地处太行山西麓，沟连沟，洞连洞，一条隧道有多处出口，既能藏身，又能战斗。鬼子来了以后，往往能将全村的老百姓都藏进去。"

1942 年夏，武乡的地方党和群众创造了更为安全的"保险窑"。其特点是"找不到""进不去""闷不死"。这种窑的典型设计是"三关"和"三弯"。所谓"三关"是指在通往窑洞里的通道上设三道障碍：第一关是在通

◎ **武乡县窑洞外观**

道上挖一个深坑，用荆棘把路堵住。第二关是陷阱，用石板将一个深坑盖住，谁踩在石板上，立刻会跌到坑里。同时，另外块石板也从上面朝他脑袋砸下来。再往里走，洞壁两侧开着两孔小窑。负责保卫窑洞的人就拿着菜刀、斧头埋伏在这里，等敌人爬到跟前，突然将他砍死，这是第三关。过了"三关"还有"三弯"。由于通道狭小，人必须像蛇一样爬行，有时脑袋往下垂着，有时脑袋往上直伸。这样来回折三趟，便到了人们居住的窑洞。

麻雀战

麻雀战是 1940 年冬季反"扫荡"中，晋察冀边区北岳区民兵在配合正规部队作战时，在实践中创造的一种十分机动灵活的新战术，是中国民兵常用的以弱胜强的游击战法，主要在山区实行。山区地势复杂、道路崎岖，根据地军民熟悉当地情况。当日、伪军进入根据地后，他们像麻雀一样满天飞翔，时聚时散，主动灵活，神出鬼没地打击敌人，使进犯的敌人不断遭受打击。

麻雀战有三种手段：一是袭击，打击驻守之敌，民兵利用人熟地熟的有利条件，摸清敌人的各种情况，抓住敌人的活动规律，乘敌不备，突然袭击。二是伏击，在敌人必经之路，设下伏兵，拦头斩腰打尾巴。几个人引敌人入套，用排枪、地雷大量杀伤敌人。三是阻击，采取分散隐蔽，瞅准时机，用冷枪杀伤敌人。民兵用这种方法，常常使敌人遭受伤亡，却不知道子弹是从哪里飞来的。那些离队、掉队的单个敌人或者少量敌人，以及敌人据点周围的哨兵、警卫等，更是民兵开展麻雀战捕捉和射杀的对象。

相关 链接

麻雀战歌谣

麻雀战，麻雀战，机动灵活要勇敢，三五成群结成组，隐蔽路旁和深山，瞄准敌人打几枪，围着鬼子屁股转，见到敌人退却，我们机动向前，见到敌人进攻，各组隐蔽转山。东大地，南大山，麻雀组遍地传。四处枪声一齐响，鬼子吓得乱颤颤，民兵干部切记住，千万不打阵地战，麻雀地雷配合好，打鬼子不费难。

经典战役

在武乡这片古老的土地上，从反击敌人"九路围攻"的长乐急袭战到关家垴歼灭战，直至围困蟠龙、解放段村等重大战斗，以及人民群众广泛开展的地雷战、麻雀战、破袭战、窑洞战等，共进行了大大小小的战斗6500余次，参战军民达41500多人，毙伤日伪和阎军近3万人，缴获武器4000余件，武乡军民对抗日战争的胜利作出了不可磨灭的贡献。

急袭战——长乐战役

1938年4月，日军以3万兵力对晋东南地区发动第一次"九路围攻"。为粉碎日军围攻，消灭敌人有生力量，八路军一二九师紧紧抓住战机，于16日以突袭手段将从武乡城向东奔袭的日军主力截困在浊漳河谷——武乡

◎ 长乐村战斗要图

长乐滩一带，利用河谷两岸高地向敌人展开猛烈袭击，随后以排山倒海之势冲下高地与敌展开了反复冲杀与白刃肉搏。经过一天多激战，给敌以重创，歼敌 2200 多人，缴获步枪百余支和一批军用物资。

◎ 在长乐战役中牺牲的叶成焕团长遗像

长乐之战，是粉碎日军九路围攻决定性的一仗，奠定了太行抗日根据地的基础，为开辟晋冀鲁豫抗日根据地创造了条件。刘伯承生前曾称赞这次战斗时说："决心迅速正确，夹击与追击配合得当，撤退时战术灵活机动……长乐战斗是粉碎敌人'九路围攻'晋东南决定性的战斗，也是全国闻名的急袭战斗。"

歼灭战——关家垴战役

关家垴位于太行抗日根据地腹心地带——武乡的东北部。四周山岭起伏，沟壑纵横，北面是断崖陡壁，下面是一条深沟，山头上是一片平地，地

◎ 关家垴战斗时，野战政治部主任罗瑞卿（右2）、386旅旅长陈赓（右3）等视察战况

◎ 百团大战第三阶段，彭德怀副总司令（站立拿望远镜者）在山西武乡县关家垴地区指挥战斗

理位置重要。1940 年 10 月 29 日晚，由黎城窜至武乡之日军 700 余人拖着 100 多名伤员，抢占了关家垴高地。

为粉碎日军疯狂性报复大"扫荡"，彭德怀副总司令和刘、邓首长决定 30 日对敌发动总攻。30 日 4 时，八路军对敌展开了围歼，号角齐鸣，杀声四起，经过两天多白刃搏斗，将号称日军精锐之师的冈崎大队歼灭过半，缴获轻重机枪 20 余挺、步枪 500 余支及许多军用物资。第三天，敌军 4000 余名援兵赶到，为避免决战可能造成的巨大伤亡，八路军主动撤离。关家垴之战，是由彭德怀亲自指挥的一场著名歼灭战，沉重打击了敌人的疯狂"扫荡"，保卫了根据地人民，掩护了八路军总部机关的战略转移。

第 2 章　太行奶娘恩如山

　　抗战时期，面对日军的一次次"扫荡"，许多八路军官兵及无辜百姓死于非命，更有不少八路军的孩子也在日军"扫荡"中夭折。为了避免不必要的牺牲，刘伯承师长命令：部队和机关怀孕的妇女一律不准跟随部队，一律"坚壁"到老百姓家里！于是，许多八路军纷纷把孩子寄养在老百姓家里。因而出现了一个值得歌颂的英雄群体，那就是肩负起养育八路军后代重任的"太行奶娘"。

　　时任一二九师师长刘伯承的女儿刘华北和儿子刘太行、一二九师政委邓小平的儿子邓朴方、八路军野战政治部主任罗瑞卿的女儿罗峪田、八路军副参谋长左权的女儿左太北、一二九师政治部副主任黄镇的女儿黄米囤、一二九师政治部组织部部长张南生的儿子张雁之、八路军参谋长滕代远儿子滕久明、晋冀豫边区区委书记李雪峰的女儿李小琳等将领子女都交给过太行勤劳朴实的奶娘代为抚养。

　　开国中将张南生的儿子张雁之在《我的母亲林纫篱在太行》一文中这样写道："由于根据地老百姓对八路军的后代，像对待自己亲生孩子一样照顾、保护，我们这些八路军的后代才有今天。这就是军民鱼水情，这就是

◎ 张南生

我们战胜日本侵略者的根基。老百姓生活都很苦，粮食极度缺乏，采树叶煮汤喝，在玉米面里加上观音土，有时只吃观音土做的饼子，饼吃起来非常牙碜，吃了就闹肚子。"

有的"太行母亲"为了保护八路军的孩子，不惜牺牲自己亲生儿子的生命，下麻田村奶娘裴乃果的儿子王云胜，本不该断奶，但为了奶八路军的孩子，忍痛给自己的儿子断奶，导致其子后来因营养不良去世。不仅如此，太行母亲们还送鞋、送粮、送儿上战场。正如《太行奶娘》歌中所唱"你英雄的故事铸就了中华民族抗战事业辉煌"。有人精确概括了"做一个太行奶娘要过四关：生活艰难关，生命危险关，离别痛苦关，一生难见关"。

太行奶娘刘春弟

◎ 刘春弟获得的奖章

1942年2月，武乡县大有乡石活村刘春弟作为群众模范代表参加了在横岭寺召开的公祭郭国言将军大会。当她看到不少八路军将领抛下刚刚出生的亲骨肉征战沙场时，她义无反顾地冒着全家杀头的危险，决心要把抚养革命后代的重担挑起来。她收养了八路军的两个孩子，其中一个孩子是陈锡联司令员的儿子，另一个孩子至今不知是谁的儿子。当时不敢公开真名实姓，两个孩子的名字都是按武乡习俗而称，一个叫小猫，一个叫小狗。直至抗战胜利后，两个孩子才先后离开刘春弟，与亲生父母团聚。为表彰刘春弟舍家为革命的事迹，1943年，武东县抗日政府在蟠龙镇大陌村召开的群英会上，县政府奖励刘春弟"育婴模范"奖章一枚。

太行奶娘高焕莲

1940年，文艺工作者彦涵和白炎在武乡县下北漳举行了革命婚礼，婚后生下儿子白桦。但因抗战形势严峻，只好通过抗日政府和当地党组织帮助寻找当地的一个奶妈进行抚养，之后由北上合村妇救会主席李爱莲帮助找到本村的高焕莲来抚养。到1945年8月抗战胜利后，在太行三分区司令员陈锡联和太行军区政治部副主任黄镇的帮助下，彦涵、白炎终于找回了留在北上合村的儿子。全国解放以后，彦涵任中央美院教授、中央美院副院长。2011年，彦涵在生命垂危时，吩咐家人无论如何要回太行山老区，看望高焕莲一家。2012年，他的长子白桦身体不好，由次子千里迢迢来到太行山，在八路军纪念馆同志们的帮助下，找到了武乡县北上合村，看望了高焕莲家的后人，但养育白桦的太行奶娘已长眠于地下了。

◎ 白桦与奶哥梁占明合影

研究与 拓展

太行奶娘

《太行奶娘》这首歌曲由武素萍作词，青年作曲家韩波作曲，著名歌唱家阎维文演唱。请学唱这首歌。

太 行 奶 娘

1=C 4/4
每分钟65拍

演唱：阎维文

武素萍 词
韩 波 曲

```
5  53 65 3 | 6  23 1 - | 1·6 12 32 3 5·3 | 6 3 6 5 - |
1. 在 战火 纷飞 的 日 子 里，  我 有一个 名 字 叫 太  行。
2. 在 和平 胜利 的 岁 月 里，  你 可安享 天 伦 和 小  康。

6 6 1 53 5  6 - | 33 5 22 7 6 - | 1·6 12 3 6 5 3 | 2  6 23 3·3 |
一把 苦苦 菜  一把 黄谷 糠，  是 奶娘你 哺 育我 成 长。你
暖暖 的窑 洞  甜甜 的南瓜 汤，  儿 在梦中 把 你 盼 望。你

6 5 3 5 6  5 - | 6 1 23 53 2 3 6 5 | 3 3 | 11 7 6 5 6 5 3  2 |
守护着 我生 命，   眼看着奶 哥哥倒在面  前。你含着 悲痛 目睹 了
勤劳和 勇 敢，   激励我前进路上 充满力  量。你英雄的 故事 铸就 了

22 1 23 5·3 | 66 6 1 7 6 | 6 5·6 | 5·5 | 4 3 26 1·61 |
奶爹爹送军 粮   牺 牲 在战 场。     啊，太 行 山 我那
中华 民 族   抗战 事 业辉 煌。     啊，太 行 山 我那

22 7 67 6 5 - | 6·1 65 65 3 2 | 22 3 56 3 5·5 | 26 1·61 |
慈祥的 奶  娘，  你用心血和 汗 水 教会我坚 强；啊，太 行 山 我那
亲亲的 奶  娘，  你用光荣和 奉 献 点亮和平曙 光；啊，太 行 山 我那

22 7 65 6 - | 6·1 65 65 3 2 | 55 35 61 2·7 | 65 35 6 1 - ‖
永远的 亲  娘，  你 的养育之 恩 比山高比水 长，  儿没齿难 忘。
永远的 亲  娘，  你 无私的情 怀 感动了天 地，

65 35 6 1·5 ‖ 65 35 6 1 - | 2·16 56 6 - | 1 - - - | 1 0 0 0 ‖
世代 万古 扬，  啊，世代 万古 扬，  世代 万古 扬。
```

太行奶娘王富花

1945 年 4 月，八路军后勤处处长柴生财找到韩家垴村的老党员韩慧帮，拜托他帮忙在村里寻一位合适的奶妈。原来是当时太行三分区鲁瑞林司令的爱人李忠刚生产了一个男孩，但是夫妻俩忙着工作没有精力照顾孩子，只好求助老乡。之后，孩子被寄养在韩宏志和王富花夫妇家。1948 年，孩子被接回亲生父母身边。1983 年，鲁瑞林司令第一次重返太行，他在原晋东南地委专员魏树民的秘书关成瑞陪同下，第一站就到了韩宏志家中，遗憾的是王富花已于 1982 年因病逝世。

◎ 太行奶娘王富花

第3章 军民互助共御敌

　　党领导人民军队奋战的每一个地方，都留下军民之间深情厚谊的印记。拥军优属、拥政爱民，这是我党我军特有的政治优势。抗战时期，陕甘宁边区政府组织开展"拥护军队、优待抗日军人家属"活动，八路军留守兵团开展"拥护政府、爱护人民"活动，改善和密切边区军政军民关系，形成了军民团结、共御外侮的生动局面。1943年1月，毛泽东同志号召各根据地军民普遍开展这一活动，双拥运动从延安迅速推广到各个抗日根据地。

　　按照中共中央的指示，各根据地在每年春节前后，大张旗鼓地开展拥政爱民和拥军优属运动。军队订立拥政爱民公约，尊重地方政府，遵守政府法

◎ 晋察冀部队指战员学习《拥政爱民公约》

令，严格执行三大纪律、八项注意，经常关心和帮助群众的生产和生活，召开军民联欢会。政府和民众订立拥军优属公约，帮助军队进行训练和生产，对驻军伤病员、残废军人及抗日人员家属和烈士家属，经常给予各种照顾和亲切的慰问。

在极端困难的条件下，武乡人民尽最大努力供应了战争需要的粮食、被服和各种军需物资，担负了繁重的抗战勤务，踊跃支前。据统计，八年全面抗战中，有 1.4 万多名青壮年参加了八路军和其他抗日组织；供给军粮 5 亿斤，做军鞋 50 余万双，有数以千计的优秀儿女壮烈牺牲，为夺取抗战胜利作出了突出贡献。

武乡士绅座谈会

1939 年 9 月 19 日，武乡县抗日政府以牺盟会的名义，在八路军总部的支持下，在土河村召开了盛大的榆（社）武（乡）士绅座谈会。会议由县牺盟特派员张烈主持，谭永华县长致开幕词。到会士绅有裴玉澍、李祖寿、杜青史、郝培兰、魏文兰等 56 人。被邀请参加的有：朱德总司令、彭德怀副总司令，中央军联络参谋周勋吾，河北省府代表张仰文，八路军野战政治部主任傅钟，以及来宾代表共计百余人。朱德总司令和彭德怀副总司令均在会上作了讲话。县牺盟会特派员张烈发言。一些开明士绅在会议精神的感召下，纷纷慷慨献粮捐款。与会士绅裴玉澍、郝培兰也在会上带头发言。其中，杜青史将家中土地钱财除生活费外全部献出。会后，朱总司令对武乡士绅毁家纾难、捐款献粮的爱国行动盛加赞赏，并为开明士绅颁发了荣誉奖旗。

这次座谈会促进了武乡抗日民族统一战线的政权建设，增强了抗战力量，影响甚大。当月下旬，驻砖壁八路军总部的英国记者何果先生为华北《新华日报》撰稿，报道了武乡士绅座谈会盛况，盛赞我军民团结抗战之热忱。同时还配发了题为《巩固与发展农村中的统一战线》的社论。

武乡监漳村引水渠

1940年4月，驻武乡的冀南、太行、太岳联合办事处的第二办事处，组织八路军战士、机关工作人员和村里群众一起参加劳动，在监漳小河上修筑了一座长20余米的拦水坝，并挖砌了一条5华里的引水渠，将水引出监漳滩，扩大灌溉面积500多亩。冀太联办第二办事处主任刘亚雄在渡槽上题了"人力胜天然"的石匾，以示纪念。

抗日井

1939年7月，八路军进驻砖壁村，朱德总司令专门提出了"三不争"：不与老百姓争粮吃，不与老百姓争房住，不与老百姓争水喝。于是，八路军

◎ 抗日井

总部选择了寺庙，没有占用老百姓的民房。砖壁村地处太行山的山梁上，用水一直比较紧张。为了帮助乡亲们解决用水难题，朱德和彭德怀带领八路军战士在村子旁边挖了个蓄水池，村民吃水难问题得以缓解，大家高兴地将这个水池命名为"八路池"。后来，朱总司令又亲自带领战士为村里打了3眼水井，乡亲们在井台上写着："吃水不忘八路军，时刻想念总司令。"

第六篇

丰碑屹立

太行精神永不衰

"人无精神则不立，国无精神则不强。"太行精神是抗日战争时期中国共产党领导英雄的八路军和太行人民在与日本侵略者的浴血奋战中铸就的伟大革命精神。太行精神充分展现了中共在抗日战争时期理论与实践相结合的精神风貌，与人民同呼吸共命运的优良作风，凝聚着中国共产党人的优秀品质和中国人民的爱国情怀，是新时代实现中华民族伟大复兴的精神财富。

第 1 章　太行精神的形成与内涵

2004 年 8 月，时任中央政治局常委李长春同志在山西考察时，第一次提出"太行精神"这一概念，并将其概括为"不怕牺牲、不畏艰险；百折不挠、艰苦奋斗；万众一心、敢于胜利；英勇奋斗、无私奉献"的伟大革命精神。

2005 年 7 月，时任中共中央总书记胡锦涛同志参观太行纪念馆和八路军总部王家峪旧址时指出："太行军民为抗日战争的胜利作出了重要贡献和牺牲，在抗日战争中孕育的太行精神，是太行人民高尚的精神品质，体现着中国共产党人的顽强奋斗的精神，是我们永远传承和弘扬的民族精神。"

◎ 八路军太行纪念馆

◎ 八路军总部旧址纪念馆（王家峪）

太行精神的孕育

1937 年全国抗战开始后，山西成为中国共产党领导华北抗战的战略支点。中国共产党领导八路军挺进山西，在太行山区建立晋察冀、晋冀鲁豫等敌后抗日根据地，带领太行人民在太行山上开展革命斗争，孕育了伟大的太行精神。

太行精神形成得益于当地特殊的地理条件、特定的时代特征和相应的思想基础。

太行山位于晋冀豫三省边界，境内群峰林立、沟壑纵横、大山连绵、关隘峰岭星罗棋布，地形复杂险峻，进可攻、退可守，具有重要的军事地理优势。全国抗战爆发后，中国共产党率领八路军东渡黄河奔赴山西抗日前线，依托太行山的地理条件建立了敌后抗日根据地，为争取抗战胜利作出了重要贡献。

1937 年，中国进入全民族抗战阶段，但国民党正面战场屡战屡败，广大民众又无力对抗武装到牙齿的日本侵略者。在危难时刻，中国共产党率领英雄的八路军，为了民族大义和人民利益挺身而出，顾全大局、团结民众，带领太行人民与日本帝国主义进行不屈不挠的斗争，粉碎了日军速亡中国的企图。中国共产党领导的八路军是中国人民团结抗日、共御外侮，争取民族独立、人民解放的中流砥柱。

太行精神的产生与毛泽东思想的指导密不可分，统一战线、人民战争、游击战和持久战等战略思想都是太行精神产生的思想渊源。以毛泽东同志为主要代表的中国共产党人创造性地把马克思主义基本原理同中国抗日战争实际情况相结合，形成了抗日民族统一战线理论，为抗战胜利提供了重要的理论指导，也对全国各党派各阶层正确认识抗日战争产生了重要影响。

相关 链接

《论持久战》

1938 年 5 月，毛泽东集中全党的智慧，写了《论持久战》的重要军事理论，总结抗战以来的经验，批评了关于抗战的错误思想，明确指出抗日战争是持久战，科学预见抗日战争将经过战略防御、战略相持和战略反攻三个阶段，进一步阐明了中国共产党关于抗战的战略方针和争取抗战胜利的正确道路。

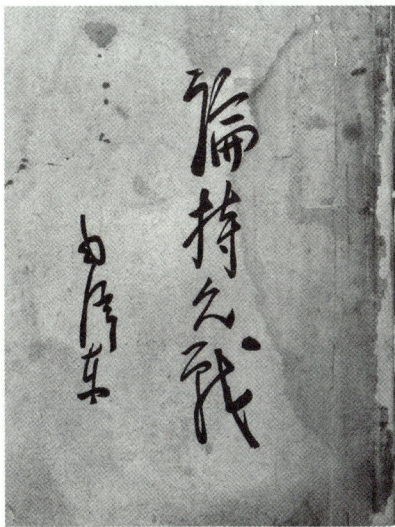

◎ 毛泽东《论持久战》

"抗战十个月以来，一切经验都证明下述两种观点的不对：一种是中国必亡论，一种是中国速胜论。前者产生妥协倾向，后者产生轻敌倾向。他们看问题的方法都是主观的和片面的，一句话，非科学的。"

"于是问题是：中国会亡吗？答复：不会亡，最后胜利是中国的。中国能够速胜吗？答复：不能速胜，抗日战争是持久战。"

——《论持久战》

太行精神的内涵

◎ 朱德亲笔伫马太行诗词

太行精神可以主要概括成四句话："不怕牺牲、不畏艰险；百折不挠、艰苦奋斗；万众一心、敢于胜利；英勇奋斗、无私奉献"，蕴含着深刻的含义。

不怕牺牲、不畏艰险。 中国共产党领导太行军民在与日本侵略者的殊死搏斗中，形成了不怕牺牲、不畏艰险的英雄气概。"伫马太行侧，十月雪飞白。战士仍衣单，夜夜杀倭贼。"中国共产党领导的八路军挺进山西后，在战斗装备极为落后的情况下，转战太行，与残暴的日军进行顽强斗争，从平型关大捷、百团大战、十字岭突围到一个个阻击战、阵地战，太行军民在中国共产党的坚强领导下，不论面对怎样的困难，始终英勇无畏，取得了一个又一个伟大胜利，逐步在敌后站稳了脚跟，开辟了打击敌人的新战场。

　　百折不挠、艰苦奋斗。 中国共产党领导太行军民在残酷的战争环境和艰苦的自然环境中，锤炼了百折不挠、艰苦奋斗的钢铁意志。抗日战争进入相持阶段后，日军集中兵力对敌后抗日根据地进行军事"扫荡"和经济封锁，国民党反动派也掀起了反共高潮，加上百年罕见的旱、蝗、洪灾接踵而至，根据地军民处境异常艰难。在严峻形势面前，中国共产党领导太行军民与天地争、与敌人斗，战胜困难的信心更加坚定，夺取胜利的意志更加坚强。

　　面对艰难困苦，根据地实行减租减息政策，调动军民的革命热情和生产积极性，促进根据地各项事业发展；政府实行精兵简政，裁减党政机关和部队非战斗人员，以减少军政开支、减轻人民负担，为战胜灾荒、坚持长期抗战提供保障；经济上开展大生产运动，党政机关和八路军战士自己动手进行农业与手工业生产，各部队之间展开友谊竞赛，掀起了努力生产、共渡难关的热潮，极大地改善了根据地人民的生产生活条件和部队的物资供给状态，为抗日战争的最终胜利奠定了物质基础。

万众一心、敢于胜利。中国共产党领导太行军民在与日本侵略者的英勇斗争中，形成了万众一心、敢于胜利的宝贵品质。首先，加强根据地的党组织建设。中国共产党在领导太行军民英勇抗敌的同时，创造性地开展村选运动、"三三制"民主政权建设等，促进根据地各项事业全面发展，激发群众的抗日热情，演绎了一出出妻子送郎、母亲送子上战场的动人事迹，为争取抗战胜利奠定了坚实的群众基础。其次，采取灵活机动的作战方法。中国共产党充分发挥人民群众的创造精神和智慧，运用伏击战、麻雀战、地雷战、窑洞战、地道战、破袭战等一系列战术战法，在敌后战场打击敌人的嚣张气焰，为中国持久抗战找到了最佳途径和发展空间。

◎ 著名版画家古元创作的黑白木刻版画《减租会》

◎ 著名版画家彦涵创作的黑白木刻版画《当敌人搜山的时候》

　　英勇斗争、无私奉献。中国共产党领导太行军民在抵抗日军侵略中，彰显了英勇斗争、无私奉献的高尚情操。"民族救星共产党，国家干城八路军"。中国共产党一切以抗日大局为重，巩固党的团结统一，发展壮大抗日民族统一战线，是中国抗日战争取得胜利的决定性因素；八路军在国家与民

◎ 太行山妇女运送军鞋

族的生死关头冲锋在前，以大无畏革命精神，不怕牺牲、英勇斗争，用血肉之躯筑起了捍卫人民生命财产安全的"钢铁长城"，是中国抗日战争取得胜利的中流砥柱。中国共产党的坚强领导和八路军将士的身先士卒，赢得了根据地人民的支持和拥护，带动根据地人民英勇斗争、无私奉献。太行人民在中国共产党的坚强领导下，有钱出钱、有粮出粮、有力出力，成为壮大抗日力量、争取抗战胜利的动力源泉，为抗战胜利作出了巨大贡献。"最后一碗米送去做军粮，最后一尺布送去做军装，最后一件老棉袄盖在担架上，最后一个亲骨肉送去上战场"，这些歌谣是根据地人民为抗战无私奉献的真实写照。

第2章　太行精神的推广与升华

抗日战争胜利后，毛泽东在《抗日战争胜利后的现状和我们的方针》报告中指出，面对蒋介石企图夺取人民政权的行径，我们的政策是针锋相对，争夺每一寸土地。依据这一政策，在太行精神的鼓舞下，党领导太行军民北上东北，西上陕甘，南下江淮，为解放战争的胜利作出了重要贡献。

1945年8月下旬，太行区、太岳区党委和军区在中共中央和中央军委的指示下，选调了近千名优秀的军队和地方干部，组成东北支队，迅速前往东北地区建设东北根据地。1947年6月，根据党中央的指示，太行根据地选拔大批党员干部、军政干部、经济、文教和群众团体的干部队伍，与军队一起开辟了中原和千里跃进大别山的胜利之路，这是太行精神进一步发挥作用的表现和成就。

在解放战争时期，太行地区作为老解放区充分发挥了其战略后方的作用。她是支援解放战争的重要阵地和战略前沿阵地，是解放战争重要的兵源基地、后勤保障基地和干部出口基地。据统计，仅太行区就有近8000余名干部调到全国各地，其中，区党委级干部十余人，地委级干部近百人，县委700多人，区委级干部5000余人，普通干部2000余人。如果将分配到山西、河北和太行地区的当地干部计算在内，则有46000余人。

南下干部

"南下干部"是解放战争后期和新中国成立初期，为了接管广大南方新区，支援广大南方新区建设而抽调派出的大批干部队伍。

　　1948 年 10 月 28 日，中共中央根据"九月会议"确定的基本方针，作出《中共中央关于准备五万三千个干部的决议》，要求各解放区必须把准备足够的干部当作一项迫切的战略任务来实现。山西作为革命老区，抽调干部南下，是党中央的战略组成部分。为贯彻"九月会议"的决议，中共中央华北局于同年 12 月专门召开会议，决定从太行、太岳两个区党委选调得力干部，组成一个省级建制的南下区党委，随时准备南下到新区迎接全中国的解放。

　　太行、太岳区选调的南下干部包括区党委、行署、军区机关的干部。这些南下干部，用青春和生命发扬了敢于胜利、团结无私的太行革命精神，为解放战争的胜利作出了巨大贡献。

◎ 太行行署领导欢送南下干部

相关 链接

长江支队

在太行老区南下的干部队伍中，长江支队尤其著名。1949年3月，在毛泽东"打过长江去，解放全中国"的号召下，太行和太岳两区经过选拔，组成了一个由数千名干部组成的小组——长江支队。

区党委下设6个地委30个县委和199个区委的成建制的班子。区党委对外番号为"中国人民解放军长江支队"（简称"长江支队"），6个地委专署编为6个大队，专员任大队长，地委书记任政委；县、区编为中队和小队。南下区党委所辖干部包括警卫连、勤杂人员共4500余人。

这些南下的干部，绝大多数都表现出太行精神坚定的党性，他们毫不犹豫地放弃任何个人利益，不惧长途跋涉的艰苦，将太行精神传播到全国各地，深刻诠释了"一心为党，四海为家，两太儿女，功在八闽"的精神要义。

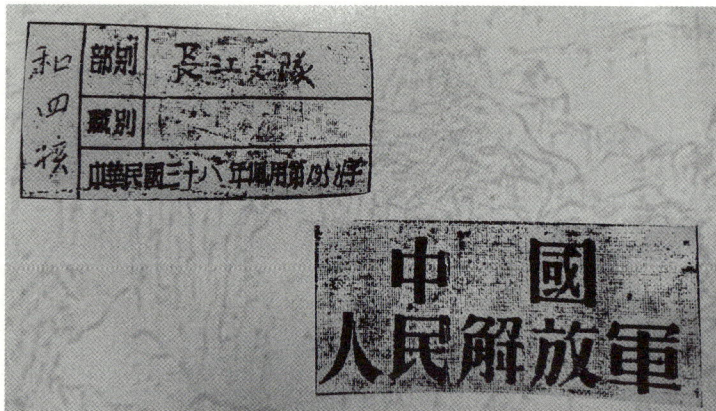

◎ "长江支队"袖章

太行劳模

在新中国成立后的各个历史时期，太行精神都与时俱进地发挥着重要作用，都为促进社会各方面的发展提供精神支持。在社会主义建设的伟大实践中，老太行地区的人们进一步继承和发扬太行精神，并再次因"出英雄模范多"而备受关注。武乡地区作为太行精神的践行地区，劳动模范事迹层出不穷。

曾在武乡县蟠龙供销社棉布商店任职经理的史春莲同志，于1956年荣获"山西省财政贸易先进工作者""山西省先进工作者"等荣誉称号；1958年参加全国先进生产者代表会议并获奖章；1985年、1992年，两次被评为山西省劳动模范。

武乡县青草烟村的劳模吕天金同志，在新中国成立后，积极响应号召，带动群众艰苦奋斗，自力更生，向穷山恶水开战。垒石坝，砌涵洞，增拓良田300余亩，整治荒山万余亩，植树造林8400余亩，让昔日贫穷落后的山

◎ 吕天金所在的青草垴村获得的各种奖章、锦旗

127

◎ 吕天金劳动照

村变成闻名山西省的新农村。在党的十一届三中全会以后，他继续发扬劳模精神，不仅使村级农林牧副业得到更大发展，还使村办企业蓬勃兴起，让其所在青草烟村一度成为全县的首富村。

魏名标是武乡县枣烟村人，抗战期间曾积极参加生产劳动和抗日救亡工作，带头办起"劳武结合"互助组，带领群众开展了减租减息、大生产和土地革命运动，使该村各项工作都走在太行地区前列，华北《人民日报》曾连续报道了他的事迹。1951年，魏名标积极响应党的号召，创办了"魏名标初级农业生产合作社"。1952年，小麦大丰收，创下了山西省旱地小麦的最高纪录。同年，魏名标出席了山西省劳模会，获省人民政府"一等劳模奖"，还在全国劳模大会上被授予"爱国丰产模范"称号。而且，他还受毛主席邀请，参加了新中国成立三周年国庆观礼。12月18日，《山西农民报》摘登了《人民日报》关于推广山西省农业生产劳动模范代表会议上典型经验总结材料——魏名标旱地小麦丰产经验。

1953年1月7日，《山西日报》公布全国1952年度农业丰产奖励名单，枣烟村魏名标初级农业社有212亩麦田，亩产达到366公斤，再创旱地小麦丰产新纪录，荣获"爱国丰产奖"，奖金 300 万元，魏名标获"爱国丰产奖章"一枚。1 月 10 日，《山西日报》登载了中央人民政府农业部粮食生产司发表的关于《魏名标农业社旱地小麦丰产经验》。

毛主席邀请魏名标同志参加国庆三周年招待会的请柬信封

毛主席邀请魏名标同志参加国庆三周年招待会的请柬

◎ **毛泽东邀请魏名标参加国庆招待会**

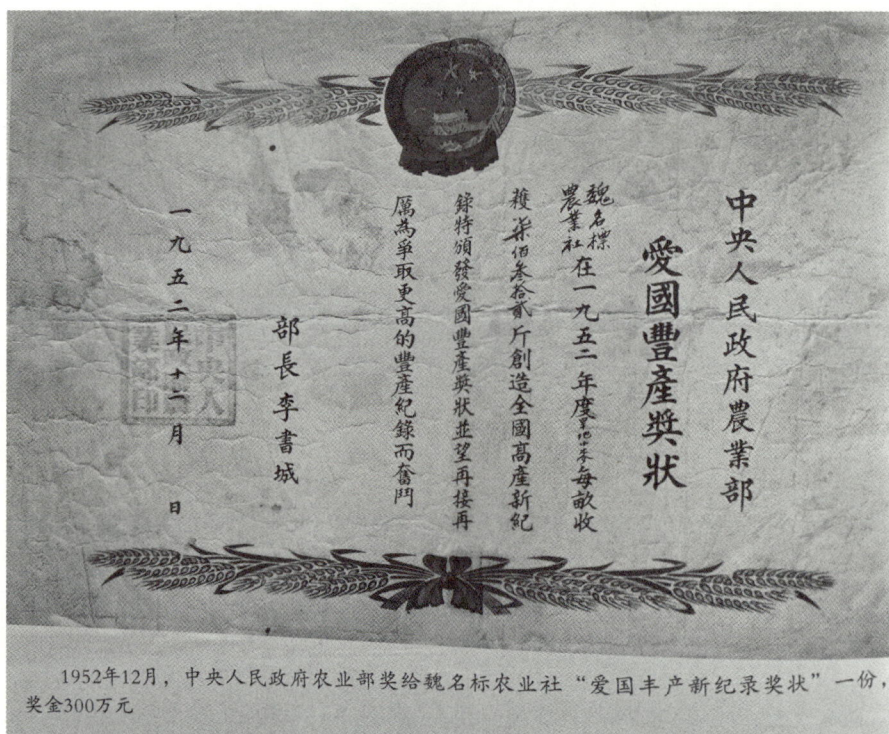

1952年12月，中央人民政府农业部奖给魏名标农业社"爱国丰产新纪录奖状"一份，奖金300万元

◎ **魏名标农业社奖状**

太行精神的延续与新时代阐释

太行人民在实践中不断创新和发展太行精神，创造了包括初心不改、积极进取的申纪兰精神，自力更生、艰苦奋斗的大寨精神，劈山筑路、不屈不挠的锡崖沟精神，劈山引水、改造河山的红旗渠精神等一系列太行精神的新内容。

申纪兰，1929年12月出生，山西平顺人，是第一届至第十三届全国人大代表。她倡导并推动"男女同工同酬"写入宪法。改革开放以来，她勇于改革，大胆创新，为发展农业和农村集体经济，推动老区经济建设和老区人民脱贫攻坚作出巨大贡献。申纪兰曾荣获"全国劳动模范""全国优秀共产党员""全国脱贫攻坚'奋进奖'""改革先锋"等称号。2019年，申纪兰被授予国家最高荣誉"共和国勋章"。

2009年5月25日，时任中共中央政治局常委、国家副主席的习近平同志在西沟展览馆全面了解了西沟人艰苦奋斗、建设家乡的光辉历程后说："西沟60多年的发展，是社会主义革命、建设和改革开放的缩影，特别是李顺达、申纪兰的劳模精神，需要好好总结和发扬。"在考察中，习近平同志还强调："太行精神光耀千秋，纪兰精神代代相传。"如今，申纪兰对党忠诚、执着为民、甘于奉献、改革创新的精神，将永远回荡在太行山间。

◎ 申纪兰参加"两会"

锡崖沟精神

陵川县锡崖沟村地处太行山腹地，四周太行群峰环立，有高山、深谷和悬崖。正是由于这样的地理环境，锡崖沟的人们世世代代生活几乎与世隔绝。自1962年以来，为了打开通往外部世界的道路，村党支部带领村民们本着"愚公移山"的精神，一次又一次地用铁锤和钢凿挖掘太行山。凭着愚公移山、坚忍不拔、自我牺牲、自力更生、艰苦奋斗的精神，一条盘山悬崖之路终于挖通，成为太行山令人惊叹的文化景观。锡崖沟精神是太行精神的延伸，锡崖沟人民全心全意地践行了太行精神，以团结奋斗的实际行动诠释了太行精神不畏艰险，不怕困难，无私奉献的精神要义。

◎ 陵川县锡崖沟挂壁公路

太行精神是中国共产党人精神谱系的重要组成部分和中华民族的宝贵精神财富，具有经久不衰的时代魅力和精神伟力。习近平总书记在2009年视察八路军太行纪念馆时强调，"要结合新的实际与时俱进地大力弘扬太行精神，坚定正确的理想信念，始终保持对党对人民对事业的忠诚；坚持执政为民的政治立场，始终保持同人民群众的密切联系；锤炼坚韧不拔、百折不挠的品格，始终保持知难而进、奋发有为的精神状态；坚守党的政治本色，始终保持艰苦奋斗的优良作风，为推动经济社会又好又快发展提供强大精神动力"，为新时代弘扬太行精神提供了重要遵循。

始终保持对党对人民对事业的忠诚。共产党人的根本，就是对马克思主义的信仰，对中国特色社会主义和共产主义的信念，对党和人民的忠诚。新时代弘扬太行精神，要坚定这份信仰、坚定这份信念、坚定这份忠诚，更加紧密地团结在以习近平同志为核心的党中央周围，坚持以习近平新时代中国特色社会主义思想为指导，铸牢对党忠诚的政治灵魂，永怀对人民的赤子之心，做新时代中国特色社会主义事业的建设者和忠实捍卫者。

始终保持同人民群众的密切联系。太行精神体现了中国共产党一切为了人民、一切依靠人民的鲜明政治立场，彰显了中国共产党与人民同甘苦、共命运的无私精神。人民始终是中国共产党立于不败之地的强大根基，无论遇到任何困难和挑战，只要有人民支持和参与，就没有克服不了的困难，就没有越不过的坎。新时代弘扬太行精神，要立足中华民族伟大复兴战略全局和世界百年未有之大变局，站稳人民立场，贯彻党的群众路线，始终把人民对美好生活的向往作为奋斗目标，始终为人民不懈奋斗、同人民一起奋斗。

始终保持知难而进、奋发有为的精神状态。太行精神体现了中国共产党人坚韧不拔、百折不挠的顽强意志和不畏艰难、勇往直前的进取精神。一百多年来，中国共产党人为了人民幸福和民族复兴而奋斗，在困难面前不低头，在挑战面前不退缩，在任何压力下不屈服。新时代弘扬太行精神，要进一步引导党员干部保持迎难而上、知难而进的昂扬斗志和只争朝夕、奋发有为的精神状态，不断攻坚克难、改革创新，集聚起万众一心、共克时艰的磅礴力量。

始终保持艰苦奋斗的优良作风。太行精神体现了中国共产党人艰苦奋斗的政治本色和优良传统，是中国共产党领导人民不断战胜困难、夺取胜利的精神力量。在全面推进中华民族伟大复兴的新征程上，必然会有艰巨繁重的任务，必然会有艰难险阻甚至惊涛骇浪，特别需要我们发扬艰苦奋斗精神。新时代弘扬太行精神，要永葆党的政治本色，传承艰苦奋斗的优良传统，始终保持艰苦奋斗的优良作风，以强烈的忧患意识和底线思维，准备经受风高浪急甚至惊涛骇浪的重大考验，谱写新时代中国特色社会主义更加绚丽的华章。

研究与 拓展

2009 年习近平同志说："太行精神光耀千秋，纪兰精神代代相传。"

申纪兰凭着在全国首倡"男女同工同酬"，25 岁时第一次当选第一届全国人大代表，连任十三届，被称为人民代表大会制度的"活化石"。2019 年，申纪兰被授予"共和国勋章"。

选取武乡当地的一个劳模进行调研，并讲述从他身上学到的劳模精神。

第七篇

血脉相依

红色基因代代传

习近平总书记指出："革命博物馆、纪念馆、党史馆、烈士陵园等是党和国家红色基因库。要讲好党的故事、革命的故事、根据地的故事、英雄和烈士的故事，加强革命传统教育、爱国主义教育、青少年思想道德教育，把红色基因传承好，确保红色江山永不变色。"武乡是太行精神的发源地，被誉为"八路军的故乡，子弟兵的摇篮"，境内红色旅游资源丰富，数量众多，为实现中华民族伟大复兴发挥着强大的精神指引作用。

第1章　武乡红色文化遗址的开发与保护

　　武乡是一个具有浓厚革命意义的区域，是革命先辈战斗过的地方，从而遗留了许多红色文化遗址。据不完全统计，全县共有革命遗址 40 多处，主要涵盖重大革命事迹遗址、重要机构旧址、名人故居等。

　　革命文物是中国革命历程的见证，具有优秀的红色基因。保护革命文物，就是传承伟大精神，继承革命传统。武乡县以"弘扬太行精神、共建创新武乡"为主线，不仅充分挖掘发挥红色文化资源，还创建革命文化基地、打造震撼人心的文学艺术。

革命遗址

　　武乡县重大革命事迹遗址主要有长乐村战斗遗址、关家垴战斗遗址、板山战斗遗址、砖壁村"军民池"、李峪村地雷战遗址、王家峪爱民井、漆树坡窑洞保卫战遗址、左会村"圣人泉"等。

相关 链接

关家垴战斗遗址

　　关家垴战斗遗址位于蟠龙镇关家垴村。关家垴战斗是百团大战中一次最大的进攻性战役，在彭德怀副总司令的亲自指挥下，对抢占关家垴高地的日军冈崎大队 800 余人进行围歼，消灭冈崎中佐以下 500 余人。在战斗旧址，武器装备工事、战斗掩体、交通壕、猫耳洞、地下指挥所都保存完好。

◎ 关家垴歼灭战纪念碑

相关 链接

砖壁村《军民池赋》

　　尝闻"七七"事变，强寇侵凌，国值存亡之秋，民遭涂炭生灵。朱总彭总左权，亲率总直官兵，进驻"太行天险"砖壁，指挥敌后游击战争。时值己卯，天旱不雨，觅水无门，战祸天灾，人心如焚。为解军需民用，组织驻地军民，开展生产自救，挖池垒坝掘井。"军民池"，看军民鱼水相依，休戚与共；"军民池"，听美誉有口皆碑，历久弥新。然因年久失修，不足观瞻，复原维修，天道人心。于是乎，自壬辰九月兴工动土，历时月余复修告竣。壮哉，八路之都经典景观；伟哉，军民团结御侮见证！

——王照骞　谨撰

◎ 砖壁村军民池

机构旧址

武乡县还有很多保存下来的重要机构旧址，主要包括八路军总部王家峪旧址、八路军总部砖壁旧址、八路军野战总政治部下合旧址、八路军供给部旧址、八路军总卫生部旧址、中共中央北方局烟里旧址、中共中央北方局王家峪旧址、八路军兵工厂柳沟旧址、抗日军政大学党校蟠龙旧址、新华日报社大坪旧址、鲁迅艺术学校旧址、百团大战指挥部砖壁旧址等。

八路军总部王家峪旧址地处武乡县城东四十公里的丘陵山区，是抗日战争时期八路军总司令部和中共中央北方局所在地。朱德总司令、彭德怀副总司令、左权副总参谋长和北方局书记杨尚昆、总政治部主任罗瑞卿、陆定一，总供给部长杨立三，以及一二九师师长刘伯承、政委邓小平等老一辈革命家曾在这里长期生活、战斗，领导和指挥华北各抗日根据地的游击战争和政治斗争。

相关 链接

　　集总企图在武乡与榆社间布置对敌的一个歼灭战，我旅奉命集结贾豁镇附近待机。晚七时出发，经蟠龙。该镇为辽、武间之最大市镇，平时商业颇繁盛，这次日寇经过，大部被其焚烧，少数房屋幸未着火者，门窗家具已毁坏殆尽。据说洪水亦同遭浩劫。日寇的这种残暴行动，只有表示其没落将近而已。（1938 年 4 月 13 日）

　　上午参加七七二团汇报，适朱总司令到部。午餐后，随邓赴师部。下午四时又参加七七二团长乐战斗检阅会议，我作总结报告（内容另录）着重在战术方面。（1938 年 4 月 19 日）

——陈赓《战地日记》

◎ 八路军兵工厂蟠龙镇旧址——石门炸弹厂

红色故居

武乡砖壁村地处太行山深处，地势三面临崖，一面靠山，东靠境内的小松山，西部为沟壑纵横的土丘；村内山大沟深，被三条大沟所阻断，背靠大山，依山次第而建，东高西低，布局合理。砖壁村具有易守难攻的独特地形，因而被选定作为八路军总部。朱德、彭德怀和左权等八路军领导人曾在该村生活、战斗。

相关 链接

抗日战争的艰苦岁月里，八路军为了减轻人民负担，多数实行两餐制，每日上午九时左右吃第一顿饭，下午三四点吃第二顿饭。我在武乡下合村八路军总部招待所住着的时候，每天吃了第二顿饭后，常常见朱总司令跟总部的指战员们在一起打篮球，与大家同样的招呼："传球！""投篮！"干部们不肯跟朱总司令抢球，就在传球的时候也尽可能轻轻地慢慢地。天真活泼的服务员小八路们可不懂那一套，跟朱总司令一块打球时又抢又夺的。

总部所在的王家峪、下合村那山沟里的农民，见到朱总司令，有的老乡就尊敬地望着笑笑，有的走近了站住打个招呼；但是为了保密，只是点点头让个路，好像见到自己的长辈一样尊敬和亲热。

——王林《南下武乡会朱总》

◎ 砖壁村朱德旧居

第2章 革命文化的弘扬与继承

　　红色革命文化是中华民族的精神血脉，是实现中华民族伟大复兴的重要力量。它涵盖了众多的历史事件、英勇事迹和优秀文化作品，见证了党和太行人民为了民族独立、人民解放而进行的浴血奋斗。太行红色精神需要进史书、进博物馆、进纪念馆，更要进入人心，融入日常实践。作为中国革命发展中的关键节点和全国性的红色文化教育基地，武乡在中国革命的总体历史叙事和精神宝库中有着无可替代的地位。

八路军太行纪念馆

　　1951年，毛泽东派出以杨秀峰为团长的老区慰问团将其亲笔题词"发扬革命传统，争取更大光荣"送到武乡县。1977年，邓小平批准在武乡县建立八路军太行纪念馆，并于1979年为该馆题名"八路军太行纪念馆"。

　　八路军太行纪念馆，简称八路军纪念馆，于1988年建成对外开放，是我国唯一一座全面反映八路军八年（全面）抗战史实的大型革命纪念馆。党和国家领导人习近平、胡锦涛、江泽民、李长春、刘延东、刘云山、曾培炎、曾庆红以及杨尚昆、刘华清、宋平、陈锡联、李德生、秦基伟等老一辈无产阶级革命家都曾莅临参观。纪念馆先后被授予"全国中小学爱国主义教育基地""全国爱国主义教育示范基地""中国红色旅游精品景区""国家一级博物馆""山西省党风廉政教育基地""山西省文明景区"等荣誉称号。

　　八路军太行纪念馆馆区占地14.8万平方米，其中建筑面积1.9万平方米，主要有八路军抗战史陈列馆、临时展览馆、百团大战半景画馆、窑洞战景观、八路雄风碑林公园、八路军抗战纪念碑、八路军将领组雕、"和平颂"主题公园、八路军将领馆、徐向前元帅纪念亭等10个旅游参观点。

◎ 八路军太行纪念馆抗战史陈列馆一组

相关 链接

抗战史陈列馆

八路军抗战史陈列馆是该馆的基本陈列，展陈面积8000平方米，展线长1450米，展出各类图片、图表609幅，文物1037件（套），艺术品43件，景观及多媒体展示12组，电动沙盘1组。陈列共分6部分、35个单元，从多角度展示了革命年代恢宏的历史画卷。

◎ 八路军行军锅

两园一剧

武乡县以"两园一剧"为核心的红色人文旅游资源和以太行龙洞、板山为代表的自然资源，形成了优势互补、独具特色的旅游产品体系。

"两园一剧"即八路军文化园、游击战体验园和实景剧《太行山上》。其中，八路军文化园用珍贵的革命文物和大量仿制生活用品，生动反映抗战时期八路军战士和太行儿女为争取国家独立和民族解放的革命岁月。八路军文化园从八路军生活、生产、学习等要素着手，融入热闹的民俗风情，加入情景剧《反扫荡》、体验剧《太行游击队》等演出，并且可以参与体验"当一天八路军"的角色扮演活动；游击战体验园设有地雷战、地道战、追击战、围困战、麻雀战等多个项目，可以体验抗战历史旧貌；《太行山上》以八路军文化为元素，旨在弘扬太行精神，传承红色基因，再现太行军民浴血奋战、共同抗日的感人史实。

◎《太行山上》实景剧剧照

红色教育正当时

在红色文艺作品方面，武乡县涌现出大量反映八路军文化的作品，如纪录片《八路军在武乡》，电视剧《长乐之战》，电影《武乡抗战风云录——在太行山上》《朱德儿童团》，著作《武乡烽火》等。与此同时，武乡县还积极创建八路军文化一条街、八路军文化走廊等红色文化阵地，在街灯、广告、路标城市建设中融入更多红色文化元素，积极开展八路军文化宣传教育，在全县营造"人人争做八路军传人、个个代表八路军形象、处处展示八路军文化、时时感受八路军精神"的浓厚氛围。

武乡县在抗战时期用小米养育了八路军，孕育了八路军文化和太行精神，同时也留下了众多的革命遗址和纪念丰碑，成为生动鲜活的爱国主义教育基地。红色研学有利于引导青年学生体会革命先辈为了争取民族独立、人民解放和实现国家富强、人民幸福而知重负重、不怕牺牲、英勇斗争的英雄气概，培育青年学生应对风险挑战的斗争精神，在担当使命重任中打头阵，在攻克艰难险阻中当先锋，在新征程上创造新业绩。

> 彭总满意地笑了。他用手指着关家垴说："好！前面打枪的地方，有一千多日本鬼子被我们包围了。我们今天要消灭他们，你们就是要向他们去决死！"接着，彭总又形象地比喻说："我们抗日根据地有一条规定，凡是没有带路条的人，就不能让他走。这一股敌人，是日军在百团大战的前两个阶段受到沉重打击之后，匆匆忙忙地抽调了三个师团的兵力，窜到我们根据地，妄想分路向我进行报复'扫荡'，敌人分进合击扑空以后，被我军截击包围在关家垴了，他们没有带路条，不带路条，我们就绝不能让他们走掉……"
>
> ——王玉廷
>
> 以上内容节选自《武乡烽火》

◎ 八路军游击战体验园

◎ 小朋友们在八路军文化园开展研学活动，接受爱国主义教育

研究与>拓展

　　挑选一处你比较熟悉的家乡红色景点进行介绍，并撰写一份解说词，展现其背后凝聚着的党的故事、革命的故事和英雄的故事。

武乡红色文化文丛

主　　编　陈建祖
执行主编　梁爱如

情系武乡

郭晓彤　徐雪莲·编著

中国文史出版社

图书在版编目（CIP）数据

情系武乡 / 郭晓彤，徐雪莲编著. -- 北京：中国文史出版社，2024.6
（武乡红色文化文丛）
ISBN 978-7-5205-4700-0

Ⅰ.①情… Ⅱ.①郭… ②徐… Ⅲ.①革命故事—作品集—中国—当代 Ⅳ.
①I247.8

中国国家版本馆 CIP 数据核字（2024）第 102483 号

出 品 人：彭远国
责任编辑：秦千里

出版发行：中国文史出版社
社　　址：北京市海淀区西八里庄路 69 号院　邮编：100142
电　　话：010-81136606　81136602　81136603（发行部）
传　　真：010-81136655
印　　装：山西人民印刷有限责任公司
经　　销：全国新华书店
开　　本：16 开
印　　张：9.75
字　　数：110 千字
版　　次：2024 年 7 月北京第 1 版
印　　次：2024 年 7 月第 1 次印刷
定　　价：298.00 元（全套）

前言

武乡，一片用革命先烈鲜血染红的热土，一片充满着改革活力的热土……战争年代，这里将帅云集，百姓影从，团结御侮，救国存亡；新的时代，这里经济腾飞，人民安康，游客如织，政要频访。重温历史，我们不仅感慨武乡人民在光辉历程中激荡的无畏勇气，更叹服武乡人民在党的领导下于逆境绝地中爆发出来的惊人创造力。

亲爱的同学们，让我们一起踏上红色之旅！沿着革命先辈走过的道路，去参观、瞻仰革命纪念地和标志物，缅怀先辈们的斗争业绩，体验他们的革命经历，学习他们的革命精神，使我们的心灵受到震撼，使我们的思想受到启迪，使我们的意志得到激励，从而增强爱国主义情感，坚定共产主义信念，立志为建设中国特色社会主义而努力奋斗！

以鲜血和生命铸就的，值得我们永远铭记。

以艰辛和勤劳得来的，需要我们永远珍惜。

以使命和担当塑造的，助力我们砥砺前行。

目 录

第一讲　山水情、乡土厚，一方水土一方人

武乡，太行之巅，民族脊梁。爱武乡，就要热爱武乡的大好河山；爱武乡，就要追寻武乡的历史足迹；爱武乡，就要传承武乡深厚的文化底蕴。

厚重历史山水情

武乡，一个古老而又富有传奇色彩的太行宝地。她因境内有武山和乡水而得名，是太行山上一个曾经不为世人关注的山区小

小贴士

关于武乡县名称由来的三种说法

武乡县名来历至今有三种版本之说，最早史书记载是根据当时县境内有"武山"和"乡水"而取名武乡。还有史书记载，女皇武则天登基时，武乡名为乡县，天授元年（690），武皇在乡字前面加写"武"字，便出现了武乡县名称。另有资料记载说武乡地处太行要塞，自古就是兵家必争之地，因此武乡人民历来崇武尚武，是崇武之地，用武之乡，因而取名叫武乡。

县，后因战争为世人瞩目。独特的自然地理环境，孕育了武乡人民坚韧、敦厚、勇于斗争的品格。

自然风光——领略武乡山水之美

武乡县位于山西省东南部，长治市最北端，地势走向呈现东西高、中间低的马鞍形，整个县的外形状若横跨太行、太岳两山之间的"如意"，寓意天赐吉祥。

武乡境内群山绵延，河流交错，大自然造就了武乡独特的自然景观，使武乡宛如一幅雄伟壮观、山清水秀的风景画。武乡境

相关 链接

板山是武乡县的最高处。板山日出是太行山一大奇观，夏秋晴日，黎明时分，站在板山欣赏日出。东方既白，太行群峰上空首先出现一片红彤彤的朝霞，在朝霞的映衬下，一轮红日冉冉升起，将整个太行群峰笼罩在一片晨曦中，群峰生辉，耀眼夺目。同时这里还是一座具有光荣历史的革命纪念地，它曾是黄崖洞保卫战的主战场，山上的遗址遗迹向我们诉说着战争年代的峥嵘岁月，镌刻着永不褪色的红色印记。

◎ 板山风光

内东西部海拔较高，海拔 1500 米以上的山峰有 30 多座，海拔最高峰在板山花儿垴，达 2008.5 米；中部地区地势较为平缓，气候温和，土壤肥沃，是县里重要的产粮区。从河流的角度看，境内主要有浊漳北源（俗称"关河"）、涅河、马牧河、昌源河、云簇河、洪水河等。

相关 链接

太行龙湖，即"关河水库"，位于浊漳河北源的关河峡口。高空瞭望龙湖，它似一条蜿蜒的龙身再现，人们称之为"太行龙湖"。黎明，白色的晨雾为它罩上一层薄薄的面纱；日出，漫天彩霞又将它映得一片通红；中午，烟波浩荡，鱼翔浅底，苍山、远村、奇峰、白云倒映在水中时隐时现；入夜，皓月当空，波光粼粼，甚是壮观。

太行龙湖流传着这样的传说：东海龙王因为太行龙洞（位于武乡县蟠龙镇石泉村）水位下降，洞内干枯，东海龙王携带家人搬到了现在的太行龙湖。龙湖有许多龙子龙孙的传说，其中桃花寨和桃花岛的传说最为神奇。

◎ **太行龙湖**

相关 链接

崇城山，位于洪水镇东北部，距县城约60公里。山口处有"太行天险"石匾，山中悬崖峭壁、雄奇险幽。古往今来，到此游览者数不胜数。特别是近年来，县里修通了更为便捷的道路，这里成了人们探险、寻踪、纳凉避暑的好去处。

◎ 崇城山

历史底蕴——感悟武乡厚土民魂

武乡，东倚太行，西接太岳，独特的地理优势，构筑成一个亘古的英雄之邦！武乡，历史悠久，人文荟萃，厚土民魂，底蕴深厚。古往今来，在这片土地上，曾写下了无数壮美的华章，石勒出生于武乡，法显、高欢、傅山等历史名人也曾在武乡留下足迹。

从历史的角度看，武乡之所以为世人所熟知，是因为在中国人民伟大的抗日战争中，八路军总司令部、中共中央北方局、第一二九师司令部、抗日军政大学、兵工学校等重要党政军机关在武乡长期驻扎，成为华北抗战的指挥中枢。在残酷的战争岁月里，朱德、彭德怀、任弼时、杨尚昆、左权、刘伯承、邓小平、徐向前等老一辈无产阶级革命家，在这里运筹帷幄，指挥华北抗战。

相关 链接

石勒（274—333），上党郡武乡县（今山西武乡）人。石勒出身低微，早年饱经忧患，后投奔到刘渊部下当了一名大将。苦难的生活和长期的战斗，使石勒成为"壮健有胆力，雄武好骑射"的骁将。他的政治、军事和组

◎ 石勒雕像

织等方面的才能也随之施展出来。319年灭前赵，称赵王，330年登基称帝，即后赵的开国皇帝。现在，武乡故县北原山石勒寨的古城遗址尚存，吸引着游客来此寻觅石勒遗踪。

相关 链接

法显（337—422），东晋时期著名的僧人、旅行家、翻译家，第一位到海外取经求法的大师，可以说是"西天取经第一人"（时间要比玄奘早200多年）。经西域至天竺，游历30余国，收集了大批梵文经典，前后历时14年。回国后撰写的《佛国记》，是研究中外交流的重要史料。他曾在武乡离相寺（武乡最古老的一座佛寺，始创于东汉）入住弘法，晚

◎ 东晋高僧法显雕像

年，圆寂于武乡德峰山离相寺，武乡离相寺因此而驰名海内外。

相关 链接

高欢（496—547），东魏权臣、北齐王朝奠基人，其次子高洋建立北齐，尊高欢为神武皇帝，庙号高祖。高欢曾驻军于武乡。北魏武泰元年（528）尔朱兆杀死孝庄帝后，他率兵讨伐尔朱兆（北魏权臣），经过武乡县时，曾在东部山区的风景地崇城寨东的一个亭子里避暑，即"高欢避暑亭"，在武乡旧志《古迹》中有高欢避暑亭的记载："魏大丞相高欢击尔朱兆于武乡，尝憩于此。"

◎ 北齐王朝奠基人高欢雕像

相关 链接

傅山（1607—1684），明末清初道家思想家、书法家、医学家。曾来武乡县隐居，为武乡人诊治疾病，解人疾苦，深受人们的崇敬。他与武乡的魏驯素为知交，住在魏家窑驯家山择堂之西南隅，经常与魏驯素畅谈古今忠孝及国家兴亡、人臣进退去就等国家大事。当时县里常邀请其同游武乡名山胜景，所到之处皆有吟咏。旧时南山神庙有一副"读罢楞严闲听鸟声啼茂竹，烧残麝脑静观花影步苍苔"对联就是他所撰写。

◎ 明末清初思想家、书法家傅山画像

武乡这片光荣的土地，曾有大批革命先辈在此生活战斗。在 1955 年至 1965 年中国人民解放军第一次实行军衔制授衔的开国将帅中，曾有 5 位元帅、5 位大将、19 位上将、49 位中将、300 位少将在武乡土地上留下踪迹。还有如邓小平、杨尚昆等一大批在新中国成立后离开了军队从政而未授衔的高级干部，还有如左权、何云等一大批在抗日战争、解放战争等时期牺牲的高级将领。

抗战中，武乡从来没有断过战火硝烟，战争中涌现出了无数英雄。当时仅 14 万人的小县，就有 9 万余人参加了各种抗日团体。战争中牺牲、被捕 2 万多人，有 5300 名干部随军南下。当

八路军总部五次进驻武乡时间表

进驻时序	驻扎村庄	驻扎时间	驻扎天数	总计天数
第一次	丰州镇东村	1937.11.14—1937.11.15	1	1
第二次	丰州镇马牧村	1938.4.10—1938.4.14	4	5
	石北乡义门村	1938.4.14—1938.4.20	6	11
	涌泉乡寨上村	1938.4.20—1938.5.23	33	44
第三次	蟠龙镇砖壁村	1939.7.15—1939.10.11	88	132
	韩北镇王家峪村	1939.10.11—1940.6.27	260	392
	蟠龙镇砖壁村	1940.6.27—1940.10.14	109	501
	蟠龙镇石瓮村	1940.10.14—1940.10.15	1	502
第四次	洪水镇拴马村	1940.10.22—1940.10.23	1	503
	贾豁乡宋家庄村	1940.10.23—1940.10.24	1	504
	蟠龙镇砖壁村	1940.10.24—1940.11.4	11	515
第五次	蟠龙镇砖壁村	1942.5.27—1942.6.17	21	536

时，被誉为"抗日模范县"。在这块英雄的土地上"山山埋忠骨、岭岭皆丰碑，村村住过八路军、户户出过子弟兵"，整个武乡县就是一座没有围墙的革命历史博物馆。太行精神在这里孕育、八

◎ 八路军太行纪念馆前的八路军将领组雕

◎ 八路军抗战纪念碑

路军文化在这里形成、民族脊梁在这里挺起。人民军队在这块红色的热土上不断壮大，八路军由进入太行时的 3 万余人发展到打响解放战争时的百万雄师，抗战胜利的号角从这里吹响，中国革命从这里走向了胜利。

独特的自然环境和厚重的历史文化造就了武乡独特的风貌。走进武乡，你可以领略美丽的太行风光，品味大自然的不朽与神奇。此外，你还能聆听神采飞扬的民间传说，触摸近三千年的历史脉搏，体会历史的沧桑与厚重。在这里，你还能接受爱国主义和革命传统教育。

武乡文化负盛名

我国是一个具有悠久历史的文明古国，拥有光辉灿烂的文化。在武乡这块古老的土地上，也形成了底蕴深厚、独具特色的文化，滋养着这方热土、这方人，并且向世人讲述着武乡故事。

建筑文化——领略武乡凝固历史

中国建筑文化作为世界建筑文化的重要组成部分，有着悠久的历史和独特的审美风格，也有着辉煌的成就。劳动人民用自己的血汗和智慧创造了辉煌的中国建筑文明，它蕴含着华夏先哲的无穷智慧，是先民留给后人的一份极其丰赡、弥足珍贵的宝藏。在武乡，特色建筑星罗棋布，如县城千佛塔、监漳会仙观、东良洪济院、下合娲皇圣母庙、故城大云寺等。

相关 链接

千佛塔创建于康熙四十九年（1710），距今已300余年。塔基为八角形，塔体为砖石结构，共13级，每级都有楼梯通往塔顶，每层皆放置有形态各异的佛像，因塔内佛像众多，故称"千佛塔"。在一层塔室还有清代佛教壁画6平方米。塔身壁面上刻有龙、凤、鱼等图案；塔的底层外部北面有"清康熙四十九年建"的

◎ 县城千佛塔

字样。这座塔既见证着历史的变迁，也诉说着现代武乡的发展，远远望去，高耸的千佛塔与蓝天白云交相辉映，晚上宝塔身披彩灯，在暗夜中熠熠生辉。

相关 链接

会仙观建于南宋绍定二年（1229），现存主体建筑三清殿为金代建筑。观内总体布局为三进院，规模宏敞，构造壮丽，保存完整，充分反映了金代我国古建筑的构

◎ 监漳会仙观

架与布局特点，以及上党地区的地方风格与手法。

相关 链接

　　大云寺原名严净寺，于 1064 年改名为大云寺。现存主体建筑正殿即大雄宝殿，为金代原建筑，其余各殿经清代重修，也保留有部分金代风格，是不可多得的古建佳作，有着较高的历史、科学、艺术价值和深刻的文化内涵。

◎ 故城大云寺

相关 链接

　　洪济院位于武乡县城西的东良村，由正殿、南殿、东西配殿、戏楼及僧舍组成，其具体创建年代无考，元朝、明朝、清朝曾进行数次维修，现在主体的正殿建筑为金代的建筑。正殿和南殿内均有壁画，人像、群像 92 幅，其中正殿 58 幅，南殿 34 幅，这两殿的壁画人物惟

◎ 东良洪济院

妙惟肖，栩栩如生，具有极高的艺术价值，也是武乡县仅存的一处壁画珍品。这些壁画因年代久远，局部有所损坏，但是大部分壁画线条依然非常清晰，保存得较好。洪济院的整体建筑规模宏大，结构精美，反映了金代我国古代建筑的特点和布局，是武乡不可多得的古建筑典范。

饮食文化——品味舌尖上的武乡

我国的饮食文化内容丰富，形式多样，具有数千年的历史积淀。它是我国人民在长期的劳动与生活中创造并日益丰富起来的，是中华文明的重要组成部分。中国的饮食文化在不同地区千差万别，共同构成了中华饮食文化的丰富内涵。

民以食为天，每一样食物，都有自己的故乡，而每一个故乡，都有自己沉淀下来的老味道。武乡的"土"是可以吃的，武乡的枣糕香甜绵软，武乡的醋也独树一帜，有着"天下第一窖藏醋"的美誉。除此之外，武乡还有灌肠、干面饼则、莜面栲栳栳、和则饭等风味独特的小吃。这些土地所孕育的美味，先后被列入省、市级非物质文化遗产名录，成为我们始终惦念的味道。下面让我们一起走进舌尖上的武乡，寻味那些记忆中的美食。

相关 链接

　　干面饼则是武乡人民生活中常见的食物，最初在清朝顺治年间就闻名遐迩，具有口香味美、清白微黄、外脆里香、不易上火的特点。"芝麻油、上等面、吃着香、咬着脆"这样的顺口溜是对干面饼则的赞誉。它是将一块面团蘸上由菜籽油、精盐、花椒面等调成的油料，包入已揉好的另一块面团，然后擀成圆饼状，烤熟即成。1995 年，原国家主席杨尚昆在时任省委书记胡富国的陪同下来到武乡，在武乡宾馆用餐时，服务员用上述的顺口溜介绍了干面饼则，首长听了哈哈大笑。而我们的省委书记在尝过之后也高兴地说："武乡干面饼就是好！"干面饼则不仅受到了武乡人民的喜爱，而且也成为接待党和国家领导人、接待游客的主食之一，是武乡的名吃。

◎ 干面饼则

相关 链接

和则饭又名"调和饭""菜饭",起源于后赵石勒时期,是武乡民间常见的饭食。它的烹饪方法非常讲究,主要食材是小米(有时候用炒米),配料有豆子(如黄豆、青豆等)、南瓜、土豆、红薯、豆

◎ 和则(子)饭

角、萝卜等。待和则饭快熟的时候,加入少许面条,有时候会加入一些调料增添别样的味道,多用葱花、蒜片、精盐、食油、醋等烹炝入锅。调料种类可多可少,数量根据自身喜爱,各取所需,适量为宜。

此外,武乡还有多种特色的美食。比如:枣糕、莜面栲栳栳、武乡抿面(抿圪蚪)、武乡擦面(擦圪蚪)、武乡灌肠、武乡小米焖饭等。

◎ 枣糕

◎ 莜面栲栳栳

◎ 抿面（抿圪蚪）

◎ 擦面（擦圪蚪）

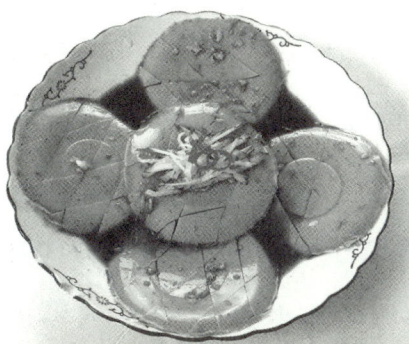

◎ 灌肠

◎ 小米焖饭

民间艺术——感悟文化独特魅力

民间艺术根植于广大人民群众中，在生产生活中，寄托着人们对美好生活的向往，对幸福的渴望和对美的追求，是宝贵的精神财富。

武乡文化艺术底蕴深厚，在长期的历史发展过程中创造了歌、乐、舞、画等多种多样的、辉煌灿烂的民间艺术，最具特色的有秧歌、琴书、八音会、小花戏、顶灯、武术、霸王鞭、竹马、旱船、高跷、高抬、魔术、扛桩等。可谓五花八门，异彩纷呈！武乡民俗文艺活动丰富多彩，并随着时代的发展延续并传承着，不断丰富着武乡人民的生活。

相关 链接

　　武乡秧歌历史悠久，名家荟萃，乡音厚重，蜚声太行。起源于什么年代，现在无法确定，但是据武乡县大有横岭寺舞台壁词记载，清道光二十九年（1849）已经有武乡秧歌戏班在该舞台进行演出，由此可知，武乡秧歌整个剧种发展至今已有至少 170 多年的历史。

　　武乡秧歌有慢板、二板等板式，旦角有小旦、老旦、花旦等，生角有小生、大生、老生，丑角有小丑、老丑，在伴奏上，有小锣、大锣、梆子等，该剧种一经问世，就深受百姓的喜爱，所演出的剧目至今有 200 多种。

　　武乡秧歌在抗日战争时期曾经发挥过很大的作用。1938年在八路军抗日文工团的影响之下，武乡县当时成立了第一个剧团——抗日儿童话剧团，该团共有 30 余人，演出节目以抗日题材为主。1940 年，武乡（西）抗日政府以儿童战斗剧团为基础，组建了我县的第二个剧团，即战斗剧团。这些剧团在动员和鼓舞人民抗日中起到了重要的作用。

◎ 武乡秧歌《小二黑结婚》剧照

相关 链接

　　武乡县的曲艺活动发展较早，曲种主要是三弦书、琴书。这两个曲种的曲调只有上下两句，伴奏乐器也只有一个八角鼓和一个木胡，多为盲人为解决生计问题而结伴弹唱。1938年后，武乡县在中国共产党的领导下逐渐发展成为抗日根据地中心，这些盲人艺人的生活逐渐得到改善，这种说唱艺术也得到了重视，尤其是出现了用琴书、三弦书来宣传抗日内容，这使得艺人们在演唱的技术、唱腔、乐器、规模等方面都得到了升华，在伴奏方面加入了大锣大鼓的打击乐，所以有的时候也被称为武乡鼓书，这些曲种也随着历史的发展进入了崭新的阶段，深受武乡人民的喜爱。

◎ 武乡琴书

◎ 武乡八路军文化园内的表演

相关 链接

　　顶灯是武乡县一项非物质文化遗产，它源于元朝，盛于明清，这一民俗文艺活动主要是在每年元宵节期间举行。它一般由几十人或者数百人的队伍组成，每人头顶一个大碗，碗的周围要用彩纸进行装饰，表演时碗内点燃蜡烛，以前条件不好时用的是麻油灯。顶灯的技艺难度较大，不仅要求演员头要直，身要稳，而且行动要一致，前后队伍跟紧，边走边舞。步法有"卷帘洞""九连环""蛇蜕皮""大穿堂"等。在武乡，城关村和东村的顶灯技艺尤为高超。武乡顶灯在2006年被列入山西省第一批省级非物质文化遗产名录。

◎ 顶灯

◎ 高跷

◎ 赶旱船

◎ 唱民歌

　　除此之外，武乡的民歌文化也颇具特色，仅"开花调"就有十余种，这些民歌都是由劳动人民口头创作的。在旧社会，武乡民歌大多数是在山坡和田间地头演唱，到了抗日战争时期，武乡民歌对宣传、教育和动员群众投身到抗日斗争方面发挥了重要作用。部队文艺工作者利用武乡民歌曲调，填写了关于抗日的歌词内容，使民歌山歌也变成了抗日民歌，唱遍了整个武乡乃至整个太行。同时，在抗日民歌演唱中，还涌现出了 7 位著名的女歌唱家，即魏三娥、石玉娥、李三娥、李春娥、梁彩花、赵月英、李彩梅。

知识 > 拓展

《动员抗战小唱》《快快组织自卫军》《政府组织起救国会》《建立民兵》《我送哥哥上前线》《出钱出力歌》《数咱八路军好》《冬季参军谣》《参军曲》《八路军好》《参军请茶歌》《送哥哥归队》《送郎上前线》《八路军进了村》《义务营兵》《九月里参战》《八路军是英雄》《送郎归队》……

——选自《武乡文史资料第十六辑·武乡抗日民歌》

知识 > 拓展

歌曲《在太行山上》（桂涛声词，冼星海曲）是为在山西境内浴血奋战的抗日军民而创作的一首合唱曲。歌曲描绘了太行山里的游击健儿的战斗生活，突出了他们勇敢顽强、乐观开朗的性格。当时，音乐家桂涛声在山西随部队四处转战，触景生情，写下了"千山万壑、铜壁铁墙"的歌词。后来，他又找到音乐家冼星海，完成了谱曲。这首歌一亮相，就迅速传唱开来。"母亲叫儿打东洋，妻子送郎上战场"，是太行百姓投身抗日的生动写照。

◎《在太行山上》歌曲

光未然，湖北省光化县人，中共党员，现代诗人、文学评论家。《黄河大合唱》由其作词，冼星海作曲，歌曲慷慨激昂，在中国抗日战争时起到鼓舞作用，成为抗战救亡的精神号角。

冼星海，广东番禺人，中共党员。1935年至1938年间，创作了《救国军歌》《只怕不抵抗》《游击军歌》《到敌人后方去》《在太行山上》等各种类型的声乐作品。1939年创作了不朽名作《黄河大合唱》。1940年5月，冼星海赴苏联，为大型纪录片《延安与八路军》进行后期制作与配乐。1945年病逝于莫斯科。

麦新，本名孙默心，江苏常熟人。出生于上海，1937年加入中国共产党。1947年6月在河北牺牲，是冼星海的学生与战友。作有《只怕不抵抗》《牺牲已到最后关头》等著名抗日歌曲。尤其《大刀进行曲》被誉为吹响了中华儿女奋起抗战的冲锋号角。

张寒晖，字含晖，河北定县人。九一八事变后，日军占领了东北，一批批不甘做亡国奴的东北人背井离乡。他创作的《松花江上》《军民大生产》《去当兵》等著名歌曲，曾在解放区和全国广为流传，激励了一代又一代中华儿女。《松花江上》是抗战时期救亡歌曲中的经典之作，歌曲唱出了九一八事变后东北民众乃至全国人民的悲愤心情，唤醒了民族之魂，点燃了中华大地的抗日烽火。

◎ 音乐界为抗日奔走呼号

他们以音乐的方式为抗战发出怒吼，为大众谱出呼声。

军民鱼水传佳话

武乡地处太行深处，历来为兵家必争之地。武乡人民素有不畏强暴、勇于斗争的光荣传统。正是在抗日战争这段艰辛而光荣的历史进程中，英雄的太行军民在血与火的洗礼中共同孕育了伟大的太行精神！使这个地处太行之巅的小县城，这片光荣的土地，在新中国的历史和人们的记忆中留下了浓墨重彩的一笔。

抗日战争时期，在武乡1610平方公里的土地上，燃起了光焰万丈的抗日烽火，尤其是中共中央北方局和八路军总司令部进驻武乡之后，这块土地便与全国各个抗日战场紧密相连，成为指挥华北抗日游击战争的司令部和各抗日根据地的中枢。从1937年11月开始，八路军总部机关曾先后5次进驻，中共中央北方局等重要机关在此长期驻扎。8年全面抗战中，八路军首脑机关在武乡先后驻扎536天，是驻扎时间最长的县。这里曾有大批革命先辈生活战斗，留下了一代开国元勋、将领的光辉足迹；先后有8个旅（纵队）、31个团近10万抗日将士先后驻足武乡，在这里谱写下了辉煌的历史篇章。在抗战期间，武乡从来没有断过战火硝烟，战斗中涌现出了无数英雄，党领导抗日军民在这里进行大小战斗6368次，歼敌28830人，抗日根据地在这儿得到发展，八路军队伍在这儿得到壮大。武乡，成为八路军抗日的坚实基地，武乡人民以实际行动诠释了军民团结如一家的精神。

知识 拓展

寄语蜀中父老

朱德

伫马太行侧，

十月雪飞白。

战士仍衣单，

夜夜杀倭贼。

【鉴赏】"伫马太行侧"说出了诗人所处的地点，即太行山。太行山天气寒冷，十月就下起了纷纷大雪，八路军作战的地理和自然环境是多么恶劣，然而抗日战士们还穿着薄薄的衣裳，日夜奋战在太行山上。"战士仍衣单"是诗人却以白描的写法，如实展示在这恶劣的天气里，以特写镜头展现了抗日将士身着单衣、顶风冒雪、夜夜杀敌的英雄形象，表现了抗日健儿高尚的革命情操和顽强的战斗意志，表达了八路军战士在任何艰难困苦的条件下，誓杀"倭贼"的战斗决心！全诗语言通俗，平易直白，但情真意深，感人肺腑！

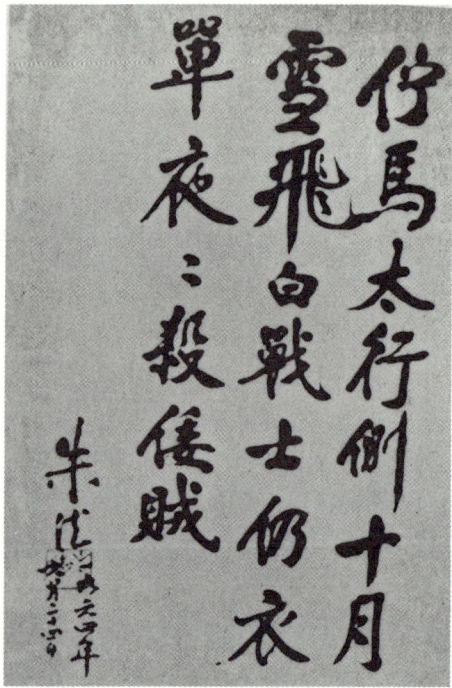

1939 年夏，八路军军工部在武乡成立，一大批军工后勤企业在武乡创办

后勤军工企业住址分布情况

供给部被服厂（义门村）　　　　　太行三分区武委会兵工厂（南背村）

供给部被服厂（寨上村）　　　　　太行三分区武委会兵工厂（戈北坪村）

供给部被服厂（蒺藜焊村）　　　　太行三分区武委会兵工厂（羊圈村）

供给部被服厂（大石脚村）　　　　武西兵工厂（暖水头村）

供给部被服厂（南郊村）　　　　　武西兵工厂（黄家山村）

鼙山工厂（武乡县城）　　　　　　武西兵工厂（长谐村）

鼙山工厂（魏家窑村）　　　　　　七六九团白和煤矿（白和村）

鼙山工厂（松庄村）　　　　　　　军工部青背塔煤矿（窑申脚村）

鼙山工厂（深泽滩村）　　　　　　新华日报社铅印厂（安乐庄村）

柳沟铁厂（柳沟村）　　　　　　　新华日报社铅印厂（上庄村）

柳沟铁厂（庄底村）　　　　　　　新华日报社石印厂（大坪村）

柳沟铁厂木工部（上庄村）　　　　新华日报社太行造纸厂（苏峪村）

柳沟铁厂一工部（庄底村）　　　　新华日报社太行造纸厂一分厂（苏峪村）

柳沟铁厂二工部（马岚头村）　　　新华日报社太行造纸厂二分厂（栗家沟村）

柳沟铁厂三工部（马岚头村）　　　新华日报社油墨厂（安乐庄村）

军工部一所锻工部（显王村）　　　卫生材料厂（笛子角村）

军工部三分厂（显王村）　　　　　卫生材料厂（刀把嘴村）

军工部五厂（显王村）　　　　　　卫生材料厂及制药分厂（安乐庄村）

决死一纵队修械所（大陌村）　　　卫生材料厂及制药所（烟里村）

决死一纵队修械所（东沟村）　　　卫生材料厂（龙洞沟）

工艺研究所（朝阳脚村）　　　　　卫生材料厂玻璃分厂（温庄村）

太行三分区修枪所（马家岭村）　　卫生材料厂制造所（温庄村）

太行农具合作社（马岚头村）　　　卫生材料厂奶牛场（枣窊坪村）

太行修枪所（前沟村）　　　　　　卫生材料厂食品分厂（岭则村）

太行修枪所（槐树湾村）　　　　　卫生材料厂酒精分厂（温庄村）

太行三分区修械所（石门村）　　　太行三专署新华工厂（圪老湾村）

太行三分区炸弹厂（石板村）　　　毡帽厂（枣窊坪村）

太行三分区炸弹厂（狼卧沟村）　　织袜厂（石板村）

太行三分区炸弹厂（向阳村）　　　卷烟厂（东沟村）

太行三分区炸弹所（石门村）　　　供给部带子（绑腿）厂（李坪村）

太行三分区武委会兵工厂（东沟村）

小贴士

　　"最后一碗米送去做军粮，最后一尺布送去做军装，最后一件老棉袄盖在担架上，最后一个亲骨肉送去上战场。"这首战争年代广为传唱的民谣，就是军民团结如一人的生动体现。

　　——引自习近平在庆祝中国人民解放军建军90周年大会上的讲话（2017年8月1日）

　　"母亲叫儿打东洋，妻子送郎上战场"，这是抗战时期在武乡老区最流行的一首"参军歌"，充分体现了老区党员干部带头，父送子、妻送郎、兄弟相争上战场，立志报国的爱国热情。

　　在抗日战争时期，淳朴的14万武乡人民在中国共产党的领导下，在党的抗日救国方针政策的指引下，万众一心，前仆后继，共赴国难，他们纷纷"出粮、出兵、出干部"，抗战支前，英勇献身。当时仅有14万人口的小县城，就有9万多人参加了各种抗日救亡组织，有14600余人加入八路军，有20000多人为国捐躯，献身于抗日战争。抗战中，武乡除了供给在此驻扎的八路军生活用粮，还捐献军鞋、米袋等物资无数，仅军粮一项就高达240万石，可以说武乡的小米养育了八路军。抗战中，武乡全民投身于抗战洪流中，一批又一批优秀干部调往全国各地，仅从武乡调出的区级以上干部就达5400名，正式载入英名录的烈士就多达3200多名。

　　武乡人民为抵御外侮，争取民族独立解放，忍受了难以想象的痛苦，创造出了惊天动地的伟业，在全世界人民反法西斯战争中，果断地树起了中华民族不可侮的爱国丰碑。在中国近现代史上，谱写了一曲爱国主义和革命英雄主义的壮歌。这里的一山一水、一草一木都见证了革命先辈的战斗足迹，见证了抗日战争时期军民的鱼水之情。武乡，为中华民族的解放事业作出了巨大的牺牲和贡献，是全国抗日模范县，不愧为"八路军的故乡、子弟兵的摇篮"。

实践活动：家乡文化我传承

导语：武乡历史悠久，物产丰富，人杰地灵，也有着众多的非物质文化遗产。今天，就让我们走近他们，开启一场守护传承之旅吧！

活动一：走近文化遗产，谈特色武乡

武乡的非物质文化遗产众多，请你从下列文化遗产中选择自己最感兴趣的，深入探究吧！

国家级：武乡秧歌

省级：武乡鼓书、武乡顶灯、武乡剪纸、武乡炒指技艺、武乡

小贴士

非物质文化遗产，简称"非遗"，与"物质文化遗产"相对，指各族人民世代相传，并视为其文化遗产组成部分的各种传统文化表现形式，以及与传统文化表现形式相关的实物和场所。

非物质文化遗产是文化多样性中最富活力的重要组成部分，是人类文明的结晶和最宝贵的共同财富，承载着人类的智慧、人类历史的文明与辉煌。

"16两"斤称歌。

市级：高台技艺、武乡纺绳技艺、花杠、文社火、武乡庙堂音乐、石勒故事、砂罐技艺、武乡灌肠、武乡干面饼制作、武乡开花调、武乡"五香"醋、武乡枣糕制作技艺、武乡形意拳、瞽调、武乡跑腿秧歌、面塑、武乡纸扎、武乡大板书。

研究方案

武乡非物质文化遗产"＿＿＿＿＿"研究方案

主题名称		研究时间	
指导老师		小组成员	
研究的问题	例：武乡顶灯的特色		
小组成员与分工			
研究活动目标			
研究方法			
研究步骤			
需要注意的问题			
预期的研究成果			

小贴士

如何选择研究方法

在进行主题探究活动时，不同的主题需要用不同的方法进行研究。如调查、采访、观察、查资料等，应针对主题选用合适的方法。

比如，想要了解武乡顶灯的历史，可选用的方法有上网查找资料、到图书馆查阅书籍，或直接询问顶灯师傅等。

活动二：做家乡美食，品舌尖上的武乡

同学们，根据你的日常生活经验，你知道以下图片中的武乡特色美食的名称吗？用武乡方言又该怎么说呢？

名称：_____

名称：_____

名称：_____

名称：_____

名称：_____

名称：_____

名称：_____

名称：_____

武乡美食集锦

美食名称	类别	美食特点	做法

活动延伸：武乡特色美食，你能做哪一种呢？跟着爸爸、妈妈学习一样，把成果拍照贴在下方吧！

我的美食展示：

第二讲　烽火里、战沙场，将帅风采美名扬

天地英雄气，千秋尚凛然，革命战争年代，无数英雄用青春和热血捍卫了民族尊严，换取了国家新生。八十多年前，日本侵略者的铁蹄踏进华北，抗日烽火燃遍太行。在中华民族面临危亡的紧急关头，共产党领导的八路军毅然举起抗日救国的大旗，朱德、彭德怀、左权、刘伯承、邓小平等老一辈无产阶级革命家仨马太行，进驻武乡。一座座四合院、一间间小平房，便成了对日作战的"军中帐"，武乡因此也成为华北抗日的指挥中枢。今天让我们一起走进这些将帅在武乡的故事，一起重温老一辈无产阶级革命家的运筹帷幄，感受他们为民族解放事业作出的丰功伟绩。

小贴士

抗战时期驻武乡将帅花名录

元帅：5 名（朱德、彭德怀、刘伯承、徐向前、聂荣臻）

大将：5 名（徐海东、黄克诚、陈赓、罗瑞卿、王树声）

上将：20 名（李达、韩先楚、吕正操、傅钟、肖华等）

中将：50 名（徐立清、刘志坚、阎揆要、张南生、杜义德等）

少将：305 名（丁本淳、丁先国、丁武选、于侠、马宁等）

——摘自武乡红色旅游开发管理局编写的《武乡旅游纪事》

八路军总部、中共中央北方局及所属机关驻武乡期间分布图

机关名称	驻扎位置	时间
总司令部	东村	1937 年 11 月 14 日至 15 日
	马牧村	1938 年 4 月 10 日至 14 日
	义门村	1938 年 4 月 14 日至 20 日
	寨上村	1938 年 4 月 20 日至 5 月 23 日
	砖壁村	1939 年 7 月 15 日至 10 月 11 日 1940 年 6 月 27 日至 10 月 14 日 1940 年 10 月 24 日至 11 月 4 日 1942 年 5 月 27 日至 6 月 17 日
	王家峪村	1939 年 10 月 11 日至 1940 年 6 月 27 日
	石瓮村	1940 年 10 月 14 日至 15 日
	拴马村	1940 年 10 月 22 日至 23 日
	宋家庄村	1940 年 10 月 23 日至 24 日
军法处	南山头村、下合村	
总部通讯科	南山头村、北上合村	
八路军政治部	东村	1937 年 11 月 14 日至 15 日
野战政治部	寨上村	1938 年 4 月 10 日至 5 月 23 日
	烟里村	1939 年 7 月 15 日至 10 月 11 日 1940 年 6 月 27 日至 10 月 14 日 1940 年 10 月 22 日至 11 月 4 日
	下合村	1939 年 10 月 11 日至 1940 年 6 月 27 日
	大塘村	1940 年 10 月 14 日至 15 日

续表

机关名称	驻扎位置	时间
中共中央北方局	前王家峪村	1939 年 10 月 11 日至 1940 年 6 月 27 日
	大塘村	1940 年 10 月 14 日至 15 日
总部后勤部	砖壁村、王家峪村	
总部供给部	义门村、寨上村、西堡村、蒺藜坪村	
总部财政经济部	韩壁村	
总部军工部	柳沟村	
野战卫生部	土河坪村、刀把嘴村、左会村	
总部直属政治处	烟里村、枣林村	
鲁迅艺术学校	下北漳村	
鲁艺木刻团	果烟垴村	
北方局党校	烟里村、上北漳村	
中共晋冀豫区党委	东堡村	
中共晋冀豫区二地委	陌峪村	
中共太行区三地委	东沟村、大有村、熬垴村、中村	
太行区三专署	西中庄村、西坡村、观庄村、大道场村、洪水村	

续表

机关名称	驻扎位置
一二九师司令部	马堡村、白河村、西堡村、寨上村、宋家庄村、石板村、中村、刘家嘴村
太行第三军分区司令部	东沟村、大有村、中村、熬垴村
三八五旅旅部	西黄岩村、宋家庄村、王家峪村、熬垴村、韩壁村、长日头村、宋家庄村、果烟垴村
平汉抗日游击织队纵队部	宋家庄村
新十旅旅部	宋家庄村、关家垴村
三四四旅旅部	高仁村
决死一纵队支队部	石瓮村
决死三纵队纵队部	大有村
晋冀豫边游击纵队支队部	内义村
总部特务团团部	韩壁村、枣林村、苏峪村、寨坪村、左会村
总部炮兵团团部	窑上沟村
七六九团团部	石盘村、熬垴村、凤台坪村、下合村
十三团团部	上广志村
十四团团部	下广志村、马堡村、王家峪村、胡峦岭村
决七团团部	贾豁村
决八团团部	上广志村
决九团团部	义门村、山交村、西堡村
七七一团团部	东堡村、窑头村、丈牛坡村
七七二团团部	斗底村、凤台坪村、蒺藜坪村、下合村
十六团团部	石盘村、芝麻脚村

续表

机关名称	驻扎位置
十七团团部	下合村
六八七团团部	大有村
六八八团团部	贾豁村
六八九团团部	东胡家垴村
平纵二团团部	上王堡村
二十八团团部	关家垴村
平纵三团团部	凤台坪村
二十九团团部	凤台坪村
平纵五团团部	贾豁村
三十团团部	贾豁村
边纵一团团部	内义村
边纵三团团部	玉品村
决二十五团团部	石瓮村
决三十八团团部	石门村、东庄村
冀南一分区二十团团部	小岭山村
抗日军政大学校部	蟠龙村
抗日军政大学政治部	白家庄村
抗日军政大学校部	石瓮村
抗大一团团部	韩家垴村
抗大二团团部	石门村
抗大三团团部	长日头村
抗大四团团部	老中脚村
抗大特科大队大队部	季家岭村

续表

机关名称	驻扎位置
抗大六分校校部	平头村
抗大六分校政治部	义安村
野战卫生学校校部	土河村
太行工业学校校部	温庄村
抗大一分校留守大队大队部	大陌村
八路军供给学校校部	桥南村
华北财政经济学校校部	韩壁村
抗战建国学院院部	安乐庄村
抗战建国学院院部	李坪村
新华社华北总分社	大坪村、安乐庄村、上庄村
太行文化教育出版社	安乐庄村、土棚村
胜利报社	石门村
太行山剧团	桥南村、下广志村
新华日报社	大坪村、安乐庄村
冀南银行总行	蚄蚄庙村、烟里村、大坪村
日人反战组织觉醒联盟	枣林村

八路军总司令朱德和"砖壁儿童团"的故事

人物扫描：朱德（1886—1976)

1911 年参加辛亥革命。

1922 年赴德国留学，同年加入中国共产党。

1927 年在南昌参加领导八一南昌起义。

土地革命战争时期（1927—1937)，任工农革命军第四军军长，红一方面军总司令，中国工农红军总司令，参加了长征。

抗日战争时期，任中央军委副主席，八路军总指挥（后改称第十八集团军，任总司令），第二战区副司令长官。

解放战争时期，任中央军委副主席，中国人民解放军总司令。

中华人民共和国成立后，任中央人民政府副主席，人民革命军事委员会副主席，中国人民解放军总司令，中华人民共和国副主席，中央政治局常务委员，中共中央副主席，中央书记处书记，全国人大常委会委员长。1955 年被授予元帅军衔。

1939 年 7 月，八路军总司令部进驻砖壁村，为给司令部腾出村中的大庙来指挥战斗，砖壁村学校搬到了村民李茂德的宅

◎ 八路军总部旧址（百团大战指挥部）砖壁村

院中。

一天下了课，十几个孩子相跟着去看战士们打篮球。走到庙前发现篮球场上空无一人，原来战士们在杨树沟、小南垴沟向小松山上攀爬。孩子们也想试试，连蹦带跳到了沟底，一会儿就爬上了崖顶，引得战士们连连称赞。其中有一个穿红肚兜的小孩第一个爬上崖顶，还招呼着同伴们折返回来。这时一位五十余岁的老兵走到孩子们跟前，摸着穿红肚兜孩子的头说："小鬼，如果我没有看错，第一个爬上崖顶的就是你吧。"

小孩响亮地回答："是我。"

"你叫什么名字？"

"我叫肖江河。"

老兵又问："你们村四周的崖上，还有能爬上人来的小道吗？"

孩子们回答："还有寨沟和小池沟，都是羊工们放羊走的路。"

老兵让秘书把小路的地名记下来，然后高兴地说："你们很勇敢，个个都是爬崖的小英雄，过两天我到学校去看你们。"孩子

◎ 朱德和彭德怀

们听了欢呼雀跃。

一天早饭后，孩子们陆续到学校上课。只听一阵脚步声和说话声，老师领着三位战士走进教室，其中一位就是前两天与他们聊天的那位老兵，手里还拿着一个篮球。

这时老师介绍说："同学们，这位是咱八路军的指导员，今后你们都称他朱伯伯。今天首长来看望大家，并要在学校组建儿童团，现在请首长和你们谈话。"同学们这时才反应过来，原来这位老兵就是鼎鼎大名的朱德总司令。

朱总司令慈祥地看着孩子们说："我今天专门看望你们来了，看到你们很爱玩篮球，特给你们送来一个篮球，让你们在课余时间多锻炼身体。还有一件事就是要在学校组建儿童团。日本鬼子疯狂侵略我国，全国人民要和八路军团结起来共同抗日，妇女儿童是一股不可缺少的抗日力量，你们组织起来，白天在咱们村三大路口站岗放哨，有生人进村必须检查他的通行证，没有通行证的人要将他带回村公所进行审查。咱们村还有三条能爬上人来的悬崖小道，有坏人不敢走大路，很可能从小道上偷偷窜进来，你们更要看好这三条小道。现在你们分组讨论一下，选一个勤快勇敢、认真负责的同学担任儿童团团长，九岁至十二岁的男女同学都是儿童团员。"总司令说罢又走到同学们的座位上，拿起他们的课本看了看，若有所思。

经过讨论，同学们一致同意肖江河当儿童团团长，李纯义当副团长，他们又按学生的居住地分好了小组。

总司令走上讲台高兴地说："今天儿童团成立起来了。从明天开始在三大路口设哨，不得随便离岗。轮到谁执勤可让老师给他布置作业，做到学习、站岗两不误。我看到你们读的课本还是

◎ 1939 年，朱德（右二）和康克清（左三）在王家峪村八路军总部，与重庆战地妇女儿童考察团团长陈波儿（左二）等合影

《三字经》《百家姓》和《千字文》，抗日战争时期要多读抗日内容的书，我让印刷厂给你们编印新课本。希望你们好好学习，好好站岗，协助八路军早日打败日本鬼子，建立新中国。"

一天下午，朱总司令的夫人康克清带领着两名战士，提着两捆新书来到学校。康克清深情地说："同学们，八路军特别关心你们的健康成长，更关心你们政治思想的进步和文化程度的提高。读书就是为了提高思想觉悟，开阔政治视野，长大为人民服务，成为建设新中国的有用人才。你们现在读的书只能识几个字，没有政治意义。当前急需培养国家建设人才，抗战胜利后，被日军摧毁的残破国土，需要你们去建设。为此，你们的朱伯伯让部队的编辑人员协同抗日政府，昼夜不息给根据地的儿童们编纂并印刷了新课本，希望你们好好学习，读抗日书、办抗日事，协助八路军早日打败日本鬼子，将来建设新中国。"

康克清说罢，解开书捆，给同学们发书。一、二年级发的是《抗日读本》，三、四年级发的是《战时新课本》。

新课本发在学生们的手中，孩子们高兴地翻看着。这时康克清说："同学们，今天我还请了一位女战士，来教大家一首抗日歌曲。"

老师将歌词写在黑板上：

青天呀蓝天这样蓝蓝的天，这是什么人的队伍上了前线。

叫声呀老乡静听分明，这就是咱坚决抗战的八路军。

八路军要来爱拥老百姓，老百姓来也要帮助八路军。

军民要合作大家一条心，打败那个日本鬼子享太平。

教室里响起了嘹亮的歌声……

朱总司令为什么要组建抗日儿童团呢？朱总司令的夫人康克清同志为什么要给同学们发新书？

想一想

砖壁村儿童团在朱总司令的关怀和培育下，一直活跃在抗日救国的战线上，为抗日战争的胜利作出了很大贡献。

"彭总榆"的故事

人物扫描：彭德怀（1898—1974）

1922年考入湖南陆军军官讲武堂，毕业后在湘军任营长、团长，参加了北伐战争，1928年加入中国共产党。

土地革命时期，任中国工农红军第五军军长、红一方面军司令员等，参加了长征。

抗日战争时期，任八路军副总指挥、中央革命军事委员会副主席兼总参谋长等，指挥了百团大战。

解放战争时期，任西北野战军司令员，中国人民解放军副总司令等。

中华人民共和国成立后，任中央人民政府革命军事委员会副主席、中国人民志愿军司令员兼政治委员、中华人民共和国国务院副总理兼国防部部长，1955年被授予元帅军衔。

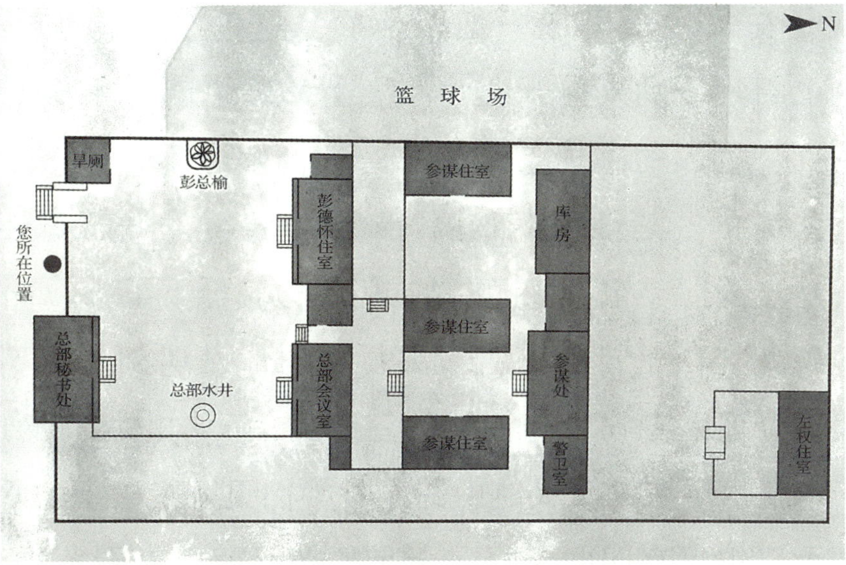

◎ 八路军总部砖壁旧址平面图

　　草木皆有情，万物总有心，今天我们走进"一棵树"的故事，一起来了解"彭总榆"。在武乡八路军总部砖壁旧址大院内，有一棵高大而挺拔的榆树，这是彭德怀副总司令亲自栽种的，人们都叫它"彭总榆"。

　　在抗日战争最艰苦的岁月里，为了民族解放事业，彭总长期超负荷工作，再加上饮食不规律，他得了胃溃疡，吃什么就吐什么。为此管膳食的后勤科长专门为彭总定了一个伙食标

◎ 彭总榆

准，就是在每顿饭里加一把玉米面。这件事很快被彭总发现了，马上召集后勤人员开会。在会上彭总说道："我的碗里怎么有玉米面？别人的碗里怎么没有？你们知道不知道玉米面是留给伤病员吃的？是谁帮助我搞特殊？共产党给我彭德怀唯一的特权就是吃苦！"当时炊事员站在门槛边，低下了头。

1940年，由于自然灾害，太行根据地遭遇到百年不遇的大旱，大部分地区麦收只有往年的三四成，秋收也仅有两成左右，这对于本就生活在水深火热中的老百姓们无疑是雪上加霜。总部官兵一天口粮只有四两黑豆，不足的部分就全靠野菜进行补充，到后来就连野菜也没有了。

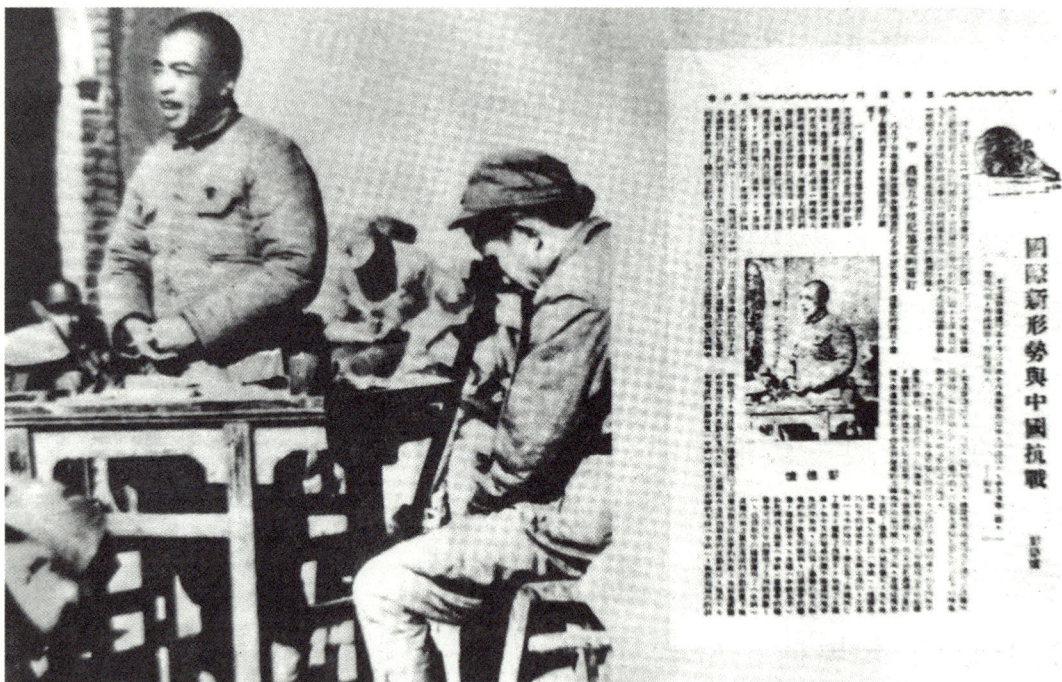

◎ 彭德怀在砖壁村驻地作《国际新形势与中国抗战》的报告

　　砖壁村有许多榆树，村里的群众都把榆钱当食物。一天，有一名战士正爬到榆树半腰上准备摘榆钱，恰好让彭总看见。彭总在树下背着手大骂："谁让你上去的？榆钱是留给老百姓的，你怎么能和老百姓争吃的？"那

◎ 彭德怀副总司令在关家垴战斗前线

位战士感到十分难堪，村里大娘听到后便出来和彭总说："是战士，但也是十几岁的孩子，有榆树就有榆钱，你总不至于把他饿死吧！"这件事之后，彭总多次跟战士们强调，让战士们到方圆十里以外的山上挖野菜、摘榆钱，方圆十里以内的必须留给老百姓。

　　为了让战士们认识榆树、保护榆树，给老百姓留下榆钱，他特地从村外刨回一株小榆树苗，栽到了总部机关驻扎的玉皇庙大院里，还在周围栽上刺槐来保护这棵小树，而且一有空就给小树浇水，这棵小树后来长成了一棵参天大树，现在依然郁郁葱葱地伫立在砖壁村。

　　彭德怀元帅戎马一生、战功赫赫，仰望"彭总榆"，让人们对他更添几分热爱和景仰之情。"彭总榆"刚劲挺拔、巍然伫立，就像彭总的性格——刚正不阿，爽直简朴。所以，彭德怀元帅本

身就是一棵树，一棵深深扎根于大地的大树，一棵为人民遮风挡雨的大树，一棵顶天立地的大树。

知识 拓展

榆钱

　　榆钱因其外形圆圆的，像中国古代的铜钱，故而得名。它喜光、耐寒、抗旱，具有健脾安神、止咳化痰、清热利水的功效，可治食欲不振，还有清热解毒、杀虫消肿的作用。还可以用来熬粥，用榆钱熬出来的粥，青中带黄，味道香甜，具有较高的食用价值。

想一想

　　同学们，人们为什么会瞻仰"彭总榆"？你认为它代表着什么？

第一二九师政治委员邓小平的故事

人物扫描：邓小平（1904—1997）

1920 年赴法国勤工俭学。

1922 年参加中国社会主义青年团。

1924 年参加中国共产党，后转往苏联学习。

创立中国工农红军第七军、第八军等，任中共中央秘书长，参加了长征。

抗日战争时期，任八路军政治部副主任、一二九师政治委员、中共太行分局书记等。

解放战争时期，任晋冀鲁豫野战军政治委员。

新中国成立后，历任中央人民政府委员、国务院副总理、中共中央秘书长、中央政治局常务委员、中央委员会总书记。

从 1973 年开始，先后任国务院副总理、中共中央副主席，中央军委副主席、中国人民解放军总参谋长、中共中央军委主席等。

故事一：七两米票

1942 年秋天，八路军第三八五旅（八路军第一二九师主力旅之一）在武乡县王家峪村进行整训，邓小平政委去那里检查工作。

王家峪村是武乡革命老区，1939 年到 1940 年，八路军总部曾在这里驻扎了一年时间，邓政委常常要到总部来开会、学习，

◎ 邓小平政委与夫人卓琳在武乡王家峪

和总部首长研究、对接工作。因此，他对这里的情况十分熟悉，于是，他在检查三八五旅工作的同时，顺便也去了王家峪村自卫队队长朱银江家里了解自卫队的情况，帮助他们搞好护村工作。

朱银江给邓政委汇报了自卫队的组织、生产、活动等实际情况，邓政委认真地听完以后，还给他作了重要指示：自卫队就是要以保护群众、保卫家乡为己任，敌人来了能打仗，打跑敌人搞生产，同时要防止特务、汉奸的破坏等。他与朱银江畅谈了很久。到吃饭的时候，朱银江的妻子就给邓政委舀了一碗当地老百姓常吃的和子饭端了过来。

邓小平说："不不不，饭我马上回旅部吃就行。"说完起身就要走，可是朱银江夫妇说啥也不让走，朱银江的妻子说："首长，你就在我家吃一顿饭吧，这和子饭虽然是家常饭，可是新豆角、新南瓜，还有新刨的山药蛋，可好吃呢！"

邓政委推辞不过，只好在朱银江家吃了一顿饭。一边吃一边继续谈论着自卫队的事情。

走的时候，邓政委从身上掏出七两的米票，放在朱银江的手中。他说："我们规定每天吃一斤（十六两制）粮食，我给你七两米票。"

朱银江夫妇推辞着坚持不要："首长好长时间不来，今天好不容易在我们家吃一顿家常饭，哪里还能收你的米票呢？"

可是，邓小平政委认真地说："你们就收下吧，这是我们八路军铁的纪律。"

故事二：邓政委和太行山剧团

1940 年秋，百团大战第二阶段结束后，日军对根据地开始了疯狂的"扫荡"。

因此太行山剧团由八路军总部驻地王家峪以西约 10 公里的桥南村，转移至涉县的西辽城，在那里创作和排练庆祝百团大战的话剧、歌曲等文艺节目。

百团大战，是抗日战争时期八路军在华北敌后发动的一次大规模进攻和反"扫荡"的战役，因参战兵力达 105 个团，故称"百团大战"。据八路军总部 1940 年 12 月 10 日的统计，百团大战仅前三个半月就进行大小战斗共 1824 次，重击了日军、伪军的嚣张气焰，有力地配合了国民党军正面战场的作战，极大地振奋了全国的抗战信心。

这时，剧团接到晋冀豫区党委通知，要剧团代表区党委前往前方慰问演出。

10 月 26 日，当剧团经过黄崖洞时，正遇上敌人向黄崖洞猛烈进攻，剧团的同志们便冲上前沿阵地，参加了保卫黄崖洞的战

小贴士

百团大战要图
1940年8月20日至12月5日

斗。战斗打得非常激烈，傍晚时分，部队奉命撤退，剧团也向左会山上转移。

刚爬上左会山，剧团便遇到了第一二九师前来寻找剧团的战士。原来，太行山剧团到前方演出的事，区党委已通知了指挥部，但首长们一直不知晓剧团的下落，邓政委很着急，这才派了一个班的战士出来接应。

经过一整夜的长途跋涉，剧团终于赶到了目的地——武乡东部山区的广志村。邓政委见剧团的同志们来了，非常高兴，热情地招呼他们并询问情况。当他得知剧团参加了黄崖洞保卫战时，很幽默而风趣地说："原来保卫黄崖洞有两个团，一个是欧团（由欧致富任团长的总部特务团），还有一个是你们太行山剧团噢！"
邓政委爽朗的笑声和亲切的鼓励，温暖着剧团每个同志的心，连
日来战斗的紧张和行军的疲劳顿时烟消云散了。

之后，剧团又随军进抵关家垴前线，参加了彭总和刘、邓首长
亲自指挥的关家垴歼灭战。激战至傍晚时分，部队奉命迅速撤退。
当剧团行至漳河岸边，此时的漳河水已结上了一层薄冰，剧团的同
志们都脱了鞋子，卷起裤腿，准备过河。从后面赶上来的刘、邓首
长就让剧团的同志们骑他们的马过河，他们自己和警卫部队却挽起
裤腿蹚水过河。过河后，刘、邓首长和警卫部队一直将剧团护送
到安全地带，才恋恋不舍地分开。剧团的同志们一个个眼含泪花，
不停地向刘、邓首长挥手道别。当剧团翻过一道山梁回望时，刘、
邓首长依然站在一个山坡上，用望远镜凝视着前方……

◎ 太行山剧团演出结束后，演员合影留念

想一想

你从邓政委的两则故事中感受到了他怎样的精神品质？

八路军第一二九师师长刘伯承与"三先生"交往的故事

人物扫描：刘伯承（1892—1986)

1926 年加入中国共产党。

1927 年参加领导了南昌起义，任中共前敌委员会参谋团参谋长。

土地革命战争时期，任中共中央长江局军委书记，红军学校校长兼政治委员，中央革命军事委员会总参谋长兼中央纵队司令员，中央红军先遣队司令，红军大学副校长等，参加了长征。

抗日战争时期，任八路军一二九师师长。

解放战争时期，任晋冀鲁豫军区司令员，中原军区司令员，南京市军事管制委员会主任、南京市市长。

中华人民共和国成立后，任西南军政委员会主席，中国人民解放军军事学院院长兼政治委员，人民革命军事委员会副主席，军委训练总监部部长，高等军事学院院长兼政治委员，中共中央军委副主席，中央政治局委员，全国人大常委会副委员长。1955 年被授予元帅军衔。

　　抗日战争时期，第一二九师司令部曾多次驻扎在武乡石板村，其间主要住在人称"三先生"的开明士绅王全谨家里（开明士绅是指具有爱国思想、政治上比较开明、要求民主和进步的人士。在革命形势推动和中国共产党的团结教育下，他们参加反对帝国主义侵略和反对国民党统治的斗争，支持人民革命），刘伯承师长和邓小平政委住在转角楼的西房，而"三先生"住着北房。

　　"三先生"是个老秀才，虽未涉仕途，但十分崇尚读书，注重子女学习。他的儿子读书读到清华大学，可见先生教诲有方。"三先生"有不少藏书、爱书如命。他有本《石头记》（《红楼梦》的老版本），刘师长知道后，很想看看这本《石头记》。"三先生"本来爱书如命，轻易不肯借书给外人的，更何况是珍藏多年的《石头记》。但"三先生"知道刘师长有儒将之风，能在战争之余读读《石头记》，实在是不易，而且此书三天两天是看不完的，为了却刘师长的心愿，"三先生"就决定将《石头记》赠送给刘师长。

　　"三先生"作为一个旧社会的学者，很佩服刘、邓首长。他常对家人说："人家真是文武兼备的国家栋梁呀，这部书就算我给刘师长的一点礼物吧！"

　　刘师长对"三先生"的慷慨，实在是感激不尽，一个爱书如命的先生，肯把自家的看家宝贝赠送给自己，太有点过意不去。临走时，就把自己的毛毯回赠给了"三先生"，他说："虽然我知道你家富裕，不缺一块毛毯，但这是我的一点心意，希望你能收下，也算我与老先生交情的一点记忆吧。"

　　1944年，"三先生"的孙子王争先作为热血青年，决定投身革命。当他向奶奶告别时，奶奶再三叮嘱王争先，因为他从小没了娘，身体又不好，出去后要注意照顾自己，不要和别人吵闹，抽时间回家来看看。现在奶奶没有什么给你带的东西，有一条毛毯，它是刘师长送给你爷爷的礼物。你没有被子，就当被子用了吧！而王争先一直将这条珍贵的毛毯保存到现在。

想一想

"三先生"作为一个旧社会的学者，为什么佩服刘、邓首长？刘伯承师长与"三先生"互赠"礼物"说明了什么？

中共中央北方局书记杨尚昆"木板钉鞋"的故事

人物扫描：杨尚昆（1907—1998)

1925 年加入中国共产主义青年团；1926 年转入中国共产党，并入上海大学学习。

1931 年任中华全国总工会宣传部部长，中共党团书记，中共中央宣传部部长。

1933 年到瑞金，先后任中共中央局党校副校长，红三军团政委；参加了长征；遵义会议后任陕甘支队政治部副主任，西北革命军事委员会总政治部副主任，中国工农红军抗日先锋军总政治部主任等。

抗日战争时期，任中共中央北方局副书记、书记。

解放战争时期，任中共中央军委秘书长，中央外事组副组长，中央警卫司令员等。

中华人民共和国成立后，历任中共中央办公厅主任，中央副秘书长，兼任中央军委秘书长，全国人大常委会副委员长兼任秘书长，中央政治局委员，中华人民共和国主席，中央军委第一副主席。

1939 年 7 月，中共中央北方局书记杨尚昆与八路军总部、野战政治部、中共中央北方局机关一起转战进驻武乡，八路军总部机关驻在砖壁村，中共中央北方局与野战政治部机关驻在烟里村。当时，由于中共中央北方局是保密机关，其名称只是对内，对外称为野政二梯队，杨尚昆就以野政二梯队主任的身份活动。所以，人们也不知道杨尚昆同志的正式职务，都叫他杨主任。

1940 年，为集中打击敌人，八路军总部发动了震惊中外的百团大战。百团大战打响以后，杨尚昆同志每天都要步行 5 里路到砖壁村，他要与彭德怀副总司令、左权副参谋长一起研究作战部署。这几天不断下雨，杨尚昆走了几个来回，就把一双布鞋脚后跟磨了个大窟窿。烟里村妇救会主任知道以后，专门给他送来一双新做的军鞋，可是杨尚昆同志说什么也不要，他说："前方打仗的战士最需要，把新鞋送前线吧，我这个修修还可以穿。"果然，杨尚昆同志找了块小木板，又找来几颗铁钉，把小木板钉在鞋后跟上就修好了，还很结实。

想一想

你从杨尚昆同志"木板钉鞋"的故事中，看到了早期无产阶级革命家怎样的品质？

八路军副参谋长兼前方总部参谋长
左权有关提高战斗力的故事

人物扫描：左权（1905—1942)

1924 年 11 月入黄埔军校第一期学习。

1925 年 2 月加入中国共产党，同年 12 月赴苏联学习。

1930 年毕业回国，赴中央革命根据地，历任红十二军军长，红一方面军总部作战参谋、参谋长，红五军团第十五军政委、军长兼政委，1933 年 12 月任红一军团参谋长，参加了长征。

抗日战争时期，任八路军副参谋长，1938 年后兼八路军前方总部参谋长，1940 年春兼八路军第二纵队司令员。1942 年 5 月在山西辽县（今左权县）率八路军突破日军包围时牺牲。

◎ 彭德怀（右）和左权（左）在山西省武乡县王家峪村八路军总部合影

抗日战争时期，左权将军十分重视根据地的体育活动。虽然任务繁重，生活极为艰苦，但每转战到一地，左权将军总要组织干部、战士们开展爬山、长距离赛跑、跳高、体操、打球等体育活动，因地制宜地自制体育运动器材，开辟体育运动的场地，提倡体育锻炼。没有单杠，就找一根光滑通顺、木质坚硬的洋槐杆或牛筋棍架在两棵松树中间，当单杠翻；没有木马，就叫两个战士一前一后弯下腰来，当木马跳……

1938 年春，部队驻扎在武乡西部山地里的寨上村。一天傍晚，战士们都兴高采烈地在自制的简易篮球架下打篮球，朱总司令、彭副总司令和左权将军都参加了比赛，康克清当裁判。比赛打得很激烈，整个球场内外的笑声、叫声、掌声交织成一片，气氛十分活跃。在场球上，左权将军跑中锋，他接住一个球，正准备往出传，忽然一个小战士跑过来，由于用力过猛，脚下的砂石子一滑，把左权将军撞了个趔趄。这个小战士一看撞的是左权将军，便难为情地低下了头。左权将军走过来，拍着这个小战士的肩膀说："小同志，不要紧，打篮球就是要有一股虎劲，来，继续打，发球！"左权

◎ 武乡八路军太行纪念馆中的左权将军塑像

将军的话使球场上又立刻活跃起来了。

　　1939年7月15日，粉碎日军"九路围攻"以后，总部由潞城的北村，经黎城的霞庄，越过浊漳河，进驻砖壁村。由于长途跋涉，艰苦转战，工作人员把从延安带过来的总司令部的唯一的一个篮球丢失了，只留下一个排球。总部刚住下的第二天，左权将军就和警卫员们平整了玉皇庙西侧的一块空地，挂起了简易的排球网。当时没有气管，打气全凭嘴吹。警卫排的一位号称"大力士"的战士只用一口气就把排球吹饱了。他用细麻绳把进气管扎住，便将排球交给左权将军，左权将军接过排球两手拍了拍，还蛮硬呢！然后双手一推，把球扔进了运动场。于是，运动场上掀起一片欢笑声，气氛变得热烈起来。

　　这一年的 10 月 11 日，总部从砖壁迁到了王家峪。次年底，又转移到辽县的武军寺、麻田镇，不管到哪里，只要进驻一个地方，左权将军总要组织大家进行锻炼。

　　左权将军每天都会尽量抽出时间来和总部机关的干部、战士一起参加体育活动。他最爱打排球，如果场子里的人满了，他就站在旁边，边看边指导。等场上有的同志打累了撤下来时，自己就参加进去打。他总是站在前排中间的位置上，和别人配合得很好，有时一直打到黄昏。

　　警卫连有个小战士不爱体育活动，左权将军就给他讲锻炼体魄能更好地打日本鬼子的道理，讲朱总司令打篮球的故事，并手把手教他怎样发球，怎样接球……在左权将军的帮助和教育下，这位小战士不久就成了球场上的"小老虎"。

　　左权将军还十分重视群众性的体育活动，他经常组织总部各单位进行球类友谊比赛，还让王家峪青救会和总部战士进行军民排球赛，而且每次都要亲自参加或作场外指导。1941 年 9 月，第一二九师在涉县索堡举行体育运动大会。左权将军到会讲了话，并为大会写了"锻炼体力，就是提高战斗力"的题词。左权将军经常领着司令部球队和政治部罗瑞卿主任领的那个球队比赛排球。两个球队的技术不差上下，但因为政治部的人个子大，每次赛球时，司令部总是输给政治部。就说罗主任吧，他是个大高个子，站在网前，两手轻轻一推，就把司令部发过来的球拦了回去。司令部刚刚巧妙地把球推过网，政治部队又上来个大个子，一下子又把球扣过来了。左权将军在球场休息时，就给司令部球

◎ 左权（右）、刘志兰（左）和他们的女儿左太北（中）在山西省武乡县砖壁村八路军总部合影

队讲打球的战术，和战士说球要打出风格，打出技术，打出勇敢，要以己之长，攻彼之短。

在八路军的带动下，总部各机关驻地的石圪垤、下合、北上合等村庄的人民群众也都因地制宜地开展了各种武术活动。他们打拳、舞剑，抡起长矛大刀，苦练杀敌本领，自觉成为守护太行山的钢铁长城（指的是坚固的保卫祖国疆土和安全的防线）。

想一想

左权将军为什么在抗日战争时期还要重视体育活动呢？

晋察冀军区司令员兼政治委员聂荣臻的"扶车"故事

人物扫描：聂荣臻（1899—1992）

1923 年加入中国共产党，1924 年赴苏联学习，回国后任黄埔军校政治部秘书。

1927 年任中共前敌军委书记，南昌起义军党代表，同年参与领导广州起义。土地革命战争时期，任红军总政治部副主任，红一军团政治委员，参加了长征。

抗战时期，任一一五师副师长、政委，晋察冀军区司令员兼政治委员，率部南下太行支援反顽战役，在武乡驻扎月余。

解放战争时期，任华北军区司令员，中共中央华北局第三书记。

中华人民共和国成立后，任北京市市长、中国人民解放军副总参谋长、代总参谋长，国务院副总理兼中央科学小组组长，国家科学技术委员会主任，国防科委主任，中共中央军委副主席，中央政治局委员，全国人大常委会副委员长。1955 年被授予元帅军衔。

1940 年正月里的一天，一大队八路军路经襄垣到武乡的王家峪去。身背行囊、肩扛武器的战士们个个精神抖擞，疾步如飞，行军速度很快。

当部队行进到赵庄河湾时，迎面过来两辆拉煤车，有一辆撞在大石头上，车子歪斜，牲口也拉不起来。赶车的人猛一打牲口，车整个扣翻在地，煤撒了，牲口也卡在车辕里跌倒了。这时，部队里一位骑马的战士跳下来，赶忙走过去帮助赶车人扶车。行走在队列里的一名叫连贵和的战士，一看去帮助扶车的人是聂荣臻首长，心里热乎乎的，说不来有多高兴。当他随着队列走过时，定睛一看，赶车的是他爹，便叫了一声。

原来，连贵和就是襄垣县黄楼北村人。赵庄河湾离黄楼北5里地，贵和的父亲是往家里拉煤路过这里的。父亲三年未见儿子的面，抬头一看是贵和叫他，便丢下煤车，一下扑过来抱住贵和说："孩儿呀，爹可算见到你了！"

聂荣臻首长先是一怔，但霎时就明白了，他笑着说："噢，父子俩见面不容易，快好好唠唠吧。"他一边说着，一边不停地解开缰套，把牲口从车辕里牵出来，拴在路旁树上，回头又见另一位叫进财的赶车人去扶翻倒的车。那时候用的是铁轮车，两个人怎能抬起来？进财见部队首长这样卖力地为老百姓帮忙，便喊了一声："云生，先来抬车！"贵和父子俩闻声，这才如梦初醒似的，想起了煤车还翻在路上，便急忙回头，一边扶车，一边不好意思地说："首长，让我们来吧，别把身上弄脏了。"聂荣臻首长说："没关系，脏了有水，洗一洗就干净了。"他又搬石头，又扶车，忙前忙后，累得满头大汗。后来，两个警卫员同连贵和父子一齐动手，才把翻倒的车扶了起来。但是，车上的煤全撒在地上，他父子俩已抢过仅有的两把锹去往车上装煤了。聂荣臻首长见没有工具，就用手去搬炭块，一直把撒在地上的煤全部装进车里才停手。他说："大叔，刚下过雪，路上滑，是不是因为我们部队把你的车惊了？"云生忙说："不是，是我赶车没操心。见过来这么多队伍，我想看我的儿子了。"聂荣臻首长笑道："赶车和打仗一样，不能一心二用呀！"说得四个人都笑了起来。

部队已经全部过去了，警卫员催首长赶快上马赶路，聂荣臻首长嗯了一声，便回头对贵和说："小同志，你看我，只知道你是我部队里的战士，不知你的姓名。"

贵和忙答道："首长，我叫连贵和。"

"小连哪，路滑不好走，我批准你一天假，随同你父亲把煤送回去，也好住一宿，和父母好好聊一聊。三年了，家里人也确实想你啊！"

贵和本来也想回去看一看，可还没等他开口，老爹就抢着说："首长，不用了，我见到了儿子，也亲眼见到了您这样关心老百姓的好首长，我一千个放心！"回头又对贵和说："孩子，家里人都好，不要惦记，随首长一起赶部队去吧。好好干，等把日军赶出中国再回来！"贵和见父亲这样高兴，心里也乐了。于是，便紧跟着聂荣臻首长，一直赶往王家峪八路军总部。

◎ 聂荣臻和朱德、彭德怀在王家峪

想一想

聂荣臻为何要批准连贵和一天假呢？连贵和的父亲连云生又为何让儿子跟随部队一起走呢？

中国人民抗日军政大学副校长、
八路军野战政治部主任罗瑞卿的故事

人物扫描：罗瑞卿（1906—1978)

1926 年加入中国共产主义青年团，1928 年由共青团转入中国共产党，1929 年参加中国工农红军。

土地革命战争时期，任团参谋长、纵队政治部主任、师政治委员、军政治委员，以及红军大学教育长、副校长，参加了长征。

抗战时期，任中国人民抗日军政大学教育长、副校长，八路军野战政治部主任。

解放战争时期，任"北平军事调处执行部"中共代表团参谋长，晋察冀军区副政治委员兼政治部主任等。

中华人民共和国成立后，任中央人民政府公安部部长，公安军司令员兼政治委员，国务院副总理，中共中央军委秘书长，中国人民解放军总参谋长，国防部副部长兼国防工业办公室主任，中央书记处书记。1955 年被授予大将军衔。

抗日战争时期，罗瑞卿同志先后任抗日军政大学副校长和八路军野战政治部主任，在太行山腹地武乡县的蟠龙镇、下合村和烟里村长期生活和战斗。

◎ 抗日军政大学校旗

故事一：由延安开赴晋察冀

1939 年夏，为便于接受中共中央北方局和朱、彭两位首长的直接指导，根据中共中央指示，抗大总校副校长罗瑞卿亲自率领由"抗大"和"陕北公学"等校整编而成的八路军第五纵队开赴晋东南办学。

第五纵队经过艰难前行，终于在 10 月抵达晋察冀军区司令部所在地陈庄，并根据中央军委和八路军总部电令在此休整。恰逢 1940 年元旦，这时"抗大"第五期 13 个连队的毕业学员即将分配到晋察冀军区和第一二〇师部队工作。学校为此举行欢送大会，罗瑞卿副校长和晋察冀军区司令员聂荣臻、第一二〇师师长贺龙、政委关向应等部队领导都出席了大会。

　　贺龙首先讲话。他说："今年元旦双喜临门，一是庆祝陈庄战斗大捷，二是欢迎'抗大'从延安来。'抗大'的干部好哇！部队缺干部，欢迎你们到我们部队去，韩信用兵，多多益善！"聂荣臻等也都发表了热情洋溢的欢迎词。

　　罗瑞卿在热烈的掌声中也发表了讲话："刚才，贺师长和聂、吕司令员都讲了，他们很需要干部，很欢迎你们去，你们去不去？"

　　"去！"学员们齐声回答。

　　"好，我举双手赞成你们去。"罗瑞卿说到这里，忽然话锋一转，对因需要留校工作而心情不悦的部分学员说：

　　"但除了去的同志，我们的工作还需要留下一部分同志，我

◎ 1940 年 2 月，抗日军政大学从延安迁到武乡县办学，图为副校长罗瑞卿在学员大会上讲话

◎ 位于武乡蟠龙镇的中国抗日军政大学旧址

们要到新的地方去完成新的任务。我们'抗大'的干部，就像生蛋的母鸡一样，我们要培养更多更好的干部，这就需要把母鸡留下，没有母鸡，就不能再下蛋再孵小鸡了。大家说对不对呀？"

"对！"留下来的学员齐声回答。罗瑞卿形象生动的比喻，使他们深受教育和鼓舞。所以，在欢送会后，出现了走的同志高兴、留的同志愉快的感人场面。

故事二：南移武乡蟠龙镇

1940年2月初，晋东南粉碎了日军的"扫荡"，局势比较稳定，罗瑞卿率抗大总校南移武乡县蟠龙镇，与抗大一分校的太南留守大队合并。学校下设四个团，两个女生队和一个特科大队，

◎ 1940 年 6 月 1 日，罗瑞卿在武乡县牛家岭村与抗大文工团团员合影

共 4900 名学员，分住在蟠龙周围的白家庄、韩家垴、东沟、尚元、温庄等村，平时以连为单位在驻地村庄上课、生产、练武，重大节日或集会，在总校校部蟠龙镇活动。

1940 年 4 月 15 日，抗大总校在蟠龙镇举行了第六期开学典礼，朱德总司令致了训词，彭德怀副总司令讲了话。第六期学生来源主要是八路军、新四军以及决死队的干部，具体任务是培养建设八路军、新四军的骨干。

抗大六期的教材，实现了理论和实际相联系，当时既有军事教材讲授战略战术，也有政治教材分析中国问题、马列主义、政治工作，还有军政杂志讲党史等。

◎ 1940 年 5 月，抗大在蟠龙镇召开了纪念五四青年节大会，图为学员在进行刺杀表演

当时抗大师生不仅克服了给养的种种困难，保证了自己生存发展，同时还尽可能帮助地方的工作，如宪政运动、社会文化教育、武装建设与训练等，这对于推动根据地的发展有很大的作用。

想一想

想一想：抗日军政大学在抗日战争中发挥了怎样的作用呢？

八路军第一二九师三八六旅旅长、太岳军区司令员：陈赓"不能在群众纪律上吃败仗"的故事

人物扫描：陈赓（1903—1961）

1922年加入中国共产党。

1926年赴苏联学习，次年回国参加南昌起义，任营长。

土地革命战争时期，任中国工农红军四方面军第十二师团长、师长，红军步兵学校校长，红军干部团团长等，参加了长征。

抗日战争时期，任八路军一二九师三八六旅旅长，长期在武乡生活战斗，后任太岳军区太岳纵队司令员。

解放战争时期，任晋冀鲁豫野战军第四纵队司令员，中国人民解放军第四兵团司令员兼政治委员。

中华人民共和国成立后，任云南省人民政府主席，中国人民志愿军副司令员，中国人民解放军副总参谋长兼国防科委副主任，国防部副部长等，1955年被授予大将军衔。

1939年秋天，第一二九师三八六旅与日军在榆（社）武（乡）边界周旋，部队转移非常频繁，两天多没吃上一顿饭。

管理员周大明在宋家庄村边的一块菜地里找到两个霜打了的

南瓜，准备煮熟了送给最忙碌、最劳累的陈赓吃。陈赓听说后，当即去见了周管理员，问道："你从哪里弄来的南瓜呀？"

周管理员支支吾吾说不出话来。

"你向谁买的，给过钱没有？"

◎ 三大纪律八项注意歌

周管理员不好意思地摇了摇头。

"你怎么能这样干呢？战士们都没有饭吃，大家一样挨饿嘛，你为何要偷南瓜来？你是八路军战士，'三大纪律、八项注意'哪里去了？破坏群众纪律，侵犯老百姓利益，要坐禁闭。"处分眼看就要落到周管理员的头上了。

有的同志替他向陈赓求情。

"老周初次犯错误，况且这里又荒无人烟，叫他把瓜送回原处，等老乡回来再道个歉……"

陈赓对那些劝阻他的人说："今天这里没有老百姓我也晓得。照你们说，老百姓不回来我们就能违反群众纪律吗？"

"那当然不能！"

"就是嘛，败在敌人手里还可以挽回，要是败在老百姓面前呀，挽回来难着呢！同志们一定记住，只有在群众纪律上不吃败仗的军队，才能在凶恶的敌人面前取得彻底胜利！"

想一想

同学们，陈赓同志为什么说不能在群众纪律上吃败仗？

敌后新文化运动的拓荒者、
鲁迅艺术学校校长李伯钊创办鲁艺的故事

人物扫描：李伯钊（1911—1983)

1925 年加入中国共产主义青年团。

1931 年转入中国共产党，后任中国工农红军闽西军区政治部宣传科科长、红军学校政治教员等；1934 年参加了长征。

抗日战争时期，曾任八路军临汾办事处科长兼学兵队女生队队长、延安鲁迅艺术学院编审委员会主任、晋东南鲁迅艺术学校校长、中共中央北方局文委委员兼宣传部科长、中央宣传部科长。1939 年到 1940 年，任晋东南鲁迅艺术学校校长、北方局宣传部科长期间，长期在武乡从事根据地文化艺术工作，对太行根据地文化兴起起到了极大的推动作用。

中华人民共和国成立后，任北京市文委书记、文联副主席，北京人民艺术剧院院长，中央戏剧学院副院长、顾问，中国戏剧家协会副主席。

朱德总司令和彭德怀副总司令率领八路军东渡黄河，挺进华北敌后，开辟了晋东南抗日革命根据地。在发动群众广泛开展游击战争的前提下，不仅注重政治经济方面的斗争，还十分重视根据地文化事业的建设。老一辈革命文艺家、早期妇女运动领导者之一的李伯钊同志，在中共中央北方局宣传部工作期间，不仅披荆斩棘开辟了华北敌后党的抗日文化宣传阵地，身体力行推动了晋冀鲁豫根据地以戏剧为中心的新文艺运动，而且还克服一切困难，创办了前方鲁迅艺术学校和太行山剧团、鲁艺木刻工作团等抗战文艺团体，推进了根据地学术研究，提高了民众的政治文化水平，动员了一切可以动员的文化力量直接加入抗日文化大军，从而奠定了华北敌后新文化运动的基石。

◎ 1939 年 3 月鲁艺实验剧团赴太行前线

晋东南鲁迅艺术学校	1939 年成立
校长：李伯钊　　代校长：陈铁耕　　初期校址：山西武乡	
晋察冀华北联合大学文艺学院	1939 年夏成立
院长：沙可夫　　副院长：吕骥　　初期校址：河北阜平	
山东胶东鲁迅艺术学校	1939 年冬成立
校长：郝艺军　　初期校址：山东沂县	
华中鲁迅艺术学院	1941 年 2 月成立
院长：刘少奇（兼）　教导主任：丘东平　黄源（后）　初期校址：江苏盐城	
延安部队艺术学院	1941 年 4 月成立
校长：肖之礼　任思忠（后）　　校址：延安桥儿沟	
晋西北鲁迅艺术学院分校	1942 年成立
院长：欧阳山尊　　初期校址：山西兴县	
东北大学鲁迅文艺学院	1946 年 8 月至 12 月
院长：萧军　　副院长：吕骥　　校址：黑龙江佳木斯	
晋察热辽鲁迅艺术学院	1947 年 6 月成立
院长：赵毅敏　安波（后）　　初期校址：内蒙古赤峰	
东北鲁迅文艺学院	1948 年 11 月至 1953 年 2 月
院长：吕骥　　副院长：张庚　　校址：辽宁沈阳	

◎ **各地鲁艺分校成立一览表**

　　抗日战争期间，太行山腹心地区，聚集了一批热血爱国的青年艺术家，在中共中央北方局和八路军前方总部的倡导与支持下，建立了"晋东南鲁迅艺术学校"。前后数年之间，培养了数以百计的优秀艺术人才，活跃于这块根据地，配合兄弟单位，带领和推动了广大群众掀起抗战救亡的热潮，创造了大量为群众所欢迎的艺术作品，组织了多种多样的文艺活动，对抗战作出了重要的贡献。

◎ 抗战时期的李伯钊

　　学校于 1940 年初在武乡县的下北漳村正式成立。其直接的组建者和总负责人是李伯钊同志，她是万里长征中"三过草地"的著名活动家、艺术家，她把苏区和红军艰苦卓绝的优良传统和作风带到新的战争环境中来，给学校奠定了坚实的基础。

　　学校设立有校务委员会、教务处、总务处和党支部等机构，由李伯钊校长、陈铁耕副校长和牛犇等同志负责。下设 3 个系：戏剧系、音乐系、美术系，分别由伊林、常苏民、杨角等同志任系主任进行教学工作，后又成立了鲁艺木刻工作团、鲁艺实验剧团、鲁艺戏曲团、鲁艺校刊编委会。

　　李伯钊同志善于把党的方针贯彻到学校的实际工作里。在各种会议上，她都要让大家充分发表意见进行民主讨论。对于正确

這里是敵後方 是從敵人手里搶過來的一塊土地 而現在是我們的根據地 是支持華北抗戰的一個重要據點 這里離最近的敵人不過三五十里 他們在四面包圍著我們 并且時刻準備著進攻 而我們就屹立在這里

全世界愛好和平的人們在等待著 全中國不願做亡國奴的人在等待著 他們都希望從有血肉的文字里能夠了解 敵人在敵後方更瘋狂更殘酷的掃蕩中的暴行 我們英勇的戰士怎樣在戰鬥 人民怎樣站起來 組織起來 用什麼樣的武器 用石頭 用棍子 用鏽的刀槍去打擊敵人

這一切都是血的歷史的記錄 而我們應該是這光榮的記錄者 我們應該用一點自己的血來寫下這一切可歌可泣 可悲可怒 可慶可賀的事

中國新文藝是在革命鬥爭的血泊中成長起來 和中華民族解放戰爭有著密切的聯系 我們要繼續循著這一條光輝的道路前進 並而為了使新文藝更豐富起來 為了使新文藝這一顆種子撒播到廣大的人民中間去 使大眾來扶持它愛護它 我們必須努力去發揚民間文藝 接受遺產 創造有中國氣派的 為民間所喜聞樂見的 富有民族性的 民族形式的新文藝

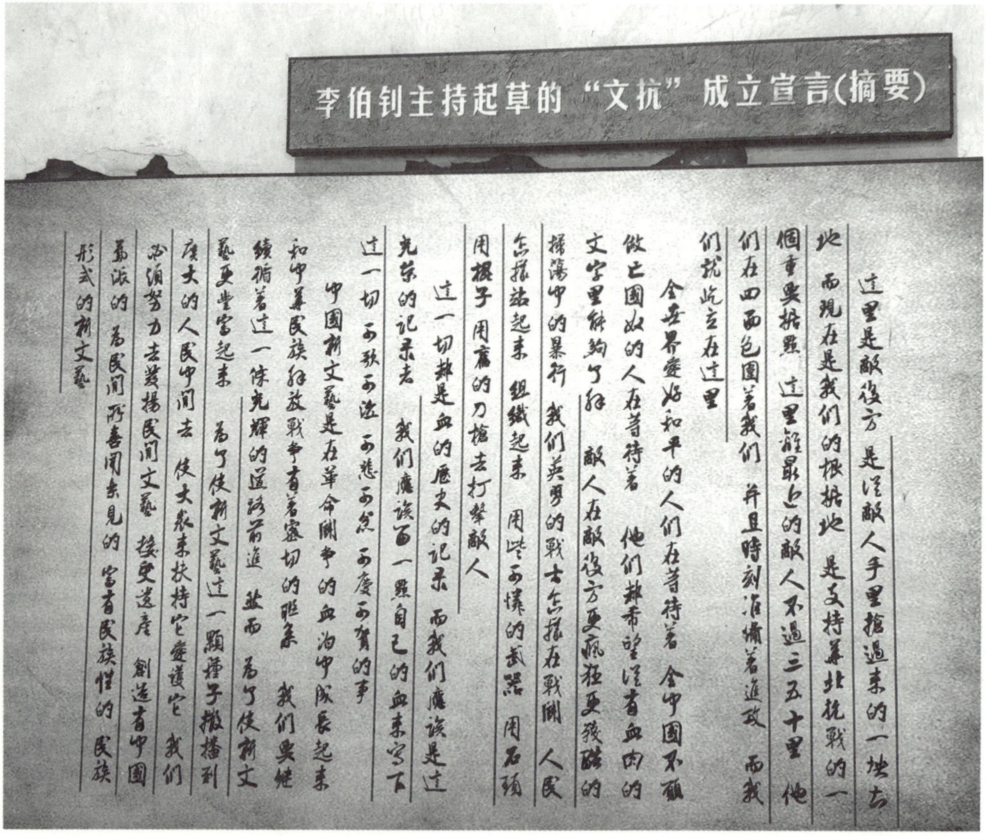

◎ “文抗”成立宣言（摘要）

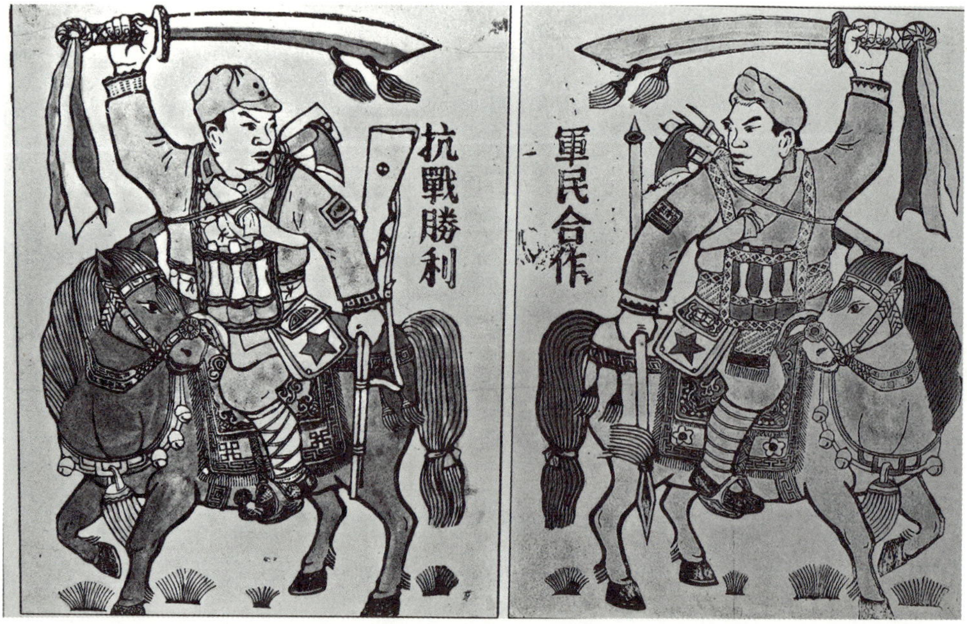

◎ 鲁艺木刻工作团在武乡创作的作品《新门神》

◎ 木刻工作者创作的八路军将领画像

的意见，对于同志们的优点或艺术创作上的进步和成就，她都热情地给予赞扬，对于某种缺点她也常及时中肯地提出有说服力的批评及改进意见。当时有一支颇为流行的曲子，其中的两句词是这样的："八路军啊爱护老百姓，老百姓也要拥护八路军。"她认为这第二句不确切，应把"也要"二字改为"坚决"二字，才能充分表达出军民鱼水情谊、融洽无间的亲密关系。从此以后，这支歌就改唱成"老百姓坚决拥护八路军"了。

想一想

李伯钊同志为什么要重视敌后新文化的创建与发展？她创办的鲁迅艺术学校有什么特点呢？

综上所述，在武乡这片光荣的土地，有大批革命将帅运筹帷幄、英勇战斗。我们虽然只是通过上述内容了解到了部分将帅在武乡的故事，但是通过这些故事，我们可以代表老区人民与革命先辈对话，铭记他们用血肉之躯换来山河无恙的伟大功绩，一起重温红色记忆，传承红色信仰。

实践活动：红色历程在我心

导语：武乡被誉为"八路军的故乡，子弟兵的摇篮"，历史文物及革命遗址十分丰富。今天，让我们走进八路军太行纪念馆，感受那段峥嵘岁月吧！

活动一：我做历史讲解员

八路军太行纪念馆是全国唯一一座全面反映八路军抗战史实的纪念馆，馆藏丰富，拥有各类藏品 8000 余件，尤以八路军抗战历史文物的收藏最具特色。

1.你能写出下列图片中文物的名称吗？

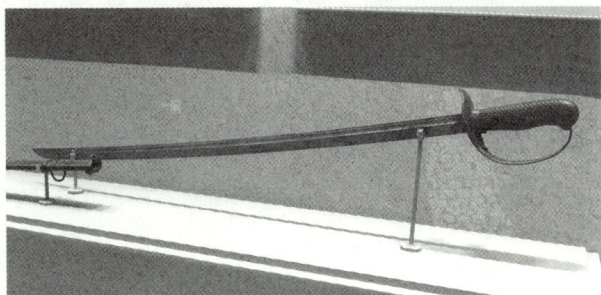

2. 在参观纪念馆的过程中，你找到了哪些老一辈无产阶级革命家的身影？

3. 参观纪念馆时，你是不是很佩服讲解员们清晰流利的讲解呢？今天，轮到你亲自上场，选择一件文物，一场战役，或一位老一辈革命家的故事，担任历史讲解员吧！

讲解提纲：

讲解对象	
类型	人物、文物、战役等
时间	
地点	
事件	
特点	
价值及意义	

小贴士

　　革命纪念馆讲解员是纪念馆进行文化传播和宣传教育的重要角色，是纪念馆的形象代言人。红色讲解员要有历史素养和知识储备，熟悉文物，准确无误地掌握本馆陈列内容及相关展品背后的人物、故事，同时也要与时俱进，不断更新，适应时代的要求。

我的解说词：

活动二：欣赏文艺作品

　　抗日战争期间，文艺工作者们留下了大量的优秀作品，这些作品是有力的战斗武器，像投枪，像子弹，像为勇士吹起的号角，鼓舞着人们为国家的自由、为民族的解放而战！

八 路 军 军 歌

公　木词
郑律成曲

1=C 2/4

```
5 6 5̣ | 5 6 5 6 | 5̣ 0 | 5 5 5 5 3 | 2 3·6 | 5 — | 5 0 |
铁流两    万五千里，    直向着一个 坚定的 方    向，

6 5 | 3 5 | 1 1 1 | 1 1 | 3·2 1 6 | 5̣ 2 | 1 — | 0 5̣ | 1 0 |
苦斗 十年 锻炼成 一支 不可战胜 的力 量。    一旦

2·1 7 | 1 2 | 2 — | 5·5 5 3 | 2 3·6 | 5 — | 6 5 |
强虏寇 边疆，    慷慨悲歌 奔战 场，   首战

3 3 5 | 1·1 1 1 1 | 3·2 1 6 6 | 5 5 2 2 | 1 —
平型关，威名 天下扬，首战平型关，威名天下 扬。

× 0 | 3·5 1 | 3·5 1 | 3 3 3 4 | 5·0 | 3·5 1 |
嗨！  游击战，敌后方，铲除伪政 权，   游击战，

3·5 1 | 3 3 3 5 | 6·0 2·2 2 2 | 5·5 | 5 0 3 3 |
敌后方，坚持反扫 荡，  钢刀 插在 敌胸 膛，  钢刀

3 3 | 6·6 | 6 0 | 3·5 3 5 | 1 0 | 3·3 3 5 | 1 0 2 2 |
插在 敌胸 膛。  巍峨长白 山，  滔滔鸭绿 江，誓复

5 5 | 6·7 | 5 0 | 5̣ 3·2 | 1 1 0 | 5̣ 5·4 | 3 3 0 6 5 |
失地逐强 梁。 争民族独 立，  求人类解 放，  这神

3 5 | 1·1 1 1 | 3·2 1 6 | 5 5 2 | 1 —
圣的 重大 责任 都 担在 我们双 肩。
```

◎ 1939年创作的《八路军军歌》

83

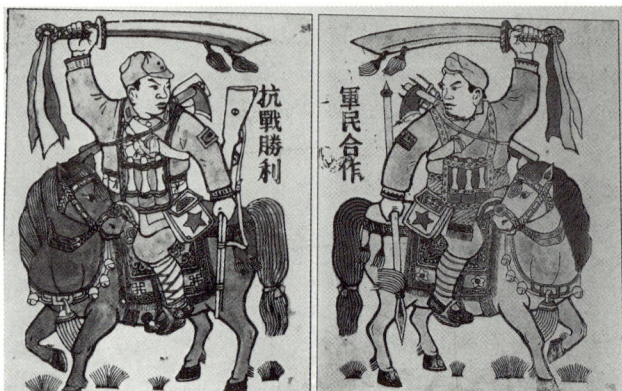

◎ 鲁艺木刻工作团在武
乡创作的《新门神》

◎ 武乡琴书传承人常惠斌
演出《一碗榆钱》

1. 上网搜索武乡琴书《一碗榆钱》视频，说说这是一个怎样的故事。

2. 拍摄几张抗战题材的版画或剪纸作品，与同学们分享。感兴趣的话，也尝试创作一幅吧！

抗战题材文艺作品展：

问题延伸：

你认为文艺作品在抗战期间发挥了怎样的作用？

第三讲　洒热血、保家国，武乡平民英雄多

抗日战争时期，武乡县是中华大地上一座重要的抗战堡垒，八路军总部驻扎在砖壁、王家峪，指挥华北抗战，号称"小延安"，同时也是饱受日本侵略军"三光"政策（日军对抗日根据地实行烧光、杀光、抢光的政策）摧残的重灾区。这个当时不足14万人口的小县，可谓"村村住过八路军，户户出过子弟兵，到处是军营，一片杀敌声，青山埋忠骨，漳河血染红"。

武乡军民支持抗战统计表

全县村级机构	215 个行政村
全县总人口	14 万人
参加八路军人数	14600 人
参加抗日团体人数	9 万人
外调抗日干部人数	5380 人
抗战支前勤工	387 万工日
为部队筹集粮食	240 万石
妇女为部队做军鞋	494500 双
织米袋、挎包、慰问袋	107500 件
提供蔬菜、油等副食品	507500 斤

◎ 武乡民兵担架队

◎ 武乡妇女自卫队在进行军事训练

◎ 武乡民众组织民工担架队支援关家垴战斗

抗日战争时期，除八路军正规部队在我县驻扎、战斗外，武乡人民抗日武装也纷纷建立，比如：武乡县人民武装自卫队、民兵武装自卫队、武华游击队、名扬游击队、清河子弟兵、铁道飞行军、武西独立营、武乡独立团、武西敌工站等。在党的领导下，自卫队、游击队、民兵等组织迅猛发展，成为一支战斗力颇强的抗日武装力量，有力地配合人民军队，为抗日战争的胜利作出了卓越贡献，谱写了一部人民战争的壮丽史诗。

在抗日战争中，武乡也涌现出了关二如、高贵堂、王来法、胡春花、李马保、李改花等众多杀敌英雄、拥军模范、劳动英雄等，他们组成了武乡平民的抗日群英谱。今天让我们一起走近武乡抗日英烈、爱国志士和英雄模范，去了解他们的英雄事迹。

威震敌胆、名震太行的抗日游击队长魏名扬的故事

人物扫描：魏名扬（1906—1994）

武乡县大有乡枣烟村人。1933 年加入中国共产党，成为武乡县最早的共产党员之一。在革命与战争年代，魏名扬历任抗日游击队长、区委副书记、书记。在任期间，因为八路军输送了大量兵源，1940 年 4 月受到八路军总部的表彰，朱德总司令亲自为其游击队命名"太行名扬游击队"。新中国成立后，先后任武乡县武委会主任、武装

部长，中共武乡县第三、四届县委委员，阳泉市兵役局局长等职。1994年6月8日病故，享年87岁。

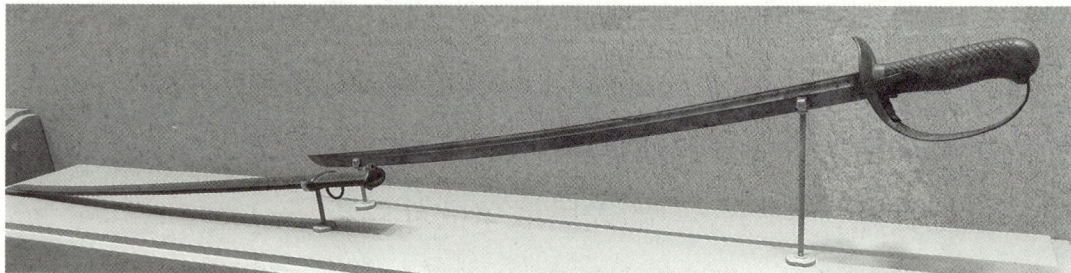

◎ 魏名扬缴获的日本军刀（现存八路军太行纪念馆）

魏名扬性格豪爽，胆大心细，对党忠诚。他在武乡党组织领导下，积极参加和领导了反对不公的斗争。在抗日战争中，魏名扬更是人如其名，威震敌胆，威名远扬。

1937年7月7日卢沟桥事变后，抗日战争全面爆发，魏名扬遵照党组织的指示，多次组建游击队，亲任大队长，为八路军输送了大批兵源。

1937年11月初，由魏名扬发起，同杜忻（也叫杜野平）、李衍授、武铭（女）、王克强（女）、王玉华等11名青年在武乡县大有乡泰山庙组建了第一支"名扬游击队"，经过宣传发动，到年底迅速发展到500多人，后编入决死队游击二团。当时日本鬼子还未进犯武乡，他们的主要任务是在广大群众中宣传共产党的《抗日救国十大纲领》，发动人民群众投身抗战。

1938年2月，魏名扬在马村组建了第二支八路军游击队，这支游击队到反敌"九路围攻"前夕，已发展到300多人，后由八路军工作团编入八路军正规部队。

　　1939年9月魏名扬在东沟村组建了第三支游击队。这支游击队直接由八路军第一二九师三八六旅领导，主要活动在东沟、大有、广志、蟠龙、洪水一带山区，掩护干部群众转移，配合主力部队作战，深受群众称赞。1940年4月中旬，八路军总部在韩北村召开军民联欢大会，在大会上朱德总司令表扬了太行游击队和魏名扬同志，并授了队旗，任命魏名扬为大队长。1940年6月，敌人占领段村后，这支游击队分布在太行山各地，配合八路军打伏击、袭据点，护送干部，掩护群众。经常活动在敌占区，化装进敌据点，捉汉奸、探情报，出其不意地打击敌人。敌人非常惧怕他，视他为眼中钉、肉中刺，曾悬赏5000元金票缉拿他。

　　1943年日军"扫荡"了枣烟村，为抓到魏名扬，对村民挨个使用各种酷刑进行审问，但无论敌人怎么威逼利诱，没有一个人

◎ 武乡名扬游击队合影

说出魏名扬的下落。不久，占领武乡的日军又闯到了南上合村，进村后见房子就烧，见东西就抢，见人就杀。

魏名扬得知后心急如焚，他带领游击队将日军两路包围，解救了村民。战斗结束后，魏名扬带领游击队员为死难者入葬，翻修被损毁的房屋，还为军烈属置办年货。魏名扬亲民爱民的行为，深深地感动了武东二区南上合村的干部群众，老百姓自发组织，给魏名扬赠送了一块木匾，上面写着"为民谋利"四个大字。

◎ 武乡（东）二区南上合村群众赠给魏名扬的"为民谋利"的牌匾（现藏于八路军太行纪念馆）

在抗战中，魏名扬不仅多次组建游击队，为八路军正规军补充了 3400 多名合格兵员，而且亲自参加了"九路围攻""百团大战""晋中战役"等重大战役，直接配合八路军参加了"血战横岭寺"、"伏击下型塘"、"攻打老爷山"（屯留县）、"围困金家山"（洪洞县）、"智取昔阳城"等战役，为抗日战争的胜利作出了突出贡献。因此，时隔 20 年后的 1959 年 2 月，朱总司令视察广东中山县，听取中山县委书记魏来书（武乡韩北大坪人）汇报工作时说："你是武乡人吧！""是。"魏来书回答。接着，朱总司令深情地说："你们家乡的名扬游击队配合主力开展游击战是非常有功的！"1958年魏名扬荣获中华人民共和国三级解放勋章，1960年荣获中华人民共和国独立勋章。

相关 链接

1994年6月8日，魏名扬因病在太原逝世。他的亲密战友、抗日名将、新中国成立后曾任成都、广州军区司令员的尤太忠送他一副挽联，是他一生的真实写照："武出奇功威震太行留芳名，乡音未改德高亮节党风扬。"

武出奇功威震太行留芳名
乡音未改德高亮节党风扬
尤太忠

想一想

为什么魏名扬在武乡家喻户晓，威名远扬？

被誉为"岳母遗风"李改花的故事

有这样一位母亲，她先后将三个儿子送上抗日前线，两个儿子都为国捐躯后，她又将自己的大儿子，也是最后一个儿子交给了部队……

人物扫描：李改花

　　武乡县监漳镇禄村人，从小因家境贫寒，生活艰难，10 多岁时由吴村嫁到禄村一户姓张的人家当了童养媳。她虽目不识丁，但胸怀宽广，深明大义，在民族危亡的时刻，先后将自己 3 个亲生儿子送上战场，抵御外侮，精忠保国。1945 年，武乡县七区政府和禄村村公所给这位革命老妈妈授匾"岳母遗风"，以赞誉其牺牲精神和勇于献身的高尚情操。

　　1937 年，抗日战争全面爆发后，禄村的不少爱国青年纷纷离家参加八路军打鬼子。李改花的二儿子三臭也是其中之一，他回家说要当兵了，明天就要走。消息一说，全家震惊了，尤其三臭父亲张贵德是坚决不同意。家里人都劝他，但三臭一声不吭。母亲李改花在炕上思绪万千，没有吱声。她在想：抗日救国要"有钱出钱，有粮出粮，有人出人"，家里粮食是吃了上顿愁下顿，

拿不出来。可她家有人，光儿子就有仨，让孩子给国家出点力也是应该，何况现在是孩子自己要去打鬼子！

李改花思索一会后说："孩子大了，由他哇。国家正是用人之际，就算把孩子留在跟前，鬼子打过来，杀人又放火，也不见得比当兵稳妥。就让他去吧。"在母亲的开导下，一家人总算同意了。

临行前，李改花对儿子说："我听人说过，古时候有个岳飞，他去投军时，他娘用针给他背上刺了4个字叫'精忠报国'。眼下你也要投军了，可惜娘不识字。不过，你要把这4个字牢牢地记在心上，不枉当娘的送你一场。"

1943年6月14日，日寇强占了武乡蟠龙镇，四处侵扰，趁夜幕"扫荡"了禄村，还抓走许多人，其中就包括张贵德老汉，不久就传来了遇害的消息。老伴的惨死更加激起了李改花对鬼子的仇恨。此刻，她下定决心，对身边的三儿子全宽说："三蛋，你不是说过要去当兵打鬼子吗？去参加八路军吧，给你爹报仇。你爹死后，我就跟你大哥说过，叫他去当兵，可他放心不下我，你嫂子又要坐月子，没走成。如今，鬼子还没打走，去打鬼子，给咱家报仇，也给所有的老百姓报仇。记住，不要记挂家里，啥时打走鬼子了，啥时再回来。"这位平凡的母亲又亲自送她第二孩子去参军。在武东山区，全宽找到晋冀鲁豫军区工兵连当了工兵，同年冬季，在袭击安阳的战斗中，为爆破敌人的碉堡，壮烈牺牲在安阳城下。

1945 年的一天，武东三区的征兵动员大会正在进行。周围村庄的群众聚集在禄村的打谷场上，聆听当前抗战形势和对敌方针，青年民兵们个个摩拳擦掌，准备奔赴抗日疆场，和日本鬼子决一死战。

在一阵阵热烈的掌声和慷慨激昂的口号声中，区政委李国珍结束了他的动员报告，正要走下台来。突然，一位年过六旬的老大娘出现在临时搭成的主席台上。

　　李改花老人的出现，引起了人们的诧异。人们都知道，她有三个儿子，就有两个儿子当了兵，而其中的小儿子全宽刚刚牺牲数月，她身边的大儿子已经 40 出头，显然不在"动员"之列。那她来干什么？

　　主席台上，李政委迎着大娘走过去："大娘，您有事吗？"

　　"嗯，有事。"大娘说，"我是来报名的。"

　　"报名？"台上台下的人都怔住了。

　　"对，报名，给俺大小子全亮！"

　　她的声音不高，但却像一支嘹亮的号角，激励着人们去战斗！台下的群众被感动得掉了泪，在一片沉默之后，场上突然爆发出疾风暴雨般的掌声和雷鸣般的口号："向大娘学习！""向全亮学习！""向敌人讨还血债！""打不走鬼子誓不罢休！"

　　这次征兵非常顺利，在这位革命老妈妈的带动下，禄村这个当时仅有几十户人家的小山庄，就有 26 名青壮年参军，奔赴抗日前线。

◎ 武乡县禄村送子参军模范李改花荣获的奖匾

想一想

李改花先后将自己 3 个亲生儿子送上战场说明了什么？

"太行地雷大王"王来法的故事

人物扫描：王来法（1908—1972）

1908 年，出生在河北沙河县。1914 年，年仅 6 岁时，逃难到了山西省武乡县。1938 年 4 月，日军入侵武乡，养父遇害，王来法毅然参加了抗日自卫队。1942 年春，日军经常沿蟠武公路向东"扫荡"，时任自卫队队长的王来法带领民兵埋雷伏击，杀敌无数。1944 年 11 月，在太行区首届群英会上荣获"地雷大王"英雄称号。

长乐战斗后，李峪村住进了八路军的民运工作队。带着家仇国恨，王来法第一个报名参加了村里的抗日自卫队。因王来法积极肯干、吃苦耐劳，被队员们选为自卫队中队长。之后，他光荣地加入了中国共产党。

1942年，日军对太行山抗日根据地发动了空前残酷的大"扫荡"，沿途村庄房屋被烧、牛羊被抢，老弱妇孺惨遭虐杀……惨不忍睹。为了痛杀敌人，王来法参加了县武委会组织的爆破训练班，在学习班里他用功刻苦，善于动脑，用最快的速度掌握了各种爆破技术，各项训练成绩都名列前茅。学习完毕他就急忙赶回村里，把所学技术倾囊相授，教给其他民兵。

此后的一年多时间里，王来法苦心钻研、亲自试验，成功地试制了石雷、木雷、瓷雷、子母雷、连环雷、天雷、回头雷等20多种地雷，设计了梅花阵、凤凰阵、楼上楼阵、蛇形阵、开门大吉阵、群体欢送阵等形式多样的阵法，创造了灵活多变的战术，以应对各种战场形势。

有一次敌人又来"扫荡"，王来法领着民兵，在公路上提前埋了几窝"子母雷"，为了防备狡猾的日军绕着路旁和地边走，他们在公路两边也埋上了地雷。日军到来，却在雷区前停住了脚步，钻进谷子地里去了。王来法急中生智，"砰"地一枪打在领头的日本兵头上，那家伙应声倒地。其余的日本兵吓得缩回到公路上。有个日本兵的大皮靴恰好踩在"子母雷"的踏板上，只听得"轰轰轰"震天响，炸得日军鬼哭狼嚎，狭窄的公路上堆满了日军的尸体。这"地雷加冷枪"的战法不仅得到了县上的表扬，还得到了30颗地雷、两支步枪的奖励。

王来法和他的队员们智慧过人、愈战愈勇。他们到处大摆各种地雷阵，配合主力部队，粉碎了敌人上百次"扫荡"，毙敌无数。因此，王来法的名字让敌人闻风丧胆，据说日军中流传着这样一句话——"天不怕，地不怕，就怕李峪王来法。"

1944年11月，王来法出席了太行区首届群英大会，获得了"地雷大王"的英雄称号，晋冀鲁豫边区也奖给他一面上书"抗战柱石，建国先锋"的锦旗。还在晋冀鲁豫边区开展了轰轰烈烈的"王来法爆炸运动"。武乡县抗日政府赠予其"杀敌功臣"的金字大匾。

新中国成立后，王来法接待了102个国家和地区的1520余名外宾到武乡访问。他亲手给外宾做地雷爆破示范，讲地雷阵的威力。1960年，他应邀出席了全国民兵先进代表会，并受到毛主席的接见。

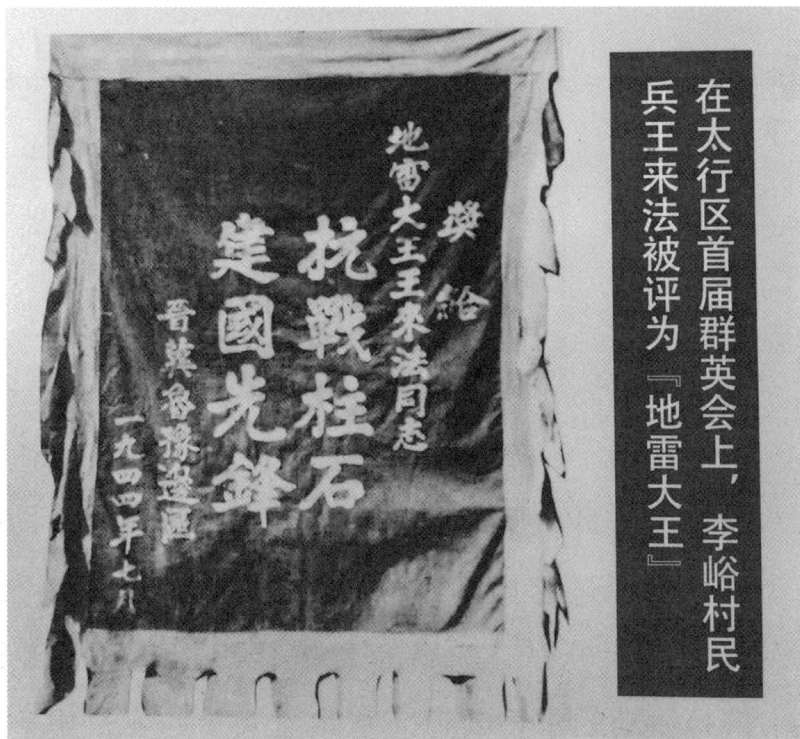

在太行区首届群英大会上，李峪村民兵王来法被评为"地雷大王"

相关 链接

1972 年，山西省政府、省军区在李峪村建了王来法纪念馆。2019 年，中国人民解放军长治军分区敬立了一座王来法铜像，位于王来法纪念馆西侧广场。这座王来法铜像，左手抱着一颗地雷，身后背着一把步枪，目光坚毅，威风凛凛，仿佛随时准备歼灭来犯之敌。

想一想

王来法为什么被称为"地雷大王"？

拥军模范胡春花的故事

自从八路军进驻武乡后，窑湾村成了根据地的大后方。伤兵从战场上下来，要经过这里；往战场上运送枪支弹药，要经过这里；前方与后方相互联系，总部首长视察工作，都要经过这里，窑湾村成了抗日活动的中枢要道。在频繁战斗的岁月里，八路军、游击队进进出出，经常需要在这里吃饭、打尖，胡春花和姐妹们就义不容辞担起了招待部队的任务。

人物扫描：胡春花（1909—1995）

武乡县洪水镇窑湾柳树烟村人。1940年3月任窑湾编村妇救会秘书，组织广大妇女成立了部队接待站，给八路军烧水、做饭，得到县委的多次表彰。1940年6月加入中国共产党，同年10月，日军进犯八路军黄崖洞兵工厂时，她组织起担架队，负责运送伤员，后到八路军三分区医院当了编外护士。1944年10月，出席了太行首届群英会。会上，第一二九师政委邓小平亲自授予她"拥军模范"锦旗一面。次年，她又被选为晋冀鲁豫边区政府参议员，并于1946年到邯郸出席了边区参议会。

　　有一次，胡春花正在井上担水，有个送信的八路军通讯员从这里路过，走到胡春花跟前要水喝。胡春花急忙挑起水说："走，跟我回家喝开水去。"他说："时间太紧，来不及。"说着他喝了几口冷水就匆忙赶路走了。这件事使胡春花心里长时间觉得内疚：八路军为了老百姓在前方流血牺牲，而我们为什么就连他们的生活也不能照顾呢？想着想着，突然，心里有了个主意：要是能在一个地方时常准备上开水、干粮，办个部队接待站就好了。她打定主意，便去找村长商量。村长十分赞同，并且帮助她找房子、找锅碗，很快筹办起部队接待站。

　　因为她积极主动工作，自然也得到了村里群众的拥护和爱戴，1940 年 3 月，被选为窑湾编村的妇救会秘书。

　　这年 10 月 25 日，日寇进犯八路军黄崖洞兵工厂。村里民兵都上前线作战了，后勤任务就落在了妇女们的身上。胡春花迅速组织起妇女担架队，运送伤员。胡春花和另一位妇女薛春梅抬着伤兵往回走，羊肠小路上尽是硌脚的石头。为了不让伤员摔下担架，她们几组人咬牙坚持、配合默契。在特别难走的地方，得 4

个人扶 1 个担架。上山时，前边的两个人索性跪着走。胡春花心里想，自己受点罪不算甚，重要的是不能让伤员们再受罪了。终于坚持着把伤员抬到了泉河村八路军三分区医院，却发现泉河村住着很多的伤员，但仅有两三个医生和一个护士，动手术、换药都忙不过来，根本顾不上洗绷带、搞卫生。胡春花心想，八路军在前方打仗，负伤流血，在医院又得不到好的护理，这怎能尽快养好伤呢？她马上安顿薛春梅，让她先回去，与姐妹们坚持接待站工作，自己则主动留在医院当起了一名编外护士。她既洗绷带、看护伤员、帮助换药，又给伤员们洗衣服，缝缝补补，遇到重伤员她还喂汤喂药，甚至端屎倒尿。

◎ 军爱民，民拥军。不少村庄组织了拥军服务站为过往军队服务。图为窑湾村胡春花妇女拥军组在为八路军缝补衣服

　　胡春花一直在医院忙活着照顾伤员。过年了，她的丈夫王家祥来叫她回家过年，她说："过年了，其他来帮忙的妇女们都要回家，这里人手太少，走不了，你回去吧，我就在这里过。"2月中下旬，胡春花得到消息说4岁的女儿得了重病，但她的丈夫正好外出不在家，于是胡春花匆忙赶回家。在邻居姐妹们的帮助下，她抱起女儿就往三分区医院走，但为时已晚。她的女儿，在她的怀抱里永远地闭上了眼睛……

　　胡春花就是这样，为了抗日、为了解放，拥军支前，受到了八路军和老百姓的赞扬。

　　她的名字，在太行军民中到处传颂；她的事迹，被编成了秧歌剧到处传唱。她因拥军而为人尊敬，正是武乡民歌《拥军歌》的真实写照。

◎ 1945 年，拥军模范胡春花（前排左四）参加太行抗日根据地妇女临时代表大会

相关 链接

拥军歌

一个一个的小喜鹊儿枝头叫连声，

腾下暖房热窑洞啊咯呀呀呆，

迎接咱子弟兵。

一碗一碗的好茶饭热腾腾端手中，

送给咱们的亲人啊咯呀呀呆，

喝上口暖暖心。

一双一双的拥军鞋一针一针儿缝，

双手捧出一片情啊咯呀呀呆，

送给咱八路军……

想一想

什么是拥军？胡春花是以哪些实际行动来拥军的？

少年英雄李爱民的故事

白家庄村为掩护抢收粮食的少年烈士李爱民画像

人物扫描：李爱民（1930—1943）

武乡县白家庄村人。1940年春，抗大总校部分学员住在白家庄。李爱民的院里住下一个"小鬼"班，受抗大小学员的影响，李爱民学唱歌、学政治、练武艺，一心向往长大后参加八路军。这年秋天，李爱民在蟠龙镇亲眼见到了朱总司令，回村后就在民兵叔叔们的帮助下，组织起一支儿童团。李爱民带领儿童团员们站岗放哨、查路条、送情报、捉汉奸等，多次受到上级的表扬，李爱民也获得"模范儿童团员"的光荣称号。

抗日儿童团是广大抗日根据地在抗战中成立的儿童组织。主要任务是学习、生产，同时也担负着宣传抗日、侦察敌情捉汉奸、站岗放哨送书信等任务。

比如：武乡县王家峪儿童团在总部和朱德总司令的关怀下，工作开展得十分出色。在百团大战中，他们割草喂军马，为前线送干粮，为兵工厂搜集废铜铁和子弹壳。在反"扫荡"战斗中，他们写标语作宣传，看护八路军伤员等，做了许多力所能及的工作。为掩护八路军总部和弹药库，几名儿童团员在鬼子刺刀下英勇牺牲。朱德同志在为武乡县王家峪儿童团题词中指出："斗争与学习缺一不可。"抗战时期儿童团的成立不仅给孩子的生活带去了乐趣和希望，还壮大了抗日队伍的力量，培养了一大批优秀的革命接班人，为抗战胜利作出了巨大的贡献。

抗日战争的硝烟中，武乡县白家庄村有这样一位少年抗日英雄，他就是白家庄儿童团团长李爱民。

故事一：勇敢机智的李爱民

有一天，八路军的钟营长急匆匆地来到白家庄村找到儿童团长李爱民，交给他一封鸡毛信。

钟营长说："这封鸡毛信很重要，你马上闯过敌人的封锁线去送给东沟的民兵。"李爱民一听，二话没说，把鸡毛信藏在袜子里就出发了。他戴上草帽，拿着镰刀，赶着毛驴，装着要去割草

鸡毛信

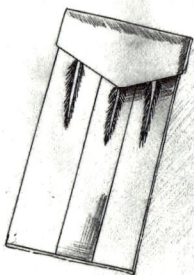

中国旧时有要紧急传递的信件，常在信件上黏附鸡毛，表示迅疾，所以，"鸡毛信"成了急递军情函件的通称。一般一根鸡毛表示不得延误，两根鸡毛表示快速转送，三根鸡毛表示连夜火速转送。

的样子，专挑沟里的小路走。沟里净是乱草、荆棘，脚被石头子儿碰破了，两腿也被拉了几道口子，李爱民顾不得这些，一路小跑，蹚过小河沟，爬过几道山岗，很快来到了敌人的封锁区。

到了一个三岔路口，李爱民正在琢磨往哪儿走的时候，一抬头，看到右前方一个土坎上有两个鬼子在望着他，嘴里不知在咕哝什么。怎么办？躲开吧，怕鬼子起疑心。李爱民想起出发前钟营长嘱咐他的话："遇到情况要沉着冷静，见机行事。"于是，他往四周看了看，就大摇大摆地把驴赶到沟里，把驴粪抹到装有鸡毛信的袜子上，然后割起草来。

两个鬼子跑过来，其中一个像是日本军官，抓住李爱民的领子大声叫道："八格牙路，举起手来！"李爱民装作傻乎乎的样子，呆呆地站在那里。

鬼子军官横眉瞪眼叫道："八路的探子？抓起来！"

李爱民装作惊慌的样子，说："俺是放驴的！"

鬼子将李爱民的身上从上到下搜了一遍，什么也没搜出来，驴粪的臭味熏得鬼子直捂鼻子。

　　这时候，鬼子营地传来了号声，鬼子急着要走，踢了李爱民一脚，厉声喊道："赶快滚，这里不准放驴！"

　　李爱民忍着疼痛，赶着驴迅速来到了东沟。东沟的民兵得到了情报，第二天顺利地配合八路军打下了鬼子的据点，保护了根据地的粮食。李爱民立了一功，受到八路军的表扬。

　　故事二：舍己救人的李爱民

　　1943年5月，日寇占领了离白家庄1.5公里的蟠龙镇，没几天又在白家庄修了炮楼，附近的老百姓都逃进了山沟。9月里太行山的秋庄稼已经成熟了，老百姓在党的领导下，为了困死敌人，常常在民兵游击队的掩护下，深夜回敌占区抢收粮食。9月5日黄昏，李爱民听说队伍又要带领群众回村边夺粮食，便一定要跟着去。武装主任说："你们儿童团员年岁小，还是留在窑洞边放哨吧，别去了。"李爱民嘟起了小嘴说："我比他们大，我能去，我回去，一来能当侦探，二来还可以背点粮食。"大家被他缠得没办法，只得答应带他去夺粮。那天夜里，乌云密布，天黑得像锅底。人们摸到离白家庄炮楼不远的庄稼地里，抢割谷子。天快亮时，抢收了一夜的人们，背的背，挑的挑，紧张而迅速地往回走着。李爱民走在前头探路，他对大家说："如果发现敌情我就咳嗽三声。"走在最前头的李爱民，背着一袋谷穗，睁大乌亮的眼睛不时地向四方瞭望，快走出敌占区的时候，前面忽然出现了几个黑乎乎的身影。李爱民心想："不对，一定是敌人的哨兵。"他刚扭回来准备往后传话，只听"哗啦"一声，有人拉响了枪栓，紧接着便是一声厉喝："干什么的？站住，口令！"李爱民听出是敌人，立刻扭回头"吭、吭、吭"使劲咳了三声。走在后面的老乡们听到信号，便四下里疏散开，钻进庄稼地里转移了，可李爱民却落入了敌手。

这伙巡逻兵将李爱民带到一个贼头贼脑、又矮又胖的日本军官面前，那个翻译盘问道："小家伙，你是哪里人？"

"白家庄的。"

"来干什么？"

"扛粮食。"李爱民指了一下布袋，从容地说。

日本军官一听他是白家庄人，便命令翻译追问：

"你村的共产党头子是谁？跑到哪里了？"

"我不知道！"

"告诉你，说了实话，放你回去见娘，不说实话——瞧！"

那家伙把手枪对着李爱民的太阳穴。

"枪毙我也不知道！"李爱民倔强地回答道。

敌人看见这不是普通的小孩，就把他吊在杨树上毒打了一顿。但得到的回答还是"不知道"。

狡猾的敌人看见硬的不行，又改用利诱。

"小孩，皇军大大的喜欢小孩，说了大大的有赏。"日本军官让鬼子给李爱民松了绑。

"好孩子，说出来给你糖吃。"翻译官假惺惺说着，把糖块塞进李爱民的衣兜里。"我不吃你们那毒糖！"李爱民把糖抓出来，

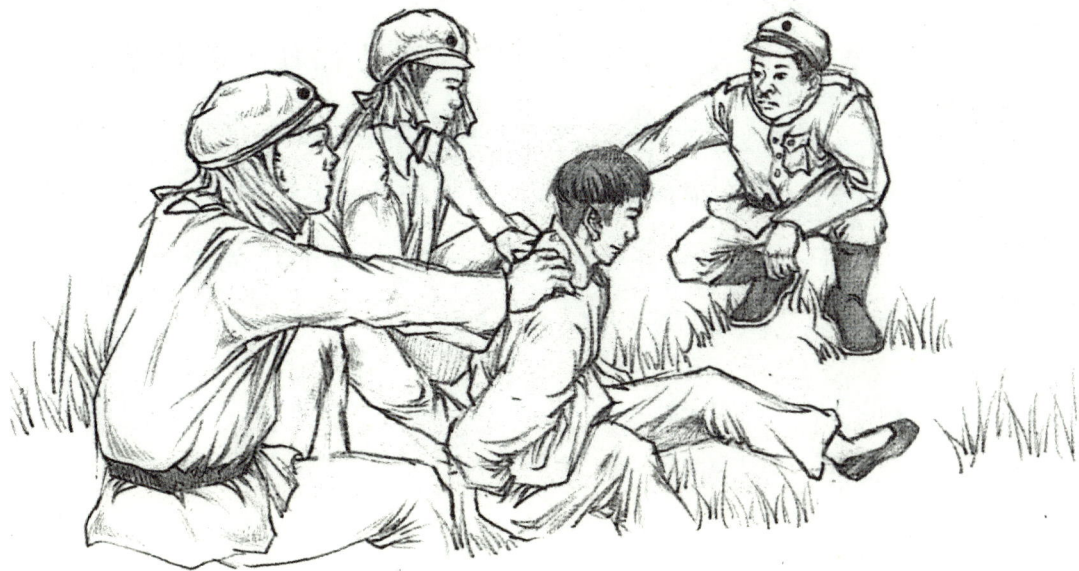

摔在那两个家伙的脸上。

日本军官恼羞成怒，大叫起来："死啦，死啦的。"两个鬼子端着明晃晃的刺刀围拢过来。

◎ 李爱民雕像

"你们杀了我，我也不会告诉你们……"李爱民在鬼子把刺刀捅进胸膛时，还高声大骂，接着便倒在了血泊中。

李爱民牺牲时年仅 13 岁，他为武乡人民献出了自己宝贵的生命。他牺牲后，晋冀鲁豫边区追认他为"太行儿童英雄"。

查一查

除了咱们武乡的抗日小英雄李爱民之外，你是否了解王朴、张嘎、海娃、雨来、王二小等抗日小英雄的故事，可以自己动手查一查，写下你的感悟。

大爱无疆之太行奶娘的故事

"桃花来你就红，杏花来你就香，望见太行就想起娘……树高千丈根往下长，天下的娃娃谁不想娘，魂里梦里念的是你呀，我的娘亲在太行。"

这是一首名为《太行娘亲》的民歌，唱的是太行山上一群既普通又不平凡的妇女英雄群体：战火纷飞的年代，她们用甘甜的乳汁、无私的母爱，甚至是生命呵护着八路军将士的后代，她们名叫"太行奶娘"。

◎ 图为奶娘高焕莲之子梁占明（图右）1953 年在北京与八路军鲁艺木刻厂厂长彦涵之子彦四年（白桦）的合影

1937 年，抗日战争全面爆发后，太行山区成为整个华北抗战的指挥中心，吸引了大量热血青年从全国各地会聚于此投身抗日，而他们的子女在炮火连天的岁月中也只能寄养在当地老百姓家中。

在动荡的环境中，哺育八路军的后代是一件十分艰辛和危险的事情。有的奶娘在颗粒无收的大灾荒中，宁可让自己孩子饿着，也要把仅有的玉米糊糊喂给八路军的后代；有的奶娘为履行庄重的承诺、不负骨肉的托付而献出年轻的生命。这些淳朴、善良的农家妇女把八路军后代的生命看得比自己的生命还要珍贵，她们坚信八路军是替老百姓打鬼子的，把八路军的儿女哺育好就是她们能够为抗日作的贡献。她们用柔弱的身躯保护着红色火种，是实实在在的巾帼英雄。

1940年3月，八路军鲁艺木刻厂厂长彦涵的儿子小白桦刚刚出生一个月，夫妻二人突然接到了去前线做宣传的任务，谁能照顾嗷嗷待哺的小白桦？这让彦涵夫妇一筹莫展。没过几天，下北漳村妇救会主任带来一位30出头的大嫂，她叫高焕莲，有两个儿子，其中老二只有7个月。憨厚的高焕莲一把接过熟睡中的小白桦，咬着嘴唇说："俺还有奶水，俺能养他，你们放心去打日本鬼子，啥时回来啥时接走。"谁承想，他们这一走就是四年。

在这四年里，奶娘践行诺言，无私奉献。比他大七个月的奶哥喝着玉米面糊糊，而小白桦却吃着奶娘的奶水；在这四年里，为给高烧不退的小白桦治病，奶娘爬上山崖采中药材，不幸摔断了腿；在这四年里，为了保住八路军的孩子，奶爹被日本鬼子活活刺死。

直到1943年10月，4岁的小白桦才被接走。从那以后白桦便被彦涵夫妇改了名字叫"四年"，父母要他永远都记住奶娘高焕莲一家对他四年的养育之恩，记住抗日战争中老区人民高天厚土般的无私奉献！

◎ 太行奶娘高焕莲哺育八路军后代时用过的瓷碗

太行奶娘

男高音独唱

1=C 4/4

武素萍 词
李名方 曲

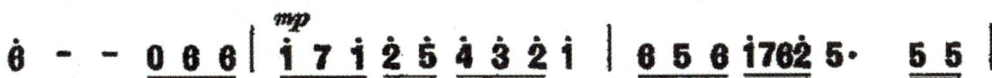

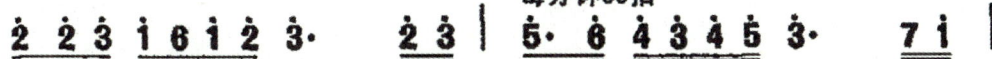

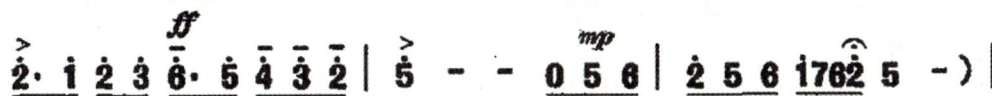

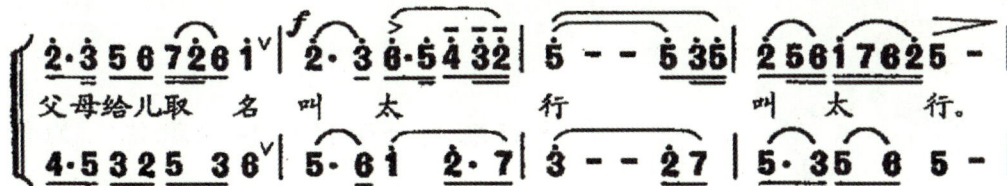

◎《太行奶娘》歌谱

115

◎ 阎维文在武乡拍摄《太行奶娘》

像高焕莲这样的太行奶娘数量到底有多少，已成了一个无法考证的数据，但根据太行山区左权县、武乡县、黎城县等地相关部门调查，太行奶娘几乎村村都有。

太行奶娘的形象，在中国军民心中犹如巍巍太行，坚毅伟岸。所以，太行奶娘被写成书载入史册、被谱成曲代代传唱、被拍成影视剧、纪录片广泛传播……

想一想

太行奶娘是一个什么样的群体？为什么她们的故事被广为传唱？

神枪武状元关二如的故事

日军入侵武乡之后，当时作为儿童团团长的关二如，亲眼目

人物扫描：关二如（1927—1948）

武乡县蟠龙镇关家垴村人，1945年加入中国共产党。曾获太行首届群英会"神枪武状元"、晋冀鲁豫边区"民兵一等杀敌英雄"等荣誉称号，得到邓小平、李达等首长的称赞。1948年12月在淮海战役中光荣牺牲，年仅21岁。他的英雄事迹、遗物、遗像陈列在中国人民革命军事博物馆和徐州淮海战役纪念馆。

睹鬼子的暴行，他的哥哥倒在血泊中，许多乡亲家破人亡，他暗自下定决心：不把日本鬼子赶出中国，决不罢休！

他多次请求参加民兵，可因年岁太小，领导没有批准他，直到1942年才被武委会接收。在此期间，每当村里民兵练习射击时，他就跑去偷偷地在一旁模仿起来。一个人跪下、起来、瞄准、射击。平时也一天到晚不停地练。有一天，区武委会给他发了一支从窑洞里挖出来的旧枪，枪筒生了锈，枪栓拉不开，可是关二如却像得到宝贝似的，回到家就把枪筒擦得乌亮乌亮的，上油之后枪栓拉起来滑溜溜的，从此他有了枪，更是不停地苦练。他住的院里墙壁上，画着七八个瞄准点，生人进去，一定认为是院里住着部队。其实是关二如为自己瞄准画的，"每天饭后一瞄准"是他练枪的老规程。俗话说："功到自然成，铁棒磨锈针。"他打枪打得准，就是从熟练中练成的。他常向村里的民兵说："要想打枪准，一要练得熟，二要摸枪性，三要保管好。三日不练，拿起枪就重。擦枪就如人洗脸，如不保管好，就是拿上三八式也不算话。"他从实弹射击中觉出摸枪性是很重要的一件事。他摸枪性的诀窍是："枪性低时瞄准敌人的胳膊；枪性高时瞄敌人的脚；枪偏左时，向敌人肚脐右边瞄；枪偏右时向敌人肚脐左边瞄，一打就准。"

他第一次打仗是在 1942 年秋季的 20 多天的反"扫荡"中，他不是外出侦察，便是在圪梁上伏击。1943 年 5 月，敌人占领了蟠龙，在 8 个半月的围困蟠龙战斗中，关二如和他领导的民兵班经常活动在中村、尖山顶一带。每次战斗，他总是冲锋在前，撤退在后，他亲手击毙了 20 多个敌人。

相关 链接

1944 年"九一八"襄武民兵检阅大会上，射击手比赛打靶，靶场的周围人山人海。一声"射击手关二如出场"，几百人的眼睛马上集中到这位青年的身上。他不慌不忙地到了靶场，举起枪来，稍稍瞄了瞄，乒乒乒三声。第一枪打到人像胸部的第一道扣子上，第二枪距扣子半寸、第三枪又打到第一道扣子上。枪声完了，接着就是如雷的掌声，他在 30 多个射击手中，得了第一名。四五百名观众异口同声地说："果然是名不虚传。"

1945年4月，关二如带着他的民兵队，随八路军远征祁县城。在攻打日军侵占的纺纱厂时，他独当一面，端着一挺冲锋枪，左右猛打，封锁了敌人的护厂碉堡，掩护部队民兵抢出500多匹黑、白细布，全部支援了八路军被服厂，再次受到太行军区的嘉奖。在烽火连天的抗日战争中，英勇机智的关二如由一名普通农民的儿子成长为一名优秀的共产党员、民兵干部，他带领家乡民兵先后歼敌140余人，在晋冀鲁豫边区和太行军区召开的群英大会上，获得"神枪手武状元"的英雄称号。

抗战胜利后，关二如又积极投入到伟大的解放战争中，跟随刘邓大军，飞兵下太行，千里跃进大别山。曾参加过上党战役、平津战役、淮海战役，为革命立下了不朽的功勋。不幸的是在淮海战役中以身殉国，年仅21岁。

想一想

关二如是如何成为"神枪手"的？

纺织英雄石榴仙的故事

石榴仙所在的马堡村是一个有200多户人家的大村。1940年

人物扫描：石榴仙（1898—1950）

武乡县马堡村人。1940年参加妇救会，成为拥军优属骨干；1942年积极响应党的号召，组织、带动广大妇女开展纺织运动，支援抗战军民；1944年加入中国共产党。同年出席太行首届群英大会，被评为太行一等劳模，获边区"纺织英雄"锦旗一面。1945年12月，县政府赠给她一面"纺织模范"金字牌匾。

村里建立了党支部，1941年石榴仙的大儿子李福林加入党组织，并担任了村农会主席。为了让儿子能以全部精力干革命工作，同时作为干部家属首先起模范带头作用，石榴仙主动承担了家务和田间生产劳动，积极参加拥军优属活动。她对农活样样精通，还经常拾粪、驮煤卖炭，去做一些妇女不愿干和不会干的活。村妇救会一成立，她就加入了妇女组织，积极组织妇女做军鞋，碾军粮，样样工作数她第一。村里一驻下部队她就和妇救秘书孙芝兰组织妇女们送柴、送水、找房子。部队打仗她们就在窑洞里做好饭送到战场，建立了一个茶水站，专门接待来往部队和伤病员。

石榴仙的纺花织布技术更是超人。1942年大灾荒时，她带动和组织村里的妇女参加了纺织运动，主动帮助她们解决技术问题。当时1斤土布可换2斤棉花，也可换2斗小米，妇女们通过纺织解决了家庭的经济开销问题，所以参加纺织的人越来越多。由于各项工作都很活跃，马堡村在1943年就变成了全县有名的模范村。

　　1944 年，石榴仙加入了共产党，对革命工作和纺织的热情也更加高涨。春季征兵时，她带头把刚满 18 岁的二儿子全林送上前线。为了把更多的妇女组织起来，她帮助村妇救会把中、青年妇女 80 多人分了 5 个纺织小组，发动各组展开挑战竞赛活动，使全村的纺织热潮进一步掀起。为了给大家做好榜样，她不断钻研技术，没日没夜地苦干，纺花织布又快又好，达到了一天纺花 10 两，织布两丈多的最高纪录。由于她成绩显著，区上召开劳模大会时奖给她小米、毛巾、裤子、棱子、镜子等不少奖品。太行三分区的彭涛、鲁瑞林、王一伦等领导同志都亲自访问过她，并经常帮助、鼓励和关心她的进步，关注她的纺织技术。彭涛政委还亲自奖给她新式织布机一架。同年 10 月，她光荣地参加了太行区首届群英会，戎子和、李达等军政首长接见了她。在这次大会上和武乡县李马保等同被评为太行区一等劳动模范，奖给她"纺织英雄"锦旗一面。"男学李马保，女学石榴仙"成为当时全区生产战线上的口号。会后返村时受到沿途各村的热烈欢送，从此她的声誉与事迹就传遍了太行。

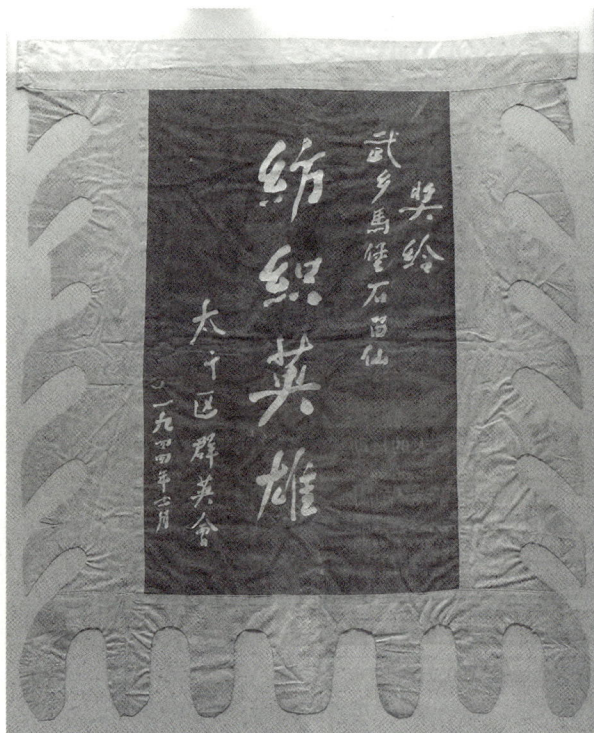

相关 链接

当时在太行地区传唱着这样一首关于石榴仙的歌，对她的英雄事迹进行了高度的概括，其中有一段歌词是这样的："马堡村石榴仙四十六岁整，她是纺织女英雄，武乡头一名；越干越有劲，一天纺花十两，织布两丈零，咱们分区彭政委奖给她机一架。"

想一想

石榴仙为什么被称为"纺织英雄"？纺织对于抗日有何重要意义？

兄弟杀敌英雄李兴云、李金河的故事

人物扫描：李兴云、李金河

　　李家两叔伯兄弟是武乡县秦家烟村人。1938年，李兴云第一个报名参加抗日人民自卫队，李金河也成了"青抗先"里的带头人，他们一面与地主进行减租减息斗争，改善群众生活；一面给八路军送公粮、抬担架等。因用铁锹铲死日军小队长，1944年11月出席太行区首届群英大会，被授予"兄弟杀敌英雄"光荣称号。

　　1943年夏季，日军妄图摧毁我太行抗日根据地。6月中旬，日军在武乡蟠龙镇附近的白家庄等地修起炮楼，三天两头四处"扫荡"，烧杀抢掠，无恶不作。这样一来，处在蟠龙东面3里地的"梨果之乡"秦家烟村，直接遭受到日军的侵扰。这时候，哥哥兴云已担任了自卫队队长，弟弟金河是村上的骨干民兵。弟兄俩带领着民兵自卫队在区武委会的统一指挥下，与在蟠龙一带的日伪军展开了不屈不挠的斗争。

　　8月里，梯田的秋禾刚发黄，蟠武沿线的反抢粮斗争就开始了，民兵们像保卫夏收一样，掩护着山里的乡亲们连夜摸回炮楼下抢收粮食。中秋节天刚刚发亮，兴云和金河指挥着30多名群众，在村边抢收了10多亩庄稼。天大亮后，因为等待后边两个挑粮的老人，弟兄俩把粮食担子藏在草丛中，钻进沙坡沟的一个石洞里隐蔽起来。他们由于一连几夜掩护乡亲们抢收，身体疲劳过度，都闭上了布满血丝的眼睛养神。突然间，沟口上"砰"的一声枪响，使李家弟兄本能地吃了一惊，兴云猛地站起来就要出去看情况，金河一把拖回他来，说："哥，慢……"一句话未说完，就发现一条狼狗在洞口绕了一下，一摆尾就不见了，兴云拔出腰间那颗手榴弹，还没勾出拉火线来，那龇牙咧嘴的狼狗已引来了3个敌人。

"八格牙路，什么的干活？"一个穿黄呢大衣的红鼻矮胖子，指手画脚地咕噜着，兴云斩钉截铁地回答："种地的！"日军突然抽出战刀，举过头顶，咆哮起来："你的给我修炮楼去，大大的有赏，不去的，统统死了死了……"

金河灵机一动，赶忙说："我们的，愿意修炮楼去。"当爬上了南岭，来到土坪上的小庙前，看到下面一条沟里满是黄梨和果子，鬼子军官就让那戴礼帽的汉奸和伪军"下去多多的摘几篮果子"。等两家伙一走，红鼻子坐在庙前石阶上，解开挂着战刀的皮带，掏出了香烟和明晃晃的打火机……这时候，兴云向金河摆了下头，金河会意之后，立刻轻轻地往红鼻子身后退了几步。红鼻子刚点起一支香烟，还没有抽几口，兴云眼疾手快，拉起一把铁锹，放足猛力，照红鼻子的脑袋"扑喳"一声劈了下去，鬼子"吼"的一声乱叫，仰翻在石阶下。金河也像猛虎扑食一样，一跃而起，朝着鬼子的脖子"喀嚓！喀嚓！"又连铲两锹，那家伙的脑袋就像离秧的西瓜一样滚了下来。兴云赶忙拉起鬼子的大枪和金河两个人飞也似的抄西边小道撤进了山沟里。

之后，李家两兄弟还多次参与打鬼子的行动。在那战火纷飞的年代里，李家兄弟闯狼窝，入虎穴，立下了汗马功劳。1944 年光荣地出席了晋冀鲁豫边区的群英大会，被授予"兄弟杀敌英雄"光荣称号。至今，太行山区人民一谈起"李家两弟兄"的故事来，仍津津乐道。

相关 链接

当时在太行山上常常听到这样一首歌：

秦家烟李家两弟兄，

中秋节铲死鬼子兵，

白家庄炮楼上打了胜仗，

进蟠龙大据点夺回羊群。

想一想

太行山区人民一谈起"李家两弟兄"的故事来，仍津津乐道的原因是什么？

麻雀战能手、太行杀敌英雄高贵堂的故事

人物扫描：高贵堂

1919 年出生在武乡县韩青垴村。1940 年 7 月加入中国共产党，任上广志编村武委会副主任。抗日战争中，他带领民兵，利用当地沟壑纵横的有利地形，广泛地开展麻雀战，与敌人进行了大小战斗 140 多次。1944 年 11 月，光荣地出席了太行区首届群英大会，被授予杀敌英雄称号，荣获"麻雀战能手"锦旗一面。新中国成立后，他多次应邀出席省、地、县民兵代表会议。此外，还有大批外国友人对他进行访问。

1940 年，日军侵占了武乡段村镇（今县城），到处疯狂地烧杀抢掠，高贵堂目睹敌人一次又一次的暴行，他带着家仇国恨参加了村上的民兵队。

因为当时武器匮乏，一开始高贵堂背着一把大砍刀，后来领导发给他一支旧枪。他把这支枪当成了命根子，抽空就摆弄，没几天就擦得乌黑锃亮，吃饭两眼盯着，一下地就背在身上，就是晚上睡觉也搂着，甚是珍惜。

高贵堂有着一种顽强不屈的性格。他不论白天黑夜，还是刮风下雨，哪怕是饭前饭后，总是利用一切时间带着大伙儿学习游击战术，练习射击，学埋地雷，见了八路军战士就虚心请教，碰

上民兵就谈论打仗的事。不到一年工夫，他的家乡训练出了一支纪律严明、作战英勇的民兵队伍。

1942 年，日本侵略者对太行山区的暴虐行径愈来愈猖狂，于是高贵堂和同伴们穿梭在家乡的崇山峻岭间与之进行游击斗争。

9 月 17 日，高贵堂为侦察敌情，翻山越岭奔波了一天，夜里刚和民兵们背靠背地在岩根底下打了个盹，榆社方向就传来了几声马嘶，附近村子里也响起了狗吠声，"不对吧？得上区公所听听情报。"高贵堂自言自语着。于是他唤醒了两个民兵，不一会儿，几个人就消失在茫茫的夜色中。

　　天大亮时，他们从区上返回来，高贵堂让两个民兵通知各个打谷场上的人们，准备背粮转移，自己上半坡村传达情报。忽然，他一扭头就见村北的三角河口有一堆日本鬼子。他仔细观察了一下，只见一个穿黄呢大衣的矮胖子站在岩头上训话。他想，几百敌人埋伏在河湾，定是要对百姓下毒手，可村上群众还不知情，怎么办？呼喊吧，又赶不上。想来想去，还是开枪为上策，一来惊动乡亲立即转移，二来为把敌人引到山上争取时间。

　　"砰！砰！砰！"高贵堂一口气连打了3枪，岩头上3个家伙先后应声倒地，大队日伪兵"哗"地散开来，就要抢上山头。"乡亲们，敌人来了！"高贵堂喊了一声，故意弯弯曲曲地往山上跑。"踏踏踏……"日军纵马猛追上去，几乎就要追上他，他急忙用嘴咬掉手榴弹导火索，头也没回扔到身后，"轰"的一声，炸得敌人人仰马翻。

高贵堂凭着对地形的熟悉向南一拐，抄便道跑了。对面山上的民兵看见敌人追高贵堂，故意吹了几声口哨打起了"油桶机关枪"，敌人到村里扑了个空，到山上也没有抓到一个民兵，胡乱打了几枪，拖着尸体下山去了。

胜利的消息传到县里，县里领导非常重视，为了表彰高贵堂，推广麻雀战，还编了一首赞歌：

> 武乡上广志，民兵高贵堂，
>
> 23 岁当队长，胆大智谋强……
>
> 贵堂本领高，麻雀战打得好，
>
> 群英会奖他一支"三八"式，
>
> 杀敌逞英豪。

歌声很快传遍了太行山区，各地民兵都学习高贵堂，广泛开展了运用麻雀战杀敌的竞赛运动。

小贴士

麻雀战是抗日游击战的一种作战形式，以分散小群兵力灵活机动地对敌实施突然袭击的作战。麻雀在觅食飞翔时，从来不成群结队，多半是一二只，三五只，十几只，忽东忽西，忽聚忽散，目标小，飞速快，行动灵活，因此把仿照麻雀觅食方法而创造的游击战法叫"麻雀战"。麻雀战主要在山区实行，山区地势复杂、道路崎岖，根据地军民熟悉当地情况。当日军、伪军进入根据地后，他们像麻雀一样满天飞翔，时聚时散，到处打击敌人，而日军、伪军则因人地生疏，只能在大道上盘旋挨打，对他们无可奈何。

铁道游击战：1939年，鲁南铁道游击队准备伏击日军火车。

攻心战：1945年3月，八路军冀中军区第八军分区战士和驻地民兵利用攻心战，一举攻下河北省河间县的日军据点。

伏击战：1944年5月，八路军和民兵在山西省安泽县柳寨村伏击日军画面。

窑洞战：1944年9月，山西省壶关县常行村窑洞战场面。

麻雀战：山西省太谷县范村镇游击队打冷枪消灭日军。

捕捉战：河北省内（丘）县米家沟村捕捉战画面。

水上游击战：活跃在冀中白洋淀的雁翎队。

联防战：河南省济源县军民利用房屋掩护自己消灭日军。

◎ 八路军游击战的主要战法

　　到 1943 年，高贵堂带领民兵利用当地沟壑纵横的有利地形广泛地开展了麻雀战，截牲口、夺棉花、袭据点等，先后与敌人进行大小战斗 140 多次。高贵堂被选为太行民兵杀敌英雄，1944 年 11 月光荣出席了太行区首届群英会，受到邓小平、李达等领导人的接见，荣获了"麻雀战能手"的锦旗一面，太行山专署也赠给他"全县第一"金字大匾，华北《新华日报》上多次刊登英雄高贵堂的典型事迹。《抗日战争时期的民兵武装》一书中评价说："在太行山区，新的神枪手也不断涌现着，武乡高贵堂就是以 4 枪打死 3 个敌人，伤了 1 个敌人，获得了神枪手的光荣称号。"

　　新中国成立后，高贵堂多次应邀出席省、专、县民兵代表会议，先后有 530 多位外国朋友访问过他。著名的新西兰作家、诗人路易·艾黎，曾将高贵堂的生动斗争故事写入书中，传播到全世界。1995 年，高贵堂同武乡女神枪手冯凤英等抗日英雄赴京参加了由中组部组织召开的"全国抗日战争胜利 50 周年老党员座谈会"，受到了党和国家领导人的亲切接见。

想一想

为什么我们要采用麻雀战这样的作战方式？高贵堂是如何开展麻雀战的？

由此我们可以看到，武乡的土地上遍地英雄，这里包含有武乡的八路军、民兵、妇女、儿童等，他们组成了光荣的武乡抗日英雄谱，他们以实际行动谱写了中华民族抗战的壮丽篇章。除了上述我们已经了解到的武乡抗日英豪外，其他的抗日英雄也是不胜枚举。

相关 链接

武乡抗日英雄谱			
战斗英雄李长林	模范护士董心艾	模范工作者任傅九	杀敌英雄李仕亮
杀敌英雄王凤才	杀敌英雄靳小瑞	英雄指挥员刘昌毅	英雄营长钟明锋
炮弹大王甄荣典	劳动英雄张阳明	坚韧游击队长武华	菜刀英雄李庆和
劳动英雄李马保	八路妈妈暴莲子	视死如归的张磨锁	杀敌英雄郝狗小
胜过男子史兰珍	纺织英雄王桃梅	"孤胆英雄"程坦	合作英雄郝云书
劳动英雄史成富	劳动英雄王海成	英雄沟里的武志芳	劳动英雄王虎旺
纺织英雄赵月娥	妇女楷模郝品峰	坚强如钢的武三林	合作英雄霍金兰
自强不息郝培兰	尚元村里赞尚元	女民兵英雄李馥兰	宁死不屈郝爱则
民兵英雄牛兴旺	女神枪手冯凤英	农业劳模王锦云	农业劳模魏名标
……			

查一查、问一问

除了以上所提到的武乡平民抗日英雄以外，你还知道哪些呢？你是否了解他们的故事？动手查一查，有条件的可以对这些英雄进行采访。

在波澜壮阔、悲壮惨烈的抗日战争中，英雄的武乡老区人民，在中国共产党的领导下，英勇顽强，不怕牺牲，为抗日战争的胜利作出了巨大的贡献，其历史功绩与日月同辉，彪炳千秋。

实践活动：武乡英雄我寻迹

导语："最后一碗米送去做军粮，最后一尺布送去做军装，最后一件老棉袄盖在担架上，最后一个亲骨肉送去上战场。"武乡是英雄辈出的地方，先人们为抗战胜利作出了巨大的贡献，造就了众多战斗英雄，也留下了许多感天动地的故事，值得我们敬佩与铭记。

小贴士

历史史料是研究历史的重要依据，历史研究需要有可靠的史料作为依据，才能进行准确的分析和推断。本次项目学习活动，实际上也是体验收集和整理口述史料的过程。

历史史料有实物史料、文字史料等类型。在项目学习过程中，可以对英雄故居进行实地考察，了解乡村现状，还可以搜集照片、报纸、家谱、他人口述、影音资料等。

活动一：开展项目学习，调查武乡抗战英雄

项目学习任务单

调查采访——武乡抗战英雄知多少	
班级：　　　　　　小组：　　　　　　姓名：	
项目型 学习任务	（1）设计采访提纲：选择相关主题，设计采访提纲， 　　　预设问题。 （2）采访武乡居民：保留录音或录像，收集实物等史料。 （3）整理采访记录：写出文字稿采访实录。 （4）课堂展示：优秀成果班级展示（形式多样：如 　　　PPT、展板、小论文等）
采访主题 （可多主题）	
设计问题	问题一：你了解……吗? 问题二：你去过……的故居吗? 问题三： 问题四： 问题五：
采访对象 个人情况 （姓名、年龄、 工作、关系等）	对象一 对象二 对象三
史料佐证	史料类型　　　　　具体信息
成果展示	分享采访记录（应保留录音或录像采访实录） 谈一谈项目型学习收获与感受

问题延伸

采访对象是通过什么方式和途径了解历史的呢？不同的采访对象对同一段历史的记忆有什么区别？为什么会有这些区别？

活动二：策划观影团

电影艺术是以画面和音响为媒介，在银幕上创造出感性直观的形象，再现和表现生活的一门艺术。上网搜索下列几部抗战题材的影视化作品，和同学们分享下你的观影感受吧。

◎ 2017年电影《朱德儿童团》

◎ 2018年电影《十八勇士》

◎ 舞台剧《太行母亲》

我最喜欢的抗战题材作品：

创作背景及影片内容：

我的观影感受：

问题延伸

你觉得参观纪念馆和观看电影对你了解武乡历史有何区别？你更喜欢哪种方式？

第四讲　寻足迹、传精神，新时代下武乡魂

　　红色是武乡的底色，也是武乡的特色。在武乡这片红色的土地上，山山埋忠骨、岭岭皆丰碑。如今，烽火虽已远去，但红色精神永放光芒。新时代下的武乡在腾飞，革命老区在跨越，武乡已从国家扶贫开发工作重点县、太行山深处的小县城，一跃成为知名的旅游目的地和红色文化产业示范基地。太行精神光耀千秋，新时代下的革命老区武乡活力迸发，老区人民正奔向更加幸福美好的生活。

党和国家领导人的重视

　　抗日战争这段辉煌的历史使武乡成为全国著名的革命老区，成为党中央、国务院及党和国家领导人深情关注和亲切关怀的地方。中华人民共和国成立以来，党和国家领导人始终牵挂和关心武乡老区的发展建设，先后有30多位党和国家领导人到武乡视察。

　　● 1951年毛主席派以杨秀峰为团长的老区慰问团将"发扬革命传统，争取更大光荣"的亲笔题词送到武乡。

　　● 1979年经中央批准在武乡县城建设"纪念馆"，邓小平为该馆题名"八路军太行纪念馆"。

● 2001 年 8 月 20 日，时任中共中央总书记、国家主席、中央军委主席江泽民同志亲临武乡视察，并亲笔写下了"发扬老八路光荣传统，为中华民族的伟大复兴而奋斗"的光辉题词。

● 2005 年 7 月 29 日，时任中共中央总书记、国家主席、中央军委主席胡锦涛同志来老区视察并强调"我们要继承光荣传统，弘扬民族精神，为全面建设小康社会、实现中华民族的伟大复兴而团结奋斗"。

● 2009 年 5 月，时任中共中央政治局常委的习近平同志在山西考察期间，专程瞻仰了八路军太行纪念馆，并强调"要结合新的实际与时俱进地大力弘扬太行精神，坚定正确的理想信念，始终保持对党对人民对事业的忠诚；坚持执政为民的政治立场，始终保持同人民群众的密切联系；锤炼坚韧不拔、百折不挠的品格，始终保持知难而进、奋发有为的精神状态；坚守党的政治本色，始终保持艰苦奋斗的优良作风，为推动经济社会又好又快发展提供强大精神动力"。

此外，刘云山、李长春、贺国强、刘延东、曾庆红、曾培炎、何勇等党和国家领导人也都先后亲临武乡视察，肯定了在国家和民族存亡时刻老区人民所作出的突出贡献。伟大的太行精神在这里孕育，成为中国共产党和中华民族的宝贵精神财富。

旅游资源赋能老区新发展

古韵今风，竞相辉映。巍巍太行，见证了古涅往昔的辉煌，滔滔漳河，诉说着丰州今朝的崛起。武乡的表里山河写就千年风流，孕育了纵马驰骋的石勒从奴隶到皇帝的传奇人生；烽火硝烟记录了抗日模范县军民的浩然正气，挺起了一股拼搏的精气神！新时代下的武乡充分利用自身的自然风光和历史文化底蕴，大力开发旅游资源，尤其是近年来依托红色资源使武乡发展迸发出新的活力。

一是文物古迹观赏游。武乡文物古迹底蕴深厚，洪济寺、大云寺、千佛塔、会仙观、南神山等数不胜数。

二是自然风光休闲游。武乡自然景观引人入胜，板山、太行龙湖、太行龙洞、崇城山等，姿态万千，各有特色，使游人流连忘返。

三是革命传统体验游。武乡革命遗址和革命文物星罗棋布，抗日战争时期，武乡人民在中国共产党的领导下进行了艰苦卓绝的斗争，谱写了可歌可泣的壮丽诗篇。八路军总司令部、中共中央北方局、鲁艺、新华日报社等党、政、军重要机关曾长期在王家峪、砖壁等地驻扎，留下了弥足珍贵的革命遗产。这些纪念馆、文化遗址就像一位位饱经风霜的老人向我们讲述着催人奋进的那段历史。一个个展柜、一幅幅画面，都向我们展示了那段艰苦卓绝的抗战岁月；一张张图片、一件件实物，都是革命先烈们抗战峥嵘岁月的缩影，折射着血与火铸造的太行精神，记载着那段战火纷飞、浴血奋战的光辉岁月。

如今，国泰民安，山河无恙，这里已成为休闲度假胜地，吸引着一拨拨游客慕名前来……

新时代下的武乡坚持"把红色资源利用好、把红色传统发扬好、把红色基因传承好"的理念，通过整合资源、创新模式，让

◎ 2011 年首届八路军文化旅游节开幕仪式现场

◎ 乡村旅游与红色研学活动

相关 链接

八路军太行纪念馆是一座反映八路军抗战历史的大型革命纪念馆，馆区主要分主展区和游览区两大部分。主展区包括八路军简史陈列厅、八路军将帅厅、日军侵华暴行厅；游览区包括八路军游击战术演示厅、八路军抗战纪念碑、八路军风碑林、徐向前元帅纪念厅等。馆内藏有文物总数 8300 多件（套），其中国家一级文物上百件。

相关 链接

八路军文化园是全国唯一再现八路军文化的大型主题公园。文化园以抗日战争和民族革命战争为背景，用珍贵的革命文物和大量生活用品，生动地再现了抗日战争时期八路军和太行人民在太行山上浴血奋战、艰苦创业的光辉历程。游客身临其境，可以沉浸式体验八路军当年战斗、生产及与当地民众鱼水情深的艰苦奋斗情景。

红色文化"活"起来。打造出了八路军文化园、游击战体验园、大型实景演出《太行山上》等一批红色文化旅游体验项目，并发展出"乡村旅游与红色研学""乡村旅游与民俗文化""乡村旅游与电商""乡村旅游与现代农业"等新型发展模式，形成集参观、研学、旅游、服务等功能于一体，具有革命传统体验、红色精神传承、绿色休闲观光等特色的红色旅游产品，走出一条旅游产业高质量发展的道路，推动了武乡经济跨越式发展。

在武乡，你可以在八路军太行纪念馆缅怀革命先烈的丰功伟绩；到八路军文化园体验抗战生活，感受浓郁的红色文化；观看大型实景演出《太行山上》，触摸波澜壮阔的革命历史与悲壮历程……

相关 链接

《太行山上》实景剧演出以巍巍太行山脉为设计蓝本，充分运用现代科技手段，配合光影技术，将真实革命情景与乡土风情演艺相结合，融体验、观赏、教育于一体，再现太行军民浴血奋战、共同抗日的感人史实。该剧以饱满的剧情为主线，极富感染的创意为核心，是国内首部红色行浸式实景演艺。其规模之大、样式之新，成为太行山参观、学习、接受教育的一个旅游新亮点。

太行精神和八路军艰苦奋斗的光荣传统，似春风吹拂着这块红色的土地，像甘霖滋润着新时代的武乡人民。党中央领导人的嘱托言犹在耳，老区人民承载着庄严的使命，用行动与智慧赓续着太行精神。武乡的今天变化喜人，武乡的明天将更加美好。

实践活动：欢迎你到武乡来

导语：身为武乡的孩子，亲身体验和经历了家乡近年来的发展变化。热爱武乡的你，一定也希望向全世界推介这一方山水的文化。今天，让我们为武乡文旅策划贡献自己的智慧吧！

活动一：策划武乡研学活动

【组建团队】

◆总策划：
◆资料搜集组：
◆路线设计组：
◆经费预算组：
◆后勤保障组：

【分工合作】

☆资料搜集组

主攻方向：我们可以从什么渠道获取相关资料呢？

每一次旅行都是一次与文化的对话。所谓外行看热闹，内行看门道，切忌走马观花。作为旅游的策划组织者更要做到心中有数，提前要做足功课。

资料来源：书籍、网站、家人朋友、旅行社等

☆路线设计组

主攻方向：我们在设计旅游路线的时候应该考虑哪些问题呢？

旅游路线之经典，就在于设计的合理性，景点安排相对集中，在有限的时间内安排最合适的行程。

◆调查景点之间的距离与周边交通状况。
◆决定出行方式，确定日程安排。
日程安排：_____日游
第一天行程：
第二天行程：
……

参考：武乡旅游地图

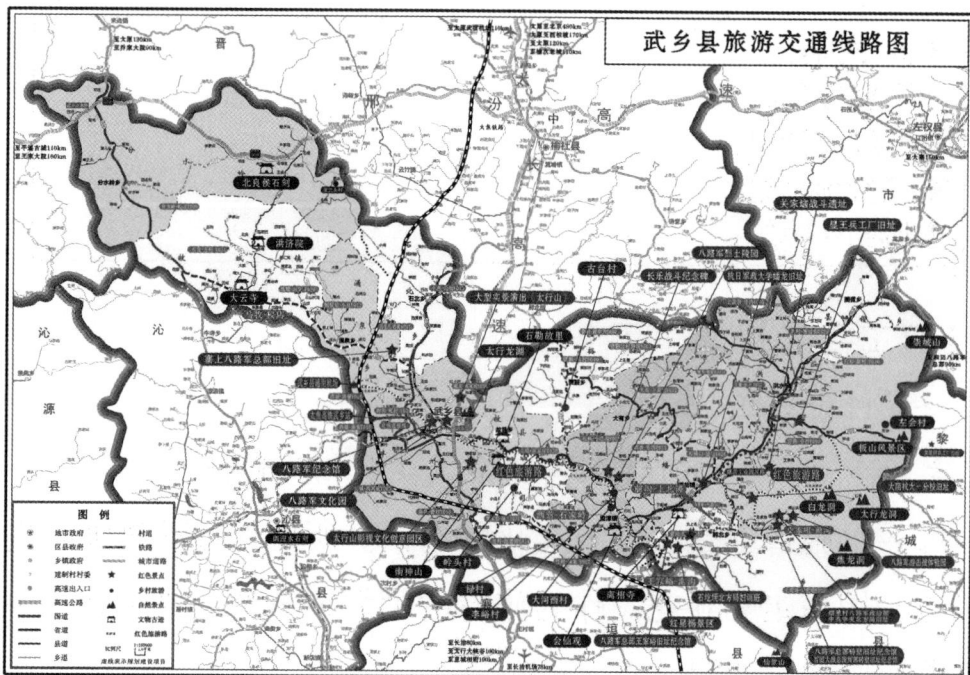

武乡县旅游交通线路图

☆经费预算组

主攻方向：我们要如何做旅游预算呢？

门票价格

交通安排及费用

住宿地点及费用

三餐安排及费用

购物及其他

☆后勤保障组

主攻方向：旅游前需要准备哪些必备物品？在旅游过程中有哪些注意事项？（安全类、风俗类）

◆必备物品：

◆注意事项：

旅游策划推介会（课堂展示）

【成果展示】策划书、PPT 演示文稿、图片展板、宣传单、解说词等多种形式。

【活动小结】

在本次活动中，你收获了什么？
◆谈谈对武乡历史文化的进一步了解：

◆谈谈亲自进行旅游策划的心得体会：

◆谈谈团队合作配合的方法与感受：

旅游策划实践篇（课后延伸）

同学们，我们模拟了旅游策划的过程，也希望大家利用假期，背起行囊，将自己的旅游策划付诸实践，在旅游的过程中进一步考察，检验你们的策划是否切合实际，还有什么需要改进的地方。

活动二：设计文创作品，打造武乡名片

梦想无价，创意无限。挖掘自己的特长，任选一个领域，做今日武乡推介代言人吧！

设计武乡
卡通形象

制作武乡
推广短视频

设计武乡
文创作品

绘制给太原小学生
的武乡推介邀请函

手绘一幅武乡美景
或旅游填充地图

小贴士

同学们从小生活在一个短视频流行的时代，其实，一个优秀的短视频作品的内核首先是优秀的内容，因此制作短视频首先要写出文案，反复修改。此外，还需要学习掌握很多软件与技能，如录制视频、运镜、录音配音、剪辑合成等。

问题延伸

你还能想到用怎样的方式来扩大家乡的知名度？

结语

红色的火种，照亮精神；信仰的力量，引领航程。作为全国著名革命老区，武乡这方热土流淌着红色基因，传颂着英雄事迹，歌颂着抗战精神。让我们触摸历史痕迹、追寻红色记忆、感

悟红色伟力。

　　寻迹红色武乡感悟初心使命，传承太行精神继续砥砺前行。正所谓长江后浪推前浪，世上新人胜旧人，身处和平年代和新时代的我们，应以实际行动传承红色精神，奏响时代强音。希望广大青少年在武乡的红色之旅中汲取奋进之力、探寻真理之光，让红色基因渗进血液、浸入心扉、代代相传，用实际行动践行"请党放心、强国有我"的青春誓言，争做"有理想、敢担当、能吃苦、肯奋斗"的新时代好学生。

武乡红色文化文丛

主　　编　陈建祖

执行主编　梁爱如

花开向阳

李程　李靖·著

师原峰·绘

中国文史出版社

图书在版编目（CIP）数据

花开向阳 / 李程，李靖著；师原峰绘. -- 北京：中国文史出版社，2024.6
（武乡红色文化文丛）
ISBN 978-7-5205-4700-0

Ⅰ.①花… Ⅱ.①李… ②李… ③师… Ⅲ.①儿童文学—作品综合集—中国
Ⅳ.① I28

中国国家版本馆 CIP 数据核字（2024）第 102481 号

出 品 人：彭远国
责任编辑：秦千里

出版发行：中国文史出版社
社　　　址：北京市海淀区西八里庄路 69 号院　邮编：100142
电　　　话：010-81136606　81136602　81136603（发行部）
传　　　真：010-81136655
印　　　装：山西人民印刷有限责任公司
经　　　销：全国新华书店
开　　　本：16 开
印　　　张：4.25
字　　　数：30 千字
版　　　次：2024 年 7 月北京第 1 版
印　　　次：2024 年 7 月第 1 次印刷
定　　　价：298.00 元（全套）

《武乡红色文化文丛》编委会

主　　编：陈建祖

执行主编：梁爱如

编　　委：王陆军　　方小玲　　郭芳芳

　　　　　隋海燕　　药宏娟　　张慧霞

目　录

我爱你，武乡

一、美丽武乡是我家

导语：认识一下，文字中的武乡、图像中的武乡。

大家好！我们是小武和小香，来自武乡县洪水镇。跟着我们一起来认识武乡吧。

介绍自己

我叫_____，今年____岁了。

我的家就在山西省长治市武乡县。

我喜欢武乡的_____。

一起去看看美丽的家乡吧。

历史由来

很久很久以前，在这里有一座山，叫武山，有一条河，叫乡水，于是人们把这里起名叫武乡。

▶ 地形地貌

武乡县位于太行山和太岳山之间，东西两边高，中间低，从地图上看，就像一柄如意，特别神奇。武乡县有6个镇和6个乡，分别是丰州镇、洪水镇、蟠龙镇、监漳镇、故城镇、韩北镇、大有乡、贾豁乡、上司乡、石北乡、涌泉乡、分水岭乡。

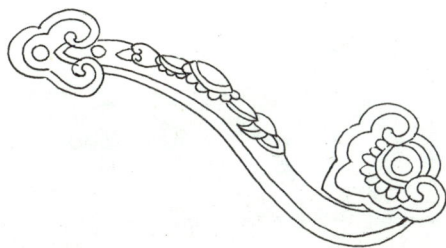

▶ 矿产资源

在武乡县，地下矿产有很多很多，如煤、铁、铝等，其中最多的就是煤炭。

红色之都

　　武乡的旅游资源非常丰富，不仅有自然风光和历史文物，还有许多的革命旧址。例如，八路军太行纪念馆、八路军总部王家峪旧址、百团大战指挥部砖壁旧址。

tóng yáo
童 谣

wǔ xiāng shān　　wǔ xiāng shuǐ　　wǔ xiāng chù chù fēng jǐng měi
武 乡 山 ，　　武 乡 水 ，　　武 乡 处 处 风 景 美 。

wǔ xiāng rén　　wǔ xiāng hún　　wǔ xiāng chù chù shì yīng xióng
武 乡 人 ，　　武 乡 魂 ，　　武 乡 处 处 是 英 雄 。

wǔ xiāng jǐng　　wǔ xiāng qíng　　wǔ xiāng chù chù xiàn wén míng
武 乡 景 ，　　武 乡 情 ，　　武 乡 处 处 现 文 明 。

武乡有许多美丽的地方。比如这座小院子，你知道它的名字吗？在这里发生了怎样的故事呢？（不知道的同学，可以问问身边的家人。）

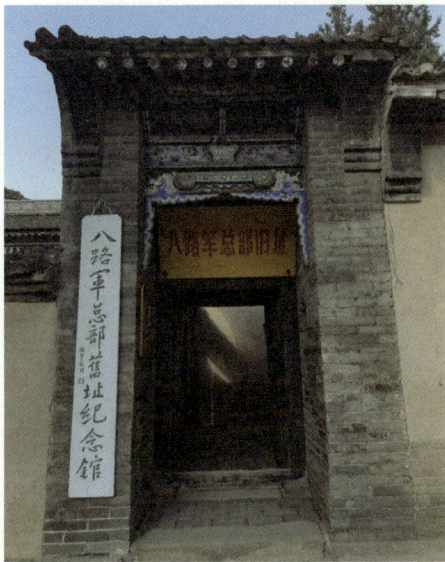

名字：
地点：
相关人物：
他们的故事：

二、发现武乡的美

导语：武乡的山水美如画，我爱武乡的山山水水。

在武乡，处处都有美丽的风景。

现在就请它们来个自我介绍吧。

我是一座山，名字叫板山，位于武乡东部，是武乡最高的山。站在我身上，太行群峰绵延八百里，美不胜收。从我这里，能接受到革命传统教育，能领略到绝美的自然风光，我还是消夏避暑的好地方呢！

板山美景：日出、云海、红叶、奇峰异石⋯⋯

我叫千佛塔，在武乡县城中央。虽然我已经有三百多岁了，还经历了地震、雷击等自然灾害，但是我依然完好无损。武乡人民非常爱护我，我也深深地爱上了这片热土。

我叫太行溶洞。传说很早以前这里是一片大海，东海龙王就住在这片海域。后来大海中升起一座高山，也就是太行山。东海龙王居住的宫殿也出现在人们的眼前，就是今天的太行溶洞。在我体内，溶石晶莹透明，还有各种造型奇特的岩石景观。你想看"公主观瀑""护洞金狮""石笋蜡烛"这些景象吗？快来这里吧！

我叫关河水库，也叫太行龙湖，是武乡县的北大门，历史上有许多惊心动魄的战事就发生在我身边。从高空俯视，我像一条巨龙，向远方飞去，特别新奇壮观。如今，在我身边还有许多的休闲景区，喜欢健身运动、观光旅游的朋友们，欢迎大家来这里！

我的武乡之行	
我去过	
这里有	
我的合影留念	（可以打印一张照片，也可以把美丽的风景画下来。）

家乡物产养育我

一、武乡产什么

导语：武乡特产处处有，就等细心小朋友。

同学们，我是小武，今天我们要一起去看看家乡的物产。其中包括吃的、玩的、用的……

1. 餐桌上的物产 ▶ **武乡美食**

在武乡，有许多美食非常有名，小朋友们，你们认识它们吗？快来给大家介绍一下吧。

把图中美食的名字，写在序号的旁边。再和同学说说这些美食味道怎么样？你吃过吗？你们家谁会做呢？

（不会写的字，可以用拼音代替。）

1		6	
2		7	
3		8	
4		9	
5		10	

2. 田野里的物产　　武乡小米

bō zhǒng yù miáo
① 播 种 育 苗

zhǎng chū gǔ suì
② 长 出 谷 穗

gǔ suì biàn huáng
③ 谷 穗 变 黄

gǔ zi chéng shú
④ 谷 子 成 熟

shōu gē gǔ suì
⑤ 收 割 谷 穗

dǎ gǔ tuō lì
⑥ 打 谷 脱 粒

liàng shài gǔ zi
⑦ 晾 晒 谷 子

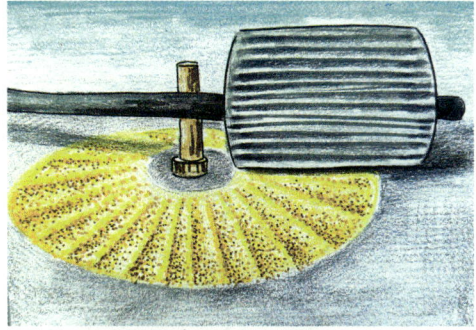

gǔ zi tuō ké
⑧ 谷 子 脱 壳

zhǔ chéng mǐ zhōu
⑨ 煮 成 米 粥

　　一碗香喷喷的小米粥，需要经过许多人的辛苦劳动。每一粒武乡小米都很珍贵，小朋友们一定要记得下面这句古诗，珍惜每一粒粮食。

shuí zhī pán zhōng cān　　 lì lì jiē xīn kǔ
谁 知 盘 中 餐， 粒 粒 皆 辛 苦。

3. 大自然中的物产 武乡矿产

物产名片

名字：煤炭

产地：山西省长治市武乡县

特点：产量丰富、分布广泛

荣誉：全国重点产煤县

物产名片

名字：白云岩

产地：山西省长治市武乡县

特点：产量充足、分布均匀

作用：建筑材料、冶金材料

物产名片

名字：硅藻土

产地：山西省长治市武乡县

特点：产量巨大、名列前茅

作用：塑料制品、造纸、装修涂料

二、武乡物产人人爱

武乡物产博览会

小武推荐
值得信赖

广告推荐语：

xiǎo mǐ jiā bù qiāng   hǎo mǐ zài wǔ xiāng
小 米 加 步 枪 ， 好 米 在 武 乡 。

xī rì zuò jūn liáng   jīn rì zhì fù máng
昔 日 做 军 粮 ， 今 日 致 富 忙 。

请为家乡的物产设计一条
引人注目的广告推荐语！

我来推荐

名字：

广告推荐语：

我来推荐

名字：

广告推荐语：

我来推荐

名字：

广告推荐语：

_____

我来推荐

名字：

广告推荐语：

_____

餐桌上的武乡美食：

1.和子饭；2.小米粥；3.梅杏；4.炒指；5.干面饼子；

6.抿面；7.小米焖饭；8.灌肠；9.枣糕；10.莜面栲栳栳。

家乡习俗伴我成长

一、风俗就在我身边

导语：从我们出生那一刻起，就有家乡的风俗陪伴着。

同学们，我是小武，从一出生，就有很多有趣的风俗习惯在陪伴我成长。这些风俗习惯都是家乡的文化，也是家人的祝福。

出生

这一天，我出生了。刚出生的我什么也不会做，只会哭。有很多亲朋好友都来看我，并为我送上祝福。

满月

很快我就有一个月大了，在武乡，孩子满月是个很重要的日子。在这一天，会有很多的亲朋好友来为我庆祝。其中外婆、舅舅是贵宾，他们会给我带来象征着丰收的大馒头，一般有 12 个，这些大馒头比我的头还要大。外婆还会送我一把金锁（有些孩子的外婆送的是银锁），寓意是希望我长命百岁、健康成长。爸爸妈妈还会给我理发，并留下一小撮头发，留作纪念。

百天

今天是我出生后整整一百天的日子，我长大了很多，也强壮了很多。在武乡，这一天家人会吃鸡蛋或面条，寓意"长寿"。这种活动俗称"百天"，小孩出生一百天，名为"百岁"，这个名字也是希望小孩健康成长、长命有福。

周岁

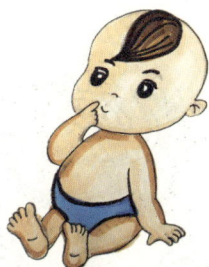

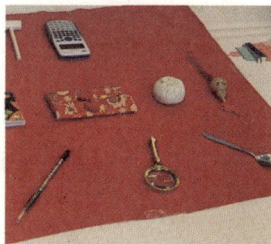

在武乡有个习俗，出生后满一岁，全家人不仅要庆贺，还要举行隆重的抓周仪式（找来一堆东西摆在孩子面前，比如书本、算盘、弓箭……孩子抓到了什么，就预示将来从事的工作，这就是"抓周"）。虽然没有科学依据，但是从抓周这个有趣的活动中，能看出长辈亲友非常关心爱护我们。

十二岁

一转眼我已经 12 岁，是个小伙子了。在满 12 岁这一天，家人会为我举行"开锁"仪式，并邀请亲朋好友来参加。

在全家人面前，由舅舅为我打开脖子上的锁，大家一起高高兴兴地庆祝开锁，庆祝我长大了。

家乡有趣的习俗是陪伴我成长的好朋友。小朋友，在你身边还有什么特别的习俗吗？请告诉我吧。

家乡的习俗	
时间	
地点	
习俗名称和内容	
照片留念	（可以打印一张照片，也可以把当时有趣的场面画下来。）

二、奇妙的节日风俗

导语：每一个节日，都是一段奇妙的传承。

在武乡，每个传统节日都是美好的时光，跟着我一起去看看吧。

春节

正月初一是春节，人们都穿新衣、戴新帽，热热闹闹放鞭炮。家家户户都要祭拜祖先，还要相互拜年。

元宵节

正月十五是元宵节。在这一天，人们会挂彩灯、猜灯谜、吃汤圆。街上还有彩车游行、扭秧歌、赶旱船、武术等民俗表演，非常热闹。

还有一个最重要的节目叫顶灯，通常在夜间举行。参加顶灯表演的，多为青壮年小伙子。他们要在前一天，将自己剃成光头。表演前，用油彩在脸上画上各种戏剧脸谱。然后头上顶上一个碗，在碗里放上沙土，插一根燃着的蜡烛，或一盏小油灯，在打击乐器的伴奏下，人们排好队形，跳起欢快的舞蹈。

二月二

农历二月初二俗称"龙抬头"。这一天，武乡人要祭天、烧香，希望保佑农家风调雨顺。这一天，人们要理发，寓意好运当头。俗话说，初一糕、初二浇、初三起来扯皮条：初一要吃油糕、手捏糕；初二要吃煎饼；初三要吃拉面条。总之是非常忙碌，也表达了农民对美好生活的向往。

清明节

每年的公历4月4日或5日为清明节。这一天武乡人会祭祖扫墓，老少都要去，寄托对逝去亲人的哀思与怀念。

武乡作为革命英雄战斗过的地方，清明节大家都要去缅怀革命英雄、纪念烈士，为英雄们献花、扫墓，表达我们的崇敬之情。

端午节

每年临近端午节，主妇们就开始忙碌，准备包粽子的材料。包括打（买）粽叶、浸泡糯米。包的粽子除了自己食用外，还要赠送亲朋好友。

在端午节，孩子们要戴五色线，希望吉祥健康；家家户户还要采摘艾草，插在大门上或者竖立在窗台角，不仅有祈福纳吉的美好寓意，而且有防虫害、防瘟疫的作用。

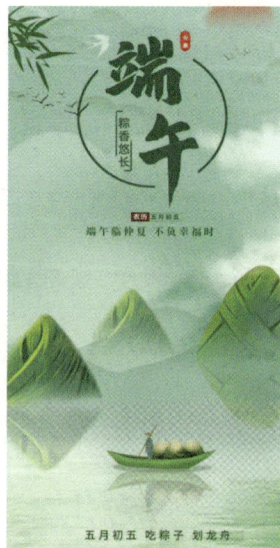

中秋节

农历八月十五是中秋节。这一天，武乡人会与家人一起赏月、祭月、吃月饼。祭月是一种古老、隆重的风俗，中秋节夜晚，家家户户摆上香案祭月。全家人围坐在一起，边赏月边吃月饼，寄托对美好生活的向往。

除夕

除夕是腊月二十九或大年三十，也是一年中的最后一天，有除旧迎新的意思。大家在除夕上午贴对联、年画，装饰室内，整理全家人过年穿的新服装。下午准备饺子馅儿和年夜饭。晚上边包饺子边聊天，也叫"守岁"。

特别的"习俗"、最美的传统

　　在武乡，还有一个特别的"习俗"，那就是参军。抗日战争期间，仅有14万人口的武乡县，就有4.1万人参军参战，2.1万人为国捐躯。这其中有"一门六烈"的革命家庭，还有全家牺牲的普通家庭。武乡县被誉为"八路军的故乡、子弟兵的摇篮"，在武乡县"村村住过八路军，户户出过子弟兵"。

　　现在，武乡的青年人更加踊跃积极，都愿意继承红色传统，立志为国争光。

参军

有趣的节日，有趣的习俗。

还有哪些呢？你也来说一说吧。

武乡的节日习俗	
时间	
地点	
习俗名称	
有趣活动	

红色故事代代传

一、寻找革命遗迹

导语：我的家在武乡，武乡到处有英雄的足迹。

同学们，我是小武，下面就是云游武乡的路线图。

你游览过家乡的哪些风景名胜？

快来告诉我吧！

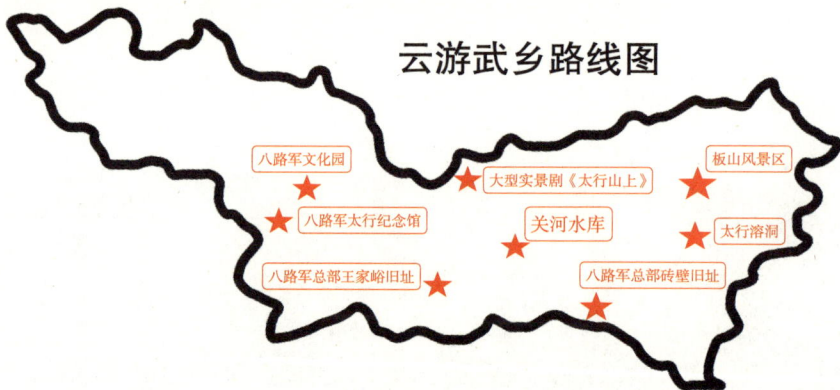

云游武乡路线图

八路军文化园

大型实景剧《太行山上》

板山风景区

八路军太行纪念馆

关河水库

太行溶洞

八路军总部王家峪旧址

八路军总部砖壁旧址

我去过＿＿＿＿＿＿＿＿＿＿＿＿＿＿＿＿＿＿

我还想去＿＿＿＿＿＿＿＿＿＿＿＿＿＿＿＿

同学们，还可以拿起手中的笔，在上图中画一画自己的旅行图。

你准备从哪里开始？到哪里结束？

今天我要和你们乘坐"红星号"列车，一起去寻找家乡英雄的故事。

首发站 ➡

八路军太行纪念馆

八路军太行纪念馆位于武乡县城太行街363号，是全国唯一一所全面反映八路军抗战历史的大型革命纪念馆，纪念馆里有许多英雄的故事和馆藏文物，是一座伟大的精神宝库。

途经站 ➡ 元勋站

朱德

伟大的无产阶级革命家、政治家、军事家，中华人民共和国的开国元勋。

去过八路军太行纪念馆的同学一定知道朱德总司令的很多故事吧，快和身边的同学说说。

王家峪位于距县城32公里的韩北镇，抗日战争时期曾经是八路军总司令部指挥战斗的重要地点。

途经站 ➡

王家峪站

途经站 ➡ 红星杨站

这就是红星杨，多么神奇的杨树，多美的红星啊！

你知道红星杨的故事吗？快和大家说一说吧。

途经站 ➡

元帅站

你知道彭爷爷的故事吗？和同学们说说吧。

彭德怀

中华人民共和国开国元帅，伟大的无产阶级革命家、军事家，中国人民解放军创建人和领导人之一。

途经站 ➡️

儿童团站

途经站 ➡️

砖壁站

抗日儿童团是抗日战争期间由7—14岁的少年儿童组成的群众组织。这里的王家峪儿童团，工作开展得十分出色。

武乡县蟠龙镇有个砖壁村，位于武乡县东南部的太行山深处。

在抗日战争最艰苦的年代，砖壁成为八路军总部驻扎时间最长的村子。在这里，老一辈革命家指挥了百团大战等重要战争。

途经站 ➡ 将军站

左权

中国工农红军和八路军高级将领，无产阶级革命家、军事家。

　　1942年5月25日，敌人向我军发起猛烈攻击。左权将军在辽县（今左权县）十字岭指挥部队掩护中共中央北方局和八路军总部等机关突围转移，不幸牺牲，年仅37岁。

　　为了永远纪念左权将军，当时的辽县人民一起签名，请求将辽县改名为左权县。1942年8月26日，经晋察鲁豫边区政府批准，辽县改名为左权县。

　　左权将军的英勇事迹和伟大精神永远激励着人们。

柳沟位于蟠龙镇的一条峡谷中，这里非常隐蔽。抗日战争时期，柳沟成为八路军一处军工基地，解决了一个又一个的武器制造难题。

途经站 ➡

柳沟站

途经站 ➡

石圪垤站

石圪垤村紧邻八路军总部所在地王家峪村。1940年，中共中央北方局妇委在这里举办了两期妇女干部训练班，共培训妇女干部100多人，这里被称为中国妇女干部的摇篮。

二、讲述革命故事

导语：英雄的武乡，流传着英雄的故事。

武乡被称为"八路军的故乡，子弟兵的摇篮"，还有许多英雄的故事。小朋友，你们知道下面这些英雄的事迹和故事吗？

途经站 ➡ 爱民站

抗日战争时期，在蟠龙镇白家庄出了一个少年抗日英雄，他就是儿童团长李爱民。那时他13岁，热爱八路军，帮助八路军做了许多抗日的工作，最后英勇牺牲在日本鬼子的刺刀之下。

途经站 ➡ 名扬站

在抗日战争时期，武乡县有位传奇人物——魏名扬，是名震全国的"太行名扬游击队"创始人。在党的领导下，他领导"名扬游击队"，出生入死，英勇奋战，向八路军输送了3400余名优秀兵员。

途经站 ➡ 慈母站

抗日战争期间，有许多青年妇女冒着全家人被日本鬼子砍头的生命危险，照顾养育了很多革命后代，她们被称为"太行奶娘"。

途经站

途经站

文化站

关家垴站

太行山上有一个非常著名的抗日文艺团体，它就是在监漳镇下北漳村成立的前方鲁艺实验剧团。战争时，士兵们英勇作战，休息时，他们就排练话剧、创作歌曲、表演节目。在这个剧团的带领下，根据地开展了形式多样、成果丰硕的抗日文化工作。

1940年10月，百团大战进入第三阶段，八路军集合7个团兵力，在副总司令彭德怀的指挥下对日军进行了一次最大的进攻，这就是关家垴战役。

途经站 ➡ 太行山站

全国首部红色行浸式情景剧《太行山上》，生动讲述了中国共产党领导的八路军与太行儿女全面抗战、艰难创业的光辉历程。

途经站 ➡ 地雷站

在抗战期间，武乡县大有乡李峪村的民兵王来法用石雷、木雷、瓷雷、子母雷、回头雷等，巧妙摆出梅花阵、凤凰阵、蛇形阵等地雷阵，打击日军，成为名震太行的"地雷大王"。

同学们，你们还知道有哪些英雄们战斗过的地方？那里又有哪些故事呢？

途经站 ➡ 英雄故事站

英雄的故事	
地点	
人物	
故事	

第
5
讲

家乡新变化

一、新时代新生活

导语：春天有约，如期而至。一个生机勃勃的武乡，伴着春风，扑面而来。

同学们，我是小武，我的家乡现在已经不是当年穷苦的小县，而是有了很多新变化、新发展，一起去看看吧。

红色旅游

近年来，武乡县充分发展红色旅游资源，带动乡村经济，让更多的村民生活越来越好。武乡有许许多多的红色旅游景点。例如，八路军总部王家峪旧址、八路军总部砖壁旧址、八路军文化园、《太行山上》实景剧场、八路军游击战体验园……

太行一号旅游公路——武乡段

太行一号旅游公路在长治市境内的主线穿过壶关、平顺、黎城、武乡4县，支线涉及全市12个县区。这条巨龙带动着整个长治的经济发展，为武乡人民的生产生活带来新的机遇。

武乡县内开通了从县城至王家峪、砖壁、太行溶洞等 9 条城乡旅游专线，58 条城乡客运公交。这些线路的开通，不仅推动着城乡经济发展，更带动着整个长治市的经济发展。

武乡四好农村路　　**免费公共交通服务**

村民们都说，自从修好了路，整个村改变了很多。道路通车后，村民乘坐公交车出行也更加便利。

如今，武乡县实现了农村客运全覆盖，城乡公交全免费，村民实现了出远门"抬腿就能上车"。

太行干部学院

太行干部学院位于武乡县城涅河南岸，是革命传统教育、抗战精神教育和国防教育的重要学习基地。

武乡八路军文化园

　　八路军文化园是目前全国唯一再现八路军抗战史实的大型主题公园，这里生动地反映了抗日战争时期八路军和太行人民在太行山上浴血奋战、艰苦创业的光辉历程。

武乡太行少年军校

武乡县有一座太行少年军校。在这里，学生们可以穿军装、扛步枪、吃小米饭、睡老区炕，还可以参加军事特训、农事劳作等红色研学活动。通过最直观的方式感受太行精神，传承红色基因。

武乡高铁站

武乡高铁站，是郑（州）太（原）高铁上的一个客运站，位于武乡县西部丰州镇西城村东。武乡站具有鲜明的红色文化，正立面玻璃幕墙中间8个竖向格栅及8条浅色调的水平格栅，暗含"八路军"番号，更突出了武乡的太行精神。

歌谣　武乡明天
gē yáo　wǔ xiāng míng tiān

红色大武乡，美景处处新。
hóng sè dà wǔ xiāng　měi jǐng chù chù xīn

全民共努力，明天更美好。
quán mín gòng nǔ lì　míng tiān gèng měi hǎo

同学们，你们发现家乡的新变化了吗？就在我们的身边仔细找一找吧。

还可以听听老师、家长、朋友、同学的精彩发现。把你听到的，写在下面的表格中。

武乡的新变化	
家人的发现	
老师的发现	
同学的发现	
我的发现	

二、做新时代好少年

导语：武乡的未来有我，有你，还有他。努力学习、从小立志，争做时代好少年。

新时代呼唤好少年，

好少年需要好榜样。

小武为大家介绍生活在我们身边的好榜样。

太行小学学生　贾贝妮

13 岁的贾贝妮，是武乡县太行小学六年级五班的一名学生，别看她年龄不大，可在武乡八路军太行纪念馆坚持义务讲解已经 5 年了。唱革命歌曲、做红色讲解、宣讲抗战精神，贾贝妮用她那动听的声音，诉说着八路军在太行山上的感人故事。她获得"全国优秀少先队员"荣誉称号。

全国"最美基层民警" 安二宝

　　武乡县公安局分水岭派出所副所长安二宝，他是辖区群众的"贴心人"，多次帮助群众找回丢失的牛羊，主动上门为群众办户办证累计1000余件，尽心尽力帮扶辖区孤寡老人。他曾在零下20℃的雪夜中"极限救援"，徒步4个多小时，成功救助6名被困深山的群众。

　　2022年，安二宝当选"全国最美基层民警"。

最美白衣天使　魏芳

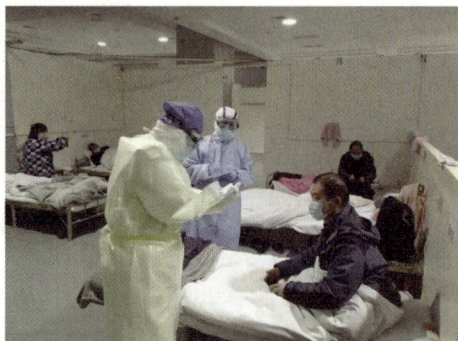

魏芳，2007 年 7 月参加工作，现任武乡县人民医院副院长。她参加工作以来，一直从事护理岗位，对同事团结友爱、对患者细心呵护。

2020 年，在抗击新型冠状病毒性肺炎疫情的严峻时刻，魏芳同志毅然奔赴湖北武汉抗战疫情的最前线，开展了历时 47 天的方舱救护工作。

2023 年，忻州市新冠疫情防控最吃紧的时候，急需支援，魏芳同志再次迎难而上，带领 20 名医务人员前往疫区。历时 21 天，出色地完成了支援任务。整支队伍得到忻州政府的高度赞誉，20 名队员也实现了零感染。

大爱教师代言人　姜艳明

　　姜艳明是武乡县大有乡李峪垴村人，2009年起任武乡县特殊教育学校校长。他用心传递爱，以善良温暖残疾孩子们的心灵世界，用真诚激励残疾孩子们树立坚强的生活信心。

山西省模范教师　张秀红

　　张秀红是武乡县高中教师。她爱岗敬业，勇于担当，关爱学生，平易近人。每当学生遇到困难，她总是耐心真诚地给予无私的帮助，使他们走出困境，走向成功。

　　2018 年被评为"山西省模范教师"；

　　2019 年被评为"武乡县最美科技工作者"；

　　2022 年被评为"长治市最美教师"。

　　同学们，在你们的身边也有爱学习、爱家乡的榜样吧，快向大家介绍一下吧！

身边好榜样	
名字	
事迹	
优秀品格	

武乡人，真精神！
各行各业开新门。
小学生，向前奔！
建设家乡靠我们。

武乡红色文化文丛

主　　编　陈建祖

执行主编　梁爱如

战火中成长

刘东萍　赵雪丽·著

李　健·绘

中国文史出版社

图书在版编目（CIP）数据

战火中成长 / 刘东萍，赵雪丽著；李健绘. -- 北京：中国文史出版社，2024.6
（武乡红色文化文丛）
ISBN 978-7-5205-4700-0

Ⅰ.①战…　Ⅱ.①刘…②赵…③李…　Ⅲ.①儿童故事—图画故事—中国—当代　Ⅳ.① I287.8

中国国家版本馆 CIP 数据核字（2024）第 102482 号

出 品 人：彭远国
责任编辑：秦千里

出版发行：中国文史出版社
社　　址：北京市海淀区西八里庄路 69 号院　邮编：100142
电　　话：010-81136606　81136602　81136603（发行部）
传　　真：010-81136655
印　　装：山西人民印刷有限责任公司
经　　销：全国新华书店
开　　本：16 开
印　　张：2
字　　数：10 千字
版　　次：2024 年 7 月北京第 1 版
印　　次：2024 年 7 月第 1 次印刷
定　　价：298.00 元（全套）

目录

1 我要戴军帽

2　　　　　　　石头的爸爸是一名八路军战士，
他非常喜欢爸爸的军帽，很想戴上它。

有一天，爸爸的军帽挂在了墙上。
原来石头的爸爸牺牲了。

3

4　　　　石头常常让妈妈把军帽从墙上拿下来，
　　　　　　　　　　　　　　戴在头上。

石头长大了，他也戴上军帽去参军，
成为一名光荣的解放军战士。

5

2 过小桥去增援

接到紧急任务后，指挥员连忙筹划增援计划。

7

8　　部队到达峪口村，发现河上的木桥破损严重。
战士们纷纷跳进冰冷的河里，用肩膀扛起木板，
搭起了一座"人桥"。

受到搭建"人桥"战士的鼓舞，
八路军战士勇敢地冲向了前线。

9

10　　　　这座"人桥"为他们赢得了宝贵的时间，
　　　　让部队顺利地完成了增援任务。

3 抗日英雄李爱民

12　麦子成熟了，白家庄的村民却不敢去收割。
　　因为，他们的村庄被日本鬼子占领了。

儿童团员李爱民和民兵掩护老乡偷偷回村收麦子，村民们抢收到了麦子。

13

14　　　　返回的路上，李爱民被鬼子抓住了。
鬼子威胁、毒打李爱民，但他什么都不肯说。

八路军战士找到李爱民时，
发现他已经被日本鬼子杀害了。

15

4 我也要读书

铁柱是抗日儿童团团员，他很喜欢读书。
白天，放牛时铁柱带着书本。

17

18　　　　　　　　站岗放哨的时候，铁柱也带着书本。

晚上，铁柱和小伙伴一起在煤油灯下读书，
学习很用功。

19

20   铁柱还经常教路过的老乡识字，
人们都夸铁柱是懂事、有文化的好孩子。

5 小米饭伴我成长

22　　　　　　　　　　　　　　　　　　　一天晚上，
　　几个八路军战士在韩北村的一家窑洞外休息。

一个战士突然发现了半袋小米，
这是谁家的小米啊？

23

24

小米是老乡的命根子啊，
一定要找到丢失小米的老乡。
他们打听到米是王大叔丢的，决定去还小米。

王大叔对八路军钟营长说：
"小米就是留给八路军的，吃了打鬼子。"
钟营长说："我替全营的战士感谢乡亲们啦！"

25

小朋友，这是八路军太行纪念馆的轮廓图，请你动动小手涂上漂亮的颜色，画上美丽的背景，介绍给游客和小伙伴吧！

小朋友，八路军、铁柱、爱民他们都是保家卫国的抗战英雄，生活中你一定也有最崇拜的英雄，画一画，讲给大家听吧！

武乡红色文化文丛

主　编　陈建祖
执行主编　梁爱如

魂系武乡

谢红萍·编著

中国文史出版社

图书在版编目（CIP）数据

魂系武乡 / 谢红萍编著. -- 北京：中国文史出版社，2024.6
（武乡红色文化文丛）
ISBN 978-7-5205-4700-0

Ⅰ.①魂… Ⅱ.①谢… Ⅲ.①武乡县—地方史 Ⅳ.① K292.54

中国国家版本馆 CIP 数据核字（2024）第 102761 号

出 品 人：彭远国
责任编辑：秦千里

出版发行：中国文史出版社
社　　址：北京市海淀区西八里庄路 69 号院　　邮编：100142
电　　话：010-81136606　81136602　81136603（发行部）
传　　真：010-81136655
印　　装：山西人民印刷有限责任公司
经　　销：全国新华书店
开　　本：16 开
印　　张：10.25
字　　数：150 千字
版　　次：2024 年 7 月北京第 1 版
印　　次：2024 年 7 月第 1 次印刷
定　　价：298.00 元（全套）

目　录

第一编

武乡县概况

武乡山水武乡人

武乡县位于太行山西麓，因武山乡水而得名。全境地形山河交错，沟壑纵横，东西狭长且高，中间较低，形似"如意"，俨然一幅天然的吉祥图案。这里山奇水秀、物产丰饶，人文景观和历史遗迹十分丰富。武乡历史绵长、人杰地灵。早在新石器时代，就有人类居住，据1972年石门村牛鼻湾出土文物考证，已有7800余年历史。西周时期称皋狼之地，置县历史悠久，西晋至今，出过七位皇帝，两位大将军，三十六位尚书、侍郎；府、州、县官数不胜数；新中国成立后人才众多。一方水土一方人，多彩的地方文化和武乡的美食、庙会以及种类多样的非物质文化遗产，是武乡人勤劳智慧的结晶。

🌀 第一讲　秀丽的自然风光

　　武乡县现隶属于山西省长治市，位于山西省东南部，长治市最北端，因境内有武山和乡水而得名。东邻黎城县、左权县，西界祁县、平遥县，北与榆社县毗邻，南与襄垣县接壤，西南与沁县交界。在平面地图上，武乡县疆界线总长287公里，县境东西长150公里，南北最窄地带10公里，总面积1610平方公里。境内山河交错，沟壑纵横，东西两端高、中部较低。全境状若如意，绵亘于太行、太岳两山之间。全县辖6乡6镇，269个行政村，截至2023年底，总人口21万人，常住人口15.53万人。

武乡的地形地貌

　　武乡全县可分为黄土丘陵区、石质山区和较平川区等三个不同的地形区域。黄土丘陵区的面积为总面积的65.52%，其特点是沟壑纵横、丘陵起伏，土层厚，植被差，大部分为鱼鳞式梯田，是粮食作物的主要产区。石质山区的面积为总面积的28.29%，其特点是山峰林立、石厚土薄，气候寒冷，交通不便，人口稀少，不适于农业生产的发展，是比较理想的林牧区。较平川区的面积为总面积的6.19%，其特点是地势平缓、开阔，村庄稠密，人口集中，土地肥沃，气候温和，有一定灌溉条件，适于农业生产，大部分地区可以种玉米、高粱等高产作物。

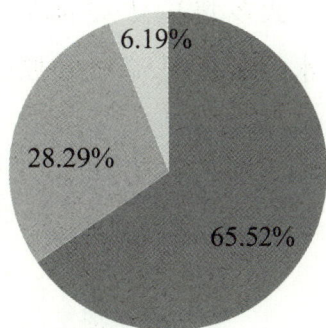

◎ 武乡地形分布图

武乡地跨太行、太岳两山之间。太行山脉由东北向西南蜿蜒，太岳山脉从西北向西南延伸。地势呈东西高、中间低的马鞍形。县境东部的大部地区海拔在 1400 米以上，最高峰花儿垴海拔 2008 米。西部地区海拔在 1300 米左右，最高峰子金山海拔 1809 米。北部和南部的大部分山岭海拔在 1000 米至 1300 米之间。中部和浊漳北源主要支流沿岸的地势比较平缓。最低处监漳滩至西川一带海拔 800 米。总观全县属黄土丘陵地带，境内丘陵起伏，沟壑纵横，河流交错。

武乡的山脉河流

武乡东部的山脉属太行山区，群峰叠嶂，气势磅礴，比较著名的山峰有双峰山、望城垴、崇城山、黄岩垴、大井盘、墓岭山、黄纪垴等。武乡西部的太岳山区，地势高峻，支脉繁多，除昌源河以西的秦王头、寿礼圪塔、大平凹山、介山等呈南北走向外，以东的云盖山、大官寨、虎头山、油篓山、子金山等都逐渐向内地延伸，形成武乡西部的天然屏障。中部地区，大部分为海拔 1000 米以下的丘陵地带，较高的山有佛爷顶、五龙山等。

武乡境内主要河流有浊漳北源、涅河、马牧河、昌源河、云簇河、洪水河。按其流域归属分为黄河、海河两大流域，归汾河、南运河两条水系。

武乡主要河流		
主要河流	流域归属	面积占比
昌源河	黄河流域的汾河水系	5.3%
浊漳北源、涅河、马牧河、云簇河、蟠洪河	海河流域的南运河水系	94.7%

武乡山峰知多少

双峰山，旧志亦称墨镫峰，因双峰壁立而得名。位于县东北部，距城 65 公里，海拔 1521 米。山顶有眼石井，泉水常年不涸，古为"祈雨"之地，现为林区。

王城垴，原名望城垴。其得名相传不一：一说古时有一国王曾避难于此；另一说站立峰巅，可望到左权县城（旧称辽县）。望城垴距城 65 公里，海拔 1713 米。山腰南侧有一天然洞穴，俗名风洞。传说可通至左权境内的龙窑寺，长达 15 公里之遥。山上有灌木林，山下有丰富的赤铁矿。

崇城山，俗名棚棚寨，古时亦称进士岩。在王城垴之东。距城约 70 公里，海拔 1533 米。悬崖半壁，有一天然半圆形石洞，洞内有一水眼，泉水外溢，常年不枯。相传古为避兵之地，素有太行天险之称。古代建有北魏大丞相高欢的避暑亭。明嘉靖年间，建圣泉寺于洞中。

云盖山，相传古时一次兵祸，百姓避难于此，正巧天空一片彩云飘来，当时云遮雾罩，使百姓免遭兵祸，故名云盖山。海拔 1756 米，怪石嶙峋，植被稀疏，古代曾设有藏兵窝铺、烽烟台（一称烟墩）。抗日战争敌占南关时，白晋线绕其向南，西与尖子山对峙。敌我双方为争夺此山，多次发生激战。

虎头山，因山势若虎而得名，距城 45 公里，海拔 1652 米。东、北、南三面为深谷；西面五道漫山梁像虎爪一样，伸向太大公路，形成优越的军事要塞。历史上屡经战事，残迹依然可见，此山植被贫乏，多为稀疏的灌木丛。

◎ **武乡风光**

武乡的山峰层峦叠嶂。东部的山脉属太行山区，西部为太岳山区。

◎ **武乡水**

浊漳北源干流，古称武乡水，俗称关河，属浊漳河（北、南、西）三源之一，是全县第一条大河，其发源于武山，即八赋岭。

武乡的物产矿藏

武乡县地处北纬 37 度生物生长黄金线，四季分明，光照充足，属温带大陆性气候。春季干燥多风，夏季炎热多雨，秋季温和凉爽，冬季寒冷少雪。境内年平均无霜期在 150 天左右，平均海拔 1400 米左右。武乡县属暖温带落叶阔叶林地带植被区，可分为东山辽东栎及次生灌木丛类型区，西山油松及次生灌木丛类型区，中北部残余黄土丘陵蚂蚱腿子、酸枣、荆条、白羊草灌草丛类型区。森林植被除东山一带分布有白桦、山杨、辽东栎天然次生林外，其余植被均为人工林。

武乡县独特的地理气候和生态环境，为作物生长提供了优越的自然条件。主要农作物有玉米、谷子、小麦等，经济作物有蓖麻、胡麻、小芥、油菜、花生、棉花、向日葵、芝麻、芦苇和药材等十多种。

俗话说，"小米加步枪、好米在武乡"。武乡小米色泽金黄，颗粒晶莹圆润，富含丰富的糖类，B族维生素，维生素E，钙、钾、铁、磷等元素。近年来，武乡大力推广种植晋谷21号，又称"汾州香"，已成为太行名米。2018年"武乡小米"通过了国家农产品地理标志认证。此外大豆、梅杏、核桃等特色农产品口感也很独特。

◎ 酸枣

酸枣，别名为山枣，属于鼠李科枣属植物。多生长于海拔1700米以下的山区、丘陵或平原、野生山坡、旷野或路旁，喜温暖干燥的环境。果实成熟时为红色，口味酸甜。

武乡县矿产资源丰富，主要有煤、铁、铝、硫黄、煤层气、油页岩、石膏、硅藻土、白云岩、石灰岩、大理石等十多种。其中煤炭储量最大。煤田面积128平方公里，已探明储量28.6亿吨，分布在洪水、蟠龙、韩北、监漳等乡镇，1987年被国务院列为全国100个重点产煤县之一。白云岩探明储量1.8亿吨，分布在蟠龙、洪水、韩北等乡镇。油页岩储藏量1400万吨，主要分布在涌泉、丰州、石北等乡镇。硅藻土储量1亿多吨，占全国已探明储量的1/10。

◎ 玉米

玉米，旧志称玉蜀黍，俗称玉茭，在武乡县的发展历史较短。

◎ 谷子

谷子，古称粟，籽实去壳称为小米，在武乡县的种植历史最长，过去长期居于五谷的首位。本地的自然条件最适宜种植，所以分布极为广泛。

武乡的风景名胜

凡有一定历史文化积淀的地区，都有自己独特的风景名胜。

板山，位于武乡县城东部洪水镇一带，占地面积6平方公里，因山形壁立如板而得名，平均海拔在1800米以上，为武乡县的最高处，最高峰为花儿垴。著名景点有圣人泉、黄崖洞保卫战工事遗址群、板山红叶、板山日出、板山云海等。板山不仅风光秀丽，还是一座具有光荣历史的革命纪念地。板山是武乡通往黎城黄崖洞的咽喉要冲。站在花儿垴极目远眺，只见"群峰壁立太行头"，太行山的巍峨扑面而来，远眺东南，但见千峰竞秀，万壑争奇；向下俯瞰，层层黄崖鳞次栉比，无尽秀色尽收眼底。

太行龙洞是一个大型溶洞，洞内大厅宏伟，温度宜人，空气新鲜。因溶洞气温干冷，洞口狭小，渗入洞内的降水不易蒸发，便构成了相对湿润的环境。景区拥有华北最大的岩溶——擎天柱，它是全国罕见的、面积最大的月奶石，更有"公主观瀑""菇丛塔林""护洞金狮""石笋蜡烛""钙

知识 链接

板山传说·圣人泉

相传，当年二郎神担山赶太阳，途经此地住了一宿，他看到这里一片干石山，田地禾苗枯焦，生灵涂炭，起了恻隐之心。第二天拂晓，他拿起半葫芦神水，朝着山下的村民，发出雷霆般巨喊："接水！"谁知此时正是黎明，村民都还沉浸在梦乡里，那鲁莽的二郎神见无人理睬，便烈性大发，将葫芦踢倒，使神水渗进了黄崖山里。从此，这里便流传着一首民歌：

圣人泉啊圣人泉，埋没山底几千年。

有朝一日圣人来，泉水汩汩浇田园。

1941年夏天，百姓久盼的圣人终于来了。八路军的副参谋长左权将军带领战士经过艰辛探寻，终于挖出一股清澈的泉水，左权将军牺牲后，为纪念他，当地老百姓就把这股泉水称为圣人泉。

◎ **太行龙洞**

太行龙洞位于武乡县蟠龙镇石泉村，距县城约 50 公里。

知识 **链接**

龙洞传说

　　太行龙洞有着悠久的神奇传说。据说，当时此地为茫茫大海，太行龙洞是东海龙王的宫殿，殿内热闹非凡。后来大海中升起一座高山，即现在的太行山，太行龙洞浮出了水面，东海龙王从此另选宫殿。有人曾见过彩色巨龙从洞中出入，传说是东海龙王思念过去的寝宫，常常往返，从此百姓把此洞叫作太行龙洞，龙洞的传奇故事也一直流传至今……此外，据当地老百姓讲，在抗日战争时期，曾有一支八路军小分队在此洞内躲避过日寇的搜捕。

华花丛"等景象。洞内溶石错落有序，洞中套洞，晶莹透明，千姿百态，景观奇特。石花、石柱、石钟乳、石瀑布、石笋丛、石蘑菇群、石帘、石塔、石钟、石葡萄、石慢、石狮、鹅管等各种造型奇特的钙华景观攀沿四壁，流光溢彩，具有较高的科研价值和观赏价值。洞外群山环绕，森林茂密，鸟语花香，景色优美。

崇城山是一座天然氧吧。山中悬崖绝壁，怪石林立，危岩凌峻，地势十分险峻。入山有一线鸟道，只可辗转回环，蚁附而行。崇城山因其险峻，成为历代兵防之地，历史上多在此设寨。据史志载："魏大丞相高欢击尔朱兆于武乡，尝憩于此。"此处悬崖覆顶，日照不及，盛暑凝寒，使人疑有千年积雪于深谷。崇城山寨就位于鸟道回环处。寨中原有古阁一座，殿宇三楹，上覆巍峨之嵌岩，下临不测之深谷，如果依石栏杆而向下看，必令人股颤目眩。崇城山

知识 链接

登崇城山

〔清〕赵扩

青山千余仞，微径苦仄仄。
急而回环处，宛然别一域。
悬崖直下垂，古庙居其北。
凭栏一南眺，连峰去如翼。
远景分浓淡，岗峦互相逼。
爽气豁吟眸，高峰荡胸臆。
举足可升天，奚借罡风力。
始信涉山人，登峰宜造极。
嗟哉尘俗士，可望不可及。

◎ 崇城山

崇城山位于武乡县城东 65 公里处的墨镫东南处。

因山水秀美，环境清幽，金代至清，当地百姓曾在此设馆教子。清乾隆时期武乡洪水镇显王村举人赵扩曾就读于此，后学有所成，金榜题名，后人又称崇城山为进士岩。

太行龙湖所在的地方，原来是高山耸峙，峡谷幽深，乱石滚滚，河流湍急，古称昂车关，是武乡县的北大门，也是晋中、上党之间的雄关锁钥、咽喉要地，历代多有惊心动魄的战事在此发生。现在的昂车关，仿佛一条横空出世的大坝迎头拦住了奔腾咆哮的"恶龙"，

> **知识 › 链接**
>
> ## 昂车关之战
>
> 唐会昌三年（843）农历四月，昭义军（也称泽潞镇，古地名，即今长治市）节度使刘从谏病故，其侄刘稹，自称刘后叛唐，并派康良佺占领武乡，据守昂车关。为此，唐武宗调集各路兵马讨伐。河东节度使刘沔授令在榆社安营扎寨，领兵夺关，双方在太行龙湖的上、下关村一带展开一场恶战，史称昂车关之战。

◎ **太行龙湖**

在武乡县城东 500 米处，位于浊漳河北源的关河峡口。

浩浩渺渺的河水像一块映天的明镜托起于千山万壑间的峡谷之上，甚是新奇壮观，因此太行龙湖便有了高峡平湖的美誉。龙湖胜景，以水取胜。黎明，白色的晨雾为它罩上一层薄薄的面纱。日出，漫天彩霞又将它映得一片通红。中午，烟波浩荡，一望无际，苍山、远村、奇峰、白云在水中时隐时现。近处，花香鸟语，碧波荡漾，鹅鸭云集，金鳞戏游。那造型玲珑的放水亭，雄伟壮丽的纪念塔和两岸的松柏、刺槐、白杨、垂柳在水中倒映，令人仿佛置身于江南水乡之中。入夜，皓月当空，两岸万家灯火若天街闹市，甚是壮观。游人或登山远眺，或伫立林间，或泛舟于水面，或嬉水于岸边，无不心旷神怡。

第二讲 悠久的武乡历史

武乡县历史悠久，人杰地灵。早在新石器时代，武乡就有人类居住，据1972年石门村牛鼻湾出土文物考证，已有7800余年历史。古之皋狼野，近之纷乱所，现之老区名，将之富裕达。在武乡县行政区划之历史变迁声中显得格外厚重，留给我们的是数不尽的振奋与激情，是那一代人的刚骨和志气，是对于祖国和人民深厚的情怀和坚守，散发着永远不会褪去的光芒和不会消逝的余热，不忘初心，继续前进。

武乡的历史变迁

西周时期武乡称皋狼之地。春秋时代属晋，战国时代名涅，城邑在今故城镇，先属韩，后属赵。秦代属上党郡。西汉与东汉都置涅县，属并州上党郡，县城在今故城镇。三国时，仍称涅县，属并州上党郡。西晋武帝泰始年间，涅县分为三县，即武乡县、镣阳县和涅县，始有武乡县之名。

319年，石勒建立后赵，遂置武乡郡。433年，武乡郡改为乡郡，武乡县改为乡县，属并州乡郡。491年，乡县县治迁至南亭川（今武乡故县村）。至北齐，将乡郡改为南垣州、丰州、戎州，北周时恢复乡郡。隋朝建立后，几次更改，至隋朝末年，武乡境域形成现在的规模。后又经历唐代的几次变更，710年，恢复武乡县名至今。

抗日战争时期，1937年阎锡山政府将山西划分为7个行政区，武乡县属第三行政区，1940年7月改属太行区第三专员公署，同年7月，由于对敌斗争需要，武乡县分为武乡县、武西县。1945年9月，武乡、武西合并恢复原建制。1947 年秋，武乡县城迁至段村镇。

新中国成立后，武乡县属长治行政督察专员公署管辖。1958 年，长治行政区改为晋东南专区，专署仍驻长治。1958 年 11 月，榆社县和武乡县合并，称武乡县，属晋东南专区。1959 年 7 月，榆武再次分治。1985 年，撤销晋东南专区，分设长治市和晋城市，武乡县属长治市管辖至今。

武乡的历史古迹

◎ 北良村北齐石刻造像

北良村北齐石刻造像，位于武乡县城西北 35 公里的故城镇北良村。

武乡源远流长的历史给我们留下了具有历史价值且极具珍贵的文物古迹，从北齐的北良村石雕造像、宋代的真如寺、金代的大云寺和洪济院，到元代的会仙观，再到清代的千佛塔等，已列入市级以上文物保护单位的共有 30 多处。

北良村石刻造像。是佛教创始人释迦牟尼的石刻立体像。石像身高 3.9 米，腰周 2 米，手长 40 厘米，背北面南，竖立于 50 厘米高的石雕莲花座上。石像刻线明显，衣褶平行，披巾由背经两肩向前，细腰束带，形体瘦削，雕线棱角分明，用平直刀法，概括洗练，在个体石像中极为罕见，为我国古代文化的珍品，反映了我县劳动人民在石刻艺术上的伟大成就。1965 年 5 月 24 日公布为省级第一批重点文物保护单位。房屋为县政府重修，原有建筑战时拆毁。

大云寺。原为东汉涅氏县治所，后为岩静寺，北宋治平元年（1064）改称大云寺。寺院坐北朝南，占地 7900 平方米，现有正殿 5 间，南殿 5 间（观音菩萨殿），东殿 5 间（十八罗汉），西殿 5 间（十殿阎罗）。正殿两侧各

◎ **大云寺正殿**

大云寺，位于武乡县城西的故城镇，2001年被列为第五批全国重点文物保护单位。

有耳房5间。其中主体建筑正殿大雄宝殿为金代原构，其余为明清所建。大雄宝殿面阔5间，进深3间，单檐悬山顶。

洪济院。位于县城西30公里的东良村。其院坐北朝南，总面积1036平方米。寺院布局，有正殿7间，南殿3间，东西房各7间，正殿西山墙外侧高2米、四侧宽约80厘米的方柱千佛塔一座，南殿西侧有老爷庙3间。其主体建筑正殿，面宽5间，进深6椽，单檐悬山顶，系金代建筑。正殿和南殿内有壁画92幅，是武乡县仅存的一处壁画珍品。

离相寺。原名德峰寺，据传，北魏太武帝时，高僧法显在此坐化。五代后周时期，德峰寺因"法显高僧以离幽谷，圆寂西去"一事被官府赐名为离谷寺。1276年，寺院住持雄辩大师将高谷寺改名为离相寺。至此，元、明、清、民国各时期一直沿用离相寺之名。抗日战争时期，八路军曾在离相寺开办军需工厂。

◎ **洪济院寺庙壁画**

洪济院寺庙壁画人物栩栩如生，具有极高的艺术价值。

◎ **会仙观**

会仙观位于武乡县城东25公里的监漳村西，建于金代。建筑面积1354平方米。沿中轴线由北至南有三清殿、玉皇殿、关帝庙及戏台。东西两侧分别为奶奶庙、阎王殿，东西廊房各20余间。另有钟鼓楼分别筑于关帝庙两侧山门之上。

◎ **石勒寨遗址**

石勒寨位于武乡县城东5公里处的故县（原县城）北原山（也称鞏山）上。晋朝永康年间（301年左右），十六国后赵王石勒曾屯兵于此。石勒寨左侧之东河沟为石勒出生地。现在，故县北原山石勒寨的殿宇建筑全毁，古城遗址尚存。

◎ **离相寺**

离相寺位于武乡县城东35公里小西岭村南的德峰山上。

法显

　　法显是魏晋时期著名的僧人、旅行家、翻译家，是中国僧人到天竺（今印度）取经的先驱之一。法显二十岁时正式出家。399 年，他与另外四位信徒一起，从长安出发，开始了在中国佛教史和文化交流史上都具有深远影响的万里长征。法显等人穿过大戈壁，越过葱岭，终于到达了佛教发源地印度。他在印度学习梵语，研究律藏，还到释迦牟尼的诞生地迦毗罗卫（今尼泊尔南境）朝圣，成为最早到达这片佛教圣地的中国人。

　　421 年，法显横渡印度洋，从海路回到了阔别 13 年的祖国。法显的西行，是继西汉张骞和东汉甘英之后的又一次远行，其行程在两万多公里，途经 30 多个国家。他将自己的历程写成了《佛国记》，记述了所经各国的宗教、历史等情况，是我国现存有关海外交通的最早记录。

◎ 法显塑像

法显（337—422），原姓龚，山西平阳府武阳（今山西襄垣）人。

◎ 千佛塔

千佛塔位于县城中央，原为段村镇东门外净业庵遗留下的建筑，由清初名和尚阎福江主持修建，1699 年开始，历经 11 年建成。其塔体为砖石结构，十三级锥形空心体，八角攒尖顶，每级内有楼梯相通，并置放有佛像。外以围檐作界，挑角上均系有风铃，塔底层外部北有"清康熙四十九年建"字样。第二级的南门上方有"花开见佛"的砖刻横匾，塔的顶部有金属、琉璃混合而成的插花朵叠的皇冠形顶戴，顶戴高约 2 米，和整个建筑浑然一体。

武乡历史名人典故

武乡历史悠久，英才辈出。西晋时期，由奴隶到皇帝的政治家石勒，就出生在这里。延至明清，又出了吏部侍郎任原、工部侍郎程启南、兵部侍郎魏云中和左都御史魏光绪等政界人物。

石勒，字世龙，本名匐勒或匐勒，羯族人。石勒从小就有胆略，好骑射，常代父督摄部众，深为部众所服。十四岁随本家族人到洛阳经商，不久又返家务农。晋惠帝末年（约 300 年），并州大饥荒，刺史司马腾掠卖胡人往山东、河北做奴隶，换购军粮。石勒时年二十余岁，亦在被卖行列中，路上经历饥饿、疾病的折磨，后被卖到茌平（今山东茌平县西）地主师欢家为耕奴。师欢家附近有一个牧场，石勒以善于相马结识了汲桑，从此开始收揽人才、积聚力量。先后招募王阳等八人，后又得郭敖等十人加入，号称"十八骑"。

◎ **石勒雕塑**

石勒，西晋泰始九年（273）生于武乡北原山下（今武乡县故县东河沟）。

相关 链接

石勒去世前颁布的诏书："三日而葬，内外百僚既葬除服，无禁婚娶、祭祀、饮酒、肉食，征镇牧守不得辄离所司以奔丧。殓以时服，载以常车，无藏金宝，无藏器玩。中山以下其各司所典，无违朕命。大雅（石弘）与斌宜善相维持，司马氏汝等殷鉴，其务于敦穆也。中山王（石虎）深可三思周霍，勿为将来口实。"

这段话的意思是：我死后三天就埋葬，内外百官葬后就脱掉丧服，不要禁止婚娶、祭祀、饮酒、吃肉，征伐、镇守的牧守不得擅自离开职位前来奔丧。以平时穿过的衣服装殓，以平时坐过的车子运载，墓中不要藏金银财宝以及观赏的器物。中山王以下应该各司其职，不要违背朕的命令。石弘与石斌应该和善相处，司马氏是你们一辈人要引以为鉴的事情，最紧要的是厚道、和睦。中山王可多思考一些周公、霍光的故事，不要成为将来的话柄。

西晋八王之乱中，石勒与汲桑率众人投奔了公师藩，石勒的名字正式启用。公师藩战死后不久，石勒与汲桑屯兵平石，汲桑自称大将军，石勒为前锋都尉。后来汲桑战死。石勒率残部回到上党，曾于北原山屯兵休整。后归刘渊，被拜为辅汉将军，率众转战，攻下多地，不断发展。

310 年，刘渊死，刘聪继位，石勒被拜为征东大将军。征战中逐渐成为当时中原最强的割据势力。319 年，自称大单于、赵王，定都襄国，史称后赵。

329 年，灭前赵，并关陇。石赵全盛时期，其地"南逾淮河，东滨于海，西至河西，北尽燕代"。330 年，石勒称皇帝，改元建平。

石勒初起时转战南北，为了保存他的军队，采用武力掠夺粮食。但由于自己曾经历过被贩卖到山东为奴隶的悲惨遭遇，所以到 314 年取得幽州之后，"始下州郡，阅实人户"，规定首姓每户"出帛二匹，谷二斛"。其对人民的剥削量比西晋时要轻得多。同时，为了节制匈奴贵族大量酗酒造成的粮食浪费，他还颁布了严禁酿酒的法令，并且经常"遣使循行州郡，劝课农桑"，极力恢复和发展农业生产。

石勒不甚识字，但喜好文学，重视发展教育，在军旅常令儒生读史书给他听。当读《汉书》时闻郦食其劝立六国后，惊曰："此法当失，何得遂成天下！"读至留侯（张良）谏，乃曰："赖有此耳。"他每以其丰富的政治经验，评论历代帝王的是非得失。攻取河北后，即在襄国"立大学，简明经，善书吏，署为文学掾，选将佐子弟三百人教之"。同时下令"郡国立宫学，每郡置博士祭酒一人，弟子百五十人"。

333年农历七月，石勒去世，时年六十岁，在位十五年。

程启南，字开之，号风庵，刚正果敢，博学工文，明万历二十九年（1601），与同乡魏云中联捷同榜进士。次年授襄阳推官。当地因矿税繁重，民不聊生，时宫廷又派太监来搜刮民财，程启南峻言推之，深受当地百姓的欢迎，与羊叔子同建一祠，以作纪念。

1610年，任兵部武选司主事，上疏："清冒滥、摒私人、简将帅。"三条建议均被皇帝采纳。1613年，程启南升为兵部郎中。同年，经人保举，升任济南道副使。时值山东地区遭特大虫灾，他上疏请免田赋，并将官舍之储备拿出救民于水火。

◎ **程启南画像**

程启南，明朝嘉靖四十一年（1562）出生于武乡县信义村。

程启南任职山东，心系故土。当他得知到家乡武乡的权店至分水岭一带官道中有大盗孙宪，沿途侵夺客旅，为害于民。程启南请命当朝，特设守备衙门，委派守备一人，守兵300名，确保一方平安，使故乡老百姓过上了安居乐业的生活。

1622年，朝廷举勤政爱民之官吏，程启南被誉为"天下廉吏第一"。后任命为太常寺卿，调回京任职。当时宦党魏忠贤专权，结党营私，横行于天下。程启南以宗社为大计，抗疏劾之。魏忠贤在旁听着，非常恼怒，当天将程启南罢官。

相关 链接

程启南弹劾魏忠贤的疏文（节选）

自古治乱荣辱之端，在所信任。魏忠贤威移主上，蟠连禁闼，倪文焕、崔呈秀等扇党与，摇唇膏吻而横于世。指夷光为嫫母，借钩锯作刑书，以王振、刘瑾之势加之郅都之手，不六翻尽空不止。令济州荒旱，彭城水决，江南地震，关中豕妖，反天不祥，于斯见矣。乃尚有进玉玺赋凤仪者，臣愚以为，众正立即朝之嘉祥，群狂至即国之妖孽。今即使朱草日生于庭，麒麟在囿，臣犹以为无因而至，而敢为回面污行，不思变辙者乎？臣实不欲同罢驴为群，与汩俱没。乞故臣还山。

1628年，庄烈帝即位，改元崇祯，大诛魏党，起用在野旧臣。程启南复出，后升工部左侍郎。皇室的德陵开工数年未竣。他一到任，即召商人责之，限期五月，砖木不到，以法治裁。商家害怕清直奉法之官，不久顺利竣工。皇帝认为他办事干练，政绩卓著，大为奖赏。后来崇祯皇帝又重用宦官。太监张彝宪总理户、工二部，凌驾尚书之上，大有重蹈覆辙之势。程启南连疏求退，方获准告老还乡。

程启南历事四朝，凡三十年，官任十余职，而不为赫赫名，一再辞官，大节凛然，政绩卓著。还乡后，他绝意仕途，杜门谢客，但是依旧关心家乡的苦难。看到武乡荒旱，上书两院呈请免徭减赋，使沁州豁免征粮累金3000余两。李自成起义军入京，大顺政权看他为官清廉，曾派人下书劝其出山任职，被拒绝。而后从县城居所重返信义村故宅，专门修建一寨，取名"双修寨"，构筑草亭数间，终日读书，安度晚年。清顺治七年（1650）十月去世，享年八十九岁。

魏光绪，字孟韬，号元白。明万历二十二年（1594），出生于武乡县魏家窑村的一个官宦之家。父亲魏鳌，曾任香河、府谷县令。父辈家风很好，始终和睦相处、谦谨如一。魏光绪出生于这样的家庭，自幼就接受了良好的文化教育和道德熏陶。他从小就专心致志，埋头苦读，其形貌秀丽风度潇洒。1612年乡试夺第一，第二年以优异的成绩摘取进士桂冠，被任命为行人平命使。他奉旨到湖北、河南一带考察，按照惯例，这些地方的权贵们，要对考察的朝廷官员赠送"金帛"，但魏光绪一概婉言谢绝，不予接受。当考察结束时，魏光绪将所到之处的各种利弊逐条上陈，事实清楚，分析透彻，切中时弊。1620年，魏光绪升任云南道御史。当时魏忠贤专权，党争厉害，斗争激烈。魏光绪坚持中立，不依附任何党派，不避权贵，更不考虑他们属于哪个党派，上疏弹劾有劣行的官员。对此，朝堂上的所有人都把他看作公正的"铁面御史"。

1623年，魏光绪被任命福建巡道，后巡案山东，由于他一向清廉正直，不避权贵，名气很大。当地的贪官污吏闻风丧胆，弃官逃跑的很多。他执法如山，人们都拿他和海瑞相提并论。当时白莲教徐鸿儒被杀之后，他的很多部下躲避起来，一些官员主张全部歼灭，魏光绪深入民间，细察详情，认为不妥，上疏力主招抚，使10多万人免遭杀戮。同时，与宋玫、马之骥

小知识

明末党争

明末党争指明末东林党与宦党、浙党之争。明万历时起，朝政日趋腐败，党派林立，党争迭起。万历三十三年（1605），被明朝政府革职的吏部郎中顾宪成，与同好高攀龙、钱一本、薛敷教、史孟麟等人，在他的故乡无锡东门外东林书院讲学。讽议朝政，品评人物，抨击当权派。一部分在职官吏如赵南星等也遥相应和。东林党以此得名。与东林党同时，另一批官吏士绅又组成浙、齐、楚、宣、昆各党派。这些党派相互之间也有矛盾，但他们都与大地主集团相互勾结，"务以攻东林排异己为事"。

在党争的过程中，东林党人反对以皇帝为首的当权派的胡作非为，反对王公、勋戚对土地的掠夺，反对矿监、税使的横征暴敛，得到了百姓的支持拥护。但明末激烈的党争大大削弱了明朝的力量。

等十人兴书院、结文社，活跃一方，但因不受魏忠贤拉拢，被降职外用。

1628年，崇祯皇帝上台，魏光绪又被起用，他奉诏巡视京营，严肃军纪，整顿军风，使京营"戎政一新"。

明朝末年，起义军不断。一支义军攻占了桂阳。朝廷中对魏光绪心存嫉妒和有成见的人便以此为借口，极力上书弹劾，于是朝廷将魏光绪罢官回乡。

1636年，武乡连续大旱，魏光绪把家中蓄粮尽数拿出，救灾济贫。他

还设立慈幼局，收容遗弃婴儿。捐资修筑城垣，造炮修台。设义冢，建宗会，行医施药，办成了多项福利事业。晚年，他以自己的风雅博学曾致力于振兴本县文风。1641年冬，崇祯帝下诏旧属还朝。他正埋头修纂县志，未搁笔而患病。数日后，任他为宣（府）大（同）总督的命令已下，他却与世长辞了。

魏光绪在家乡出资开凿水渠并赋诗：

御墨何年晋两侯，乱山塞阻见灵湫。

源通星海千枝玉，声断龙门一派湫。

绕涧崩雷摇殿阁，半天凉雨洒田畴。

缅怀禹迹今犹在，满目黄龙覆垅头。

第三讲　多彩的地方文化

武乡县在悠久的历史的长河中，传承和发展出了具有鲜明地方特色的文化。饮食、住房和庙会等民俗文化各有特色，构成了武乡县人民群众的日常生活。非遗文化丰富多彩，武乡秧歌更是入选为国家级非物质文化遗产，这也体现了武乡县激昂向上的精神面貌。

武乡的民俗风情

武乡人的主食以谷子、玉米、高粱居多，豆类、小麦次之。吃饭时间随农忙农闲、天长日短不断变化。人们在早晨多吃小米饭，玉米面或谷面做的干粮。中午多吃白面、高粱面、豆面混合而成的三和面面条。晚饭，中西乡多吃和子饭，而东乡与西乡分水岭一带多以炒面为主。焖成的小米饭香甜爽口，绵软不黏，食用时上面放上一些红、白萝卜丝菜味道更佳。此外还有擦面、抿面、莜面等。

◎ 和子饭

和子饭，又称"和则饭"，主料有小米或少量的玉米圪糁；配料按季节选用黄豆、大白豆、大绿豆等豆类，土豆、南瓜、北瓜（西葫芦）、鲜豆角、红萝卜、白萝卜、芹菜、甜菜、干豆角、苦菜、玉谷菜等蔬菜类，品种可多可少，适量为宜；调料多用葱花、蒜片、精盐、食用油、醋烹炝入锅。

◎ **豆面抿面**

豆面抿面是以豆面、白面为主要原料的面食，是武乡的特色传统风味面食之一，食用时放入酸菜豆腐卤，口味微辣，具有滑柔利口、汤清味香、风味别致的特点。

◎ **苦菜**

苦菜芽鲜嫩，带着一点淡淡的涩感，苦菜长到 15 厘米左右高时，在沸水里焯一会儿，捞上后切碎用各种调味品拌匀，即食。苦菜色泽油绿，味道鲜美，广受人们的喜爱。

武乡的民间小吃丰富多样。枣糕已有 300 年的历史，是用黄软米面、红枣、玉米面混合蒸馏而成，清至民国时期便蜚声于并州、平遥等地，在婚丧嫁娶、生日、满月、暖房、祝寿时多以此为主食，也多见于集市、饭摊。荞面饸饹是流行于东乡一带的面食，光滑润口，清凉下火，是此地待客佳品。酸菜浆水是由各种菜叶发酵而成，叶可助餐，叫酸菜，汤可代醋，叫浆水，味道可口又有降暑功效。此外还有灌肠、不烂子、干面饼则、糖三角和各类杂粮煎饼。

武乡县传统房屋主要有瓦房和窑洞两种。瓦房通常选择基坚、干燥、通风、向阳之地建造。分为楼房和一般瓦房两种。楼房有上下两层，砖土墙壁，楼板全木结构，上层放粮，下层住人。一般瓦房则土木结构，门窗宽大，屋内宽敞，且结构、造型和光线都是旧时所不及的。

武乡县庙会众多。旧有的四大镇、八小镇和所有村庄，几乎普遍建有各式神庙。凡有庙者，都有规模不等的庙会，如段村圣母庙会、故县城隍庙会、洪水九龙庙会、故城大云寺庙会等，此外还有石盘顶山、南山寺、大有太山圣母庙、阳城护国西齐王庙、监漳应感庙、凤翔山、石壁圣母庙等庙会，多以进香、赛神为主。

◎ **武乡窑洞**

窑洞在旧时是贫而无力者修建，省工省料。土窑虽简陋，但冬暖夏凉。所以，至今乡村修窑洞者仍为数不少，不过材料逐渐由砖石代之，坚固耐久、光线充足、造型美观。

知识 > 链接

武乡的主要庙会

段村圣母庙会，俗称四月会。此会是为纪念眼光圣母圣诞而举行的一次盛大的物资交流会。从农历四月二十八起会，可延半月之久。县境附近的襄垣、沁县、榆社、左权县及山东、河北、河南的商贾都云集于此。大会期间，千佛塔、庙门全都开放，游人可随意观览，攀高俯瞰。

故县城隍庙会，会址在西关。农历五月二十五，接南山寺神回城隍庙，举行祭神仪式，唱戏三日以示贺神。

洪水九龙庙会，在农历七月十五，演戏祭神，寺内以进香为主。会址在洪水镇，会期长达一个月，是武乡县会期最长，货物最多的物资交流大会。

故城大云寺庙会，会址在故城镇。农历七月二十四，寺内迎神、送神，大摆香案，和尚诵经，以进香、还愿为主。大蒜是这一庙会的主要成交物，因此亦称故城"蒜会"。

武乡的非物质文化遗产

武乡县非物质文化遗产资源丰富。现有国家级非物质文化遗产项目一项，即武乡秧歌；山西省非物质文化遗产项目五项，包括武乡鼓书、武乡顶灯、武乡"十六两"斤秤歌、武乡剪纸、武乡炒指技艺；武乡县非物质文化遗产项目十八项，包括高台技艺、武乡纺绳技艺、花杠、文社火、武乡庙堂音乐、石勒故事、砂罐技艺、武乡灌肠、武乡干面饼制作、武乡开花调、武乡"五香"醋、武乡枣糕制作技艺、武乡形意拳、瞽调、武乡跑腿秧歌、面塑、武乡纸扎、武乡大板书。

武乡秧歌的唱腔分慢板、快板、数板。行当比较齐全。传统剧目有《土地堂》等。据考证，约于明末清初由夯歌演变而成。清咸丰年间（1851—1861），艺人田维等组织自乐班、同乐会等半职业秧歌班社，将《刘芳舍子》《小姑不贤》等搬上舞台，成为地方戏曲剧种。光绪十五年（1889）武乡上合、下合等 18 个村的自乐班与襄垣县上良村艺人王福锁集襄垣西营、城底等地，组成第一个秧歌职业班社，称为"十八村秧歌班"，排演大型蟒靠戏《河灯会》《富贵图》等，于是出现了在同一出大戏中"官唱梆子，民唱秧歌；花脸（不包括小花脸）唱梆子，生旦唱秧歌"的秧歌与上党梆子交错演唱的形式。较有名的班社是武乡的鸣凤班、鸣胜班、永乐义、庆荣班、元落义等。武乡秧歌有传统剧目 130 多个。在此期间，第一代女演员李雪娥、路小梅母女登上秧歌舞台。

武乡鼓书的唱腔有鼓儿词、柳调两种曲调。表演时以坐唱为主，在演唱长篇书时，由多人分任其中的主要人物角色，以独唱、对唱、齐唱等形式来表述情节和刻画人物。演唱者分操乐器伴奏，弦乐有京胡、二把、胡胡、月琴四大件。人数再多时可加三弦、二胡、中胡等。武乡鼓书传统书目丰富，长篇书目有《五女兴唐传》《金鞭记》等 30 余部；中篇有《杨七郎打擂》《高文举宿花亭》等 40 余部；小段有《小二姐做梦》《小两口争灯》《穷汉过年》等 80 多段。

◎ **武乡秧歌**

武乡秧歌是流行于山西晋东南地区襄垣、武乡及晋东南其他一些地方的戏曲剧种。

◎ **武乡鼓书**

武乡鼓书也称鼓儿词、武乡调,起源于武乡,流行于上党地区。

　　武乡顶灯的形式典雅稀奇，表演洒脱粗犷，有着浓郁的乡土气息和历史遗风。顶灯在普通饭碗的碗边转圈糊上各色纸，里边放上旧式灯盏或蜡烛，点燃后即为灯，顶在头上进行表演。顶灯人数不限，少则六七人，多则上百人。现在的顶灯队大都穿着扭秧歌、跳舞时用的各种服饰。顶灯队伍行进时随着锣鼓点有节奏的扭动、变换，其走法有"卷帘洞""蛇蜕皮"等。

　　斤秤锣鼓原名斤秤歌，流行于武乡县丰州镇富庄村、东村、城关村、魏家窑村一带，是一种十分特殊的汉族民间艺术形式。这种锣鼓以旧式度量衡制十六两一斤的换算口诀进行演奏，也称为"十六两"斤秤歌。整套锣鼓分十五遍连续演奏，每遍口诀都不同，故既不能一锣到底，也不能反复重叠，更不同于一般的曲牌连奏。斤秤锣鼓敲打起来高昂嘹亮，节奏明快，起落跌宕，上击下拍，左敲右打，铿锵有力，广泛应用于民族乐队、民间器乐合奏，以及各种戏剧、曲艺、歌舞和吹打细乐。当地社火表演中，涌现出一大批技高艺深之人，深受人民群众欢迎。这种把汉族民间艺术与数字结合起来，融知识性、趣味性与娱乐性为一体的社火表演形式，堪称山西汉族民俗文化艺术一绝。

◎ **武乡顶灯**

武乡顶灯是一种原始古朴的"歌伴舞"。

◎ **斤秤锣鼓**

斤秤锣鼓，又称"十六两"斤秤歌。

◎ **武乡剪纸**
武乡剪纸是武乡人文民风的现实表现。

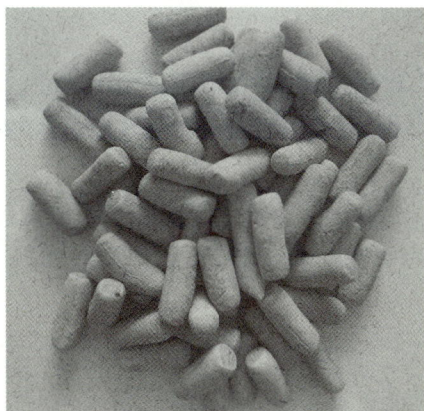

◎ **武乡炒指技艺**
炒指是武乡民间流传的一种炒制面食，因其外形像人的手指而得名。

武乡剪纸是伴随着山西民间剪纸艺术的产生和发展，而逐渐形成的一个具有独特风格、地域特色的民间艺术。它传承了山西剪纸的基本做法，以镂空的方式加工制作，剪纸刻法有阴刻、阳刻和阴阳刻三种，相关作品有《清明上河图》《孔子》等，制作工具有剪刀、刻刀、垫板、宣纸等。武乡剪纸是当地土壤滋生的综合性的文化艺术，它不仅富有传统工艺的简练、纯朴的特点，而且融入了革命老区地方特色，具有重要的艺术价值。

知识 链接

关于"炒指"的传说

关于"炒指"的来历，当地流传着一则传说：西晋末年，武乡人石勒带兵打仗过程中，经常没有时间安锅造饭，而蒸、煮的面食带在身上几天吃不完，就腐烂变质了。石勒就想了个办法，让人们把面和好后，擀成厚厚的饼，然后切成手指大小的面条块儿，用水煮熟了再上火烤干，这样带起来就方便多了。士兵在征战过程中，经常有水土不服的情况，石勒手下的一个火头军试着用家乡干土磨成粉，用铁锅将干土滚沸后再来炒这个面条块儿，无论打仗走到哪儿，士兵只要常常吃一点，就不会出现不服水土，呕吐、腹泻等不良症状，而且吃起来也香脆可口。后来石勒做了皇帝，武乡是其出生的地方，因这种面食制品外形像人的手指，石勒就赐名这种面食制品为"皇土炒指"。

探究思考

1. 结合生活实际，谈谈武乡自然地理环境的特点。

2. 举例说说武乡的历史遗迹和历史人物的特色。

第二编

红色历史篇

八路军故乡园

翻开中国革命史，会发现武乡县频繁出现在其中，这足以说明武乡在中国历史上发挥的重要作用。回顾武乡的革命历史过程，可以看到武乡之所以成为华北抗战的指挥中心，成为领导中华民族争取民族独立与解放的红色之都，主要在于八路军总部的多次驻扎。在武乡，有许多革命旧址，包括八路军总司令部砖壁旧址、八路军总司令部王家峪旧址、抗日军政大学总校蟠龙旧址、关家垴歼灭战遗址、柳沟兵工厂旧址等，它们承载着革命者的勇敢与无畏，是武乡红色文化的重要见证。走进八路军太行纪念馆，馆内的丰富陈列和红色文物，也在诉说着伟大的太行精神，武乡可谓"八路军的故乡、子弟兵的摇篮"。

第一讲　革命历史铸精神

　　武乡县是全国著名的革命老区，早在 1933 年就建立了共产党的地下组织。八年全面抗战中，八路军总部机关曾五次进驻武乡，先后在这里驻扎536 天，占驻扎太行山总天数的近一半。朱德、彭德怀、左权、刘伯承、邓小平等老一辈无产阶级革命家曾在此战斗和生活。八路军总部和中共中央北方局指挥组织军民对日伪作战 10 万余次，歼灭日伪军 125 万余人，牵制了六七十万侵华日军，34 万名将士血洒疆场，创建了 7000 多万人口的敌后抗日根据地，八路军从改编时的 4.5 万多人发展到 1945 年底的 102 万人。在近代历史上，以武乡人民为代表的太行人民，为中国革命的胜利作出了巨大的牺牲和贡献，孕育了伟大的太行精神，培育形成了独特的八路军文化，武乡县也因此被誉为"抗日模范县"。

抗战时的圣地

　　1937 年 7 月全民族抗战开始后，国共合作形成，国民政府军事委员会将山西划为第二战区，组织成立了第二战区长官司令部，阎锡山出任司令长官。冬季，为适应抗战需要，山西省政府依地形将山西划为 7 个大行政区，武乡县属第三行政区，行署驻沁县。1937 年 11 月中旬，八路军第一二九师主力逐渐向晋东南地区展开，在正太路沿线发动群众，创建晋冀豫抗日根据地，武乡是晋冀鲁豫抗日根据地的一部分。

　　1939 年，由于日军打通了白晋铁路，使路东西两部的联系有了一定困难，中共北方局和八路军总部决定，将晋冀豫根据地分为两部分，路东为太行抗日根据地。武乡属太行抗日根据地第三专区，也称三分区。

1940年6月，太行军区成立，由第一二九师机关兼军区机关。同时，日寇侵占段村。为适应对敌斗争形势需要，武乡县分成武乡（东）抗日县和武西抗日县。武东、武西两县均属冀南太行联合办事处三专署领导。1941年7月起，两县均属晋冀鲁豫边区太行第三专区。1945年8月日本无条件投降后段村解放。9月，武东、武西两县合并为武乡县。

新中国成立后的发展

1949年8月9日，中共华北人民政府决定撤销太行、太岳、太原3个行政区和陕甘宁边区的晋南、晋西北2区50县，合并设立山西省。9月1日，山西省人民政府在太原正式成立。下辖太原1地级市及兴县、忻县、阳泉、汾阳、长治、翼城6专区。1958年，长治行政区改为晋东南专区，专署仍驻长治。1958年11月，榆社县和武乡县合并，称武乡县，属晋东南专区。1959年7月，榆武再次分治。

1985年4月30日，《国务院关于山西省撤销晋东南地区实行市管县的批复》下发，长治扩容、晋城升格。5月，长治市除原所辖的城区、郊区、长治县、潞城县4县（区）之外，增加晋东南地区壶关、平顺、长子、屯留、襄垣、黎城、武乡、沁县、沁源北9县，组建新的长治市，共13个县（区）。1985年，武乡县辖5镇16乡，393个行政村，1042个自然村。2001年，撤乡并镇，全县辖5镇9乡，1个开发区，377个行政村，942个自然村。2021年，乡级区划调整，全县辖6乡6镇，269个行政村，811个自然村，6个社区。县城设丰州镇。

武乡的革命历史是中国革命历史的重要篇章，太行精神是中国革命精神谱系的重要组成部分，这种革命精神是以毛泽东、朱德、彭德怀等老一辈革命家为代表的中国共产党人，把马克思主义理论与中华民族的优良传统和中国革命具体实践相结合而形成的民族精神，是中国共产党领导英雄的太行军民用鲜血和生命谱写的革命精神。全民族抗战爆发后，山西省东南部的上党地区是太行抗日根据地的核心区域，也是孕育革命精神的主要区域。在党的领导下，太行儿女全民皆兵，全民参战，将抗战烽火燃烧在太行山上。在艰苦的抗战岁月里，太行根据地的广大军民共同筑起了抵抗日军的钢铁长城，铸就了伟大的太行精神。如今，在这一革命精神的激励下，这片红色热土上的人民正在谱写着一曲曲社会主义建设的新篇章。

第二讲 红色圣地撒火种

　　武乡县境内分布有八路军总司令部、八路军总政治部、总供给部、卫生部、中共中央北方局、北方局党校、一二九师师部、抗日军政大学、八路军兵工厂、新华日报社、鲁迅艺术学校、百团大战关家垴主战场、长乐村战斗纪念碑、朱德总司令手植红星杨等革命遗址 240 多处，武乡属国务院革命文物重点县和文物管理重点县，也是全国红色旅游重点县。

八路军总司令部砖壁旧址

　　砖壁村位于距武乡县城 50 公里的东部山区。这里，南、西、北三面临崖，仅有一条峡谷小道可接通内外，东面靠山，经两道天然壕沟，可进入崇山峻岭之中，是一块天然的战略要地。

　　1937 年 7 月 15 日至 11 月 11 日，1940 年 6 月 27 日至 11 月 4 日，1942 年 6 月初，总部曾三次在砖壁村驻扎。朱德、彭德怀和左权等老一辈革命家曾在这里战斗和生活，进行了伟大的革命实践。他们指挥根据地军民粉碎了日军对晋东南的第二次"九路围攻"，参加了中共晋冀豫第一次党代会，召开了榆武士绅会和中共北方局高干会，接待了许多中外记者、友军将领和民主人士，领导和组织根据地军民进行了生产自救。特别是他们指挥了名震中外的"百团大战"，创建了晋察冀、晋绥、晋冀鲁豫、山东、大青山等敌后抗日根据地，为中国的抗日战争和世界反法西斯战争的胜利作出了卓越的贡献。

　　现在的旧址由 6 个农家窑楼院和玉皇庙、佛爷庙、奶奶庙、李家祠堂四

◎ **八路军总司令部砖壁旧址**

抗日战争时期，砖壁村是八路军总司令部所在地。

◎ **朱德和彭德怀塑像**

这座塑像立在朱德旧居前的小广场上，左为朱德，右为彭德怀。

合一的古建筑群组成，占地面积为 13500 平方米。朱德住农家楼院的北窑楼 3 间，硬山顶结构建筑。司令部及彭德怀、左权、刘伯承、邓小平居所属总部，作战科、机要科、通讯科等分别设在奶奶庙、佛爷庙、玉皇庙、李家祠堂，共 42 间，悬山顶，卷棚顶木结构建筑，旧址坐北朝南。

旧址周边山头上有"消息树"、地堡、工事、瞭望台、军火储藏洞、战时发报洞和葫芦嘴、望乡台、封神口等八大哨所遗址。还有朱德帮老乡推过的"连心碾"、挖掘的"抗日井"，彭德怀手植的"将军树"，总部指战员挖掘并砌筑的"八路池""军民坝"和总部球场等遗迹。特别是登上砖壁村的制高点棋山（小松山），总部周边的深壑险隘，奇峰鸟道尽收眼底，触目惊心而有惊无险。极目群山，数十处革命旧址群落，若星罗棋布，镶嵌其间，大气恢宏。

◎ **朱德总司令旧居**
朱德总司令旧居由正房和东西耳房组成。

◎ **左权故居**

左权故居，上面的牌匾是邓小平题写的"怀念左权同志"。

自八路军总部进驻武乡以来，砖壁便成为指挥华北抗日游击战争的司令部和华北各抗日根据地的指挥中枢。朱德总司令、彭德怀副总司令和左权副参谋长遵照毛泽东同志关于整个华北工作，应以游击战争为唯一方针的指示，在这里运筹帷幄，直接指挥三师之众，并广泛发动群众，壮大武装力量，普遍开展游击战争，开创敌后抗日根据地。

1940 年 7 月 22 日，总部在砖壁发布了《战役预备命令》，8 月 22 日下达了作战命令，指挥敌后全线，我军 115 个团，30 万人的兵力，在华北5000 里长的战线上，胜利地进行了第一阶段以正太路为重点的交通总破击战和第二阶段的克服榆社城等据点的攻坚战。10 月 31 日，彭德怀副总司令和左权副参谋长曾亲临前线，指挥了第三阶段反"扫荡"战斗中著名的关家垴歼灭战。经过三个半月的连续作战，我军共进行大小战斗 1824 次，俘虏敌伪军 44418 人，拔除敌伪据点 2993 个，缴获马步枪 5400 余支、轻重机枪200 多挺以及大量武器弹药；破坏铁路、公路 3948 公里，桥梁、车站、隧道等 260 余处；解救煤矿、铁路工人和被强拉去为敌修炮楼的同胞 12600 余人。"百团大战"的胜利，打破了日军的"囚笼政策"，牵制了敌人大量兵力，遏止了当时妥协投降的暗流，极大地提高了共产党、八路军的威望和全国军民抗战胜利的信心。

在炮火连天的抗日战争年代，朱德总司令、彭德怀副总司令和左权副参谋长等八路军领导人，率领

总部机关，在这里指挥名震中外的八路军，同日伪军和国民党顽固派作战 1 万多次，歼敌 10 万余人，建立了晋察冀、晋冀鲁豫、晋绥、山东等抗日根据地，迅速发展和壮大了人民抗日武装力量，建立了无数的游击队、自卫队和民兵组织，使太行山成为抗日战争的坚固战略基地。

八路军总司令部王家峪旧址

王家峪位于武乡县城东 35 公里处的丘陵山区，在洪水河南岸的一条狭谷中，夹岸丘壑起伏。

1939 年 10 月至 1940 年 7 月，八路军总部曾在此驻扎。朱德、彭德怀、左权等老一辈革命家曾在这里长期生活、战斗，指挥华北各抗日根据地的游击战争和政治斗争。许多老一辈革命家，如杨尚昆、罗瑞卿、滕代远、何长工、张际春、苏振华、傅崇碧、聂凤智、洪学智、黄克诚、陈伯钧、张云逸、粟裕、张爱萍等都曾在此地居住。这里不仅有革命者的旧居，还有革命活动旧址，包括参谋部、政治部、中共中央北方局及其所属机关、部队旧址；军事、政治会议旧址；太行山抗日根据地的指挥中心旧址。

现在的旧址主体建筑由村北东、中、西 3 所相连的农家院落、14 孔窑

洞、15 间土瓦房组成。西院有接待室、参谋人员住室、总部马棚；中院为总司令部参谋处、秘书处、刘少奇住室和朱德、彭德怀、左权等的住室；东院为刘伯承、邓小平、陈赓、陈锡联、李达等回总部开会时的住室。院外路南有总部球场和朱德种的小菜园。

◎ 八路军总司令部王家峪旧址

八路军总司令部王家峪旧址现为国家三级博物馆，同时也是国家国防教育示范基地以及山西省青少年革命传统教育基地。

◎ **彭德怀副总司令住室**

彭德怀副总司令曾在此组织总部直属机关人员进行生产自救，开展敌后新文化运动；指挥反顽战役，击退了第一次反共高潮，巩固了晋东南抗日根据地；酝酿和部署了百团大战，打破了日军的"囚笼政策"，进一步鼓舞了敌后军民抗战胜利的信心。

知识 链接

红星杨

1940年清明节前后，朱德总司令、彭德怀副总司令带领总部机关和抗大学员，开展植树造林运动，仅在王家峪一带就植树两万余株。朱德总司令还亲手在王家峪的寨湾栽下一棵白杨。因这棵白杨的树枝的横面显五星状，人们都亲切地称它为"红星杨"。"红星杨"树身笔直参天，树冠枝繁叶茂，象征革命事业的"红星杨"，是八路军指战员建设根据地的历史见证，是朱德总司令留给太行人民的一颗红"心"。

◎ **红星杨**

朱德总司令在王家峪村种下的红星杨。

抗日军政大学总校蟠龙旧址

抗日军政大学总校蟠龙旧址，位于县城东35公里的蟠龙镇。1939年12月，抗日军政大学一分校由延安进驻武乡县蟠龙镇。1940年2月，根据党中央指示，为方便八路军总部、中共北方局对抗大总校的领导，抗大总校由副校长罗瑞卿率领由晋察冀开赴八路军总部和中共北方局所在的晋东南抗日根据地武乡县与由何长工校长带领从陵川、壶关先前到达武乡的抗大一分校合并，合并后罗瑞卿任总校副校长，何长工任教育长。

总校下设4个团、2个女生队、1个特种大队。总校校部设在八路军总部驻地附近的蟠龙镇，其他学员则分别住在蟠龙镇周围北漳、型塘、温庄、尚元、牛家岭、东沟等村子里，1940年4月15日，何长工教育长在蟠龙镇召开了第六期开学典礼，朱德总司令讲话。

◎ **抗日军政大学总校蟠龙旧址**
1961年3月4日，抗日军政大学总校蟠龙旧址由国务院公布为全国第一批重点文物保护单位。

关家垴歼灭战遗址

关家垴歼灭战遗址位于武乡县城东的关家垴、柳树垴一带。关家垴位于太行抗日根据地的腹心地区，在武乡县蟠龙镇砖壁村正北 6.5 公里处。关家垴是群岭环抱的一个高高的山冈，山顶是一块方圆几百米的平地，很适合排兵布阵。其北面是断崖陡壁，下面是一条深沟，东西两侧坡度较陡，只有南坡比较平缓，可作进攻路线。因此，关家垴可谓易守难攻之地。

◎ **关家垴战斗遗址**
关家垴战斗遗址现在是太行干部学院的重要教学点。

关家垴战斗是抗日战争中"百团大战"第三阶段八路军组织的一次最大规模的阵地攻坚战。1940 年 10 月 30 日至 31 日，第一二九师组织第三八五旅与第三八六旅主力、新编第十旅及决死队第一纵队各一部，集中优势兵力，在彭德怀副总司令的督战下，对日军第三十六师团冈崎大队 500 多人

知识 > 链接

马其智回忆关家垴

　　我当时是八路军总部卫校的学员，被临时抽调到战场负责搬运烈士遗体，战斗打了两天两夜，数不清的冲锋次数，仅我一人就从阵地上背下120多名牺牲战士的遗体。遗体集中背到山下的一户老乡家中，按照规定还要给牺牲的烈士从头到脚用土布全部裹上，不到一天时间两间大屋就摆满了烈士的遗体，后面背来的遗体只能摆在前面牺牲战士的身上。累到跑不动时，我就趴在烈士身上打个盹。战斗进行到最后时，我又一次冲上了阵地。这时，敌人开炮了，我赶紧俯身躲到了一块石碑下，敌人的一枚炮弹击中了身旁的石碑后，炮弹碎片又打到了我的脑门上。我当时感觉眼前一黑，便晕了过去。醒来时，发现自己躺在总部医院的病床上，事后战友告诉我，我已经昏迷了两天两夜。

进行围歼，血战两昼夜，后因日军大部队抵达被迫撤围。这次战斗虽然沉重打击了日军的嚣张气焰，使敌人受到巨大损伤，但也给八路军自身带来较大伤亡，为"百团大战"中最为惨烈的一战。

柳沟兵工厂

　　八路军总司令部在王家峪驻扎期间，创办了黄崖洞、柳沟、梁沟、高峪沟抗日兵工厂。其中柳沟兵工厂旧址，位于武乡县东河不凌、柳沟、马岚头一带的峡谷之中。柳沟铁厂最先生产手榴弹、地雷。后来增加生产了掷弹筒、迫击炮、五〇炮弹、六〇炮弹、八〇炮弹、八二迫击炮弹等，它不仅是八路军军工部所属产值、产量最高的兵工厂，也是存在时间最长的兵工厂。

◎ **柳沟兵工厂旧址**

柳沟兵工厂原为柳沟铁厂，1939年4月，经朱德总司令批准，由八路军总部第六科（军工科）接管，改名为八路军总部柳沟兵工厂。

第三讲　红色文物展风貌

　　武乡县现有馆藏国家级革命文物 1000 多件（套），特别是有全国唯一的全面反映八路军八年全面抗战史实的大型历史博物馆——八路军太行纪念馆，位于武乡县城太行街 363 号。

　　八路军太行纪念馆展有珍贵的历史资料和革命文物。馆区主要分为主展区和游览区两大部分。1988 年开放，2015 年馆内进行了提升建造。纪念馆先后接待了江泽民、胡锦涛、习近平等党和国家领导人，以及华国

◎ 八路军太行纪念馆

"八路军太行纪念馆"由邓小平题写。

锋、杨尚昆、宋平、刘华清等老一辈革命家，年均接待观众80万人次。

多功能展览区

八路军太行纪念馆的主展区包括八路军简史陈列厅、八路军将帅厅、日军侵华暴行厅、半景画馆等。

八路军抗战陈列馆由序厅、六大陈列厅、休息厅、抗战文化墙等构成。从空中俯瞰，为"工"字形布局，两侧是平顶现代建筑，中堂尖顶为传统建筑。于2005年正式对外开放，是一座全面反映八路军八年全面抗战光辉历史的大型军事专题场馆。

走进八路军抗战史陈列馆的序厅，耳边飘来抗战歌曲《在太行山上》的雄壮旋律，映入眼帘的是正面墙体上由巍巍太行山、滔滔黄河、绵延万里长城等构成的石刻浮雕图案，映衬着"太行精神光耀千秋"八个红色大字，分外醒目。在大厅中间，屹立着八根镌刻有八路军抗战重要历史片段的四方铜柱，它们描绘了八路军在辽阔的华北战场进行了艰苦卓绝的八年抗战，象征中国共产党是领导全民族抗战的中流砥柱。最引人注目的是正中央处，在鲜花绿叶丛中掩映着一尊汉白玉组合卧碑，碑身的顶端是八路军帽和橄榄枝构成的铜质图案，寓意着英勇无畏的八路军在为和平而战，碑身两侧则由小米加步枪、大刀和地雷拼构成图案，这些具有典型意义的八路军文物和元素符号，深刻揭示了中华民族八年抗战的艰苦历史。

八路军抗战史陈列馆陈列厅于2005年改建后，主题展览为"八路军抗战史陈列"，展陈面积8000平方米、展线长1450米，展出图片、图表609幅，文物1091件，油画作品13件，木刻版画36件，并辅以仿实景观、雕塑、多媒体演示等16组，分为六大部分。展览以珍贵的图片、文物为基础，综合运用声、光、影技术，配以幻影成像、立体景观、触摸屏等辅助手段，展示了八路军同日本侵略者进行斗争的历史。其中主要展品有"抗战联盟旗""百团大战战役部署图"和响堂铺战斗中缴获的汽车发动机残骸等。最具代表性的是长达80米的"八路军抗战文化墙"，集中展示抗战时期八路军部队及根据地出版的图书、报刊、绘画等文化艺术珍品，形成了一条视野广阔、信息量较大的展览辅线。

八路军抗战史陈列馆题词厅，陈列有江泽民、邓小平、杨尚昆、刘华清、聂荣臻、徐向前、薄一波等党和国家领导人以及210余位省军级以上领导人的题词。影视厅占地260平方米，有80个座位，30部爱国主义教育影视资料片。展厅陈列着3000余件革命文物，其中有30多件国家一级文物，

◎ **八路军臂章**

八路军臂章和第18集团军佩戴过的臂章。

◎ **八路军的水壶**

八路军行军途中使用过的水壶。

◎ **抗战时期出版的图书**

"八路军抗战文化墙"中摆放着抗战时期八路军部队及根据地出版的图书。

◎ **行军锅**

红军长征和八路军总部都使用过的行军锅。

如从红军长征到八路军总部一直使用的行军锅、国际友人在太行用过的外文打字机、朱总司令赠给民间医生弓茂昭的手杖等。

八路军将领馆，展览面积 1400 平方米，展线长 350 米，共分十大部分。八路军将领馆主要展示 1937 年 7 月全国性抗战爆发后，以朱德、彭德怀为代表的八路军将领，率领抗日将士创建敌后根据地，同日本侵略者进行英勇顽强的抗战，为民族独立和人民解放建立了不朽的功绩。展览以八路军组织序列为主线，集中展示了 958 位抗日战争时期正旅级以上八路军将领，同时展示了八路军 1955 年至 1965 年被授予少将以上军衔的将领名录。

◎ **八路军将领馆**
八路军将领馆位于抗战史陈列馆西面。

百团大战半景画馆位于抗战史陈列馆东面。该馆在国内首次以半景画的形式，运用声、光、电等多媒体手段，全景式再现了抗战时期八路军百团大战的恢宏场面和壮烈情景。百团大战半景画由 400 平方米油画和 480 平方米仿真置景构成，展现了攻克娘子关的战斗场面。

八路军太行纪念馆还设有临时展馆，由东展馆的临时展览馆和西展馆的专题展览馆两部分组成，主要展出共产党八路军重要领导人、与八路军抗战相关的专题展览、临时展览等内容。东展馆展出面积 1000 平方米，主要为配合各个时期国内外形势，策划制作相应的临时展览，同时也承接国内其他纪念馆的专题巡回展。此外，还设有大型多功能会议厅和小型贵宾会议室，用于为多种活动提供场所。西展馆为专题展览馆，展览面积 2000 平方米。投入使用以来，推出了大量与八路军抗战史相关的专题展览。

多类型游览区

游览区包括八路军游击战术演示厅、八路军抗战纪念碑、八路雄风碑林、徐向前元帅纪念亭和"和平颂"主题公园等。

"和平颂"主题公园位于主展馆东面，东接八路军文化园，眺望马牧河，西面与"百团大战"半景画馆和窑洞战模拟景观相望，与凤凰山紧紧

◎ "和平颂"主题公园

该园于 2010 年建成对外开放，适逢纪念抗战胜利 65 周年，为了教育后人不忘历史，热爱和平，命名为"和平颂"主题公园。

相连，是一座以北方园林风格为特色，具有综合性休闲功能的公园。占地60000余平方米，设计上主张以人为本，定位于自然，园内植物群落丰富。公园由纪念坛、缅怀亭、精忠湖、追思桥、鸟语林等几部分组成。贯穿园内各个景点的廊道，系白色鹅卵石铺设。公园内的纪念坛是一座呈八路军军帽造型的圆形建筑，坛中央镶嵌着汉白玉和平鸽，墙体上镌刻有"八路军太行纪念馆大型扩建改陈工程纪实"碑记铭文。

八路军将领组雕，名为"太行山"，于2009年9月26日落成，反映了抗战时期朱德、彭德怀、叶剑英、林彪、聂荣臻、罗荣桓、刘伯承、徐向前、贺龙、邓小平、左权共11位八路军将领的形象。组雕长10米、宽3.5米、高3.8米，是目前国内展示人物最多、体量最大的领袖群雕。它设计布局合理，气势恢宏，艺术表现手法得当，实现了艺术性、历史性、科学性的

◎ 八路军将领组雕——"太行山"

八路军将领组雕"太行山"，位于八路军太行纪念馆内入口处的中轴线上。

◎ **八路军抗战纪念碑**

八路军抗战纪念碑，也称八路丰碑，位于凤凰山巅。

有机统一，充分再现了八路军将领的光辉形象。

八路军抗战纪念碑，旨在铭记八路军将士在中华民族解放史上的丰功伟绩。胡锦涛总书记等党和国家领导人曾在此敬献花篮。纪念碑碑身呈四棱形，用白色大理石贴面，上书"八路军抗战纪念碑"八个镏金大字，高 19.37 米，寓意 1937 年抗日战争全面爆发。碑体两侧为镌刻着谷穗与长枪的铜质图案，象征了八路军依靠"小米加步枪"打败日本侵略者。碑后为长达 30 米的弧形浮雕墙，浮雕背面刻有抗战时期 728 位血洒疆场的八路军正团级以上干部的英名。昭示后人继承和发扬八路精神，中华民族才能实现真正意义上的伟大复兴。

窑洞战景观内部构造与地道战相似，筑有会议室、储藏室、抢救室、指挥所、单人掩体、瞭望楼、陷阱、迷魂阵以及灶台、马槽出入口等设施，采用立体音响技术、仿真技术，通过绘画、造型、声光等展示手段，再现根据地军民利用窑洞与敌斗争的战争场面。景观外部为一棵吊有铁钟的消息树。八年全面抗战中，八路军将士和各根据地民兵，发明了多种游击战术，窑洞战就是其中的一种。太行山区多属黄土丘陵地貌，根据地军民将所居住的窑洞进行深挖，改造成彼此相通、能藏能打、相互依托的隐蔽作战网。

◎ **窑洞战景观**

窑洞战景观依托凤凰山而建，是在抗战时期遗留下来的窑洞战旧址基础上修复扩建而成的，长达 1000 米。

◎ **徐向前纪念亭**

徐向前纪念亭位于凤凰山山林地带。

众多馆藏文物

八路军太行纪念馆藏品主要通过原山西省博物馆拨交、民间征集和老将军、老八路以及兄弟纪念馆捐赠等方式获得。馆藏大致分为纸质、木质、布质、金属等类型。馆藏文物总数8300多件（套），其中三级以上珍贵文物514件（套），一级文物111件（套）。重要藏品有《新华日报》铸字机、反法西斯联盟国国旗和英国记者乔治·何克用过的外文打字机等。纪念馆还收藏历史照片700多幅，其中反映百团大战的现场照片等36幅是在全国首次展出。纪念馆展品中有一张百团大战军用地图，十分珍贵。

◎ **百团大战战役部署略图**
这是一张手绘的纸质地图，已经残破，纵63.5厘米，横50厘米。在地图上方书写着"百团大战战役部署略图"，中间用红、蓝两色绘制地图，在图的右下方分两行书写着"国民革命军第十八集团军总司令部参谋处"和"中华民国二十九年八月日于山西省武乡县"。

知识 链接

百团大战

1940年8月20日夜，一颗颗红色信号弹腾空而起，划破夜空，参战部队、游击队和民兵似猛虎下山，扑向日军的车站和据点，雷鸣般的爆炸声，一处接着一处，整个正太路和同浦路、平汉路、德石路、津浦路、平绥路、白晋路等部分铁路交通线，都淹没在八路军和人民群众大破袭的火网之中。日军猝不及防，仓皇应战，顾此失彼，损失惨重。八路军攻占许多据点和车站，攻克天险娘子关，破坏日军占据的华北重要燃料基地井陉煤矿，并截断正太路一个多月。

接着，八路军袭击交通线两侧的日军和摧毁根据地内的据点，晋察冀军区主力部队发动了著名的涞（源）灵（丘）战役，占领了涞源县城外围三甲村、东团堡等重要据点10多处。冀中军区部队发动任（丘）河（间）大（城）肃（宁）战役。一二九师在榆（社）辽（县）战役中，连续攻占榆辽公路沿线据点多处，并攻下了榆社县城。10月6日，恼羞成怒的日军对华北根据地发起了疯狂的报复性的"扫荡"。10月19日，八路军总部下达命令，华北根据地军民转入反"扫荡"作战。一二九师在山西新军的配合下，粉碎日军对太行和太岳根据地的"扫荡"。晋察冀军民先后击退日军对平西和北岳地区的"扫荡"。一二〇师粉碎了日军对晋西北的"扫荡"。1941年1月24日，历时5个月的百团大战胜利结束。

此次战役共进行大小战斗1824次，毙伤俘日伪军4万多人，破坏铁路474公里，公路1500多公里，桥梁、隧洞和火车站260多处，摧毁大量碉堡和据点。从而振奋了全国军民争取抗战胜利的信心，驳斥了国民党顽固派对共产党、八路军"游而不击"的诬蔑，牵制了日军的兵力。日军遭受打击后，惊呼"对华北应有再认识"，并抽调兵力对华北根据地实施"更大规模的报复作战"。

纪念馆还藏有一块珍贵的牌匾，是1949年武乡县石北乡全体干部群众赠送崔玉福的木质牌匾。底色为黑色，字迹为红色，由于年代久远，雨水侵蚀，现只留下当中的"人民英雄"四个大字和依稀可见的崔玉福名字。

知识 链接

崔玉福

崔玉福是山西省武乡县石北乡东河村人，1939年参加红军游击队，1944年1月加入中国共产党。崔玉福不但是一个出色的战斗英雄，还是一个出色的指挥员。

1947年1月，崔玉福所在排在山西曲沃县战斗中担任突击队，当部队突进城内时，崔玉福同志所在排的正副排长均负伤，危急之时，崔玉福同志挺身而出，主动报名担任指挥员。当崔玉福同志自己也不幸负伤后，仍坚持指挥作战并连续夺取了敌人4个院子，使后续部队顺利地攻进了城内，取得了战斗的胜利，战斗结束后被评为团一等功。

1947年12月，在山西运城战斗中，他担任挖坑道爆破城墙任务。当时，坑道挖得好坏是运城战斗胜负的关键。崔玉福同志勇敢机智，克服困难，通过两道铁丝网一道电网，终于带领全班爆开了城墙，取得了运城战斗的光辉胜利，战斗结束后被评为旅特等功。

1948年5月，在山西临汾战斗中他独身侦察坑道距离，曾往返21次穿越铁丝网跳入外壕，通过封锁线，逼近城墙测量了各种距离的深度及长度。又因测量准确，使其顺利爆破成功，战斗结束后被评为团一等功。

在晋南战役后，综合上述事实，崔玉福被评为纵队一等功，并授予"钢铁勇士"的称号。

鉴于崔玉福战功显赫，武乡县石北乡政府特邀武乡大众剧团在他的家乡唱贺功戏三天，并颁发"人民英雄"牌匾一块，以表庆贺。2008年8月20日，崔玉福的胞弟崔玉清将此匾捐赠给八路军太行纪念馆。

八路军太行纪念馆内珍藏着朱德总司令的一封家信，这封信的内容展现了朱总司令为拯救国家命运，维护民族独立，远离家乡奔赴华北抗日前线，出生入死驰骋疆场，但是对家中年迈的母亲却"不能再顾及他们"的真实情况。

当年的朱德总司令虽然年过半百，却仍然和普通战士一样，在太行山上吃的是黑豆小米，有时甚至不得不用野菜充饥，穿的是补丁摞补丁的棉衣，住的是当地老百姓的普通农家小屋。在武乡县王家峪总部时，总司令和当地的村民相处融洽，亲如一家，乡亲们都亲切地喊他"朱老总"。他衣着朴素，容貌慈祥，常常和战士们一块摸爬滚打，指导练武。空余时间不是在篮球场上和战士们一较高下，就是在田间地头和老农们一齐劳动，促膝谈心。朱总司令艰苦朴素、不搞特权、不谋私利的崇高品质，由此可见一斑。

新中国成立后，朱总司令依然过着简朴的生活。不仅如此，他一直教育儿孙、子侄们，工作向高标准看齐，生活向低标准看齐。临终前，他嘱咐他的夫人，把他一生的积蓄两万多元人民币全部交了党费。

知识 链接

朱总的一封家信

与龄吾弟：

我们抗战数日颇有兴趣，日寇虽占领我们许多地方，但是我们又去恢复了许多名城，一直深入到敌人后方北平区域去，日夜不停地与日寇打仗，都天天得到大大小小的胜利……昨邓辉林、许明扬、刘万方等随四十一军来晋，已到我处。谈及家乡好友，从此话中知道好友行踪，甚以愉快，更述及我家中近况，颇为寥落，亦破产时代之常事，我亦不能再顾及他们，惟家中有两位母亲，生我养我的均在，均已80尚康健，但因年荒今岁乏食，恐不能度过此年，又不能告贷，我十数年实无一钱，即将来亦如是，我望好友阅后，向你募贰佰元中币速寄家中朱理书收，此款我亦不能还你，请作捐助吧……

朱　德
十一月二十九日于晋洪洞战地

八路军太行纪念馆开放以来，先后举办了《太行精神光耀千秋》《八路军总部在太行》等专题展览，部分展览在省内外进行了巡展；开展抗战史研究工作，出版了电子多媒体文献《八路军》《八路军将领略传》《八路军抗战简史》《八路军序列沿革研究》等一批学术成果。利用讲解、文艺演出、专题报告、巡回展览等形式，开展博物馆公众教育和爱国主义教育宣传。由讲解员组成的"八路军精神宣讲小分队"，利用歌舞、小品、快板和情景剧宣传八路军抗战历史，传播爱国主义精神。纪念馆通过大量的照片、图表、地图和珍贵的革命实物，展示了太行地区八路军和人民抗战时期的贡献，再现了朱德、彭德怀、刘伯承、邓小平、杨尚昆等老一辈无产阶级革命家的形象，激励着中华儿女继承和发扬无产阶级革命家艰苦奋斗的精神。

探究思考

1. 查找相关资料，理解关家垴战役为什么被称为百团大战中最惨烈的一战。

2. 通过实地参观八路军太行纪念馆等活动，讲一讲革命先辈们的故事。

第三编

红色记忆篇

烽火战场信仰坚

全面抗战开始后，八路军总部、中共中央北方局、一二九师等重要党政军机关在武乡长期驻扎，武乡成为领导华北抗战的指挥中枢。朱德、彭德怀、左权、刘伯承、邓小平等老一辈革命家在这里运筹帷幄，生活战斗，近10万抗日将士先后驻扎武乡。武乡也是抗日战争的主要战场，为保卫这片抗日根据地，八路军与武乡县民兵、游击队配合，在长乐村、关家垴、砖壁、柳沟、蟠龙、段村等地与日军进行战斗，并借助各种巧妙战术开展对敌斗争的游击战。在抗日战争期间，武乡县发挥了重要历史作用，是当时抗战的中流砥柱。

第一讲　重大斗争砥砺奋进

武乡县在抗战期间发挥了重要历史作用，是当时抗战的中流砥柱。1939年至1942年间，八路军总司令部和中共中央北方局曾驻扎在这里，武乡成为华北各抗日根据地的指挥中心。朱德、彭德怀、左权、刘伯承、邓小平等老一辈无产阶级革命家曾在这里长期生活和战斗，指挥了华北抗日根据地重大的战役，与日军展开艰苦斗争，特别是在此部署和指挥了震惊中外的百团大战。

开启百团大战

1939年冬，日军推行"以铁路为柱，公路为链，碉堡为锁"的"囚笼政策"。正太铁路是日军施行这一政策的重要支柱之一，日军在铁路沿线大小城镇、车站和桥梁、隧道附近，均筑有坚固据点，各以数十至数百人的兵力守备，并派装甲车巡逻。铁路两侧10公里至15公里的要点，筑有一线外围据点。日军称正太铁路沿线是"不可接近"的地区，用它隔绝八路军总部、第一二九师活动的太行抗日根据地与晋察冀边区的联系，并以它为依托进攻抗日根据地。

面对不利局面，1940年春，彭德怀、左权、刘伯承、邓小平和聂荣臻在武乡县的太行山八路军总部召开会议，经过共同商讨后决定对正太铁路实施破袭战。1940年7月22日，八路军总部向晋察冀军区、第一二九师、第一二〇师下达了《战役预备命令》，同时上报中共中央军委。8月8日，八路军总部下达《战役行动命令》，确定了战役部署及作战地域，1940年8月20日百团大战正式打响。百团大战经历了两个主动进攻阶段和一个反"扫荡"阶段。

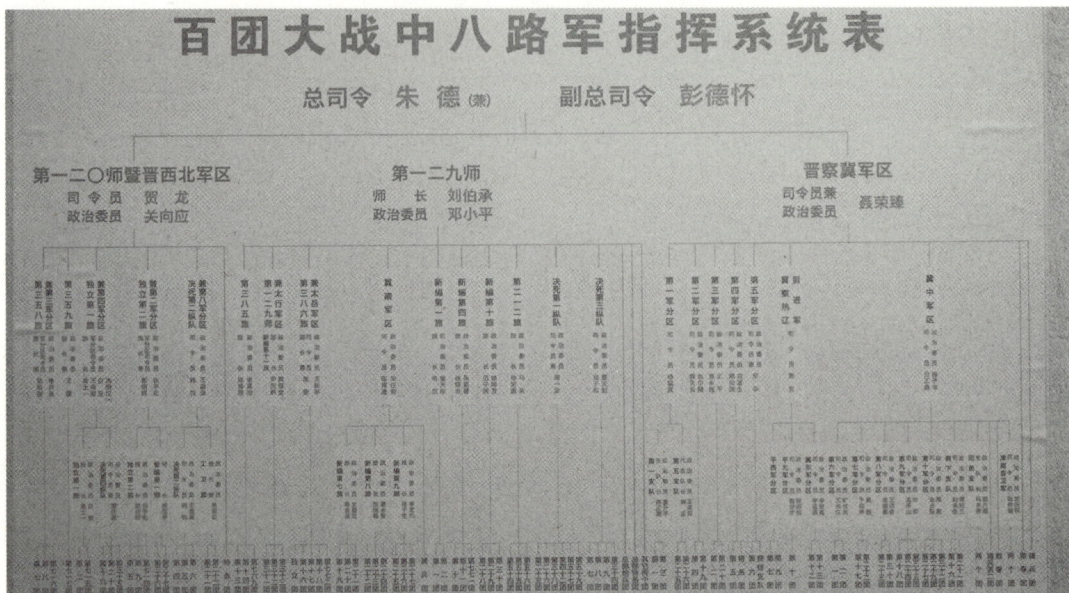

百团大战中八路军指挥系统表

◎ **百团大战中八路军指挥系统表**

百团大战的总司令是朱德，副总司令是彭德怀。包括三个军区，第一二〇师暨晋西北军区的司令员是贺龙，政治委员是关向应；第一二九师师长是刘伯承，政治委员是邓小平；晋察冀军区司令员兼政治委员是聂荣臻。

1940年8月20日22时，一二九师三八六旅十六团团长谢家庆在攻克正太线上的芦家庄车站中打响第一枪。

百团大战的阶段及目标

1940 年 8 月 20 日至 1941 年 1 月 24 日，中国共产党领导的八路军在华北敌后发动了一次大规模进攻和反"扫荡"的战役，由于参战兵力达 105 个团约 30 万人，故称"百团大战"。百团大战是抗日战争相持阶段八路军在华北地区发动的一次规模最大、持续时间最长的战役。战役共分三个阶段：第一阶段（1940 年 8 月 20 日至 1940 年 9 月 10 日），摧毁正太路交通；第二阶段（1940 年 9 月 22 日至 1940 年 10 月上旬），继续破坏日军交通线，摧毁日军主要据点；第三阶段（1940 年 10 月上旬至 1941 年 1 月 24 日），反击日军的报复性"扫荡"。战役重击了日伪军的反动气焰，有力地配合了国民党军正面战场的作战，振奋了全国的抗战信心。

◎ **正太铁路**

八路军与地方民众配合破袭正太铁路。

百团大战第一阶段为时 20 天，中心任务是破坏日军交通，重点摧毁正太路。前 10 天，晋察冀军区、第一二九师主要是破击正太路；后 10 天，日军反扑，八路军撤出正太路，晋察冀军区转而出击正太路以北盂县地区，第一二九师打击前出"扫荡"的日军，第一二〇师在晋西北配合作战。

1940 年 8 月 20 日，八路军冒雨通过山谷河流，避开日军外围据点，直接运动到正太路两侧，当晚向正太路全线突然发起攻击，奇袭成功。晋察冀军区右纵队（辖第五团、第十九团）负责破袭正太铁路娘子关至乱柳段。当日 20 时，晋察冀军区右纵队主攻部队第五团一部首先潜入娘子关村，歼灭村内伪军，黎明攻克娘子关，随后主力部队掩护工兵，大量破坏敌工事，并将关东铁路桥炸毁，随后主动撤离娘子关。

晋察冀军区部队占领娘子关日军阵地。

破袭同蒲铁路

百团大战第二阶段，晋察冀军区主要进行了涞灵战役，第一二九师主要进行了榆辽战役，第一二〇师主要破袭了同蒲路大同至风陵渡。

第一二〇师的任务是大举破袭同蒲铁路北段朔县至原平间的日军交通线，以打通与晋察冀抗日根据地的联系。各部队于9月14日开始向同蒲铁路开进。第三五八旅和独立第一旅在静乐以北先后渡过汾河。第三五八旅于18日攻击头马营日军据点未攻克下来。独立第一旅于18日13时对上庄日军围攻，毙伤日军近200人，到了晚间仍然没有解决战斗，于是主动撤离，于21日进至奇村西北的东岔沟、陈家庄；22日袭击奇村、石家庄、楼板寨、忻口等日军据点，为破路创造有利条件。

第三五八旅第四团于20日在黄松沟东北山上与由羊圈岭出动的日军遭遇，战至21日拂晓，撤出战斗。该旅第七一六团于22日、24日，两度再袭头马营日军，配合破路部队的行动。从23日起，独立第一旅在忻口至轩岗之间；第三五八旅和特务团在轩岗至段家岭之间；独立第二旅在宁武至朔县之间，同时展开破袭同蒲铁路的作战。在其他方向上配合作战的部队，也与离石、柳林、五寨、义井、岚县、普明、东村等地日军进行频繁战斗。截至9月27日，第一二〇师在同蒲铁路北段一度控制了朔县至原平间的数段铁路，使日军运输停滞，有力地配合了晋察冀、晋东南地区八路军部队的作战。

各部队击破阻扰之敌后，立刻投入对

八路军第一二〇师出击同蒲路北段，炮击日伪军碉堡。

同蒲铁路的破袭作战。1940 年 9 月 22 日晚，第三五八旅第四团、师特务团在段家岭、轩岗一带破坏同蒲铁路数段。第二团袭击奇村，第七一五团袭击忻口、楼板寨。23 日晚，第二团破坏忻口以南铁路，第七一五团破坏忻口以北铁路。25 日夜，第七一五团再次破坏了大牛店、轩岗段铁路。独二旅也于朔县、宁武间破坏铁路数段。第一二〇师经过 6 天的破袭作战，使同蒲铁路交通再次中断。

晋东南反"扫荡"

百团大战第三阶段。1940 年，日军为打击八路军一二九师主力，毁灭抗日根据地，于 1940 年 10 月至 12 月，先后"扫荡"晋东南的太行、太岳区。10 月 19 日，八路军总部下达了反"扫荡"作战计划。反"扫荡"作战主要分为晋东南反"扫荡"、晋察冀边区反"扫荡"以及晋西北反"扫荡"。

10 月 11 日，日军 3000 余人，一部从辽县、武乡出发，一部从潞城、襄垣出发，南北策应，试图合围八路军。面对众多日军的疯狂"扫荡"，八路军第三八五旅、第三八六旅，决死第一纵队等部，在内线节节阻击进犯之敌，新十旅在外线作战。15 日上午新十旅两个团在和辽公路弓家沟伏击敌汽车运输队，毁敌汽车 40 多辆，歼灭押车日军 100 余人。

10 月底，近万人的日军"扫荡"清漳河东西地区，试图消灭中共中央北方局、八路军总部机关。日军进入合击地区后，连续数日实行"清剿"和烧杀，根据

◎ 日军"扫荡"
日军的疯狂"扫荡"，正在放火烧毁村庄。

地受到严重破坏和摧残。

10月29日，进行"扫荡"的日军到达关家垴。八路军总部令第一二九师集中主力歼灭该敌。当日夜，八路军将该敌包围于关家垴。被围日军拼命抵抗，战斗十分激烈，持续激战到31日拂晓。后在大批敌人增援下，第一二九师为避免过多伤亡撤出战斗。

百团大战在华北给日军以重大打击，直接减轻了日军对国民党战场的压力，使日本企图利用德、意胜利的形势加大对国民党军事压力，以彻底解决"中国事变"的方针落空。武乡县作为八路军总部所在地，是当时的指挥核心，红色武乡当之无愧。

◎ **百团大战缴获的日军战利品**
百团大战缴获的日军战利品有日军望远镜、日军刺刀和日军酒精炉等。

第二讲　重要战役铿锵前行

在抗战期间，除了大规模的抗战行动以外，许多重要的战役，如长乐急袭战、关家垴歼灭战、蟠龙围困战等都曾在武乡打响，这些战役在全国范围产生了重要影响。

长乐急袭战

1938 年 4 月 4 日，为了解除后方威胁，日军出动兵力 3 万余人，分九路向晋东南抗日根据地分进合击，妄图在辽县、武乡、榆社一带消灭八路军主力，史称"第一次九路围攻"。4 月 13 日，日军一〇八师团第一一七联队进攻榆社，后因榆社已成一座空城，日军又被八路军第三八六旅顽强截击，于 15 日仓皇窜回武乡。八路军第一二九师主力尾随敌军至武乡，伺机歼敌。是日黄昏，日军弃武乡城东窜，八路军立即紧紧抓住这个战机，决心以突袭手段，将这股日军主力歼灭于浊漳河河谷。遵照八路军总部命令，在刘伯承师长、邓小平政委和徐向前副师长指挥领导下，部队沿浊漳河两岸平行追赶日军。陈赓旅长亲自率部队向东猛追，发起了长乐村急袭战。

当夜，第一二九师以第七七二团、第六八九团为左纵队，以第七七一团为右纵队，分别沿浊漳河南北两岸对敌实行平行追击，第七六九团为后继部队、第七七一团两路纵队在武乡长乐村河谷将敌后继部队截住。为了抓住时机消灭日军辎重部队及其后卫部队，第一二九师叶成焕团长根据上级命令，率部绕到长乐村附近的里庄和型村，占领了浊漳河北岸高地。当敌军辎重部队沿大道向东行进时，八路军集中所有火力，枪弹、炮弹、手榴急风暴雨般

72

飞向日军行列，日军顿时人仰马翻，死伤遍地，车辆、辎重沿河堆积。随后八路军战士以排山倒海之势冲下高地，与敌人展开白刃搏斗，日军被截为数段，如一条垂死长蛇，被困在长乐河谷地带。

◎ 长乐战斗遗址

长乐战斗遗址，1999年已列入长治市重点文物保护单位。

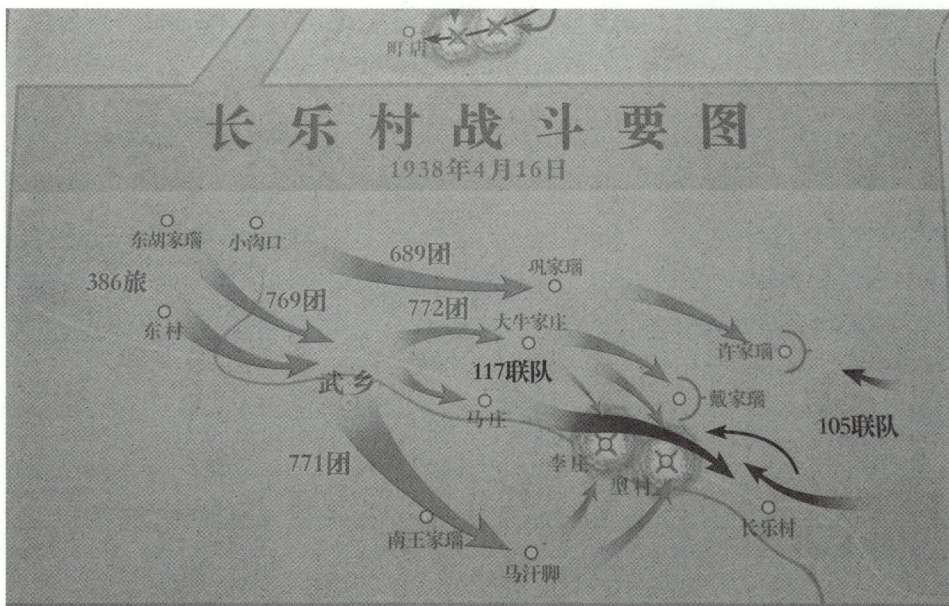

◎ 长乐村战斗要图

长乐之战八路军共毙伤日军2200余人，缴获步枪百余支和一批军用物资。

◎ **叶成焕**

在长乐战斗中牺牲的八路军第一二九师第三八六旅第七七二团团长叶成焕。

◎ **长乐村战斗纪念碑**

长乐村战斗纪念碑位于武乡县城东25公里处里庄村，前面刻着"长乐村战斗纪念碑"，背面刻着"长乐村战斗英雄烈士永垂不朽"，均由徐向前题写。

已过长乐村的日军主力闻讯大惊，为解救其被困部队，急忙集中1000余人，向八路军左翼纵队发动猛攻。第一二九师师部即令第七七二团十连担任阻击，该连与10倍之敌激战4小时，打退了敌人的无数次冲锋，终于夺回了失去的阵地。15时，日军组织千余人从武乡蟠龙向长乐村增援，八路军一二九师第七七二团、第六八九团同敌人进行了英勇的冲锋与反冲锋，给敌人以重创。激战至17时，敌又从辽县方向急调1000多人前来增援。根据当时情况，已不能全歼敌人，为巩固胜利成果，第一二九师决定派一部分部队形成游击网，袭扰与迷惑敌人，其余主力主动撤出战斗。第七七二团团长叶成焕同志按照命令及时组织部队撤离战斗，但是自己却跟随最后的一个排做掩护。他边往后撤，边用望远镜观察敌情，不料一颗子弹击中他的头部，24岁的叶成焕英勇牺牲。

长乐急袭战是粉碎敌人"九路围攻"晋东南决定性的战斗，也是全国闻名的奇袭战斗，是八路军在抗战初期打的第一次大规模运动战，也是杀敌最多的一次战斗。长乐之战是采用急袭战术置敌于死地的光辉战例。刘伯承曾称赞说"决心迅速正确，夹击与追击配合得当，撤退时战术灵活机动"。这次战斗对粉碎日军对晋东南抗日根据地的"九路围攻"起到了决定性作用，此次战斗后八路军雄踞太行的局面得以实现。

白晋路破袭战

1940年5月，八路军第一二九师一部在山西省白晋铁路（白圭至晋城）线上对日军发动破袭战役。

1940年春，日军开始修筑白晋铁路，企图以此切断八路军太行区和太岳区的联系。为了粉碎日军的企图，第一二九师决心发起白晋战役，以师特务团和部分地方武装破击东观至来远段；以第三八五旅、平汉纵队主力与晋冀豫边纵队第一团、第三团破击来远至权店段，并攻击来远镇，夺取修筑铁路用的炸药；以第三八六旅及决死队第一纵队破击权店至段柳段；平汉纵队第

◎ 破袭战景观

破击战又称破袭战，是游击队或正规部队以破坏或袭击敌后方和纵深内重要目标为主的作战。破袭的主要目标有交通运输线、输油管线、通信设施、工程设施、重要技术兵器、作战和补给基地等，以给敌行动、联络、补给等造成困难，消耗或消灭敌人。

三团、第三八五旅独立第二团第三营，分由温城、小岭底向辽县游击袭扰，以保障破击部队的翼侧安全。

5日，各破击部队在2万余名群众协助下，在南北100多公里的铁路线上展开破击作战，袭击了白晋路沿线沁县、固亦、漳源、权店、南关及来远各据点之日军。当晚，第三八五旅第七六九团攻入南关镇，歼灭守军200人，解放被抓工人1000余名，缴获炸药1000余箱。6日，驻太谷、来远、权店、沁源、南沟等地日军企图阻止八路军破路，遭到沉重打击。决死队第一纵队乘虚攻克霍县东南刘家庄据点，歼灭日军40余名。7日，八路军主力撤出白晋线，战役结束。此役，八路军毙伤日伪军350余人，破坏铁路50多公里，摧毁大小桥梁50多座，火车1列。

知识 链接

白晋线上抓汉奸

程步高是路南办事处七区武委会主任，他常常带领民兵在白晋铁路沿线开展麻雀战、地雷战，破路拆轨，破坏敌人的交通运输。

一天下午，程步高和民兵王四孩在铁路旁边的沟坎上侦察敌情，发现一个伪宪警骑着自行车沿公路向他们驶来。

伪宪警，群众把这些人称为黑狗子，给日军当汉奸走狗，干尽了坏事，老百姓十分痛恨他们。

他们二人迎着那个越来越近的伪宪警下到沟里，佯装过路的老百姓走着。当那黑狗子走近时，程步高一个箭步冲上公路，拔出手枪厉声喝道："不许动！缴枪不杀！"

那个伪宪警万万没有想到，在"皇军"的眼皮底下，竟会冒出抗日神兵，一时乱了方寸，吓得直打哆嗦。连说"老总，别、别开枪，不瞒贵军……我、我没带枪"。民兵王四孩上去搜身，果然这家伙骄横得连枪也没带。

程步高向这个伪宪警说明了部队的政策："如果你推车子老老实实跟我们走，我们不要你的命；如果不老实，马上叫你见阎王！"

那黑狗子为了保命，不得不推车老老实实跟他们走。太阳偏西时，这家伙终于被他们押到了武东抗日根据地。

关家垴歼灭战

关家垴歼灭战是百团大战中一次最大的进攻战役。1940 年 10 月 6 日起，日军调动数万兵力向华北各抗日根据地开始进行报复性"扫荡"。在"扫荡"过程中，日军见人即杀，见屋即烧，见牲畜和粮食即抢或焚毁，水井用后则一律封埋或下毒，就连老百姓日常用的锅碗瓢盆和农具也被砸碎、砸烂。日军企图通过此举，将抗日根据地完全变成焦土，以挽回其惨败的局面。日军的残忍与暴虐更加激起了彭德怀与左权等八路军领导人的愤怒与仇恨，他们准备寻找机会，消灭一两路进犯的敌人，打击其嚣张气焰。

10 月下旬，日军约 500 人来到了八路军总部设在辽县、武乡县、黎城县交界地区的黄崖洞兵工厂。该兵工厂是八路军总部在华北敌后建立的最大的武器弹药生产基地。接到日军进犯黄崖洞兵工厂的报告后，彭德怀立即命令一二九师三八六旅赶往黄崖洞打退日军的进攻。日军见八路军大队人马来援，便放了一把火后逃离了此地。随后，另一支日军由黄崖洞西犯，很快就窜到了左会、刘家嘴地区。在抗日根据地军民的袭扰之下，这支日军于10月28日被迫撤到武乡县蟠龙镇关家垴附近，准备夺道武乡，退回沁县。恰巧，刚打完榆辽战役的八路军一二九师，此时就在蟠龙镇附近休整。彭德怀决心消灭这股日军。随即，彭德怀赶回八路军总部，与左权等人研究制订具体的作战计划。

10月29日下午，彭德怀从黎城火速赶到武乡县蟠龙镇石门村，决定亲自坐镇指挥。正当八路军进行合围时，日军连夜占领了关家垴。10月30日凌晨4时，八路军总部指挥所发出了总攻击信号。随着几发炮弹准确地落到日军的前沿阵地，在日军火力尚未展开之际，八路军对关家垴和柳树垴同时发起了攻击。片刻间，枪声大作，杀声震天。当炮火弥漫的烟雾凝结成黑沉沉的乌云冉冉升起，地平线露出一线光亮的时候，一面面红旗迎风猎猎而舞，召唤出震撼天地的杀声。一位村民回忆道："全村人都转移到山沟里躲了起来，我那会儿虽然年纪很小，却还清楚地记得炮弹剧烈的爆炸声，子弹

◎ **关家垴**
关家垴村位于武乡县蟠龙镇东部10公里处，地势交错，地形复杂。

◎ 石门村老爷庙会议旧址

1940 年 10 月 29 日，八路军总部召集各部队首长在石门村老爷庙召开"关家垴战斗紧急动员会议"。

武乡民众组织民工担架队支援关家垴战斗。

飞过时的'嗖嗖'声。"

村中的土崖上，至今依然残留着许多弹孔和巨大的炮弹坑，这是战争之轮的车辙之痕。说起关家垴战斗，村里的老人都知道"八路军个个是英雄好汉，前面的倒下去后面的接着冲""打了两天两夜，白天静悄悄，黑夜一片红""白天敌机轰炸，八路军只能停止进攻，晚上再发起进攻，黑夜里，枪炮隆隆，火红的子弹和炮弹几里外都能看到……"

经过两天的激战，八路军虽占领了关家垴和柳树垴部分日军阵地，歼灭了不少日军，但剩下的日军仍占据着两地的主要阵地。由于大批日军的增援逼近关家垴，八路军不得不撤退。本次作战虽然没有取得最终胜利，但沉重打击了敌华北方面军的"囚笼政策"，对日军震动极大。

蟠龙围困战

1943年，日军想打入蟠龙控制武东革命根据地，并掠夺这里的煤、铁和粮食资源。为了保卫人民的生命财产，党组织决定先把蟠龙的老百姓转移到安全的地方，然后再和敌人展开斗争，争取用围困的办法迫使敌人退出蟠龙。

6月初，武乡蟠龙镇13个村子的七八百户老百姓在武东抗日政府的组织下，迅速向大有、洪水、东堡、西堡等山区转移。临走时，他们堵死了水窖，藏严了门板、桌椅，把所有的粮食和衣物都带在了自己身边。偌大的蟠龙镇一时间变成了空城。

敌人侵占了蟠龙后，在胡峦岭、白家庄、侯家垴、李家坪等地筑碉堡、挖外壕、拉铁丝网、修防卫城，打通了上百个大小据点，并在蟠、武公路沿线的好多地方设立哨棚。日本人扬言："蟠龙镇是日军的铁打江山，两个月之内就让武乡县城变成我们的地盘。"

尽管敌人来势汹汹，太行根据地的同志们却早已根据上级指示做好了围困敌人的准备。他们在地势较高的韩家垴、摩天岭和大凹顶设了三个岗哨，有一个岗哨立

◎《围困蟠龙总结》

遵照"劳逸结合，围困敌人"的总方针，太行三分区和武乡县委组织对占领蟠龙的日军进行围困，取得胜利，图为县指挥部编印的《围困蟠龙总结》。

起高高的树干，上面绑上草人，一发现敌情就把树干推倒。民兵们还悄悄地在大小路口埋上地雷。敌人白天出来抓人，转悠一圈看不到一个人影；晚上出来抓人，刚一上路便到处挨炸。后来，鬼子急眼了，带上一伙人出来"扫荡"，战士们又教群众打游击。敌人往前赶，大家往后退；敌人前庄折腾，大家后庄休息；敌人撤到炮楼里，大家再出来自由活动。

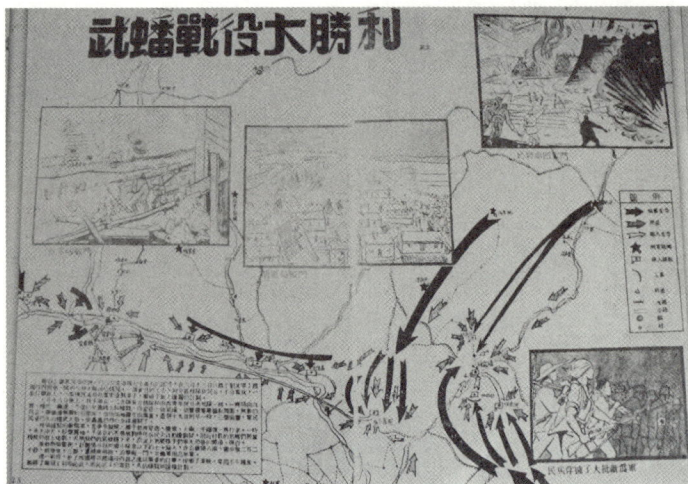

◎《武蟠战役大胜利》

太行三分区部队在武乡民众的配合下取得了蟠龙战役的胜利。图为刊登在《战场画报》上的宣传画。

1943 年 7 月 18 日晚上，蟠龙战役开始了。战士们借着月光，神不知鬼不觉地扑向白家庄附近的一伪军据点，把炸药安放好。随着"哒哒哒"一阵枪响，睡梦中的敌人被突然惊醒，他们来不及穿衣服就往炮楼上跑。只听"轰"的一声巨响，炮楼一下子开了花。战士们冒着硝烟冲过去，十几分钟就把敌人一个连的兵力全部消灭了。接着工兵连攻下另一座炮楼。驻守在白家庄的日军木村中队龟缩在据点不敢出来，也被我决九团全部歼灭。不多久，胡峦岭、侯家垴、奶奶庙等多个据点也都传来了胜利的消息。

1943 年 6 月起，武东根据地军民进行大大小小的战斗 3000 多次，歼敌 2000 多人。1944 年 2 月 28 日，日本人葛目带着一千来人的残兵败将，偷偷地离开了蟠龙。

解放段村战斗

段村镇于 1940 年夏天被日军侵占。城垣筑有秘密射击孔，城西城南临马牧河，北背山岭，城西北百米处横列自然壕沟一道，敌沿沟加修碉堡，构成外围防御体系。城内驻有伪剿共军二师一、三团及日军一个小队，伪警备队一个中队，共1000余人。

1945年8月23日，太行军区李达司令员指挥的西进部队决定攻克段村据点，歼灭拒降日伪军。参加围攻段村的有决九团、七六九团二营、十四团一营、三十一团一营、十三团与武乡、武西独立营。具体部署以三十一团一营、七六九团二营、决九团分别由西、北、东三面攻城；置十三团于沁（县）段（村）公路长衔、十四团一营于松村，准备阻击沁县和南沟火车站援敌。同时，军区已动员黎城、左权、武乡、武西等县广大民兵支援前线，配合正规部队作战。武乡一区和四区民兵在段村附近围困松村一带敌人；三区民兵埋伏在段村周围阻击白晋线援敌。群众组成救护队、运输队，帮助部队送粮

◎ **解放段村**
1945年8月27日，太行西进部队解放了段村。

送饭、运弹药、抬担架、押送俘虏，积极投入战斗。攻打段村之前，县委已派一区区委书记郑文奎打入敌区，利用地下党组织和群众基础较好的条件，建立了秘密联络点，进行侦察瓦解工作，绘制城内敌火力部署图，并利用种种关系，做好对敌人的策反工作，将剿共军二师参谋主任张效翰争取过来作为内线。

8月25日3时，决九团一营袭击东村山碉堡。通过喊话瓦解，守敌停火待降。三十一团一营、七六九团二营也同时对王家垴碉堡和北山外围据点发起攻击，但未获成功。26日晨，三十一团派工兵班绕到其侧后炸垮碉堡，守敌一个排被迫缴械投降。扫清外围后，部队进逼城下作攻城准备。当日20时，李达司令员、鲁瑞林副司令员在城下指挥所发出攻城命令。在统一行动下，决九团从东门发起攻击，九连助攻，摧毁东南角碉堡，城上射孔也被我机枪火力压制。战士们奋勇向城头攀登。一营主力从突破口进入城内，沿东街向西进攻，抢占了县维持会，打掉了敌团指挥所。此时，九连也突破南城墙，俘虏了塔内的敌人重机枪班；三十一团置重点于西南城角突破，集中火力压制突破口，二连仅以十分钟战斗全部登城，一、三连投入巷战。剿共军一团向我反击时，张效翰命令部队向城北撤退，600多人全部缴枪投降。当夜，剿共军副师长段炳昌带领40多个伪军，钻入城西北角地道潜逃。七六九团二营在攻占王家垴据点之后，从西门突入城内，与决九团会合。至27日，只剩"红部"孤碉仍在拼死顽抗，工兵班炸毁碉堡，歼灭残敌，段村全城获得解放。这次战斗，歼灭日军一个小队，伪二师大部，共800余人。

26日，沁县日军两个中队及伪军一部千余人，沿沁（县）段（村）公路出援，进至设伏阵地前沿，遭十三团猛烈阻击，只好逃返沁县死守孤城。

段村战斗是太行部队由分散转入集中的第一仗。延安《解放日报》发表了"武乡人民欢庆全县解放"的胜利消息。

第三讲　游击战斗巧妙灵活

　　武乡根据地的开辟和巩固，经历了艰难曲折的战斗历程。特别是从1940年日军由白晋线东进，在段村镇扎下大据点，把武乡分割为武乡（东）、武西两块。1943年又侵占武东重镇蟠龙。面对这种险恶的斗争局面，县委号召组织全县广大民兵、自卫队，配合转战于当地的主力部队在反"扫荡"、反"蚕食"、反"清乡"斗争中，真正做到了人自为战、村自为战、联防为战，以我之长，攻敌之短，创造了麻雀战、地雷战、窑洞战、围困战和攻心战等各种各样的巧妙战术。

麻雀战

　　麻雀战是抗日游击战的一种作战形式。抗日战争中，根据地的民兵经常用这种战法打击敌人。

　　1937年11月，日军步兵500人和1个骑兵连向山西长治县附近的范村进犯。八路军第一二九师第七七一团以1个连的兵力，分散埋伏在10多里长的山地、道路附近，三人一组，五人一群，飘忽不定，时聚时散地打击敌人，经过几小时的战斗，消灭日军近百人，击毁军车1辆。时任八路军第一二九师师长的刘伯承风趣地说："不要小看这个'麻雀战'，有时一只'麻雀'也会闹得敌人团团转哩。"1938年，刘伯承在《一二九师抗战一周年战术报告》中，专门提到范村战斗，称之为"发明了打麻雀仗"，从此产生了"麻雀战"这个名称。后来我各地游击队和民兵经常出没于敌人行军纵队的四周，把兵力零星散布得很开，利用良好的隐蔽，不断向敌人射击，打得敌

小贴士

麻雀战

麻雀在觅食飞翔时，从来不成群结队，多半是一二只，三五只，十几只，忽东忽西，忽聚忽散，目标小，飞速快，行动灵活。仿照麻雀觅食方法而创造的游击战战法叫"麻雀战"。

麻雀战主要在山区实行。山区地势复杂、道路崎岖，根据地军民熟悉当地情况。当日伪军进入根据地后，他们像麻雀一样满天飞翔，时聚时散，到处打击敌人，而日伪军则因人地生疏，只能在大道上盘旋挨打，对他们无可奈何。

人防不胜防，惶惶不可终日。

1942年5月，女民兵队长冯凤英，带领妇女转山头，打冷枪，掩护乡亲安全转移，使在大陌村"驻剿"的日军昼夜不宁，疲惫不堪。9月，上广志民兵高贵堂，在保卫村庄的麻雀战中，三枪击毙三敌，获得了"太行神枪手"的英雄称号。

地雷战

地雷战是抗日战争时期，中国共产党领导人民武装创造的一种使用地雷抗击敌军的巧妙方法。抗日根据地军民在反"扫荡"和反"蚕食"斗争中，就地取材，利用废铁、玻璃、石头等制造地雷，工省价廉，有一定的杀伤力，也不易被敌人发现。他们把集束起来的手榴弹和用土法自制的各种地雷，埋设于大道、田野、山脚、村边、室内、室外、树林草丛等敌人必经或可能经过之地，施与伪装，使入侵之敌陷于处处有雷，物物皆炸，寸步难行的境地。

武乡县民兵英雄王来法，1941年至1943年，带领李峪民兵群众，横据蟠（龙）武（乡）线，大摆地雷阵，先后炸死炸伤敌人121名，荣获"太行地雷大王"的称号。当时，各村民兵都编有爆炸小组，能做到敌到雷到，甚至敌未到雷先到。

敌人占领柳沟时，当地民兵协同兵工厂工人自卫队，从马岚头到河不凌布下了2.5公里长的地雷阵，使"清剿"之敌没捞到军火弹药，却挨了一场"痛炸"，牲口驮了几十具尸首逃跑了。

日军过路在蟠龙河滩的树荫下乘凉，刚想坐在石凳上，不料接连踏响了民兵的"连环雷"，炸得日军血肉横飞。

峰垴村民兵在村口大道上布好地雷阵，发现敌人大队要避开大道绕小路，便通过几声"冷枪"，诱使妄图活捉"土八路"的鬼子陷进了地雷区。民兵们高兴地说："这叫地雷加冷枪，老鼠钻风箱。"

敌人包围范家岭时，一颗地雷炸死敌军6人。气恼了的鬼子要烧

◎ **瓷地雷**

抗战时期"太行地雷大王"王来法使用过的镢和瓷地雷。

◎ **羊蹄、马蹄**

羊蹄、马蹄是"太行地雷大王"王来法埋地雷时使用过的伪装工具。

房报复，一开门又碰响吊着的手榴弹，崩死两个。这一切使敌人不敢再在村里乱动了，都集中在打谷场上，正要点谷草烧火取暖，又被草堆中的地雷炸倒10多人。敌人无奈，只好扫兴地离开。

马家庄民兵杀敌英雄马应元和赵炎云，一次埋下24颗地雷和4颗石雷，炸死鬼子14人，炸伤10人。敌占蟠龙后，他们在马家庄补给线上先后用地雷杀敌97人，使敌人的运输线变成了死亡线。

窑洞战

窑洞战，是武乡人民群众在对敌斗争中创造出来的一种新的战法。由于

太行山区多属黄土丘陵地貌，根据地军民借鉴平原地道战的经验，将所居住的窑洞进行深挖，改造成彼此相通、能藏能打、相互依托的隐蔽作战网，在敌人"扫荡"期间，便依托这些窑洞保护自己、打击敌人。当时，结合丘陵山地的地形地物，村村打窑洞，山山挖工事，把一座座山头和断崖变成了一座座消灭侵略者的战斗堡垒。

抗战初期，武乡各地新挖的窑洞，多数用于埋藏粮食和财物。后来，由于敌人对根据地的"扫荡"越来越频繁，窑洞由村内发展到野外，不仅藏物，而且能跟民兵、自卫队一起转山头、打游击的老弱妇孺都利用窑洞藏身，使群众大大减少了伤亡。到1942年，窑洞又成为民兵作战的特殊阵地。

县、区、村抗日政府组织各村开展了窑洞斗争。据县委统计武乡全县共挖大小窑洞7500眼以上。如当时有120户人家的西堡村，在敌占蟠龙斗争最残酷时，全村在3道圪梁、5条沟里挖了107眼窑洞。树辛村的窑洞大的可容500人，小的可供3家藏身。韩壁、东庄和监漳、南庄等村，汲取了抗战初期被敌熏死多人的血的教训，认真选择地形，挖下了隐藏和战斗相结合的"保险窑"。

相关 链接

窑洞战的五大特点

窑洞战的特点是弯弯曲曲，上上下下，洞道多岔，层层叠叠。每个拐弯处与攀登处都设有障碍物，如圪针刺、刀枪和陷阱等。当时，区、村干部号召人民群众打洞的标准是："拐三弯、过三关、楼上楼天外天。"其特点一是找不见，洞口秘密隐蔽；二是熏不死，除进口外，还在不同方向的崖壁上有多处通气孔；三是进不来，敌人即使发现了，也因洞内各个关口上都有民兵把守，或安置杀伤性的障碍物而无法进入；四是住得久，窑洞内贮藏有粮食、柴、水、锅、碗，甚至有厨房、厕所以及纺车、线拐等生产工具，可以坚持十天半月；五是跑得脱，必要时洞长可以指挥洞内群众从几个出口趁夜转移他乡。

武乡到底有多少"保险窑",谁也说不清,反正1942年5月日本鬼子前来"扫荡"时,没有碰到一个赤手空拳的老百姓,都是全副武装的反"扫荡"基干民兵。从洪水到蟠龙直通武乡县城的近百里的大河滩,两旁的圪梁站满了民兵,他们放了一整天的"欢送礼炮"。不识抬举的"皇军",连头也不点一点,一口气撤退了80里,沿途丢下了洋马、辎重和运粮的牲口。

日寇"扫荡"期间,老百姓并不是整天待在保险窑里,敌人刚撤走,村子里就能听到纺花车和织布机的

◎ "铁道飞行军"锦旗

武西阎庄联防游击队在榆社、武乡、祁县三县杀敌英雄会上被授予"铁道飞行军"称号。

声音。敌人占据蟠龙时,相距20里的洪水集,每天前往赶集的老百姓不下五六千人,从早直到黄昏。甚至离蟠龙二三里地的地方,依然有老百姓种庄稼。武乡老百姓乐观自豪地说:"鬼子来'扫荡',咱们拿起枪。八十岁老汉开荒地,照样过时光。"

在著名的漆树坡窑洞保卫战中,民兵以窑洞为阵地,同敌人激战3小时,拖住敌人,掩护了村东南驻扎的县、区干部和机关人员,使县、区部安全转移出去。1943年5月,日军"驻剿"柳沟,洞内300多农民、工人,据险斗敌,用石头、沙子击退了进洞"搜剿"的坂本中队。大陌村边树丛中,有一个口朝上的窑洞因未赶上收口,被突袭之敌发现了,日军一连吊下4个敌兵,都被洞中投出的手榴弹炸死。接着敌人又改用火烧,但因洞口朝天,烟火直往外冒呛得鬼子受不了,只好"无功而返",民兵们保卫了洞内的70多名乡亲。

知识 链接

漆树坡窑洞保卫战

1943 年 7 月 15 日，漆树坡村民兵根据前方指挥部通知，周围敌人据点的兵力都有增加，可能又要进行"扫荡"，提高警惕，随时准备转移，做到保护前方指挥部机关、保护群众的安全。第二天清早天不明，就发现了敌人，日军分三路合击漆树坡村，漆树坡村民兵 7 人以 5 支枪，凭借窑洞，抗击了数百日军的"围剿"，取得了毙敌 60 多人的战绩。敌人又用烟熏，又挖洞口，还调来大炮轰炸，在民兵的还击下，敌人的阴谋都没有得逞。战斗进行了半天时间，直到主力部队与联防民兵、游击队赶来支援，敌人才只好仓皇逃跑。

漆树坡村民兵以顽强的毅力，用鲜血和生命与敌人做了拼死的搏斗，使全村群众与驻该村的武东县路南办事处和八区区公所的干部安全脱险，创造了"窑洞保卫战"的模范战例。为纪念在这次战斗中牺牲的武志方、武来庆、武全木、武志法、武书云、王磨锁、王三磨 7 位烈士，将窑洞所在地的桑树沟改名为"英雄沟"。

探究思考 ////

1. 大家相互交流，回顾百团大战的过程，并思考其有什么历史意义。

2. 请回顾一下在武乡发生过哪些重要战斗，并简要讲一讲。

第四编

红色人物篇

军民鱼水情谊深

武乡是一片红色的土地，也是一片英雄的土地。在八年全面抗战中，据不完全统计，在武乡这片土地上牺牲的八路军达5000余人，与此同时，武乡的广大民众更是付出了巨大的代价，涌现出大批抗日英雄和支前模范。无论男女老少，有的参加了八路军，有的是民兵、抗日干部和民众，如今正式载入英名录的烈士达3200多名。在中国人民伟大的抗日战争中，在中国共产党的领导下，武乡人民和英雄的八路军用鲜血和生命铸就了一座抗日的历史丰碑。

🌀 第一讲　战斗英雄洒热血

　　武乡是一座没有围墙的革命历史博物馆，是与井冈山、延安、西柏坡齐名的革命圣地。当时仅有 14 万人口的武乡小县，就有 9 万余人参加各类抗日团体，有 2 万余人献出了宝贵的生命，为中华民族的解放事业作出了巨大的牺牲和贡献。全国抗战以来，武乡涌现出了关二如等 27 名杀敌英雄、劳动英雄和 1 个战斗英雄团体，分别受到八路军总部、野战政治部、太行军区的表彰。

少年英雄李爱民

　　李爱民，是蟠龙镇白家庄儿童团长。1943 年，李爱民的家乡被日军占领后，他们村的百姓都转移到了东沟。到麦收的时候，白家庄的群众夜里到地里收割麦子，这真是在敌人的眼皮底下抢粮食啊！夜色黑黑的，只有远处日军的炮楼上不时地射出探照灯的光来。人们屏住呼吸，在黑暗中悄悄地挥镰割麦。天快亮的时候，人们背的背，挑的挑，急急忙忙往东沟走去。

◎ **李爱民画像**
白家庄村为掩护抢收粮食的少年烈士李爱民画像。

　　为了保护粮食，李爱民背着一小口袋麦穗走在前面，和大伙拉开了一段距离，为的是一旦被日军发现，就赶紧给大家报信，以便迅速转移。眼看就要走出敌占区，已经能看到东沟了。忽然，右面山上响了一枪，接着，出现了几个人影。他判断，这是遇上了敌人的游动哨，被日军发现了。他转身想往回走，已经来不及了，他大声咳嗽了三声，这是暗号，提醒后面的人赶快躲避起来。

日军抓住他，看见是个小孩，又哄又吓，妄图从他嘴里了解八路军、游击队和民兵的下落。可是李爱民只字不吐。日军军官又从口袋里掏出一把日本糖，引诱他说出实话。李爱民接过糖，使劲朝日军军官的脸上砸过去，说道："谁稀罕你的臭糖！"日军军官大发脾气，用脚把李爱民踹倒在地下。李爱民忍着疼痛依旧不吭一声。日军军官见李爱民死活不屈服，恼羞成怒，抽出大刀向他刺去，13岁的李爱民献出了自己宝贵的生命。

王尚元孤身斗敌

王尚元，1922年出生在武乡县皮烟村，家里很贫困。

1939年冬，17岁的王尚元找到武委会，要求参加民兵。组织上考虑到他年龄还小，家里还有一个老母亲需要照顾，就让他承担送信送情报的任务。他很乐意干这份工作，不论白天黑夜，说走就走，不知多少次，荆棘挂破他的衣服，石头磨烂了他的脚，他都没说一声痛，喊半句累。

1941年，王尚元正式当了民兵。无论是站岗放哨、破路、断桥，还是挖窑洞，处处都以八路军战士的标准要求自己，多次受到领导的表扬，不久被吸收入党。

1943年6月，日军侵占蟠龙后，一天几次出来"扫荡"，到周围村庄烧杀抢掠。一天深夜，王尚元正在站岗，敌人悄悄地摸到他的村庄。当王尚元发觉时，敌人已经很近了。如果自己跑，完全能来得及，但是乡亲们还在熟睡。"决不能让乡亲们遭受敌人的残害"的想法涌上心头，王尚元决定鸣枪报信，尽可能拖延敌人进村的时间。

王尚元照着山坡上蠕动的黑影扣动枪机，毅然决然地和敌人接上了火，并高喊："同志们，打啊！"敌人被这突然爆发的喊声和枪声吓呆了。他们还以为遇到八路军的伏击。王尚元一连撂倒了好几个敌人，日军才清醒过来，敌人发现山上只有一个人，无数的敌人就一边放着枪，一边吼叫着扑了过来。面对成群的敌人，王尚元毫无畏惧，子弹打光了，他把仅有的一颗手榴弹投向了敌人。敌人端着上着刺刀的步枪包围了他。他从地上一跃而起，手抓着枪管，抡起步枪就冲向敌群，枪托像闪电般地向敌人头上砸去。枪被砸碎了，他就夺敌人的枪，一把抓住敌人的刺刀，就在这时，一把刺刀刺进了他的胸膛，王尚元倒下了。

第二天下午，乡亲们在黄龙岩山沟里找到了他，身上被敌人刺刀捅了七八个洞……为了纪念王尚元，当地政府将皮烟村更名为"尚元"村。"尚元村"成为武乡县唯一一个以人名命名的村庄。

"孤胆英雄"程坦

程坦，故城镇故城村人，1938年秋加入中国共产党。历任故城抗日副村长、武委会主任兼民兵游击小组组长等职务。程坦奋不顾身，英勇杀敌的英雄事迹在民间广为传颂。1943年10月，太行三分区授予他"孤胆英雄"称号，1944年的太行群英会上，他领导的民兵游击小组荣获"模范民兵小组"称号。

1942年10月22日，驻南沟日伪军60余人到狮则沟村抢粮。程坦得知消息后，带领故城民兵，埋伏在村外大路两旁做好截击准备。中午时分，运粮的敌人返南沟行至涅水河滩时，故城民兵与决死纵队第九团相互配合向敌人射击。敌军遭到突如其来的袭击乱作一团，弃粮而逃。八路军乘胜追击，毙敌14名，俘36名，缴获步枪36支，截获全部运粮车辆和所抢的百余袋粮食。

1943年夏，特务李春楼助纣为虐，帮助日军抓捕抗日干部。程坦等人决心除掉特务李春楼。一天深夜发现李春楼离开了据点，便将其捆绑起来押送武西抗日政府，处决了这个汉奸。4月下旬，接到敌人车站空虚的情报。程坦便组织一个小队，趁夜袭击车站，杀死敌人站长，抢回部分物资。

1945年2月15日，垂死挣扎的驻南沟敌军，突袭包围了东寨底的驻防民兵。程坦得悉后，来不及组织民兵去解围，奋不顾身，独自持枪前往解

◎ "舍生取义" 牌匾

因 "孤胆英雄" 程坦在对敌斗争中牺牲，武乡五区赠给 "舍身取义" 的牌匾。

救。途中与隐蔽在寨疙瘩高地的敌人便衣队相遇，他迅速开枪射击，并向东头窑垴上转移，吸引敌人转移视线，帮助被围困的民兵突围脱险。当他跳下堰底伏击时，被追赶的敌人开枪击中，壮烈牺牲，年仅 28 岁。

飞行射击爆炸英雄马应元

马应元，丰州镇马家庄人。1940 年秋季正式加入民兵组织，配合八路军反 "围攻"，打伏击。在著名的长乐战斗中，曾为部队带路送信，转运战利品。1943 年光荣地加入了中国共产党，担任了村上的民兵指挥员。在反 "蚕食" 等斗争中，他带领马家庄民兵队，搞侦察、报敌情、锄汉奸、缴武器等，多次从段村镇大据点夺回被日军抢走的耕牛、羊群、粮食和蔬菜等物品。

1943 年夏季敌人占据蟠龙后，天天在蟠武公路来往 "清剿"。早晨从段村出发，下午从蟠龙回段村。蟠武公路沿线的村庄，白天成为充满恐怖气氛的无人区。为打击日军，我方决定以马家庄民兵为骨干成立 "飞行爆炸组"，专门封锁蟠武公路，把守武东抗日根据地的西大门。

马应元带领飞行爆炸组的民兵们，神出鬼没地与日军在蟠武公路上周旋。有时配合主力部队袭击敌人，有时单独行动，利用麻雀战术，歼灭敌人的小股部队。马应元有一手好枪法，双手打枪，百发百中。有一次上级指示破坏

知识 链接

太行首届群英会

1944年11月21日至12月7日，为了推广杀敌英雄、劳动模范和优秀工作者的模范事迹和生产、工作经验，太行区在黎城县南委泉村召开了第一届群英会。邓小平、滕代远等领导与300多名英雄模范出席了群英会。大会选出一等和二等杀敌英雄31名，劳动英雄39名，通过了《太行区第一届杀敌英雄大会宣言》《太行区第一届劳动英雄大会宣言》。邓小平同志在会上发表了重要讲话。这次大会是太行抗日根据地一次空前的盛会，激发了广大群众学英雄、赶先进的热情，对夺取抗日战争的最后胜利起了重大作用。

敌人的电话线，他双手举枪，两枪打断四根电线，民兵们叫他神枪手。还有一次，日军的一队骑兵耀武扬威在路上行走，马应元连发两枪，打死两匹洋马和一个日军，等大队日军搜山抓人时，他早已转移到另一个山头上去了。

1944年，马应元出席了太行区首届群英会，被誉为民兵杀敌英雄。1945年2月6日，马应元在本村突围战斗中被敌人抓住。日军宪兵队使尽酷刑，但他坚决不投降，后被杀害，年仅24岁。1946年12月太行第二届群英会，特追认马应元为到会英雄，并在长治英雄台广场特设灵位，隆重公祭。2014年9月列入民政部公布的第一批300名著名抗日英烈和英雄群体名录。

游击队长魏名扬

抗日战争时期，武乡县在党的领导下创建了一支名震太行的游击队——名扬游击队，队长名叫魏名扬。魏名扬出生在大有乡枣烟村，是一位传奇式的人物。他出生贫苦，少年习武，练就十八般武艺，还学会了魔术杂耍，曾单枪力敌数十名而名震太行。投身革命以后，他曾组织领导了农民抗债团，与封建地主斗争，保护农民利益。

1937年10月，魏名扬组织游击队。他出生入死、神出鬼没、英勇奋战，

◎ "为民谋利"牌匾

武乡南上合村民赠送太行游击队大队长魏名扬的"为民谋利"牌匾。

功勋卓著，日军曾悬赏5000金票买他的人头。特别是他领导的游击队，前后6次组建，又6次集体参加八路军，向八路军输送了3000余名优秀兵源，多次受到八路军首长的表彰，朱德总司令亲自授予了"太行名扬游击队"队旗。

神枪手武状元关二如

◎ "神枪手武状元"锦旗

1944年，太行区第一届群英大会上奖给关二如的"神枪手武状元"锦旗。

关二如，蟠龙镇关家垴村人。曾担任抗日儿童团长、民兵小组长、村武委会主任等职。

1943年5月中旬，关二如和民兵们正在村北的山梁上抢收小麦，忽然发现东面洪水河滩老远的地方，有一队日军杀气腾腾地过来了，走在队伍前边的是一个骑马的军官。关二如心想："'擒贼先擒王'，今天我就把这个日本军官当成靶子，试试这些天练习的枪法准不准。"他举起枪"砰"的一声，那个军官脑袋开花，翻身落马。敌人被这突如其来的枪声与指挥官的毙命吓破了胆，关二如也被评为武乡（东）县民兵杀敌英雄。

1944年农历正月，关二如带领十余名民兵配合八路军到尖山顶警戒敌人，为了把敌人的火力吸引过来，他和七八个民兵朝敌人猛打。当看到日军布置在山顶的机枪把八路军封锁在山沟里，关二如把枪往棱堰上一架，朝着敌人的机枪手瞄了一阵，"砰"的一枪，打到了敌人的机枪手。敌人见民兵发现了他们的机枪阵地，扛起机枪就向山梁

◎ 关二如的步枪

1944年，太行区第一届群英大会奖给民兵杀敌英雄关二如的三八式步枪。

背后隐去。这时，埋伏在山梁上的民兵冲出来，将敌人全部消灭。1944年11月，他光荣地出席了太行区首届群英大会。在群英会射击比赛中，夺得头名，当场受到了邓小平等首长的称赞，荣获"神枪手武状元"锦旗一面，被评为太行腹地一等民兵杀敌英雄。

抗日战争胜利后，他带领全区100多名青年民兵参加了上党战役。1948年12月8日，在淮海战役马围子口战斗中壮烈牺牲，时年21岁。

麻雀战能手高贵堂

高贵堂，洪水镇韩青垴村人。他任编村武委会副主任时，带领村里的民兵锻炼打击敌人的本领，练习射击，学埋地雷。不到一年工夫，就在他的家乡训练出了一支坚强的民兵队伍。

1942年9月一天夜里，敌人袭击他的村庄。高贵堂在安排民兵掩护群众转移的时候，看到站在村口的敌人，便朝着敌人一口气打了三枪，岩头上三个家伙先后应声倒地。高贵堂撒腿就跑，日军纵马猛追。就要追上他的时候，他急忙用嘴咬掉手榴弹导火索，头也没回扔到身后，"轰"的一声，炸得敌人人仰马翻。这次战斗结束后，县里表彰高贵堂，推广麻雀战，还编

◎ 高贵堂

太行区首届群英大会上韩青垴村民兵高贵堂荣获"麻雀战能手"称号。

了一首赞歌："武乡上广志，贵堂本领高，民兵高贵堂，麻雀战打得好，二十三岁当队长，打退敌人救群众，胆大智谋强，杀敌逞英豪。"

1944年的年关，襄垣城的大股敌人又出来"扫荡"。一天，韩青垴民兵正在上广志村参加联防民兵集训大会，在三角河口放哨的高金河跑回来说："前边发现敌人，咱们赶快准备战斗！"高贵堂把大伙集合在一起说："八路军从敌人手里夺来了20驮棉花，是准备送往被服厂给部队做棉衣的，一定是敌人发觉后，包围了店上村，要抢棉花，咱部队穿不上棉衣怎能打仗呢？咱们得立即去增援。"大伙来到了店上村头正要往里冲，高贵堂忽然发现一个敌人扛着棉花往村西走，他端起枪来把敌人打倒在地上，棉花包被扔在一边。高贵堂跑过去，见子弹打在棉花驮上着了火，立即上前迅速将火扑灭。此刻，一个敌人从侧面扑来把高贵堂按在地上，高贵堂和敌人滚打起来，危险时刻，联防民兵队长张战峰赶来，一枪干掉了敌人。经过激战，民兵们终于帮助八路军运输队把20驮棉花全部转移出去。

高贵堂带领民兵，利用当地沟壑纵横的有利地形，广泛地开展麻雀战，与敌人进行了大小战斗140多次。1944年11月，在太行区首届群英大会，他被授予杀敌英雄称号，荣获"麻雀战能手"锦旗一面。

新中国成立后，高贵堂多次应邀出席各级民兵代表会议，先后有530多位外国朋友访问过他。新西兰作家、诗人路易·艾黎曾将高贵堂的英勇斗争故事写入书中，广为流传。

第二讲 支前模范铸脊梁

2021年2月20日，习近平总书记在党史学习教育动员大会上指出："淮海战役的胜利是靠老百姓用小车推出来的，渡江战役的胜利是靠老百姓用小船划出来的。"习近平总书记充分肯定了人民群众为解放战争胜利作出的巨大贡献。

抗日战争时期，武乡县人民群众涌现出很多支前模范，为抗日战争的胜利作出很多牺牲，作出巨大贡献。

劳动英雄李马保

李马保是蟠龙镇树辛村人，由于家境贫寒，从小放羊，全家6口人过着少吃缺穿的生活。

1940年春，李马保带头组织了互助组，他处处带头实干，带动大家第一年就夺得了丰收。1943年春，李马保带头拿出牛和农具帮助5户贫农耕种，促进了全村的互助互济。他还帮周围的小道场、陶家沟、小庄等村组织互助，克服春播困难，保证适时下种。在李马保的领导和带动下，树辛村各项工作都走在全县的前头，1943年全村就实现了劳动互助化，被列为全县的生产实验村。李马保也多次出席了全县劳模会，他的模范事迹还编入了当时的小学课本，县委曾发出号召："男学李马保，女学石榴仙。"

1944年11月，李马保光荣地出席了太行区首届群英会，被评为"生产互助一等英雄"，奖励耕牛一头。1945年，李马保实行的精耕细作办法，曾被太行区确定为全区生产方针之一。1946年，全村11顷土地，平均每亩超过常年产量 4 斗 5 升。秋收后，有 7 户贫农脱掉了贫困帽，5 户中农上升为富裕人家。此外，树辛村的纺织、养猪、养鸡等副业也很兴旺，全村农民穿衣吃饭能够自给有余。1946 年 12 月，李马保又光荣地出席了太行区第二届群英会，并被选为边区一等劳动英雄。

◎ 李马保

太行区武乡劳动英雄李马保。

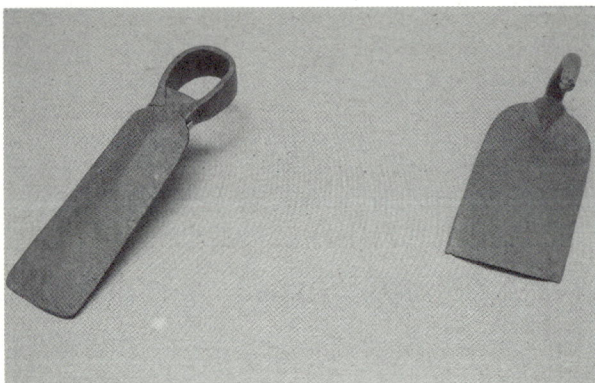

劳动英雄李马保使用过的镢头和锄。

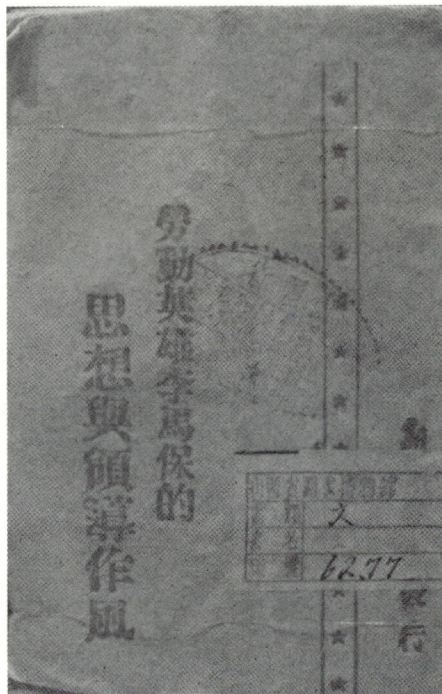

1945 年 5 月新华书店编印的《劳动英雄李马保的思想与领导作风》。

拥军模范胡春花

1938 年春，八路军进入武乡以后，胡春花接受了抗日救国的革命道理。从此，29 岁的胡春花走上了革命道路，并担任武乡县窑湾村的妇救会主任。她积极投身于抗日拥军工作中，带领村里的妇女创办了拥军接待站，并且作出了突出的成绩。

1941 年 11 月，日军为了摧毁黄崖洞八路军兵工厂，纠集数倍于我军的兵力，向兵工厂发起了猛烈进攻。八路军战士为了保卫兵工厂同日军进行了殊死的搏斗，双方苦战了六天六夜。由于附近的民兵组织到别处去参战，战场上有许多伤员抬不下火线。胡春花听到这个消息，心急如焚。当时，她的小女儿正在发高烧，为了抢救八路军伤员，她毅然撂下孩子，马上组织起了妇女担架队，顶着炮火和硝烟，上了前线。

太行山山高沟深，铺满了石头的羊肠小道弯弯曲曲，胡春花和妇女们抬着伤员艰难地走着。那个时候，妇女大多缠了脚，一双小脚在这坎坷的山道上行走不知磨出了多少血泡，鲜血和袜子紧紧地粘在一起，每走一步都钻心的疼痛，一路上不知摔了多少跤。上山时，因为路比较滑，为了让伤员免受

◎ **胡春花**
拥军模范胡春花在抗日拥军工作中作出突出成绩。

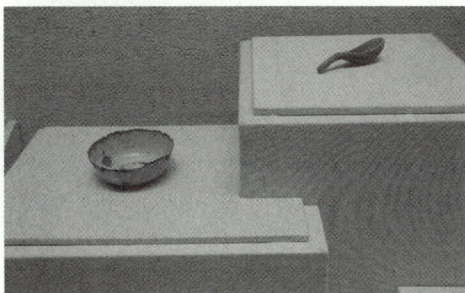

◎ **碗和汤匙**
拥军模范胡春花护理八路军伤员用过的碗和汤匙。

颠簸，她们索性跪着走，磨破了裤子，膝盖流出了血，但胡春花毫不抱怨，忍受着痛苦，一趟趟地运送伤员。

当胡春花将伤员抬到八路军三分区医院时，她发现那里的医生、护士忙得不可开交。胡春花又主动成为医院的一名编外护士，洗绷带、搞卫生、看护伤员、帮助换药。大年三十的夜里，她的丈夫找来，对她说孩子病得很厉害，劝她回去看看，但是胡春花不忍心撂下伤员，直至年后才回到家中。此时的独生女已经病得奄奄一息了，在去医院的途中，不幸离开了人世。

1944 年 11 月，胡春花光荣出席太行区首届群英大会，受到了刘伯承、邓小平等军政首长的接见。她的模范事迹，不仅广泛刊载于当时的报刊，还被编成秧歌剧到处演出，胡春花成了名震太行的拥军模范。

1945 年，拥军模范胡春花（前排左四）参加太行抗日根据地妇女临时代表大会。

纺织英雄石榴仙

石榴仙是洪水镇广志村人。她是抗日战争时期太行区的著名纺织英雄。

1941年石榴仙的大儿子李福林加入了党组织，并担任了村农会主席。在县、区工作组的领导下，进行了反奸清算、合理负担、减租减息等斗争，为了让儿子能拿出全部精力更好地做革命工作，同时作为干部的家属首先起模范带头作用，她冲破了封建传统观念的束缚，主动承担了家务和田间生产劳动。而且还积极参加拥军、优属等活动。

石榴仙除对农活样样会干外，还经常拾粪、

◎ 石榴仙

纺织英雄石榴仙（1898—1950）。

驮煤卖炭，做一些一般妇女不愿干和不会干的活儿。村妇救会一成立，她就加入了妇女组织，积极组织妇女做军鞋、碾军粮，样样工作数她第一。大生产运动开展后，她组织村里的妇女们全都参加了纺织运动。她主动帮助她们解决纺织技术问题。当时一斤土布可换二斤棉花，也可换二斗小米，妇女们通过纺织都解决了家庭生活的经济开销问题，所以参加纺织的人越来越多。由于各项工作都很活跃，马堡村在1943年就变成全县有名的模范村了。

为把更多的妇女组织起来，她帮助村妇救会把村里80多名中、青年妇女组织了5个纺织小组，发动各组展开挑战竞赛活动，使全村的纺织热潮进一步掀起。创造了一天纺花十两、织布两丈多的最高纪录。由于她的成绩显著，区上召开劳模大会时，奖给她小米、手巾、裤子、梭子、镜子等不少物品。

在太行区首届群英会，她和同县李马保等同志被评为太行区一等劳动模范，奖给她"织纺英雄"锦旗一面。"男学李马保，女学石榴仙"成为当时全区生产战线上的口号。后来，她积极帮助村里筹办纺织厂，采用新织布机，织出大量毛巾，为解放战争中的军需民用作出了贡献。

纺织英雄石榴仙使用过的纺车。

◎ "纺织英雄" 锦旗

1944 年，太行区第一届群英大会奖给石榴仙的"纺织英雄"锦旗。

相关 链接

　　当时在太行山区流行一首关于石榴仙的歌，其中有一段歌词这样唱道："马堡村石榴仙四十六岁整，她是纺织女英雄，武乡头一名；越干越有劲，一天纺花十两，织布两丈零，咱们分区彭政委奖给她机一架。"

胜过男子史兰珍

　　史兰珍在丈夫意外去世后，毅然挑起家庭重担。

　　史兰珍家除耕种 12 亩土地外，还和邻家合喂 1 头牛。面对生疏的农活技术，她不懂就问，不会就学。经过一年时间，史兰珍掌握了不少农业技术，成了庄稼行里的全把式——喂牛赶车、摇耧撒籽、拿犁扶把、春种秋收、扬场架垛，样样会干。

　　为了解决家里的油盐等零用开支，她喂了 1 头猪，10 多只鸡。每年冬天还要纺花、织布，解决穿衣问题。为了按时向国家交付合理负担，她每年冬天都要卖炭挣钱。长期的体力劳动，风里来，雨里去，不仅磨炼了她的意志，而且练出了一身好气力。每次敌人"扫荡"，她都是一头担干粮，一头担行李，一口气走一二十里。有一次，从地里拉着牛刚回到院子里，就听到有人喊叫，敌人从村西进来了。她气也没喘，拉上牛，担上早已准备好的担子，带着孩子，从村东一直跑到避难的窑洞里。等敌人走后，才摸黑回到家。

1944 年春天，县里在大陌村开县劳模会，奖给她一块大匾，上书"胜过男子"四个大字。在大生产运动中，史兰珍报名加入了互助组，同男劳力一样参与记工、评分、同工同酬。在太行区首届群英大会，被授予"劳动英雄"的光荣称号。

◎ 史兰珍

史兰珍，武乡县东堡村人。

第三讲　领袖人物送关怀

抗日战争时期，八路军总部、中共中央北方局等机关在武乡长期驻扎，朱德、彭德怀、左权、刘伯承等老一辈革命家曾在这里战斗和生活，组织指挥了整个华北地区的抗战。领袖在这里留下足迹，太行精神在这里孕育，八路军文化在这里形成，民族脊梁在这里挺起，人民军队在这块红色的热土上不断壮大，抗战胜利的号角从这里吹响。

朱德帮孤寡老人碾谷子

1939年7月中旬，朱德总司令率八路军总部第一次进驻砖壁村。总部机关主要军事部门住在村中玉皇庙，朱德住在距玉皇庙很近的新楼院。新楼院是一座四合院，大门南开。院门口有一盘石碾，村民们常在此碾谷子。

一天，朱德从玉皇庙出来。走到院门口时，看见一位老人正在推着碾子碾谷。他脚步稍一缓，朝着碾子走去。走到碾子旁他轻声说："老乡，咱们一块碾。"说着便帮着推起碾子来。老人见是朱总司令，不知如何是好，连连说："你歇歇，你歇歇吧，俺自个碾，俺自个碾。"朱德却微笑着说："人多力量大嘛！"继续推着碾子，边推边了解老人的情况。

这位老人是附近烟里村人，现今一个人生活。这会儿，朱总司令和他肩并肩地推着碾子，一直把谷子碾完，他心里十分高兴和激动。后来他从乡亲们那里知道，就在这段时间里，朱总司令指挥八路军和根据地人民，像碾谷子一样，粉碎了日军5万重兵对太行根据地的第二次"九路围攻"。后来，每当有人和他聊这件事时，不善言辞的他都会衷心地说一句："朱总司令真好！"

还有一次，朱德走出房间后，看见 60 多岁的房东老大娘在院里独自一人推磨。朱德忙走过来一块推起磨，帮她磨完了粮食。这位老人想给朱总司令扫扫衣服，急忙回屋里取笤帚，可出来一看，朱德已经走远了。

毛泽东主席派来访问团

1951 年 8 月 20 日，原任晋冀鲁豫边区政府主席杨秀峰同志，率中央人民政府晋冀鲁豫分团回访老区。武乡老区的干部群众在县城举行了隆重的欢迎集会。会上，杨秀峰团长站在主席台上，首先向大家展示了毛泽东主席遒劲有力的光辉题词"发扬革命传统，争取更大光荣"。然后发表讲话说："毛泽东主席委托我们专程回太行山来看望大家了。临行前毛主席还特地给大家捎了个口信，期望老区人民要发挥根据地特有的政治优势，搞好革命纪念地的开发利用，继承和发扬革命战争年代那种艰苦奋斗、无私奉献的八路精神，为社会主义建设再立新功！"会后，访问团一行还和县里的老党员、老八路和老英雄进行了座谈，亲切畅谈新中国成立后各条战线的新变化和党中央提出的帮助老区进行社会主义建设的具体实施纲要，表达了党中央的关怀之情。

邓小平情系太行

新中国成立后，邓小平时常关注着革命老区的建设和发展，特别是为八路军太行纪念馆的筹建工作倾注了心血。1979 年 9 月 28 日，当扩建八路军总部纪念馆的请示报告呈送给邓小平同志时，他语重心长地指出："纪念馆不要单纯反映总部机关，要全面再现所有八路军将士和各根据地人民。"并挥毫题写了"八路军太行纪念馆"馆名。当得知武乡县委为老区经济的繁荣与发展，计划修建一条横贯全境的武（乡）墨（镫）铁路时，小平同志在批示中特别强调："武乡是太行老革命根据地。"之后，国家计委根据小平同志的指示精神立项投资，决定兴修武墨铁路。该铁路的建成使用，为武乡老区经济的全面腾飞，插上了金色的翅膀。

江泽民视察

2001 年 8 月 20 日，时任中共中央总书记、国家主席、中央军委主席的江泽民同志在山西考察党建工作期间，专程来到八路军太行纪念馆。参观完后，还兴致勃勃地与全馆工作人员一起合影留念。于是，《总书记来到我们中间》这幅珍贵的照片，成为纪念馆永恒的记忆。参观完毕，江泽民同志挥毫题写了"发扬老八路光荣传统，为中华民族的伟大复兴而奋斗！"这一题词正是党中央在新世纪之初，为加快革命老区经济发展的步伐，实现脱贫致富奔小康的宏伟蓝图而为老区人民指明了前进道路上的航标。

胡锦涛视察

2005 年 7 月 29 日，时任中共中央总书记、国家主席、中央军委主席的胡锦涛同志，视察了八路军太行纪念馆。胡锦涛说："山西是抗日战争华北的重要战场。英雄的山西人民为夺取抗日战争的胜利进行了不屈不挠的斗争，作出了巨大牺牲和突出贡献。希望山西广大干部群众继承光荣传统，努力再立新功，把山西建设得更加美好。"

习近平视察八路军太行纪念馆

2009 年 5 月 25 日下午 4 时，时任中共中央政治局常委、中共中央书记处书记、国家副主席的习近平同志专程视察了八路军太行纪念馆。走进展览序厅，习主席很认真地听取讲解员的生动讲解，对寓意八年全面抗战，共产党、八路军是中华民族的中流砥柱的八根浮雕铜柱很感兴趣，并且围绕其中四根铜柱一边端详，一边指认上面所反映的内容，赞扬序厅有特点、有气势，表现方式很好。

抗日英雄左权是抗战时期八路军牺牲的最高级别的将领，习主席久久地肃立在左权将军的汉白玉雕像前，表达对这位抗日名将的敬仰之情。

探究思考

1. 为什么战斗英雄们勇于献出自己只有一次的宝贵生命？

2. 结合支前模范的光辉事迹，谈一谈为什么说人民群众是推动社会历史前进的决定力量。

第五编

红色文艺篇

丰富多彩颂革命

武乡红色文化丰富多彩，一篇篇红色故事，一首首红色歌曲，一幕幕红色剧作，都生动讲述了中国共产党领导的八路军与太行儿女全面抗战、艰难创业的光辉历程，从中可以感受到太行儿女抛头颅、洒热血，前赴后继，英勇顽强的革命精神，它们具有鲜明的时代特征和强大的精神号召力，是社会主义文化的重要组成部分。

第一讲　讲述红色故事

太行精神，光耀千秋。抗战圣地，红色武乡。抗日战争时期，这里是华北抗日的指挥中枢，也是华北军事、政治、经济、文化的指挥中心，八路军总司令部、一二九师司令部、中共中央北方局、抗日军政大学总校、兵工学校等首脑机关曾在这里长期驻扎。当时，武乡被誉为"抗日模范县"。"山山埋忠骨，岭岭皆丰碑，村村住过八路军，户户出过子弟兵"，这里是一座没有围墙的革命历史博物馆，让我们一同去探寻发生在这里的红色故事。

军民情深"彭总榆"

在武乡八路军总部砖壁旧址大院内，有一棵高大挺拔的榆树，人们都叫它"彭总榆"。1940 年，太行根据地遭到百年不遇的大旱，秋天的收成仅有两成左右，老百姓生活十分困难。总部的官兵一天口粮只有四两黑豆，不够的部分就靠野菜补充，到后来连野菜也没有了。砖壁村有许多榆树，村里的百姓都把榆钱当作食物。一天，有一名战士正爬到榆树半腰，准备去捋榆钱，恰巧让彭德怀副总司令看见了。彭总在树下，背着手大声说："谁让你上去的？榆钱是留给老百姓的，你怎么能和老百姓争吃的？"那位战士非常难堪，房东大娘听到后便出来和彭总理论："说是战士，还不都是十几岁的孩子，有榆树就有榆钱，你总不至于把他饿死吧！"这件事之后，彭总多次在会上强调，让战士们到方圆十里以外的山上挖野菜、捋榆叶，方圆十里以内的留给老百姓。

在抗日战争艰苦的岁月里，由于长期饮食不规律和超负荷工作，彭总得

◎ **彭总榆**

高大挺拔的彭总榆位于八路军总部砖壁旧址入口处。

了胃溃疡，吃什么，吐什么。管膳食的后勤科长，专门为彭总定了一个伙食标准，就是在每顿饭里放一把玉米面。很快被彭总发现了，立即召集后勤人员开会。在会上说："我的碗里怎么有玉米面，别人的碗里怎么没有？你们知不知道玉米面是留给伤病员吃的？是谁帮我搞特殊？共产党给我彭德怀唯一的特权就是吃苦！"当时炊事员站在门槛上，难过得低下了头。

白榆树是太行山区珍贵的树种，榆钱可以食用，能度荒救人。所以，彭总让战士们在采榆钱时，注意寻找小榆树苗。果然，有的战士就找回了小榆树苗。彭总把一棵小榆树苗亲手栽在了总部院内，还经常浇水，白榆树当年春就发出了新枝。半个多世纪过去了，如今这棵白榆树高大挺拔，巍然屹立，象征着彭总威震敌胆的高大形象，留下了彭总一心一意为民的历史印记。

左权将军的"空城计"

1939 年 7 月至 8 月，八路军总部在砖壁指挥根据地军民粉碎了日军的第二次"九路围攻"。11 月，总部转移到王家峪。

日军为摧毁根据地，采取"囚笼政策"，还打通了白晋路（祁县白圭至晋城）、邯长路（邯郸至长治），并分兵把守。晋冀豫根据地也暂时被割裂成太行（又分太北、太南）、太岳、豫北等几块。

为了保卫根据地，1940 年 5 月，八路军第一二九师和太行军民对白晋路发动了大规模的破袭战，切断了日军的铁路交通线。日军恼羞成怒，不断派兵"扫荡"、报复。6月初，日军探听到王家峪可能驻有八路军高级指挥机关。此时，太行区八路军大都在白晋路作战，总部只留有一个警卫连。日军随即出动300多人从襄垣城向王家峪急进，企图偷袭八路军总部。

当日黄昏，日军先头部队已到达西营，由于天色已暗，后续部队未至，随即停顿下来，扎营休息。此时，日军离王家峪只隔着一条浅浅的漳河，距离只有3公里。离总部野战政治部住的下合村，只有2公里多。一河之隔，危险至极。八路军总部得知情况后，立即决定总部机关连夜向砖壁村转移。并确定由左权直接指挥总部驻地唯一的一个警卫连，迅速组织警戒，掩护总部转移。因总部附近没有机动兵力，左权只好把总部机关的几个司号员留下，听他指挥。夜深人静，总部紧张悄然地向东转移，一口气走了几十里山路，天亮时到了砖壁村。左权带着警卫连在后半夜也占据了北上合一带有利地形。

第二天凌晨，日军包围了王家峪，结果扑了个空，随后，日军分成几股在附近搜寻。中午，一股日军窜到北上合南侧山谷，发现山梁上有八路军警戒，即向两侧开枪。左权立刻下命令向日军还击。双方对峙了大约半小时。这时，左权迅速召集指挥员和司号员，重新布置了任务。几分钟后，附近几个高地上响起了左权和连指挥员调动指挥部队故意让日军听见的高声喊话。紧接着，几个小山包上骤然响起了八路军的军号声。一时间，枪声、冲锋号与集合号声、指挥员喊声响成一片，在山谷回荡。日军看此阵势，弄不清八路军到底有多少，既不敢贸然攻击，也不敢在此久留，朝山上打了一阵子枪后，带着几个伤兵狼狈而退，当晚缩回了襄垣城。左权确定日军已退去后，继续在阵地上守了半夜，第三天早晨，当周围村庄还是一片寂静时，左权带着警卫连回到了砖壁村。当乡亲们知道了左权掩护

◎ **左权塑像**
八路军太行纪念馆的左权塑像。

总部转移，指挥一个连智退 300 多日本鬼子的事后，纷纷夸赞：左权将军真了不起，用军号吓退了鬼子兵。

知识 链接

左权

左权，湖南醴陵人，黄埔军校一期的学生，是八路军的高级将领，军事家。1925 年加入中国共产党。同年 12 月赴苏联学习。1934 年参加长征，参与指挥强渡大渡河、攻打腊子口等战斗。长征到达陕北后，左权率部参加了直罗镇战役和红军东征。1936 年，他担任红一军团代理军团长，率部西征并参与指挥山城堡战役。

抗日战争爆发后，他协助指挥八路军开赴华北抗日前线，粉碎日伪军"扫荡"，发展壮大人民武装力量，取得了百团大战等许多战役、战斗的胜利。1942 年 5 月，日军对太行抗日根据地发动大"扫荡"，左权指挥部队掩护中共中央北方局和八路军总部等机关突围转移，不幸牺牲，年仅 37 岁。牺牲后，延安和太行山根据地为其举行追悼会，并改辽县为左权县。

左权一生写了军事著作 40 多篇，对学习运用毛泽东军事思想，对国家的独立和民族的解放作出了重要贡献。2009 年，左权被中央宣传部、中央组织部等 11 个部门评为"100 位为新中国成立作出突出贡献的英雄模范人物"。

1942 年 9 月 18 日，辽县各界人民为纪念左权将军，在西黄漳村举行"左权县"命名大会。

弟兄杀敌英雄

"秦家烟李家两弟兄，中秋节铲死日本军官兵，白家庄炮楼上打了胜仗，进蟠龙大据点夺回羊群。"这是流传在武乡的一首老歌。蟠龙镇秦家烟村的民兵李兴云和李金河，是叔伯弟兄，1938年，八路军在晋东南地区建立了敌后抗日革命根据地，李兴云第一个报名参加了抗日人民自卫队，李金河也成了"青抗先"里的带头人。

1943年中秋节拂晓，李兴云和李金河指挥着30多名群众，在村边抢收了10多亩庄稼。天大亮，因为等待后边两个挑粮的人，弟兄俩把粮食担子藏在草丛中，钻进沙坡沟的一个石洞里隐蔽起来。由于一连几夜掩护乡亲们抢收，身体疲劳过度，竟然睡过去了。突然间，沟口上"砰"的一声枪响，惊醒了李家弟兄，一转眼看见三个敌人。日军见李家弟兄身体健壮，就抓他们到蟠龙当苦力修炮楼。

李家弟兄心里暗暗盘算，怎么才能逃脱？正在李家弟兄心乱如麻之际，日本军官用望远镜发现一片果树林，指着沟里向李金河问："那里什么果子？"李金河随机应变地用手比画着说："那沟里全是大大的苹果、黄梨，大大地好吃！"日军军官不知是计，于是就对部下说："下去多多地摘几篮果子！"那个戴礼帽的汉奸一听，连忙打躬哈腰地对军官谄媚了几句，然后命令李兴云和李金河："老实的跟太君上去，别乱动，小心太君杀了你们！"说罢，又把一件雨衣交给李兴云，便和那个卫兵下沟摘果子去了。

日军军官带着李家弟兄继续向岭上爬去，李金河和李兴云见两个汉奸跑下了沟里，心中暗喜，趁日军军官低头爬坡，便抓紧机会，互相交换了个眼色，意思是到了岭上，把狗杂种干掉。日军军官坐在庙前石阶上休息，这时，李家弟兄在日本军官背后再次交换了个眼色，李兴云眼明手快，拿起一把铁锹，使足猛力，照着日军军官的脑袋，"咔嚓"一声劈下去，日军军官"吼"的一声乱叫，仰翻在石阶下。李金河也像猛虎扑食一样，一跃而起，朝着日军军官的脖子，"咔嚓、咔嚓"又连铲几锹，那家伙的脑袋就像离秧的西瓜滚了下来。两人拿起那支"三八"大盖枪，抄西边小道撤进了山沟里。1944年，兄弟二人光荣地出席了晋冀鲁豫边区的群英大会。

◎ 李家两兄弟

在蟠龙围困战中，用铁锹杀死鬼子的秦家烟村李家两兄弟李兴云和李金河。

 知识 链接

武乡（东）抗日县政府通令褒奖——窑申角模范村长赵希宋同志

村长：

在此次反扫荡战争中，窑申角村长赵希宋同志亲自领导民兵打击清剿敌人，保卫群众与资材，配合军队袭击哨棚。包围柳沟驻敌，其行动英勇果敢堪称模范，除呈请专署表扬奖励外，本府特发给大洋五十元，以资鼓励，并将其模范事实详述于下：村长同志们应详细研究在下次反扫荡中具体学习普遍开展这种英勇的杀敌运动。

一、敌寇于五月六日占领柳沟进行残酷的清剿，赵村长为保卫群众粮食资材，亲自领导民兵，不分昼夜以冷枪地雷或埋伏不时打击敌人，曾获得不少成绩。

二、敌寇围攻柳沟十余天，密洞内粮食饮水发生恐慌，眼看就要困死，赵村长奋不顾身，夜间输送粮食、饮水，没饿死渴死一人。

三、五月十一日，赵村长率领民兵配合我部当先向导，袭击柳沟哨棚，杀伤敌寇十余名，夺获机枪一挺、步枪等胜利品很多。赵村长用手榴弹亲手炸毙敌两名。

四、当晚又袭击柳沟一带之敌，赵村长身带手榴弹数枚，在前引领，杀战整夜，从窑洞救出群众二百五十余人，及至任务完成，军队安然转移，赵村长仍四处搜寻杀敌打扫战场，不幸被俘，把敌用力打倒，始得逃脱。

县长　武光汤

"洋八路"米勒回访故地

1984年10月的一天，秋风送爽，五谷飘香，位于太行山上的武乡县土河村沸腾了。全村男女老少齐集村口，他们在急切地等待着远方来的一位尊贵的客人——抗日战争时期曾在该村驻扎的八路军总部医院工作过的"洋医生"米勒。

1915年1月13日，汉斯·米勒诞生在德国一个普通的家庭。战争风暴席卷欧洲，米勒的家庭也被卷入饥饿困顿之中。米勒的母亲东挪西借，供米勒出国深造。在瑞士的巴塞尔大学医学系攻读时，米勒认识了中国留学生蒋兆先。通过蒋兆先的介绍，米勒知道了日军在中国的暴行，认识到日本法西斯和德国法西斯是一丘之貉，是发动侵略战争的元凶。大学毕业后，米勒婉言谢绝了朋友动员他到秘鲁获取优厚收入的好意，决心到中国参加中国共产党领导的抗日战争，为世界反法西斯斗争贡献力量。

1939年4月10日，年仅24岁的米勒，毅然卖掉了自己的照相机，买了船票，只身来到中国。他深知自己对中国的一切知之甚少，无亲无友，语言不通，当时的中国正充满血雨腥风，抗日战争处于艰苦阶段。但他心中所想的是，一个人道主义的医生，应该用所学的医术，为遭受战争摧残的人民解除痛苦。踏上陌生的土地，米勒在西安的旅馆里，巧遇美国著名记者埃德加·斯诺。斯诺对这位追求真理和正义的德国青年极为赞赏，分手时把自己在延安用过的行军床、蚊帐等生活用品送给米勒使用。米勒到达延安后，首先受到毛泽东主席的热情欢迎和亲切接见。随后，卫生部安排他在延安拐峁国际和平医院担任外科医生，而米勒则毅然提出到抗日前线的申请。毛泽东在做了缜密的安排后，决定派他到抗日前线工作。

历经艰险，米勒来到武乡县王家峪八路军总部，见到了正在指挥八路军同日本侵略者进行殊死搏斗的朱德总司令。朱总司令和他谈起了白求恩大夫，他才知道白求恩同志已为中国人民的抗日事业献出了自己宝贵的生命。在王家峪召开的追悼白求恩大会上，他表示要像白求恩那样，把自己的一切奉献给中国人民的抗日事业。

八路军总部医院设在离王家峪不远的土河村，是当时最好的医疗单位。米勒到达八路军总部医院不久便发生了两件事情。有一次，卫生学校的一名学员，不慎摔伤了尿道。由于小便阻塞，膀胱肿胀，小伙子又痛又急。总部的外科医生一时没有别的办法。米勒在用木板架起的简陋的手术台上，使用从瑞士带来的手术器械，果断地为他进行了修补手术。几天后，小伙子就欢蹦乱跳地出现在土河坪。还有一次，在离土河村不远的小村里，有一位孕妇，临产时怎么也生不下来，接生婆束手无策。米勒用人工破水，一下救了母子两条人命。这两件事迅速传遍了十里八乡，大家都说"八路军总部医院来了一位德国神医"。之后，村里谁家有患者他就主动去看，乡亲们都亲切地称他为"洋医生"。

1940 年 8 月，震撼中外的百团大战在华北大地展开。米勒怀着一颗火热的心，一而再，再而三地去王家峪八路军总部，迫切要求到前线去。"医生应该在伤员最需要的地方"，这是白求恩的名言。左权副参谋长深知米勒的志向和性格，终于接受了他的申请。米勒兴冲冲地告别土河村，直奔第一二九师师部所在地。米勒和一些医务人员组成一个临时战地手术队，随第三八六旅行动。此时，百团大战正在激烈地进行，一天就有上百名伤员送到手术队抢救。米勒废寝忘食地为伤员开刀、取弹片、缝合、清理伤口。手术后，再由担架队送往后方医院。

为中国的抗日战争和解放战争的胜利，米勒作出了巨大的贡献。新中国成立初期，米勒前往东北担任长春军医大学第一临床医院院长。随着抗美援朝战争的激烈进行，一批批志愿军伤病员被

1984 年米勒和他的夫人中村京子重归太行山区，在八路军总部旧址前合影。

送到长春。米勒日夜操劳，殚精竭虑，把对中国人民的挚爱之情，倾注到"最可爱的人"身上。米勒从战火中走来，在革命斗争中成长，毅然加入了中国国籍，很快又加入了中国共产党，从一名反法西斯战士，成长为一名共产主义者。

"人到暮年倍思亲"。20世纪80年代初期，在北京积水潭医院工作的米勒已年过花甲，他经常惦念当年战斗过的抗日根据地的建设和发展，想念老区的父老乡亲。于是，1984年秋，米勒偕夫人回到武乡县土河村，看望分别多年的老乡。土河村的男女老少，倾村出迎。米勒看望了总部医院旧址，特意用手指画着那里是他工作过的"手术室"。他深情地回访了当时的老房东，老房东申绑纩握着米勒的手，激动得老泪纵横。米勒还走访了几家农户，询问了他们的生产、生活情况，特别了解了他印象最深的人畜吃水情况和妇女生产期的习惯改变情况。他勉励大家要艰苦奋斗，把这块当年的抗日根据地建设得更加美好，以告慰为抗日牺牲的烈士们。

第二讲　聆听红色歌曲

　　红色歌曲是记录广大劳动人民和无数共产党员艰苦奋斗、浴血抗争，将中国从积贫积弱的封建社会发展建设成今天崭新的社会主义国家的生动史料，具有鲜明的时代特征和强大的精神号召力，是社会主义文化的重要组成部分。红色歌曲作为战斗的歌、胜利的歌，穿越历史的时空，源远流长、永远年轻。让我们一同去聆听与武乡相关的红色歌曲，感受太行儿女抛头颅、洒热血，前赴后继，英勇顽强的革命精神。

抗战时期的武乡红色民歌

　　武乡县群众歌唱富有传统，抗战开始，为民歌填词改曲，蔚然成风。许多专业、业余文艺工作者以及教师、各抗日救国会干部为主力军，填写了大量的抗日题材新歌词，民歌面目一新。

　　胡峦岭村王焕榜面对日军的残暴"扫荡"，创作了一首《逃难歌》：

　　家住武东县，四区胡峦岭，日本鬼子搅扰咱，不能在家中。

　　为了拣条命，带上转移证，转移到那后山里，就是难民。

　　男人担一担，女人挎一篮，今天逃难往出走，甚时往回返。

　　逃难往出走，心里发了愁，也不知道到哪里呀，留呀不留。

　　逃难上了路，娃娃抱在怀，哭了一声好恓惶，饿死俺的孩……

　　1942年春天，驻扎在蟠龙的3000余名日伪军，实施残酷的"三光"政策。一天，胡峦岭村儿童团放哨员得知日军"扫荡"消息后，急忙通知民兵自卫队，迅速组织保护群众逃难。刚出村就听到背后枪声一直在"呼呼叭叭"地响，还有狗叫声，吆喝声，远远看见村顶上一团一团黑烟往高儿冒，那是日军在村里挨家逐户寻找人，抢粮食，抓不到人就把房屋烧了，打谷场上的麦秸烧了，牛棚也烧了。见此情景，逃难人群中有胆小的老婆婆们都吓哭了。

《逃难歌》开始的形式是自编自唱，唱的歌词很多，随便看见什么唱什么，没有纸稿，识字的人不多也没有记录，逃难群众也附和着唱，你传我，我传他，这个村也唱，那个村也唱，就这样在武东县这片抗日根据地上就慢慢传开了，后来越传越远。

在艰辛的抗日生活中，人民不仅用歌声来表达对日军的痛恨，还出现一大批歌唱党和人民英勇不屈抗日精神的歌曲。例如民歌《粉碎九路围攻》：

太行山里驻大军，鬼子眼睛红。四面九路来围攻，真真气势汹。

朱老总来彭老总，调集兵马阻敌兵。刘邓带领飞行军，赶到长乐村。

逃　难　歌

1=F 2/4
慢速

3 7 6 5 | 1 2 3 | 5 2 3 2 | 1 7 6 |
1.家 住 武 东　县，　　四 区 胡 峦　岭，
2.为 了 拣 条　命，　　带 上 转 移　证，
3.男 人 担 一　担，　　女 人 拎 一　篮，
4.逃 难 往 出　走，　　心 里 发 了　愁，
5.逃 难 上 了　路，　　娃 娃 抱 在　怀，

5 3 2 3 | 5 6 1 | 2 7 6 5 6 | 5 - :|
日 本 鬼 子　搅 扰 咱，　不 能 在 家　中。
转 移 到　后 山 里，　就 是 难　民。
今 天 逃 难　往 出 走，　甚 时 往 回　返。
也 不 知 道　到 哪 里呀，　留 呀 不　留。
哭 了 一 声　好 恓 惶，　饿 死 俺 的　孩。

◎《逃难歌》
《逃难歌》创作于 1942 年。

123

知识 链接

武乡红色民歌歌目辑录

《逃难歌》《血染山交岭》《血海深仇》《起来，穷人们》《八路军进了村》《太行山展开游击战》《动员抗战小唱》《政府组织起救国会》《快快组织自卫军》《我送哥哥上前线》《参军请茶歌》《冬季参军谣》《粉碎九路围攻》《数咱八路军好》《盼八路军回家来》《军民是一家》《妇女放哨歌》《送哥哥归队》《四季生产》《夫妻开荒》《捉懒汉》《庆祝三八妇女歌》《保证抗属三不难》《站岗放哨歌》《反扫荡》《民兵高贵堂》《动员起来反摩擦》《捉汉奸》《咱给部队踩高跷》《土地还家》《关家垴打得好》《生产自救抗旱灾》《春耕》《纺织歌》《加强秋收备战》《打红都》《童养媳苦》《妇女解放》《放脚》《爱情》《郭改英反省》《毛主席好比高山明灯》《大反攻》《七七事变》《穷人翻身流血汗》《锄奸歌》《童养媳妇好恓惶》《你说俺离婚该不该》《当不了英雄别登门》《买卖婚姻要反对》《快给俺写上结婚书》《左权将军》《二鬼子好狠心》《追悼先烈众英雄》《抗战胜利有了保证》《抗战进入大反攻》《就要成立新中国》等。

八路军部队行军时，宣传员把英雄模范事迹编成诗歌、快板进行朗诵、演唱。

红歌《在太行山上》走遍全中国

《在太行山上》这首红歌于 1938 年 7 月，由张曙、林路、赵启海等在武汉纪念抗战一周年歌咏大会上唱出，迅速传遍大后方及各敌后抗日根据地。

◎《在太行山上》

八路军太行纪念馆主馆的展厅入口处墙壁上刻着歌曲《在太行山上》。

在太行山上

作词：桂涛声　作曲：冼星海

红日照遍了东方，自由之神在纵情歌唱！

看吧！

千山万壑，铜壁铁墙！

抗日的烽火，燃烧在太行山上！

气焰千万丈！

听吧！

母亲叫儿打东洋，妻子送郎上战场。

我们在太行山上，我们在太行山上；

山高林又密，兵强马又壮！

敌人从哪里进攻，我们就要他在哪里灭亡！

敌人从哪里进攻，我们就要他在哪里灭亡！

知识 链接

《在太行山上》词作者桂涛声

桂涛声，回族，1901 年生于云南沾益县菱角乡卡郎村。15 岁时，他以优异成绩考入云南省立曲靖师范公费学校读书。由于他学习刻苦，又有音体美方面的特长，在该校仅读了四年，就被昆明云南省立第三师范学校破格录取。昆明读书期间，桂涛声阅读了《共产党宣言》等进步书籍，并积极投入学潮，被校方告发为"赤化分子"，遭下令缉拿未遂后被开除学籍，嗣后回到曲靖母校任教员，创作剧本《钟国魂》并公开演出，因其思想进步为当局所不容而遭解聘。

桂涛声于 1928 年 5 月秘密加入中国共产党后做兵运工作。"七七"事变爆发后，他跟随爱国民主人士李公朴赴山西进行抗日救亡宣传，9 月上旬到太原，见到周恩来时得知正组建"战动总会"，桂涛声便以战动总会工作人员的名义去了陵川县牺盟会民众干部训练班。桂涛声来到陵川，既为太行山的壮观景色所惊叹，更为抗日军民的救亡热情而感动。在随游击队转战陵川的过程中，桂涛声目睹了太行王莽岭的"千山万壑"后，又亲身感受到了抗日军民才是真正的"铜壁铁墙"，触景生情，酝酿半年的诗篇《在太行山上》从心底迸发了出来，他随手写在香烟包装纸上。5 月，桂涛声离开太行山，6 月返回武汉，即带着歌词去见冼星海。

《在太行山上》曲作者冼星海

冼星海，原籍广东番禺，幼年随母侨居马来西亚，13 岁回国，先后入岭南大学附中和岭南大学、北京大学音乐传习所、上海国立音专学习小提琴和钢琴。他 24 岁去巴黎，师从著名提琴家帕尼·奥别多菲尔和著名作曲家保罗·杜卡斯，两年后以优异成绩考入巴黎音乐学院高级作曲班。

1938 年底，冼星海赴延安；1940 年去苏联为《延安与八路军》配乐；1945 年病逝于莫斯科。10 余年中，他创作了《黄河大合唱》等作品 300 多部，为鼓舞人民抗战发挥了巨大作用，在抗战音乐史上占有极其重要的地位。冼星海逝世后，毛泽东亲笔题词："为人民的音乐家冼星海致哀。"2009 年，冼星海被评为"100 位为新中国成立作出突出贡献的英雄模范人物"。

《在太行山上》是冼星海在武汉时期创作的重要作品。1938 年 6 月的一天晚上，冼星海刚刚回到音乐科所在地，桂涛声急匆匆地来想请星海同志为太行山的战友们谱一支队歌。冼星海在听完桂涛声讲述的前线故事后，坐在钢琴前，反复琢磨、构思，怎么才能把歌词原意表达得准确无误？把如火如荼的生活表现得淋漓尽致？激情撞击着思想的火花，他终于连夜谱写成一首二部合唱曲。歌曲旋律兼有抒情性和进行曲风格，实现了战斗性与革命浪漫主义的有机结合。

◎ 冼星海

冼星海，生于 1905 年 6 月 13 日，卒于 1945 年 10 月 30 日，汉族，中共党员，曾用名黄训、孔宇，中国近代著名作曲家、钢琴家，有"人民音乐家"之称，作品《黄河大合唱》广为人知。

第三讲　展演红色剧作

　　抗日战争时期，随着八路军总部转战太行，武乡成为华北敌后抗战的指挥中心，在全国人民的心目中，成为抗战的灯塔、革命的圣地。许多满怀抗战激情、革命理想的青年和爱国人士，特别是一大批文学艺术界名人，相继从国统区，从沦陷区涌向太行山。这一批热血爱国的青年艺术家的到来，使得抗日前哨除了拿枪的队伍外，还多了一支拿笔的队伍。其中，前方鲁艺剧团、先锋剧团、太行山剧团等展演的红色剧作不仅为抗战培养了大批艺术干部，还活跃了敌后文艺生活，鼓舞了人们的抗战热情。此外，群众创作也十分兴旺，《打长乐滩》《百团大战》《义务看护队》《纺织英雄石榴仙》《武乡四大亭》等许多作品都深受军民的欢迎并获奖，如由盲人宣传队集体创作、王世荣执笔的《地主与长工》，曾在边区教育厅举办的第一次文教作品评奖中荣获甲等奖。

前方鲁艺创办剧团

　　十八集团军（八路军）野战政治部，1939 年底在武乡下北漳成立了鲁迅艺术学校，简称"前方鲁艺"，由著名戏剧家李伯钊担任校长，专门训练太行山地区地方和部队文艺干部。为了活跃根据地军民的文化生活，1940年 2 月，经野战政治部批准，前方鲁艺组建了实验剧团。剧团人员主要来自三方面：一是从学校毕业生中留下的十多位同志；二是八路军总部火星剧社抽调来的几位同志；三是太行南区剧团合并过来的同志。很快，实验剧团在下北漳村成立。剧团成立后，首先排练了李伯钊同志编写的农村三部曲之一的三幕话剧《老三》。该剧主要反映了不务正业的懒汉老三和家庭的矛盾，通过对比，教育农民努力生产，家庭和睦，支援抗战。《老三》一剧排练完成后，在太行区演出多次，深受广大军民的欢迎。

太行山区的百姓喜欢看戏，许多村庄都有戏班，老百姓几乎人人都会唱几段。鲁艺的宣传就是本着群众喜欢什么，他们就干什么；群众喜欢什么，他们就演什么。于是又成立了戏曲剧团，由洪荒同志担任团长。一方面从鲁艺内部抽调有戏剧特长的同志，另一方面也从当地农村剧团中找来了戏曲名角，直接为戏剧系学生服务。先后排练了山西梆子、京剧、豫剧、上党梆子，还有武乡秧歌等。洪荒团长是集编剧、导演于一身的戏剧名人，剧团演出的戏，很多都是他写的。他上台演戏特别腼腆，所以很少登台，可是他导演戏时，却常给演员做表演示范。给学员讲导演课讲到要求演员表演时，偶尔也给大家示范一下，所以他的课，大家也很爱听。从他的讲课中使学员懂得了戏剧是一门综合性艺术，导演在一部戏中应起的作用，怎样把一部文学剧本搬到舞台上，变成视听艺术等。

为纪念五四青年节，野战政治部决定，由鲁艺实验剧团和抗大总校文工团一起排练冼星海的名作《黄河大合唱》。于1940年5月4日在武乡蟠龙镇的河滩上演出。这是太行山第一次百人以上的大合唱，观众不仅有抗大学员、驻扎在附近的八路军部队，也有周边上百个村庄的群众，真是人山人海，演出受到广大观众的热烈欢迎。演出结束后，实验剧团仍回到下北漳村。这期间，排演了李伯钊创作的四幕话剧《金花》和《模范家庭》，它们都是表现家庭和睦，生产和参军的主题。《金花》写的是积极支援抗日工作的农村妇女。此外还排演了洪荒编剧的《最后的一个》、伊林编剧的《大宝嫂》、赵品三编剧的《两块石头》，还有集体创作的《打倒汪精卫》《新三娘教子》《农村秘书》等。这些都是教学与实验相结合的产物，但也常常出去为根据地的百姓演出。6月，实验剧团和抗大文工团第二次合作，排演了《阿Q正传》。剧本是前方鲁艺戏剧系教员洪禹同志根据鲁迅名著《阿Q正传》改编的。这个剧主要是为机关、部队干部演出，同时配合教学和提高文艺工作者的鉴赏能力。

战斗在太行山上的鲁迅艺术学校师生。

知识 链接

前方鲁艺的成立

为培养更多更好的文艺骨干，来促进根据地文化教育、文学艺术、新闻宣传事业的发展，在中共中央北方局和八路军总部的倡导与支持下，以延安鲁艺调来的教职员工为基础，决定成立晋东南"鲁迅艺术学校"。由于1939年11月28日，留在延安的鲁艺部分师生恢复"鲁迅艺术学校"，为与之区别，也简称"前方鲁艺"。

晋东南鲁迅艺术学校于1940年1月1日在武乡县的下北漳村正式成立，学校归中共中央北方局与八路军野战政治部双重领导，设立有校务委员会、教务处、总务处和党支部等机构，下设三个系：戏剧系、音乐系、美术系，学校还聘请山西第三、五专署专员薄一波、戎伍胜为名誉校长，新成立的前方鲁艺领导成员为：校长李伯钊，副校长陈铁耕，教务主任牛犇，戏剧系主任伊林，音乐系主任常苏民，美术系主任杨角。此外，还有一个普通科，是以招收文化程度偏低的学员而设立的，这是一个各种艺术领域都学一点儿的初级班，同时也有彦涵、洪荒、朱杰民、吕班等一大批著名文学艺术家来任教。

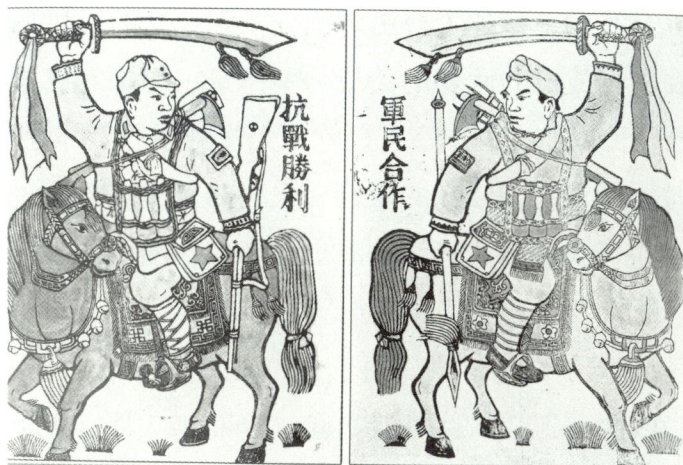

◎《新门神》
鲁艺木刻工作团在武乡创作的作品《新门神》。

先锋剧团的剧作展演

先锋剧团，即八路军一二九师宣传队。1937年7月7日，抗日战争全面爆发，红军改编为国民革命军第八路军，由红四方面军组成一二九师时，即由原红三十军和红四军的两个宣传队合并，组建了一二九师宣传队，对外称先锋剧团，属一二九师政治部建制。全团共80多人。1939年3月，一二九师先锋剧团返回太行区，这时太行抗日根据地已经基本巩固，八路军总部也移战到太行，延安鲁迅艺术学院实验剧团也来到前方。为提高剧团人员的政治业务素质，总部开办了一个戏剧训练班，先锋剧团也参加了这次学习，演出水平得到了提高。

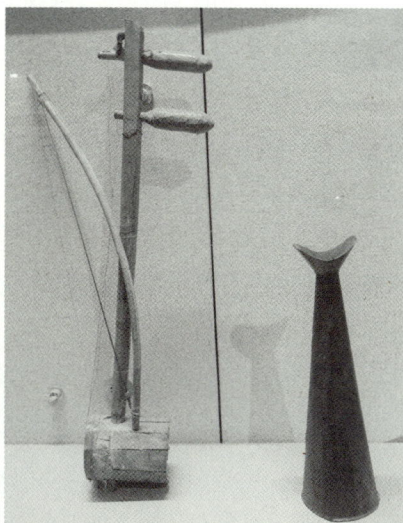

◎ 胡琴和广播筒
左为八路军第一二九师先锋剧团使用过的胡琴，右为太行山剧团使用过的广播筒。

1939年秋，西北青年救国联合会第二演剧队，简称"西青救剧团"，由延安来到晋东南，该团随一二九师先遣支队工作了一个时期后，于1940年春即与先锋剧团联合行动，参加了打击顽固分子朱怀冰的姚村战斗，担负了部分战勤工作。在白晋战役的武乡南关战斗中，又一起深入战斗部队进行慰问演出。演出的剧目比以前大大丰富了，除原先锋剧团的一部分短剧与舞蹈外，增添了由西青救剧团从延安带来的歌剧《农村曲》、独幕剧《一心堂》，还有《黄河大合唱》《生产大合唱》等，并演出了李伯钊同志在晋东南写的以"反顽"为中心内容的《母亲》《老三》等多幕剧和剧社编创人员自己创作的《王家庄》《铁的英雄》等歌剧与话剧。由于全团同志在演出之外做了不少活跃部队的文娱工作，因此受到部队的热烈欢迎。1940 年 7 月，西北青年救国联合会第二演剧队集体并入先锋剧团。这一支生力军的加入，使剧社在政治上、文化上和艺术上都得到显著提高。

知识 链接

太行山剧团

抗日战争时期，中共晋冀豫区委领导的戏剧团体。全称国民革命军第十八集团军太行山剧团。1938 年 5 月，在山西晋城成立，赵洛方任团长，阮章竞（洪荒）任艺术指导，王炳炎任大队长。成员由最初约 30 人发展到后来 100 余人，分成 5 个分队活动。陆续创作演出话剧《和尚岭》《欢送子弟兵》《保卫抗日根据地》《登记》《圈套》《一把斧头》《归队》《九死一生》等，并排演《打渔杀家》《韩玉娘》《盗令》《血泪仇》等京剧。同年，举办鲁艺训练班。1939 年，深入辽县农村开展群众性文化工作。1945 年底，太行山剧团解散。

◎ **板鼓**
太行山剧团使用过的板鼓。

探究思考

1. 请调查了解更多的武乡红色故事，并讲给大家听。
2. 你会唱哪些红色歌曲，请唱给大家听。

第六编

赓续传承篇

红色血脉代代传

武乡是一片"山山埋忠骨，岭岭皆丰碑"的土地，在这片鲜血染红的土地上，处处可以感受到太行精神的力量。太行精神集中体现了"不怕牺牲、不畏艰险；百折不挠、艰苦奋斗；万众一心、敢于胜利；英勇奋斗、无私奉献"的内在品质。太行精神是中国革命史上的一座丰碑，书写了中国抗日战争和中国革命的壮丽史诗，是中国共产党人精神谱系的重要组成部分和中华民族的宝贵精神财富，具有经久不衰的时代魅力和精神伟力。结合时代发展要求，在文旅融合背景下，武乡进行了红色旅游发展，不断践行红色文化遗产保护，用以赓续传承红色文化。武乡红色文化与中华优秀传统文化既一脉相承，又与时俱进，是激发爱国热情、振奋民族精神的深厚滋养，并伴随着社会进步不断创新和发展。

第一讲　弘扬太行精神

2004年8月，时任中共中央政治局常委的李长春同志在武乡考察，参观视察了八路军太行纪念馆，瞻仰了八路军将士浴血奋战的英雄业绩，对太行精神进行了高度评价和科学概括。他深刻指出：太行精神是在国家和民族处于危亡的关键时刻，中国共产党领导八路军和太行儿女展现的不怕牺牲、不畏艰险的革命英雄主义精神；是在极其艰苦条件下展现的百折不挠、艰苦奋斗的精神；是为民族解放展现的万众一心、敢于胜利的精神；是为人民利益展现的英勇奋斗、无私奉献的精神。太行精神凝聚着中国共产党人的优秀品质，凝聚着中国人民的坚强性格，凝聚着中华民族的光荣传统。太行精神同伟大的井冈山精神、长征精神、延安精神、西柏坡精神一样，是中华民族精神的重要组成部分。

太行精神光耀千秋

太行精神是在伟大的抗日战争中诞生的，是在血与火的洗礼中铸就的，是众多革命先烈和武乡人民共同构筑的。在武乡这片鲜血染红的土地上，处处可以感受到太行精神的力量。可以自豪地说，武乡是太行精神的主要孕育地。

不怕牺牲、不畏艰险的精神。太行精神是太行军民用鲜血和生命孕育的精神之花，其产生是历史的必然。在华北沦陷的危急关头，共产党、八路军挺身而出，走在抗战的最前列。八路军总部、一二九师创建了以武乡为中心的太行抗日根据地，从此，抗日的烽火燃烧在太行山上，燃烧遍整个华北。更为突出的是，当八路军总部进驻武乡，武乡民众在党的领导下，与八路军

◎ 八路军太行纪念馆主馆大厅

八路军太行纪念馆主馆大厅内的"太行精神 光耀千秋"，八个红色大字光彩夺目。

将士一道，为民族的独立而战，为工农大众的自由而战。

在八年全面抗战中，为了保卫根据地，广大军民在这片红色土地上进行了大小战斗 6368 次，歼灭日伪 28830 人。数千名八路军将士把热血洒在了武乡的土地上，武乡有 2 万多人在战争中失去生命，正式载入英名录的烈士就达 3200 多名。武乡这片红色土地，就是烈士用鲜血染红的。

百折不挠、艰苦奋斗的精神。太行精神是太行军民在残酷的环境中锤炼出的一种百折不挠、艰苦奋斗的坚强意志。太行抗日根据地地处偏僻，地势险要，再加上敌人的重重包围封锁，日军集中大半兵力对根据地进行"扫荡"，实行囚笼政策、"三光"政策、铁壁合围等，条件之艰苦、环境之险恶是难以想象的。当日军侦察到武乡可能是八路军的指挥中心时，不仅经常不断地"扫荡""围剿"，而且还在南沟、段村、蟠龙等地安下据点，使武乡处于极其严峻的环境中。

为了解决生存问题，八路军与武乡人民一道组织生产自救。从总部最高领导到普通士兵，都是一手拿枪、一手拿锄，靠自己的双手开荒种地，轰轰烈烈的大生产运动，成为根据地实现自给自足的典范。正是八路军将士与武乡民众这种相互支持、百折不挠的意志品质，构筑了太行精神的骨骼。

万众一心、敢于胜利的精神。太行精神是八路军与广大人民群众用鱼水深情凝结成的一种万众一心、敢于胜利的宝贵品质。

抗日战争是在中国共产党领导下开展的一场人民战争，而万众一心、敢于胜利正是人民战争的本质所在。

武乡人生活非常节俭，但是对八路军却竭力支持。八路军进驻武乡后，家家都是做最好的饭菜送给八路军吃。最典型的是石板村人称"三先生"的开明乡绅王全谨，一二九师在石板村驻扎时，他和侄子王跃元慷慨解囊，为师部500余人和100多马匹供

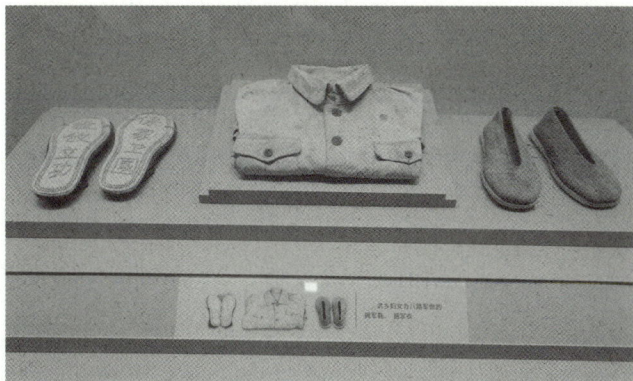

◎ **拥军鞋和拥军衣**
武乡妇女为八路军做的拥军鞋、拥军衣。

给粮草长达半年之久，受到广大军民的高度称赞。只有全民抗战、万众一心，才会取得抗战的最后胜利。正是这种全民抗战、同心同德、敢于胜利的精神，筑起了一道道人民战争的铜墙铁壁；正是这种全民出力、万众一心的精神，形成了太行精神的精髓。

英勇奋斗、无私奉献的精神。武乡人民历来就有着不甘落后、要强好胜的斗争激情和为国分忧、先人后己的奉献热情。抗日战争中，这种优秀的民族品格经过党的正确引导和抗日烽火的锤炼，不断升华为英勇奋斗和无私奉献的革命情怀。"出兵、出粮、出干部"是当时晋冀鲁豫边区送给武乡的美名。

全国抗战中，武乡一个仅有14万人的小县，就有14600余人参加八路军，9万余人参加了各种抗日救亡团体。武乡县从爱国乡绅到广大民众，自愿捐粮捐款，全国抗战中，武乡捐献粮食达2.5亿公斤，还捐献军鞋50万双，煤炭、木材等燃料15亿公斤……民众参加支前抗战折合387万劳动日。正是这种英勇奋斗和无私奉献的精神，铸就了太行精神的灵魂。

继往开来的武乡

2009年5月25日，习近平同志在视察八路军太行纪念馆时，进一步诠释和解读太行精神，强调："要结合新的实际与时俱进地大力弘扬太行精神，坚定正确的理想信念，始终保持对党对人民对事业的忠诚；坚持执政为民的政治立场，始终保持同人民群众的密切联系；锤炼坚韧不拔、百折不挠的品格，始终保持知难而进、奋发有为的精神状态；坚守党的政治本色，始终保持艰苦奋斗的优良作风，为推动经济社会又好又快发展提供强大精神动力。"

新时代，武乡县委以转型跨越为主线，确立了坚持文化引领的发展战略，着力打响全国红色旅游第一品牌，率先蹚出一条国家贫困县转型跨越、脱贫翻番、全面建成小康社会的新路，打造全省煤电一体循环经济产业、全国镁铝合金新材料产业、全省特色农产品生产加工产业"三个基地"，实施项目建设、脱贫攻坚、新型城镇化、民生普惠、生态文明"五大工程"，为建设实力、富裕、宜居、幸福、美丽"五个武乡"而不懈奋斗。

近年来，武乡县委、县政府紧紧围绕党中央、国务院关于新时代支持革命老区在新发展阶段巩固拓展脱贫攻坚成果、促进革命老区振兴发展的决策

◎ 红色武乡欢迎您

"红色武乡欢迎您"为武乡高铁站广场上的醒目标志。

部署，以"弘扬太行精神、共建创新武乡"为主题，充分挖掘发挥红色文化资源，找准红色旅游和乡村振兴之间的最佳契合点，加快推进乡村振兴高质量发展。

2013 年以来，武乡县委、县政府以弘扬太行精神和传承八路军文化为主线，对八路军太行纪念馆、八路军总部王家峪旧址和砖壁旧址等进行维修和建设，着力打造全国红色资源集中连片保护示范县和全省红色文化产业龙头，配套修建了红色旅游公路，将散布全县的红色资源全线贯通。充分发挥独特的红色资源优势、革命圣地优势和便捷的交通区位优势，以政府主导、市场运作的模式，全方位打造全国著名的红色旅游基地、全国最大的八路军文化基地、全国知名的红色文化产业基地。

同时，在推动文旅融合发展、全面推动乡村振兴方面，武乡县依据"宜融则融、能融尽融"原则，发展"乡村旅游＋红色研学""乡村旅游＋民俗文化""乡村旅游＋电商""乡村旅游＋商务会展""乡村旅游＋现代农业"等新业态，逐步走出一条乡村旅游产业高质量发展的特色之路。

◎ **武乡县全域旅游全景图**
2020 年底，太焦高铁在武乡境内设的武乡站正式通车，交通十分便利。现在旅游主干线横贯武乡各景区，并设有红色旅游专用公路和公交车。

第二讲　发展红色旅游

　　2017 年，武乡被中国红色文化研究会和中国红色旅游发展专业委员会联合命名为首批"中国红色地标"。武乡县紧紧抓住这一机遇，全力打造红色经典，创新文化业态，推动文化产业转型升级，全面完成了八路军文化园、游击战体验园和太行山实景剧"两园一剧"的品位提升工程；成立了红星杨旅游发展有限公司，整合八路军文化园、游击战体验园、《太行山》大型实景演出"两园一剧"资源；开展了纪念馆、文化园 5A 级景区和体验园 4A 级景区申报工作；修建了八路军烈士陵园；加快了八路军影视创意园项

◎ 红色武乡

八路军文化园内的"发展全域旅游 共建红色武乡"景观。

目和板山、崇城山、太行龙洞、太行龙湖开发建设，形成红色、绿色、古色三色旅游格局，全力打造"全国红色旅游第一品牌"。

八路军文化园

八路军文化园位于武乡县城太行西街，距太长高速武乡出口1公里，背靠凤凰山，东临马牧河，西依八路军太行纪念馆。整个景区由前广场、游客咨询服务中心、胜利大道、军艺社、胜利坛、实景剧场、八路村7部分组成。其借助体验式的高科技手段，再现了八路军抗战的史实，能让游客感受到八路军作战和生活的氛围。八路军抗战胜利纪念坛，高8层，寓意着八路军8年全面抗战之永恒纪念，坛顶立有6面文化墙，呈"八"字形，八路村村落建筑总体鸟瞰呈"路"字形，军艺社建筑总体鸟瞰呈"军"字形，所以八路军文化园总体呈八路军三个字形。

◎ 八路军文化园
2011年8月12日，武乡八路军文化主题公园建成完工。

　　八路军文化园是全国唯一将展馆内静态展板用体验式的高科技手段，再现八路军抗战史实的大型主题公园。文化园以抗日战争和民族革命战争为背景，用珍贵的革命文物和大量仿制生活用品，生动地反映了抗日战争时期八路军和太行人民在太行山上浴血奋战、艰苦创业的光辉历程。2016年12月，入选《全国红色旅游景点景区名录》。2018年10月，入选"全国中小学生研学实践教育基地"名单。

　　文化园内主要设有八路村、军艺社等主题景观和各种不同风格的常态演出，以及水、陆、空多种拓展项目。八路村中真实还原了抗战时期八路军生产、生活、工作、娱乐的历史场景。军艺社则结合高科技的数字技术，展现八路军"亦文亦武"的抗战风貌。园内有三场常态演出：实景剧《反"扫荡"》，影视蒙太奇体验剧《太行游击队》，军民同庆"《欢庆胜利》大巡游"，通过声、光、电等科技手段，幽默诙谐的表现形式，喜庆热闹的民俗风情，生动再现了八路军将士与当地老百姓军民同心、共同抗击日寇的历史场景。其中，抗战实景剧《反"扫荡"》，以逼真的场景与互动，将游客带入剧情。城头起硝烟，碉堡被炸飞，八路军战士从房顶飞身跃下……在观众不时发出的惊呼声中，最大限度地还原历史，给观众带来强烈感官体验，也使得《反"扫荡"》成为游客的必看剧目。同时，游客还可以参与"当一天八路军"的角色扮演活动，亲身体验八路军当年战斗和生活的场景以及八路军与当地民众鱼水情深的艰苦奋斗情景。

八路军游击战体验园

　　八路军游击战体验园位于百团大战总指挥部旧址——蟠龙镇砖壁村，其园区以朱德总司令提出的"八路军十大游击战法"为主题设计。园区主要由地雷战、地道战、追击战、麻雀战、围困战等参与项目，以及勇士扣篮秀现场情景表演、军事对抗体验区、儿童军事体验区等景点和项目构成，利用机械、声、光、电等高科技手段，生动再现八路军与日寇斗争的历程。游客可以亲自参与到"打一场游击战"的角色扮演活动中，"真正"当一回抗日英雄，体验烽火年代那硝烟弥漫的战争场景。

◎ 八路军游击战体验园

《太行山上》行浸式实景演艺

　　实景鸿篇巨制《太行山上》，位于武乡县城东 500 米的太行龙湖，距太长高速武乡出口 300 米，面向八角山，紧挨桃花岛，依山傍水，地形独特。2021 年，山西文旅红星杨公司对原有的《太行山》实景剧进行升级改版，推出了重点项目大型实景演艺《太行山上》，这也是打响红色武乡品牌、实现文旅融合发展的具体行动。该剧由国内知名实景演艺导演丛明玲、张冬团队执导。剧场内建有目前国内最大的金属高清投影幕；优质的室外升降观众席；它以巍巍太行山脉为设计蓝本，特制钻孔钢板铸造起伏舞台，配合领先光影技术实现顶级舞美创意。旨在弘扬太行精神，传承红色基因，再现太行军民浴血奋战、共同抗日的感人史实。全剧以饱满的剧情为主线，极富感染的创意为核心，是国内首部红色行浸式实景演艺。

《太行山上》借用现代化科技手段与多样化表演形式，加强了与观众的近距离互动，增强了观众的体验感。该剧将山水实景与多媒体技术以及高科技立体舞台装置结合，融合多种舞台元素的巧妙运用，使观众在有限的观剧时空里，体验到无限的艺术魅力，全剧演出时长80分钟，其中行浸式观演40分钟，游客可以跟随演员穿行于各种形态的主题空间，在不同场景中见证、参与情节的发生。全剧共分《太行，不朽丰碑》《村庄，冲破封锁》《旗帜，走向胜利》《土地，恩情滋养》4个篇章，展现了为人民利益勇于牺牲、乐于奉献的太行精神，揭示了不忘历史、铭记英雄的时代主题，还原出一幅幅强烈震撼的太行军民浴血奋战、共同抗日的抗战历史画卷。

《太行山上》以艺术创作的理念让剧场与自然环境相得益彰，生动讲述了共产党领导的八路军与太行儿女全面抗战、艰难创业的光辉历程，激情重现了太行军民浴血奋战、共同抗日的感人史实，再次演绎了太行精神丰碑永

◎《**太行山上**》行浸式实景演艺

《太行山上》是用星辰山川做舞台，用龙湖水畔做背景，以龙湖为幕、山村为台的大型实景剧。

驻、浩气长存的壮丽史诗，通过浸入式参与探访武乡厚重的红色文化、历史脉络，实现了戏在景中、人在戏里的独特观演体验。演员们的精彩演出，带领观众穿越战争年代的弥漫硝烟，见证革命先烈的英勇无畏，切身感受红色精神，重温红色记忆。《太行山上》充分展示了太行红色文化的独特魅力，歌颂了山西在抗战史上的丰功伟绩。该剧以红色文化为魂，不仅成为武乡红色文化旅游新地标和新名片，也是开展党史学习教育、主题党建教育的生动课堂和现场教学场地。

知识 链接

《太行山》实景剧

　　大型实景剧《太行山》真实地反映了抗日战争时期，太行儿女与八路军将士同仇敌忾，浴血奋战的感人故事，是弘扬太行精神，传承八路军文化，打造八路军文化旅游产业的一部实景演出剧。该剧特邀中国电影家协会主席，著名电影导演李前宽担任总导演、总策划，国内外众多专家加盟强力打造的我国北方第一部以革命历史题材为内容的大型实景剧。演出主题内容主要由"序""太行血""太行魂""太行情""太行泪""太行剑"等六部分组成。

　　《太行山》实景剧的故事原型发生在抗战时期武乡县监漳镇禄村李改花大娘家。抗战时期，李改花大娘家的大儿子在结婚当天被日军飞机的炸弹炸死，李大娘强忍悲痛，将二儿子送上前线参加了八路军，然而在一次惨烈的战斗中，二儿子不幸中弹牺牲。噩耗传来，这位坚强的母亲毅然又将三儿子送到人民的军队。正是这样的太行母亲，谱写了"母亲教儿打东洋"的悲壮颂歌。这样悲壮的故事，在这片红色热土不断地上演，大批抗日勇士血洒疆场，献出了宝贵的生命，武乡这个平凡小县，为中华民族的解放事业作出了巨大的牺牲和贡献。

　　《太行山》实景剧演出，以抗日战争为背景，以太行山水为依托，利用现代化的声、光、电相结合的方法，生动再现当年八路军将士与太行山人民浴血奋战、共同抗击日寇的感人史实，融体验、观赏、教育于一体，其规模之大、样式之新，足以令此演出在众多的红色旅游模式中独树一帜，不仅帮助游客完成了一次身临其境且趣味横生的国防教育课，也成为太行山参观、学习、接受教育的一个红色旅游亮点。

知识 链接

《太行山》实景剧演出内容

序幕

第一章,《太行血》,1937年7月7日卢沟桥事变爆发,日本帝国主义悍然发动了全面侵华战争,太行山在流血,大半个中国在日寇的铁蹄下呻吟。

第二章,《太行魂》,1937年8月25日,中国工农红军改编为国民革命军第八路军,全军编为一一五师、一二〇师和一二九师3个主力师。1937年9月,八路军主力东渡黄河,挺进太行山。

第三章,《太行情》,这是一棵杨树,是朱总司令在1940年春天亲手所栽。它扎根太行的土地,它沐浴太行的雨露,它阅尽太行的春色。它的外表与一般杨树没有区别,神奇在于:每一根枝丫里,都长着一个鲜红的五角星。太行人民称它为"红星杨"。这是朱老总留给太行人民的一颗红星。

第四章,《太行泪》,1942年春,日军出动5万兵力对抗日根据地展开了大"扫荡",突袭太行地区,目标直指八路军总部、北方局和一二九师师部等统帅机关。

第五章,《太行剑》,八年全面抗战,太行山峻峰成铁,岩石成钢;野火烧不尽,春风吹又生。八路军进太行山时仅有36000人,出太行时却变成百万之众。抗战时期,太行人民付出了巨大的牺牲,人民支援了八路军,如同大地托起了群峰。太行山成为中国人民解放军的摇篮!

如今,武乡县紧紧依托太行精神和八路军文化这一独特的政治资源优势,以打响"全国红色旅游第一品牌"为目标,坚定不移地高举八路军文化这面旗帜,促进"一馆两部"(八路军太行纪念馆、八路军总部王家峪旧址、八路军总部砖壁旧址)和"两园一剧"等一批八路军文化产业重点工程提档升级,通过资源整合、深度挖掘、氛围营造、品牌营销举措,吸引游客近300万人次。使武乡县成为一个集八路军抗战历史缅怀、八路军游击战法体验、八路军文化精品演艺为一体的爱国主义教育基地和八路军文化主题公园。

此外,在各级干部教育培训中,武乡县把八路军文化园、游击战体验园作为干部教育培训的新平台,突出"体验式教学",让学员在教育培训过程中亲身体验八路军将士生活、战斗和学习情景，感受八路军八年全面抗战、浴血奋战的艰辛历程，深刻体悟太行精神，收到了良好效果。2013年武乡县被省委确定为全省干部教育教学实践基地，省委组织部、省市委党校多次组织主体班次到武乡进行八路军体验式教学，省内外一些大型企业也纷纷慕名而来，对员工进行八路军体验式团队拓展训练。从2011年8月"两园一剧"全面开放以来，已有8000余人次党员干部在武乡县进行了八路军体验式教育培训，接受了革命传统教育，党性修养得到了锻炼。

第三讲 传承文化遗产

八路军文化作为太行精神的重要组成部分，作为革命老区独特的文化资源，挖掘、整理、研究、传承这些文化遗产，对于提升武乡县乃至全省文化软实力，对于传播与弘扬三晋文化，对于增强中华民族的凝聚力和感召力，具有重大的现实意义和深远的历史意义。一方面，保护文物，传承"红色"精神。根据文物摸底普查，武乡县各类红色革命旧址达 1768 处，其中县保及以上机构旧址多达 223 处，是全国以八路军为核心的红色旧址数量最多的县。另一方面，武乡县是全国著名革命老区，蕴藏着丰富的爱国主义教育和革命传统教育资源，是学生与社会各界开展研学教育、红色教育、国防教育不可或缺的重要基地。

传承八路军文化

武乡县紧紧围绕"弘扬太行精神、传承八路军文化"这一主题，锚定把红色资源利用好、把红色传统发扬好、把红色基因传承好的目标，打造了八路军太行纪念馆、八路军总部王家峪旧址、八路军总司令部砖壁旧址等革命文化教育基地、爱国主义教育基地；组织举办八路军文化旅游节和八路军文化研讨会；创建了八路军文化园、八路军文化产业创意园等；修建了八路军文化一条街、八路军文化走廊；开设了红色藏品展、红色文学作品展、红色报告会、红色书画笔会；录制了《武乡抗战风云录——在太行山上》《八路军在武乡》《朱德儿童团》《十八勇士》等影视作品；出版了《武乡抗战故事》《八路军文化研讨会论文集》《八路军与武乡》《太行游击队长——魏名扬传奇》等八路军文化书籍；编排了《太行丰碑》《英雄足迹》等情景剧。

◎ **创建书香武乡**
武乡高铁站旁旅游服务中心的书柜中，陈列着许多武乡八路军文化的相关书籍。

知识 链接

八路军精神宣讲小分队

　　八路军精神宣讲小分队，创建于 2000 年金秋十月，当时正值全国人民深入开展"三讲"教育和"三个代表"学习的关键时期，八路军太行纪念馆的领导便抓住机遇，从弘扬八路精神、服务和谐社会的大局出发，本着"内抓管理、外塑形象"的馆训，为了走出太行山门，加大该馆的品牌宣传力度，专门组建了这支小分队。多年来，她们的足迹踏遍了山西老区的山山水水，先后在部队、机关、厂矿、学校宣讲数千场次，受到社会各界的好评。她们除情景交融地讲演《永恒的记忆》《历史的抉择》《在艰苦的岁月里》等感人肺腑的故事外，还配合现代舞美设施，穿插快板、小品、演唱、舞蹈等宣传形式，起到了寓教于乐的效果。为了扩大宣传阵地，小分队还开通了订演热线电话，一边背起行装深入各地巡回演出，一边在各种重大节庆活动期间进行即兴慰问表演。小分队丰富多彩的节目和队员们精湛的表演，常常给观众留下难以忘怀的印象，被老区人民美誉为"活跃在三晋大地的文艺轻骑兵"。

◎ **八路军精神宣讲小分队**

八路军太行纪念馆的八路军精神宣讲小分队表演情景。

开展国防教育

武乡是伟大太行精神的孕育之地，拥有十分宝贵的国防教育资源。境内有国家级爱国红色主义教育基地 5 个、省级爱国主义教育基地 17 个、国防教育示范基地 3 个。2017 年 6 月、2018 年 7 月，武乡县先后创办太行干部学院和太行少年军校。同时，对外经贸大学、天津工业大学等 30 多所高校在长治建立红色教学基地，国防大学更是与太行干部学院建立教学战略协作关系，红色旅游景区景点教学功能不断延伸，逐渐成为国防教育主阵地。

2013 年之后，武乡县发挥本土红色资源优势，创新方法手段，以体验式、基地式、融入式、熏陶式的"'四位一体'红色旅游 + 国防教育"新模式，打造国防教育新名片，促进了全民国防教育工作提质增效，助推了全县经济、政治、文化、社会和生态文明全面发展、互促互进。2018 年 8 月 18 日，"'四位一体'红色旅游 + 国防教育"实践创新武乡推进会在八路军文化

◎ **太行国家安全教育馆**

太行国家安全教育馆位于八路军太行纪念馆内，与百团大战半景画馆相邻。

园举行，旨在进一步总结推广经验，讲好八路军故事，弘扬太行精神，打造新时代国防教育品牌。

武乡县十分注重国防教育宣传，依托县城主干道及太长高速公路、102 太长省道、322 南沁省道，制作国防教育宣传展板和壁画、群雕、连环画等，建成 3 个万米国防文化长廊，使国防教育深入人心，人人有了国防意识，积极投身国防行动。武乡二中被认定为国家级"中小学国防教育示范学校"。2018—2020 年，国家连续三年在武乡举办全国国防教育竞技大赛。这是贯彻中央深入开展群众性主题宣传教育活动，推动国防教育深度普及的重要举措。

◎ **《红色武乡》**

由郝红伟主编的《红色武乡》是武乡县第二中学校的第一部校本教材，内容翔实，图文并茂。

武乡

◎ **青少年研学活动**

太行少年军校的学员来到八路军文化园研学，并在胜利坛前合影。

◎ **八路军烈士陵园**

八路军烈士陵园是青少年爱国主义教育基地、德育教育基地和国防教育基地。

知识 链接

太行干部学院

太行干部学院是列入中央组织部备案目录的省部级干部党性教育基地，长治市委直属正县级事业单位。这是一所立足山西、面向全国，以弘扬太行精神为主题，努力打造集聚革命传统教育、抗战精神教育和国防教育为特色的干部学院。学院坚持接地气、创特色，依托太行地区丰富的红色资源和自然人文资源优势，以实物、实景、实事为载体，打造了一批极具特色的主题课程。采取"向上走"和"往下挖"相结合的方式，整合各类教学资源。"向上走"即邀请国内知名专家学者组建师资库，帮助打造课程、培训教师队伍；"往下挖"即深入挖掘红色资源，打造革命传统教育、党的建设、艰苦奋斗、国防教育等不同特色现场教学点。坚持"课堂讲授"和"情景互动"相结合，不断创新教学模式，将理论教学、现场教学、体验教学、研讨教学等多种形式有机融合，面向全国党员干部开展党性教育培训，引导党员干部始终保持政治上的清醒和坚定，始终保持高尚的道德情操，始终保持共产党员本色。

◎ **太行干部学院**

太行干部学院于 2017 年 6 月 27 日正式挂牌成立。

开展研学教育

武乡正着力在研学教育、国防教育等领域建立全面、深入的战略合作关系，全力打造"中国乡村红色文化记忆工程"。目前，八路军太行纪念馆自1988年建成后，共有300多家单位在此设立爱国主义教育基地，其中包括9个国家级教育基地、18个省级教育基地。近年来，当地充分运用自身优势，先后与省内外190多家大中小学校达成合作协议，每年开展各类青少年红色文化教育活动超过50场，参与人次达20多万。2010年，省内12座高校与八路军太行纪念馆联合举办"太行精神进高校"巡演巡展活动。2021年6月，八路军太行纪念馆举办"青春向党 致敬百年"红色主题团日活动，组织青年代表宣讲党史，重温入党誓词，聆听八路故事，多角度感受红色文化带来的触动。

知识 链接

太行少年军校

太行少年军校以弘扬太行精神，传承红色基因为根本任务，努力打造立足太行、面向全国的青少年军事特色和红色文化研学基地。军校现有校区占地231亩，有一个多功能教室和两个中小型教室，学生在这里可以穿军装、扛步枪、吃小米饭、住老区炕、唱抗战歌曲、参与抗战体验，感受一次不同以往的体验式红色革命传统教育。建校至今，开展了一系列红色文化研学实践活动。在教育基地的建设中，学校始终坚持突出老区革命传统教育资源优势，结合红色拓展训练与军事化训练管理手段，更加注重拓宽红色军事文化传承的方式与内容，变革学习体验模式，努力打造特色的"武乡红色军事体验式教商品牌"；始终坚持以"传承红色基因、弘扬太行精神"为宗旨，不断创新产品项目，开展了现场教学、体验教学、主题教学、音像教学、访谈教学、研讨教学等多种形式，重点融入开闭营仪式、军事特训、素质拓展、生活体验、农事劳作体验、军民鱼水情晚会等特色教学，通过"小学、初中、高中、大学、成人"等五种层次分类，让武乡红色军事教育品牌真正将革命教育落在实处，让学员既能感动"一阵子"，更能受用"一辈子"。

◎ 太行少年军校

太行少年军校于 2018 年 7 月 6 日揭牌运营。

太行少年军校的学员在八路军文化园开展研学活动。

如今，武乡既是全国红色文化学习重点县、国家党风廉政教育基地、爱国主义教育基地、新型国防教育基地、中国八路军文化旅游度假地，而且还是全国中小学生研学实践教育基地、全国青少年太行革命传统教育基地、全国八路军文化体验式教育基地，俨然已经成为全国人民接受红色革命传统教育的前沿阵地。因此，可以毫不夸张地说"武乡红色军事教育品牌"正在以自己的方式传播红色正能量，努力"把红色资源利用好、把红色传统发扬好、把红色基因传承好"，传承宝贵的武乡红色文化遗产，在"让红色力量托起中国希望"的承诺上持续前进。

探究思考

1. 结合武乡的发展变化，谈谈你对太行精神的理解。

2. 大家相互交流，谈谈武乡的红色旅游给人们生活带来的变化。

3. 你认为如何才能传承好武乡红色文化这一宝贵的文化遗产？